Damals war's • Ausgabe 2004

Damals war's

Zeitzeugen erzählen aus ihrem Leben

Ausgabe 2004

Herausgegeben von
Dr. Johann-Friedrich Huffmann

FRIELING

Bibliografische Information Der Deutschen Bibliothek
Die Deutsche Bibliothek verzeichnet diese Publikation in der Deutschen Nationalbibliografie; detaillierte bibliografische Daten sind im Internet über http://dnb.ddb.de abrufbar.

Hünefeldzeile 18, D-12247 Berlin-Steglitz
Telefon: 0 30 / 7 66 99 90 • Fax 0 30 / 7 74 41 03
http://www.frieling.de • E-Mail: redaktion@frieling.de

ISBN 3-8280-2032-1
1. Auflage 2004
Umschlaggestaltung: Michael Reichmuth, Berlin

Printed in Germany

Ingeborg Bartsch-Rodtnick

Wir rannten um unser Leben

Als ich im März 1945 an der Tür der im zweiten Stock gelegenen Mietwohnung meiner Eltern in Berlin klingelte, empfing mich Mutti freundlich mit „Na, da bist du ja", schien aber nicht im Mindesten überrascht.

„Wenn du wüsstest, was ich alles hinter mir habe!", seufzte ich.

„Na, du hattest doch versprochen zurückzukommen."

Als ob das im sechsten Kriegsjahr so einfach gewesen wäre …

Vier Wochen vorher war ich mit leerem Koffer von Tolk in Schleswig-Holstein nach Berlin gefahren, um Mutti und Tante aus dem Hexenkessel, der Tag und Nacht von tausenden englischen und amerikanischen Fliegerbomben heimgesuchten Hauptstadt, herauszuholen und in das friedliche Dorf zu bringen, in dem ich als Wehrmachtsangestellte im Panzergrenadier-Ersatzbataillon „Großdeutschland" meinen Bürodienst versah. Mit meiner Tante, die schon ein Telefon besaß, weil sie mit ihrem Mann eine kleine Buchdruckerei hatte, war alles abgesprochen. Ich wiederum wurde von einem netten Berliner in der Telefonzentrale, den ich nicht einmal persönlich kannte, mit ihr verbunden, sooft ich wollte. Immer wenn schwere Angriffe auf Berlin geflogen wurden, rief ich an und fragte, ob noch alles in Ordnung sei.

Als ich dann schließlich die beiden Frauen und die restlichen Habseligkeiten abholen wollte, mochten sie ihr Heim nicht mehr im Stich lassen und meinten, der Krieg sei doch bald zu Ende, ich solle man auch dableiben. Da ich aber das, was ich noch an spärlichem Besitz zum Anziehen hatte – es gab ja seit

Jahren nichts mehr zu kaufen –, zurückholen wollte, fuhr ich noch einmal los – in ein Abenteuer, dass ich nicht so leicht vergessen sollte.

Mutti drückte mir ein paar Zigarren in die Hand, die sie auf Marken bekommen und aufgespart hatte. „Vielleicht kommst du ja zu Vater nach Flensburg, dann grüß ihn von mir.“

Mir erschien dies allerdings unwahrscheinlich, da mein Wehrmachtsfahrschein von Schleswig nach Berlin und zurück lautete und streng eingehalten werden musste. Ich fuhr also meiner Arbeitsstätte entgegen und überlegte, ob man mir erlauben würde, mein Arbeitsverhältnis kurzfristig zu kündigen.

Gegen Abend stoppte der Zug plötzlich kurz vor Rendsburg. „Fliegeralarm! Alles raus in den Splittergraben!“

Dann kam das Inferno in der Nacht über die Stadt. Rendsburg brannte. Wir lagen im Chausseegraben und mussten hilflos zusehen.

Gegen Morgen der Ruf: „Die Schienen sind zerstört. Wir müssen durch die brennende Stadt laufen. Auf der anderen Seite steht ein Zug.“

Wir rannten um unser Leben. Die Gefahr, in den engen Straßen von herabfallenden brennenden Gegenständen getroffen zu werden, war groß.

Endlich stand irgendwo ein Zug. Ich erwischte einen Platz und schlief sofort tief und fest ein.

Vom Lärm aussteigender Menschen wach geworden, fragte ich verschlafen: „Sind wir schon in Schleswig?“

„Haha, Fräulein, wir sind in Flensburg!“

‚Auch gut‘, dachte ich. Mit einundzwanzig konnte mich so etwas nicht erschüttern. Das war Schicksal. Vater sollte zu seinen Zigarren kommen!

Ich stürzte mich also mit meinem leeren Koffer ins größte Gewühl, hielt den Fahrschein nach unten, wohl wissend, dass die so genannten Kettenhunde, Soldaten, die die Ausgänge streng kontrollierten, mir großen Ärger bereiten konnten – und war draußen!

Auf dem Bahnhofsvorplatz dachte ich: ‚Wie kommst du nun zur Kaserne?'

In diesem Moment fuhr ein Holzkocher vorbei, ein umgebauter Lkw mit einem ofenähnlichen schwarzen Ungetüm hintendrauf und zirka zwanzig Soldaten. Plötzlich brüllte einer: „Inge!"

Es war kaum zu glauben: Es war Vater, der mir dann, weil er den Fahrer nicht stoppen lassen konnte, freudestrahlend entgegenkam. „Was machst du denn hier?"

Ich erzählte alles Neue, und wir verbrachten ein paar Stunden zusammen.

Da er befürchtete, dass Flensburg von den Engländern bombardiert werden könnte, legte er mir ans Herz, so schnell wie möglich zu verschwinden. (Was wir erst nach dem Krieg erfuhren, war die Tatsache, dass die englische Spionagezentrale dort war und die Stadt deshalb, trotz der im Hafen liegenden Kriegsschiffe, verschont wurde.)

Nun saß ich am Bahnhof und wartete auf den schon seit Stunden überfälligen D-Zug, der aus Dänemark kommen sollte. Da die Dänen nicht deutschfreundlich waren, sabotierten sie immer wieder die Bahnstrecke.

Ich ging aus Langeweile auf den Bahnhofsvorplatz, um eine andere Fahrmöglichkeit zu erkunden. Ein Bus fuhr mir vor der Nase weg. Aber da stand vor einer Villa ein dunkler Pkw, auch ein Holzkocher, an den ich mich jedoch nicht herantraute. Also ging ich wieder zurück in die Wartehalle und setzte mich an einen der groben Holztische.

Ein junger Zivilist – ein seltener Anblick Anfang 1945 – kam hinzu. Und dann staunte ich über eine elegante junge

Dame, etwas älter als ich, sehr gut gekleidet – ein noch seltenerer Anblick in jener Zeit, wo fast jeder nur noch abgetragene, mühsam erhaltene Klamotten trug. Nun saßen wir zu dritt am Tisch und unterhielten uns.

Der junge Mann wollte uns imponieren und fing an, über seine Tätigkeit in Peenemünde zu renommieren. Es war zwar ein offenes Geheimnis in jenen Tagen, dass dort eine „Wunderwaffe" entstand – die V 2 unter Wernher von Braun, wie man später erfuhr –, aber ich dachte so bei mir: ‚Wenn jeder Geheimnisträger so viel quatscht, dann gute Nacht, armes Deutschland!'

Die junge Dame hörte sehr interessiert zu. Es stellte sich heraus, dass sie Dänin war und nur für ein paar Tage zwecks einer „dringenden Erledigung" nach Südfrankreich fuhr. Dann wollte sie wieder zurück nach Dänemark auf ihr Landgut.

Für mich stand fest, dass sie eine Spionin war, aber eine sympathische. Wer fuhr schon durch ein Kriegsgebiet, das ständig von Bomben bedroht war? Wer bekam überhaupt die Reisegenehmigung? Das alles war ziemlich mysteriös.

Und um diese merkwürdige Situation noch verrückter zu machen, lud sie mich allen Ernstes ein, den Rest des Krieges auf ihrem Gut in Dänemark zu verbringen. Das war, als hätte man eine Einladung ins Paradies bekommen: immer satt zu essen haben, in Frieden leben, keine Bomben, keine drohenden Russen und, wie sie erzählte, ein geselliges Leben, Tanz, Gesellschaften. Sie lächelte mich herzlich an. „Ich lebe ziemlich einsam mit meinem Mann und brauche eine Freundin."

Ich war wie betäubt. Doch da war mein Versprechen zurückzukommen, das ich Mutti gegeben hatte. Ich konnte sie nicht allein ihrem Schicksal überlassen. Es fiel mir sehr schwer abzulehnen: „Nein, ich danke Ihnen sehr, aber es geht nicht."

Der Zug war noch immer nicht da. Wieder ging ich hinaus.

Es dunkelte bereits, und ich hatte Vater versprochen, aus Flensburg zu verschwinden.

Doch was war das? Dieser Holzkocher-Pkw stand an derselben Stelle noch immer unter Dampf. Ich fasste Mut und steuerte ihn an. „Fahren Sie in Richtung Schleswig?“, fragte ich den Fahrer.

„Fragen Sie mal den Offizier dahinten“, antwortete er.

In dem schwarzen Auto hatte ich den Marineoffizier in seiner schicken dunkelblauen Uniform gar nicht gesehen. „Wir fahren nach Kiel“, beantwortete er meine Frage, „aber ich kann Ihnen das nicht gestatten, da müssen Sie schon den Herrn Admiral Brinkmann fragen.“

Mir blieb die Luft weg. „Wo ist der Herr?“, brachte ich gerade noch heraus.

Er lachte. „Wir warten schon seit Stunden auf ihn.“

„Ich weiß, mir fiel Ihr Wagen schon seit längerem auf“, entgegnete ich.

Wir kamen in ein interessantes Gespräch, in dem er unter anderem meinte: „Jede deutsche Frau muss, wenn es nötig ist, mit der Waffe in der Hand bis zum Endsieg kämpfen.“

Das war mir dann doch zu viel. Obwohl ich zu diesem Zeitpunkt als überzeugtes BDM-Mädel noch immer an den Sieg glaubte, fuhr ich ihn an: „Haben Sie Frau und Kinder?“

„Ja, zwei Jungen.“

„Na, dann stellen Sie sich mal Ihre Frau am Kellerfenster mit einem Gewehr in der Hand vor, links einen Jungen und rechts den anderen, wie sie Russen erschießt! Wenn mir einer ans Leder will, könnte ich wohl auch zustechen – aber als Flintenweib?“

Er schwieg betroffen.

In diesem Moment sagte eine joviale Stimme hinter mir: „Na, mein Fräulein, wollen Sie mitfahren?“

Ich drehte mich um und stand einem molligen Ritterkreuzträger gegenüber. Dank der Landkarte, die mir Vater zum Abschied übergeben hatte, konnte ich erklären, wo ich „mitten in der Walachei“ abgesetzt werden wollte, um zu Fuß auf einer Landstraße nach Tolk zu kommen, wo ich ein Zimmer gemietet hatte.

Das klappte dann auch, und ich marschierte mit meinem leeren Koffer in die Dunkelheit hinein.

Plötzlich erschreckte mich ein Anruf: „Halt! Wer da?“, und ich hörte, wie ein Waffe entsichert wurde.

„Nicht schießen!“, rief ich beklommen.

„Eine Frau“, war die erstaunte Reaktion. „Was machen Sie denn hier mitten in der Nacht?“

Als sich meine Harmlosigkeit herausgestellt hatte, konnte ich weitergehen. Doch ein so genannter Kavalier wollte mich durchaus begleiten und meinen Koffer tragen. Er war nicht abzuwimmeln, und ich hatte so meine Bedenken. Zu Recht, wie sich nach einiger Zeit herausstellte. Er wollte mich küssen. Da er aber meinen Koffer trug, den ich nicht hergeben wollte, überlegte ich blitzschnell. Ich wurde frivol und sagte mit Marlene-Dietrich-Stimme: „Wenn Sie die Hände frei haben, küsst es sich doch viel besser.“ Der Trottel fiel darauf herein und stellte meinen Koffer ab. In diesem Moment stieß ich ihn, sportlich wie ich war, mit voller Wucht vor die Brust, sodass er im jenseitigen Straßengraben landete und sich fluchend wieder aufrappeln musste. Inzwischen griff ich meinen Koffer, sprang in den diesseitigen Straßengraben, rannte ein Stück zurück und hockte mindestens eine Viertelstunde mucksmäuschenstill und mit klopfendem Herzen hinter einem Busch. Als ich ziemlich sicher war, dass er den Rückweg angetreten hatte, kam ich, mit noch zitternden Knien, aus meinem Versteck hervor und setzte meinen einsamen Weg fort.

Nachts um halb eins kam ich in Tolk an, fand auch das Haus, in dem ich vor meinem Urlaub nur vierzehn Tage in einem möblierten Zimmer gewohnt hatte, und klopfte leise an die Haustür. Nichts rührte sich. Ich klopfte lauter. Wieder nichts! Dann klopfte ich alle ebenerdigen Fenster ab. Schließlich war oben mein bezahltes Zimmer, und ich hatte nicht die Absicht, die kalte Nacht im Freien zu verbringen.

Als ich schon überlegte, ob ich ein Fenster einschlagen sollte, hörte ich endlich hinter einem Fenster ein Geräusch. Der alte Wirt öffnete die Tür einen Spalt breit.

„Bitte entschuldigen Sie die späte Störung“, sagte ich bescheiden, „ich bin Ihre Untermieterin.“

„Wir haben Flüchtlinge!“, entgegnete er barsch und wollte mir die Tür vor der Nase zuschlagen.

Blitzschnell stellte ich meinen Fuß dazwischen und kam in Fahrt über so viel Frechheit. „Nun hören Sie mir mal gut zu! Das Zimmer wurde an mich vermietet, und Sie haben die Miete kassiert. Wenn jetzt da oben Flüchtlinge sind, dann lassen Sie sie schlafen. Aber mir müssen Sie schon eine andere Schlafmöglichkeit geben“, sagte ich mit Nachdruck.

Inzwischen war seine umgänglichere Frau hinzugekommen, und so konnte ich dann in der guten Stube auf dem Sofa bis zu meinem Aufbruch schlafen und bekam sogar ein paar Stullen mit.

Beklaut haben sie mich dennoch. Als ich nach dem Krieg meinen stabilen Karton mit Büchern und anderen Sachen geschickt haben wollte, war angeblich nichts mehr vorhanden.

Nun war meine nächste Aufgabe, mein Arbeitsverhältnis aufzulösen und einen Wehrmachtsrückfahrschein zu bekommen, da Zivilisten ohne Erlaubnis gar nicht mehr reisen durften. Ich ging also zu meinem unmittelbaren Vorgesetzten. „Herr Zahlmeister, ich möchte nach Hause.“

Er drehte und wand sich. „Ja, wenn der Herr Oberzahlmeister damit einverstanden ist.“

Also machte ich mich auf den Weg zu dem. „Der Herr Oberzahlmeister speist gerade“, sagte jemand.

‚Der hat wenigstens etwas zum Speisen‘, dachte ich. Ich hatte nur 200 Gramm Kommissbrot pro Tag und ein kleines Stück von Ratten angefressene Wasserwurst zu essen.

Er ließ sich dann aber doch sprechen. „Ja“, meinte er, „wenn der Herr Zahlmeister damit einverstanden ist.“

„Ja, das ist er“, erwiderte ich schnell. So erhielt ich meine benötigten Unterschriften, packte meinen Koffer, dann ging es Richtung Berlin.

Der Zug fuhr ständig bei Fliegeralarm, das zeigten die gelben Flaggen auf den Bahnhöfen an, die wir passierten. Die Front im Westen war nur wenige Kilometer entfernt. Auf dem letzten Waggon war eine Fliegerabwehrkanone installiert, und ein Beobachter gab den Befehl zum Halt des Zuges, wenn es brenzlig wurde. Dann stiegen alle hastig aus – Eile war geboten – und versteckten sich, so gut es ging, im Gelände.

Mir dauerte das Aussteigen immer viel zu lange. Meinem Abteil gegenüber fehlte eine Scheibe, da sprang ich dann hinaus. Einmal kullerte ich eine Böschung hinunter direkt in einen kalten Bach. Es war März. Als die Schießerei losging, riefen mir ein paar Leute zu: „Kommen Sie hierher!“ Sie standen in einem etwa mannshohen Rohr, das unter dem Bahndamm hindurchführte, in gebückter Stellung mit den Füßen im Wasser. Das brachte mir Wochen später eine Rippenfellentzündung ein.

Englische Jagdflugzeuge griffen unseren Zug an. Der neue, unerfahrene Zugbegleiter hatte sie zu spät erkannt. Wieder einmal rannten wir um unser Leben, in einem kleinen Wäldchen Schutz suchend. Die Engländer mussten mit der ganzen Maschine zielen, weil sie fest eingebaute MGs hatten, erzählten

Frontsoldaten. Folglich schossen sie schon lange vor dem eigentlichen Ziel, und uns flogen die „blauen Bohnen“ um die Ohren. Wir pressten uns voller Angst ins weiche Moos und dachten: ‚Wird das hier unser Grab?‘

Erstaunlicherweise wurde niemand verletzt, nur unsere Lok zischte ihr Leben aus, und ein Waggon brannte. Nach Stunden zog uns eine andere Lok zurück nach Ludwigslust. Inzwischen untersuchten Soldaten, die mit im Zug gesessen hatten, einen Zug, der neben uns auf dem Gleis stand. Sie stellten mit Schrecken fest, dass es ein Munitionszug war, zum Teil mit schwersstem Kaliber beladen. Es hätte für uns alle den Tod bedeutet, wäre er explodiert. So koppelten ein paar Mutige den brennenden Waggon ab und schoben ihn weit fort.

Am nächsten Vormittag kam nach langem Warten und in völliger Ungewissheit, ob überhaupt noch ein Zug kommen würde, ein bereits voll besetzter Personenzug, in den mich einige Leute durch das Fenster hineinzogen, weil die Tür einfach nicht mehr aufging. Später erfuhr ich, dass dies der vorletzte Zug war, der überhaupt noch nach Berlin hineinkam.

Dann stand ich Mutti gegenüber, und sie sagte freundlich: „Na, da bist du ja.“

Dieter Boenke

Der kleine St. Nikolaus

Episode

Selbstverständlich war St. Nikolaus auch einmal klein, und dann mag er wohl so ähnlich ausgesehen haben wie der, der zuletzt in der Trollinger Straße 6 seiner weihnachtlichen Tätigkeit nachging. Wenn überhaupt, dann bekommen die meisten von uns irgendwo auf Straßen und Plätzen St. Nikolaus in voller Größe zu Gesicht. Hier bot sich nun die ganz seltene Gelegenheit, auch einmal den noch kleinen Nikolaus erleben zu dürfen. Jedenfalls werden die dabei Anwesenden das so schnell nicht vergessen, denn so einem unermüdlichen, fleißigen und zudem noch reitenden Nikolaus waren sie noch nicht begegnet.

Außerdem machte es ihm Spaß, zwischendurch immer wieder sein Aussehen zu verändern, sodass er einen Teil des Tages als ganz normaler Dreikäsehoch am Tagesgeschehen teilnahm. Für seine „dienstliche" Tätigkeit war die für einen Nikolaus übliche rote, am unteren Rand mit weißem Pelz besetzte Zipfelmütze schnell über die Ohren gezogen. Und bei flottem Ritt schwang der weiße Pompon an der Spitze der Zipfelmütze so heftig hin und her, dass man fürchten musste, er würde gleich davonfliegen.

Wie bekannt, hat der Nikolaus doch immer einen langen weißen Rauschebart. Aber wie sich jeder denken kann, war der kleine Nikolaus ums Kinn herum noch so schier und glatt wie ein Kinderpopo. So war es kaum zu glauben, als er mit einem Bart dahergeritten kam. Ein jeder kennt doch bestimmt das Lätzchen, das Kindern zum Essen umgebunden wird. Nun, so einen weißen Latz hielt der noch gänzlich Bartlose mit seinen

Zähnen fest. Und beim Barte des Propheten: Alle wussten sofort, was das zu bedeuten hatte. Ja, man muss sich eben zu helfen wissen.

Der kleine St. Nikolaus mit „Bart" in Aktion

Wenn auch noch sehr jung, so war der kleine Nikolaus doch schon ein geübter und vor allem ungestümer Reitersmann. Bereits vor Wochen war er aufs Pferd gestiegen, und seitdem fand der Hund Benni für sich kaum noch ein ruhiges Plätzchen. In dieser Zeit genoss er deshalb sein abendliches „Schäferstündchen“ auf dem Schoß des Hausherrn umso mehr. Auch suchte er gern und häufiger als sonst die Küche auf, in der in den vorweihnachtlichen Tagen besonders Schmackhaftes zubereitet wurde. Da er dort so tat, als ob er schon wochenlang nichts mehr zu beißen gehabt hätte, fielen meistens einige Happen für ihn ab. Danach verzog er sich lieber in die erste Etage des Hauses, um dort vor Reiterattacken sicher zu sein.

Den Anforderungen des wilden Reiters war schließlich das Reittier nicht mehr gewachsen, sodass ihm auf einmal regelrecht die Puste ausging und es danach platt wie eine Flunder auf dem Boden lag. Schleunigst musste Ersatz herangeschafft werden. Nun war man besorgt, das neue Reittier könnte die Feiertage nicht „überleben“. Zum Glück hat es bis heute durchgehalten und darf sich rühmen, jetzt sogar von einem Kunstreiter geritten zu werden.

Unter den linken Arm geklemmt, durften jedes Mal Hasi und Tobi, die beiden Lieblingstiere des Reiters, mitreiten. Dabei fiel auf, dass immer ohne Zügel geritten wurde. Das Reittier wurde nämlich mit seinen Ohren, an denen man sich auch gut festhalten konnte, im Zaum gehalten.

Mit der linken Hand hielt der Reiter außerdem die lange Schnur zum Geschenksack fest, den er hinter sich herzog. In der rechten Hand hielt er zudem ein kleines Glöckchen, mit dem er regelmäßig seine Ankunft ankündigte.

So, wie hier beschrieben, kam der kleine Nikolaus viele Male nach langen Wegen und mit großen Sprüngen angeritten und brachte bis über die Festtage hinaus Geschenke, meistens in Form von Lego-Steinen. Ausgenommen Hund Benni, dem der Sinn mehr nach Fressbarem stand, nahmen alle die Geschenke dankbar und hoch erfreut an.

Allerdings soll nicht verschwiegen werden, dass nicht jedes Mal Geschenke verteilt wurden. Ohne Begründung blieb dann der Geschenksack zu. Wer aus himmlischen Gefilden kommt, braucht dies nicht zu erklären. Und der tiefere Sinn des Handelns wird wohl von den Menschen nie zu ergründen sein. Man muss sich damit zufrieden geben, dass es so ist, sagte man sich.

An den Festtagen ging es fröhlich, bisweilen sogar feuchtfröhlich zu. Nicht, dass die Anwesenden dazu tiefer ins Glas schauten, sondern durch ein Verhalten des kleinen Nikolaus, das eher Buben menschlicher Abstammung eigen ist. Aufgesessen hielt er zum Beispiel vor dem Opa an, tat so, als ob er eine Wasserpistole in der Hand hielte, zielte damit auf sein Opfer und schrie dazu laut: „Spritz, spritz!“ Der völlig überraschte Opa wurde scheinbar vom Wasserstrahl getroffen und hielt schützend die Hände vors Gesicht. Dabei jammerte er als gebürtiger Ostpreuße in dort üblicher Weise, indem er wiederholt „Erbarmung, Erbarmung!“ rief. Hauptsächlich wurde die imaginäre Wasserpistole auf den Opa gerichtet. Mit Grimassen und verzweifelten Gesten versuchte dieser, den vermeintlichen Wasserstrahl von sich abzuhalten oder ihm auszuweichen. Aber der kleine Schelm ließ nicht locker. Schrill klang immer noch einmal das „Spritz, spritz!“ an Opas Ohren. Oje und ojemine! Wie hätte der wohl ausgesehen, wäre richtiges Nass mit im Spiel gewesen.

Durch dieses Treiben kamen die Anwesenden doch ins Grübeln und fragten sich schließlich, ob der kleine Nikolaus tatsächlich in himmlischen Gefilden oder vielleicht doch eher in der Trollinger Straße 6 sein Zuhause habe.

Es wäre interessant, zu erfahren, wie andere darüber denken. Am ehesten müsste das doch der kleine Nikolaus selber sagen können. Aber Weihnachten ist längst vorbei, und deshalb ist es zu spät, ihn noch zu fragen. Doch vielleicht bietet sich ja in der nächsten Weihnachtszeit dazu Gelegenheit. Darauf hoffen jedenfalls alle in der Trollinger Straße 6, sogar Hund Benni, weil dieser nämlich träumte, der volle Geschenksack – ob aus himmlischen Gefilden oder nicht – enthielte dann nur und für ihn ganz allein schmackhaftes Hundefutter.

Das abendliche „Schäferstündchen“

Winfried Bretz

Der Rote Berg

Geologisch gesehen ist Mühlbach ein Wunder der Natur. Der Talkessel ist eine Sammelstelle verschiedenster Ablagerungen: Im Osten liegt der feine gelbe Sand am Galgenberg hinter dem Bahnhof; im Norden erhebt sich der zerklüftete rote Schotterberg hinter dem Zäkesch; der Haselbusch im Südosten besteht so wie der Kaiserbrunnen aus einem Erd-Schotter-Gemisch; weit hinten im Süden erhebt sich das Mühlbacher Gebirge. Die Berge umgeben die Stadt wie ein Ring und sorgen für ein mildes Klima, das durch das Miereschtal aus dem Banat beeinflusst wird. Nordwestlich erhebt sich das Erzgebirge mit Zuckerhut und Elefantenrücken, der Narzissenwiese und den vielen Edelweißblüten, von denen wir geradezu magisch angezogen wurden.

Wer nach Mühlbach kommt, wird sich mit Sicherheit die Frage stellen: Wie kommt es, dass in diesem Tal so ein zerklüfteter roter Sandsteinberg steht? Da muss man nur im „Siebenbürger Lied" nachlesen: „Siebenbürgen, Meeresboden einer längst verflossnen Flut …", und schon hat man die Erklärung. Die Klüfte und Schluchten, ähnlich den Cañons in Amerika, und die rote Färbung verleihen diesem Berg einen eigenen Zauber, dem sich kaum jemand entziehen kann.

Wen wundert es noch, dass wir Kinder diesen Berg als unseren liebsten Spielplatz auserkoren hatten und jede nur erdenkliche Möglichkeit nutzten, um uns hier aufzuhalten, zumal sich hier auch die sagenumwobene Räuberhöhle befand. Der Phantasie waren keine Grenzen gesetzt, und so kam es, wie es kommen musste: Wir suchten uns, nach dem Vorbild der Erzählungen, einen eigenen Schlupfwinkel, noch schwerer zugänglich als die Höhle, und nannten diesen Ort stolz „unsere Burg“ oder nur „die Burg“. Warum er die Burg hieß, ist nicht schwer zu erraten, wenn man sich einen schräg abfallenden Erdhaufen mit dünner Grasnabe und einer Krüppeleiche am Ende einer Schlucht vorstellt. Hinzu kam noch der Umstand, dass alle vier Seiten fast senkrecht in der Schlucht endeten, sodass es aussah, als sei unsere Burg von einem Wassergraben umgeben, genau so, wie wir es aus dem Geschichtsunterricht vom Mittelalter kannten. Von der südlichen Seite konnte man mit einigem Geschick ohne Hilfsmittel bis hinauf klettern, was aber nicht ganz ungefährlich war.

Hier stand also unsere Burg, und hierher zog es uns, wie durch einen Magneten, sooft sich die Gelegenheit bot. Schönes Wetter im Frühjahr, zum Sommeranfang und im Herbst lockte uns auf den „Roten“ und natürlich auf die Burg, unseren liebsten Spielplatz.

Jeder Ausflug wurde schon am Samstag in der Schule besprochen, und es wurde ausgemacht, wann und wo man sich traf. Natürlich durfte nicht jedermann von unserem Vorhaben erfahren, und man war bemüht, das Getuschel so geheim wie möglich zu halten, um ja keine ungebetenen Mitwisser zu haben. Wir waren meist nur Jungs aus der Vorstadt und gehörten in dieselbe Klasse. Unser Wissen um die Burg hatten wir von den älteren Jahrgängen ererbt.

Einmal auf dem Weg, wurde gesungen. Lieder, die jeder kannte, wie „Das Wandern ist des Müllers Lust“, „Ich hatt’ einen Kameraden“ und andere Wanderlieder, verkürzten uns den Weg. War dann die Burg erklommen, wurde schnell der Rucksack ausgepackt und das Essen besichtigt, welches uns unsere vorsorglichen Mütter eingepackt hatten. Speck und Brot durften nicht fehlen, frische grüne Zwiebeln gehörten im Frühjahr immer dazu. Nach der Inspektion unserer Vorräte stillten wir unseren Hunger; ein Schluck Wasser aus vorsintflutlichen Feldflaschen (meist aus dem Ersten Weltkrieg) löschte auch unseren Durst.

Unsere Burg war kein Paradies, für alles mussten wir schuften. Da die Krüppeleiche wenig oder so gut wie gar keinen Schatten warf, musste erst einmal dafür gesorgt werden, dass unsere Vorräte nicht zu stark der Sonne ausgesetzt waren. Mit dem wenigen Werkzeug, das uns zur Verfügung stand (Stöcke und Messer), rückten wir am Nordrand unserer Burg zu Leibe und hoben ein Loch aus, in dem wir dann unser Essen unterbrachten. Um es zu schützen, wurde ein Kleidungsstück darüber gelegt, eine Lage Trockengras darüber gebreitet und der Aushub darauf verteilt.

Nun musste Holz gesammelt werden, denn was ist ein Ausflug ohne Lagerfeuer? Und was wäre ein Lagerfeuer ohne Speckbraten? Also nichts wie runter von der Burg und trockene Zweige sammeln! Holz gab es genügend, das Schwierige war vielmehr das Hinauftragen. Aber auch dafür hatten wir uns eine Lösung einfallen lassen: Es wurden kleine Reisigbündel geschnürt und mittels Hosenriemen auf den Rücken geschnallt, mit denen man dann hochkletterte.

Eine grasfreie Fläche war schon vorbereitet, und nun begann der schwierigste Teil: das Entfachen des Feuers. Meist hatten wir keine Streichhölzer dabei, oder die mitgebrachten waren von Schweiß durchnässt. Auch für diesen Fall war vorgesorgt: Ein Brennglas (meist ein Glas einer ausrangierten Brille oder ein Monokel) half uns, das trockene Gras zum Brennen zu bringen. Von diesem gab es ja genügend. Der richtige Winkel zur Sonne, Geduld und eine ruhige Hand, und schon bald begann es unter dem Fokus zu rauchen und zu glimmen. Ein wenig Blasen, ein wenig Papier, dünne, trockene Zweige, und schon loderte ein lustiges kleines Feuer.

Nun wurden die sorgsam ausgesuchten Gabelspieße (längere grüne Zweige mit einem Zwacken) zum Speckbraten hervorgeholt. Die Speckstücke, ein jedes durch Einschnitte bis zur Schwarte in Bissen unterteilt, wurden auf die Spieße gesteckt und über der Glut des Feuers gebraten. Und so gingen wir vor: In der einen Hand die Brotschnitte, in der anderen der Spieß. So wurden alle Fetttropfen sorgsam auf dem Brot verteilt bzw. abgetupft. Zusammen mit den grünen Zwiebeln schmeckte das herrlich! Oft rösteten wir auch das Brot in einer mitgebrachten Pfanne. Dieses schmeckte köstlich, und alle rissen sich darum. Leider war so eine Pfanne nicht immer dabei. Unserem Erfindungsgeist tat das keinen Abbruch. Ein Stück Blech auf der Glut ersetzte die fehlende Herdplatte.

War man satt, begann meist das Durchstreifen der Schluchten bzw. der Gang zur Quelle, um frisches Trinkwasser herbeizuschaffen. Der Weg war beschwerlich und nahm Zeit in Anspruch. Nicht selten einigten wir uns darauf, dass nur einem oder zweien von uns dieses Amt übertragen wurde, die dann mehrere Feldflaschen mitnahmen, um sie mit dem kostbaren Nass zu füllen.

Wenn uns die Zeit zu lang wurde, bis die Ausgeschickten zurückkamen (es dauerte meist über eine Stunde), machten wir uns in der Schlucht auf Wassersuche. Zu diesem Zweck wurde in der Schlucht Sand ausgehoben. Es entstand ein tieferes Loch, das sich nach kurzer Zeit mit klarem Wasser füllte. Mit dieser Methode war am einfachsten an Wasser heranzukommen, doch hatte sie einen Haken: Dieses Wasser wies einen ausgeprägten Jodgeschmack auf, der einem den Mund zusammenzog wie das Kauen von Rhabarberstängeln. Es ist also nicht verwunderlich, dass wir auf diesen Genuss freiwillig verzichteten. Kurz nach einem Regen hatte dieses Wasser immer genauso eine rötliche Färbung wie die Schluchtwände.

Die bizarren Formationen dieses vom Regen ausgewaschenen Berges regten unseren Entdeckerdrang an. Wir streiften umher. Überboten uns in Mutproben beim Klettern über abschüssige Grate. Blickten, auf dem Bauch liegend, in bis zu fünf Meter tiefe runde Auswaschungen mit senkrechten Wänden. Erfreuten uns an seltsamen Gewächsen, die vereinzelt auf diesen kargen Böden tiefe Wurzeln in das Erdreich schlugen und uns Kindern überdies beim Klettern Halt boten.

Einmal hatte ich sogar das Glück, dass mich so ein Schwertliliengewächs so lange vor einem schlimmen Absturz in die Tiefe bewahrte, bis mir eine rettende Hand zu Hilfe kam. Einer meiner Freunde, Robi war's, half mir aus meiner misslichen Lage. Am ganzen Leibe zitternd, war für mich dieses Mal der Ausflug zu Ende. Ich hockte still auf der Burg und beteiligte mich an keinem der Spiele mehr. Erst einige Stunden später, auf dem Heimweg, begann ich mein Erlebnis allmählich zu vergessen.

Zu Hause erzählten wir nichts von unseren Streichen, denn ein Verbot, zu unserer Burg zu gehen, wollten wir nicht riskieren. Natürlich hinderte auch mich nichts daran, beim nächsten Mal wieder ganz bei der Sache zu sein.

Sooft wir schon auf unserer Burg gewesen waren und so viele uns begeisternde Erlebnisse wir dabei auch hatten, so hatten wir doch noch nie etwas so Aufregendes erlebt wie an jenem Tag, als Erni eine Entdeckung machte, die uns überaus wichtig schien. Er entdeckte in der Schlucht an der Nordwand des Berges ein Knochenende, das da hervorragte.

Als wir den Fund alle aus der Ferne begutachtet hatten, kamen wir zu dem Schluss, diesen an höherer Stelle zu melden. Leider – oder besser gesagt: Gott sei Dank – steckte der Knochen an einer Stelle in der Wand, die für uns ohne Hilfsmittel und Ausrüstung nicht erreichbar war. Lange Gespräche, Mutmaßungen über die Wichtigkeit dieser Entdeckung erfüllten diesen Tag.

Da wir, schon alle vierzehnjährig, Mühlbach nur noch in den Ferien aufsuchten (jeder hatte eine Lehre begonnen), vergaßen wir dieses Ereignis bald wieder. Nicht so der Entdecker. Er meldete seine Entdeckung dem Hermannstädter Museum und zeigte einer ausgerückten Forschergruppe die Stelle. Nach einer Begutachtung wurde, wie wir später von unserem Freund erfuhren, die Sache als Bagatelle abgetan. Deshalb befindet sich der Knochen noch heute, falls ihn nicht das Wasser ausgewaschen hat, an derselben Stelle und harrt weiterer Entdecker, so wie wir es einst waren.

Die Wassermühle

Zu jener Zeit, als wir noch kleine Buben waren, aber auch noch weit hinein in die sechziger Jahre des 20. Jahrhunderts, standen am Mühlbach (eigentlich ein Kanal des Klosterbaches), noch zwei Wassermühlen: die obere und die untere Mühle. Auf der linken Seite der oberen Mühle gab es auch die elektrische Beutelmühle, die der evangelischen Kirche gehörte. Diese erzeugte ihren eigenen Strom. Davon aber ein andermal.

Wehre, die das reißende Wasser stauten, und Schleusen, die diese Wassermengen zur Arbeit zwangen, übten schon sehr früh ihren Reiz auf uns Kinder aus. Mir hatte es besonders die untere Mühle angetan, weil sie sich nur einige hundert Meter entfernt am Ende unserer Straße, der Quergasse, befand. Ein sehr interessantes Wegstück begann gleich hinter der Kreuzung von Quer-, Mühl- und Altgasse, denn hier gab es immer etwas zu sehen.

Die Quergasse verlief von Ost nach West bis zur Wassermühle; fast am Ostende hatte sich später noch ein Müller eine elektrische Mühle errichten lassen. Die Altgasse erstreckte sich von Süd nach Nord und schließlich die Mühlgasse von Nord nach Süd, wo sie in die Hauptstraße mündete. Auf einem für meine Begriffe großen Platz vor der Mühle gab es unzählige Pferde- und Ochsengespanne, einige davon mit Säcken beladen, andere leer. Die ruhenden Ochsen käuten wieder, Pferde standen fast reglos in der brütenden Hitze des Tages. Meistens und besonders am Donnerstag, dem Markttag, war hier viel los. Rechts befanden sich zwei kleinere, blau getünchte Häuser, links ein einzelnes. Und aus den Dächern dieser Häuser stiegen Rauchwolken empor. Es waren die Behausungen und Werkstätten der Schmiedzigeuner, die sich hier niedergelassen hatten und zum Stadtbild gehörten wie die Mühlen, der Bach und der Rote Berg.

Große, schwere Hämmer, geschwungen von den kräftigen,

sehnigen Armen der Schmiedegesellen, schlugen auf das glühende Eisen, und Funken stoben auf die rußgeschwärzten, lederbeschürzten Gestalten, deren dunkle Hautfärbung im Funkenregen metallen glänzte. Jeder Bauer, der zur Mühle kam, verband das Warten mit Nützlichem. Neue Eisen, wenn nötig, wurden den Zugtieren angepasst. Es zischte, und ein Geruch wie von verbranntem Haar erfüllte die Luft. Oder man ließ neue Reifen auf Wagenräder ziehen.

Bauern in ihren landesüblichen Trachten: runder schwarzer Hut ohne Krempe, mit schmalem Band und Rand; weites, kragenloses weißes Hemd, mit zwei Bändchen und Schlaufe zusammengebunden, an Brustlatz und den weiten Ärmeln bestickt; darüber eine knappe Weste aus Lammfell, vorn offen, mit dem Haar nach innen, ebenfalls bestickt; um den Bauch ein zehn Zentimeter breiter, meist mit Stickerei verzierter Gürtel (der Scherpar); enge, beinahe auf die Haut gegossen scheinende lange Hosen aus selbst gewebtem weißem Wollstoff (die so genannten Tschoaretsch); dazu an den Füßen die Opanken, aus einem einzigen Stück Sohle kunstvoll bis über die Knöchel geschnürt. So sah man Jung und Alt in Gesprächen, manchmal auch in Streitereien, vor der Mühle. Sie alle warteten, bis sie mit dem Mahlen an der Reihe waren, auch wenn es bis in die Nacht hinein dauerte.

Weizen, Mais und Gerste wurde mit dem „Viertel“ (einem 20-Liter-Hohlmaß aus Holz) in die Trichter der lärmenden, ratternden Mühlen geschüttet. Der Müller holte sich von jedem seinen Zins, meist nach Augenmaß, ab. Er wusste genau, wann jemand fertig war: nach dem Klingelton der jeweiligen Mühle. Große, dicke Steine zerrieben das Mahlgut zu feinem oder gröberem Mehl, je nach Wunsch des Kunden. Manchmal wurden die Getreidearten auch vermischt grob gemahlen. Dieses Mehl benützte der Bauer dann als Viehfutter und in der Schweinemast.

Da wir auch jedes Jahr ein Schwein mästeten, mussten wir als Kinder ebenfalls mit dem Handkarren das gekaufte Getreide zur Mühle fahren. Da tat ich immer ohne Murren. Wenn es hieß, zur Mühle zu gehen, war ich stets bereit, denn auf mich übte das Wasser dort eine große Faszination aus.

Kaum in der Mühle angekommen, schleppte ich meinen Sack die Holzstufen hoch oder ließ ihn, wie es meist der Fall war, von einem mitleidigen Bauern hochtragen. Dort sah ich mir die Leute an, die vor mir dran waren – und, husch, ging es zum Bach.

Vier große Schaufelräder, jedes in einem engen, hohen Kanal, verspritzten Wassertröpfchen in den verschiedensten Größen nach allen Seiten. Es funkelte so lustig, und der schönste Regenbogen entstand im Sonnenlicht. Hier fühlte ich mich glücklich. Hier konnte ich in das Wasser schauen und mich in Gedanken in die entferntesten Winkel der Erde tragen lassen. Nicht das Wasser floss, nein, ich war es, der sich fortbewegte! Das Wasser stand still, und meine Fantasie gaukelte mir eine berauschend rasante Fahrt vor, wie ich sie sonst nirgendwo erlebt habe, hatte ich doch bis zu diesem Zeitpunkt als schnellstes Gefährt nur ein Pferdegespann unter meinem Hosenboden gehabt, und das nur ein einziges Mal. Was wusste ich als Neun- bis Zehnjähriger schon von der Welt. Was kannte ich schon außer Mühlbach: von den umliegenden Gemeinden nur die Namen und die ungefähre Richtung, in der diese Orte zu finden waren. Aber hier auf der Brücke war ich der Kapitän und kannte mich aus. Ich bereiste den Mühlbach, fuhr bis Karlsburg in die Marosch und immer weiter in die Theiß, die Donau, ins Schwarze Meer, setzte Segel und lenkte mein Segelschiff durch den Bosporus ins Mittelmeer. Die goldenen Zinnen Konstantinopels leuchteten im Glanz der Abendsonne zu mir herüber. Glocken ertönten, und Stimmen schallten, drangen bis zu mir her … so bekannt, so gehetzt … Was war los, wer schüttelte mich, den Kapitän? Welch Frevel …!

Mein Bruder stand neben mir. „Wo ist das Mehl? Hast du schon gemahlen?“ Mit diesen profanen Worten rief er mich in die Wirklichkeit zurück.

„Ich bin noch nicht an der Reihe“, antwortete ich schlagfertig. Doch in der Mühle sah ich keines der Gesichter, die ich mir gemerkt hatte.

„Wo ist unser Sack?“

„Der muss da sein.“ Ich suchte und suchte, fand ihn aber nicht, und Tränen traten mir in die Augen und wurden im Gesicht mit dem Mehlstaub zu einer klebrigen Masse verwischt.

Da endlich erbarmte sich der Müller, der mich kannte, meiner und zeigte mir den Sack mit dem fertigen Mehl. Glücklich nach der ausgestandenen Angst, beluden wir gemeinsam unseren Handwagen und zogen unser Gefährt nach Hause. Noch oft dachte ich an dieses Erlebnis, aber noch öfter zog es mich hin auf die Brücke mit den Schleusen und Wasserrädern, um da alles zu vergessen und in Wachträumen zu schwelgen.

Die Gebäude der einstigen Mühlen stehen noch; das Wasser jedoch fließt nicht mehr, der Kanal ist zugeschüttet, und wenig erinnert noch an die Vergangenheit mit rauschendem Wasser und ratternden Rädern, dem Regenbogen, den glänzenden Kristallen und den vielen Träumen. Nicht einen Hinweis mehr gibt es auf die Wollkämmerei, die auf der gegenüberliegenden Seite von einem kleineren Wasserrad betrieben wurde. Die Stadt hat sich verändert; statt Pferde- und Ochsenwagen bestimmen Autos mit Lärm und Gestank das Stadtbild. Der nostalgische Hauch meiner Kindheit ist verweht und macht einer neuen Generation mit neuen Träumen und neuen Empfindungen Platz.

Gerda Maria Bühler

Erlebnisse, die man nie vergißt

Vielleicht war ich verrückt, vielleicht waren wir alle verrückt, oder ich habe sie mit meiner Verrücktheit angesteckt. Mein Mann, mein jüngster Sohn – jetzt zehn Jahre alt – und ich, jeder von uns wünschte sich zu Weihnachten kein Auto, keine neuen Kleidungsstücke, keinen Schmuck, sondern jeder wollte ein Fahrrad. Unsere Tochter war zu dieser Zeit in England auf Studienreise, das war ihr Weihnachtswunsch.

Es war das erste Weihnachtsfest nach der Währungsreform, und man konnte wieder Wünsche äußern. Daher kam in das große Sparschwein, das wir nach Einführung der neuen Währung aufgestellt hatten, jede übrige D-Mark.

Als wir dann an Weihnachten das Sparschwein schlachteten, konnten wir mit Vaters großzügiger Geldhilfe drei Fahrräder kaufen. Als die Schmuckstücke unter dem Lichterbaum standen, konnte ich es immer noch nicht glauben, daß das funkelnde Etwas nun mir gehören sollte. Ich strich immer wieder liebevoll über den wie Silber glänzenden Rahmen. Der Sattel war groß und weich, die Reifen waren schwarz und glänzend. Aber je mehr ich mich über das neue Fahrrad freute, desto trauriger wurde ich. Würde ich nun gezwungen sein, mein altes Fahrrad auf den Schrottplatz zu werfen?

Es war nicht glänzend, sondern schwarz lackiert. Der Sattel war hart und an vielen Stellen aufgeplatzt. Die Felgen waren verbogen. Die Reifen waren durch viele Risse und Flicken verunziert, und meistens mußte ich sie nach ein paar Kilometern neu aufpumpen. Aber das Rad war meine einzige Hilfe. Wie sonst hätte ich in der Kriegs- und Nachkriegszeit meine beiden Kinder ernähren sollen?

Das einzige Fortbewegungsmittel war mein Fahrrad gewesen. Ich fuhr damit in den Wald, um Holz zu sammeln, das ich dann in einem Sack auf dem Gepäckträger nach Hause brachte; dabei ist es bei der Last nie zusammengebrochen. Oder ich fuhr in den Wald, um Beeren oder Pilze zu sammeln. Ich fuhr damit auf die Felder, um Ähren zu sammeln; für das Korn bekam man in der Mühle Mehl. Ich fuhr damit zu den Bauern, bei denen ich Näharbeiten verrichtete, natürlich gegen Naturalien. Wie oft bin ich dann voller Angst in die Pedale getreten, daß mich nicht eine Kontrolle erwischen und mir meine Kostbarkeiten wieder abnehmen würde.

Mit meinem Fahrrad konnte ich damals schnell genug die Hebamme erreichen, die dann meiner Schwägerin sowie ihrem Kind das Leben rettete.

Wie oft hatte ich Nachbars Sohn Robert, mit einem Kissen auf dem Gepäckträger, zum Arzt gefahren, wenn er einen Asthma-Anfall hatte.

Und jetzt weiß ich: Wenn auch wir unsere Stadt hätten verlassen müssen, dann hätte ich wahrscheinlich meine beiden Kinder hinter mich aufs Fahrrad gesetzt und wäre der Gefahr davongefahren.

All diese Erinnerungen kamen mir, als ich das glänzende Gestell streichelte. Plötzlich rannen mir Tränen über das Gesicht. Da wurde mir klar: Ich konnte mein altes Fahrrad nicht einfach auf den Schrottplatz bringen! Ich wußte, es mußte im Hause bleiben, denn es hatte wie ein altes Pferd sein Gnadenbrot verdient. Es sollte als Erinnerung an die schlechten Zeiten einen Ehrenplatz auf dem Speicher erhalten.

Als ich meine Tränen dann meinem Sohn und meinem Mann erklärte, nahmen sie mich in den Arm und meinten, daß sie mich wunderbar fänden und mich gerade wegen meiner Anhänglichkeit und Treue liebten.

Zurück aus dem Mittelalter

Wer interessiert sich heute noch dafür, was im Mittelalter mit den Menschen geschehen ist? Man kann zwar in den Annalen aus der damaligen Zeit nachlesen, daß die Menschen gefoltert und gepeinigt wurden, um am Schluß doch verbrannt zu werden. Warum glaubte man damals, daß man vom Teufel besessen sein müßte, wenn man sich außerhalb der damaligen Regel bewegte? Glaubten es auch wirklich alle? Oder war es nur Machtausübung einer privilegierten Schicht?

Aber die Menschen waren auch damals weder Hexen noch vom Teufel besessen. Vielleicht benahmen sie sich ungewöhnlich, weil sie von ihren Gefühlen vollkommen vereinnahmt wurden, so daß sie nicht mehr fähig waren, klar zu denken oder vernünftige Handlungen auszuführen. Solche Gefühlsverwirrungen wurden auch damals schon durch Liebe, Haß, Neid, Eifersucht oder Machtstreben ausgelöst, genauso wie heute.

Hat sich bei den Menschen seither etwas geändert? Ihr Gefühlsleben hat sich trotz Computer und moderner Technik nicht geändert. Sind Amokläufer, Todesschützen, Feuerteufel und Terroristen nicht auch vom Teufel besessen? Sie können ihre Handlungen ebenfalls nicht mehr unter Kontrolle halten. Warum schaffen wir es heute nicht mehr, ihnen den Teufel mit einem Kruzifix auszutreiben? Warum müssen heute Gewehrkugeln die Austreibung vornehmen?

Selbst in unserem Technozeitalter ist es möglich, daß einen die Liebe, wie man so scherzhaft sagt, „den Kopf verlieren" läßt.

Selbst ich, sonst die Vernunft in Person, wurde einmal von der Liebe zu einem leider verheirateten Mann in einen Gefühlsstrudel gestürzt. Ich war nicht mehr fähig, klare Gedanken zu fassen. Ich hatte nicht einmal mehr Lust, das Haus zu verlassen, denn die Angst, er könnte anrufen und ich wäre nicht zu Hause, lähmte schon alle Aktivitäten.

Die schönste Zeit war für mich, als wir uns einmal mehrere Tage hintereinander sehen konnten. Ich empfand seine Nähe und seine Liebe als die reinste Offenbarung.

Die Glückseligkeit steigerte sich von Tag zu Tag. Ich lebte nicht mehr auf dieser Welt, ich hatte bereits die Anziehungskraft der Erde verlassen und schwebte schwerelos durch das All. Nun kann ich mir vorstellen, obwohl ich noch nie Drogen genommen habe, daß man bei einem Trip genauso aufgelöst und glücklich sein müßte. Ich war mit ihm nur eine einzige Einheit, es prasselten Gefühle über mich, die man nicht beschreiben kann, denn dafür gibt es keine Worte im Duden.

Als der letzte Abend unseres Zusammenseins kam, hätte ich am liebsten die Tür abgeschlossen und den Schlüssel weggeworfen. Der Wunsch, ihn immer bei mir zu haben, wurde immer zwingender. Ich konnte es einfach nicht mehr ertragen, ohne ihn leben zu müssen, ich mußte einfach seine Wärme und Zärtlichkeit spüren. Nur das bißchen Vernunft, das noch in mir war, verhinderte die Aktion.

Als er dann gegangen war und ich die Wohnungstür hinter ihm geschlossen hatte, fühlte ich mich wie nicht mehr lebend, ich glaubte, er hatte seine Liebe, seine Persönlichkeit und seinen Körper mitgenommen. Danach ist eine unheimliche Traurigkeit in mir zurückgeblieben.

Die Leere in meinem Gehirn und in meinem Herzen breitete sich danach immer mehr aus. Ich hatte nur einen Piccolo getrunken, aber ich wankte ins Bett, als ob ich total betrunken wäre. Um mich drehte sich alles, dabei glaubte ich Arme und Füße nicht mehr bewegen zu können, sie waren schwer wie Blei. Mein Kopf dröhnte, und die Kopfschmerzen waren fast unerträglich.

Meine Gefühle rasten durch mein Hirn und durch meinen Körper. Einmal waren es starke Gefühle der Liebe, der Zärtlichkeit, dann war Haß auf ihn, auf mich selbst, auf die ganze Menschheit vorherrschend. Ich haßte ihn, weil er nicht bei mir bleiben konnte. Ich haßte mich, weil ich meine Gefühle nicht im Zaum halten konnte, weil ich ihn für mich allein haben wollte. Außerdem bildete ich mir ein, daß es auf der Welt keine Frau mehr geben würde, die einen Mann so sehr liebt.

Zum Schluß sind die Gefühlsteilchen zu einer Kugel zusammengeschmolzen und rotierten in mir, und ich drehte mich mit der Kugel im Kreise; so empfand ich es wenigstens. Meine Empfindungen gingen sogar so weit, daß ich den Knall zu hören glaubte, mit dem die Kugel explodierte. Dann wußte ich nichts mehr, wahrscheinlich bin ich eingeschlafen. Aber meine Phantasie tobte sich im Schlaf, als Alptraum in mir aus:

Ich ging mit ihm Hand in Hand an einem See entlang. Das Wasser war dunkel und unbeweglich, als bestände es aus einem großen Brocken Steinkohle. Das Unheimliche war körperlich zu spüren, ich fror und spürte die Sonne nicht mehr.

Plötzlich sprang mich eine Frau an und stieß mich ins Wasser. Mit verzerrtem Gesicht, die schwarzen Haare hingen zerzaust über ihre Augen, die auch nur zwei Kohlestücke hätten sein können, schrie sie mit greller Stimme: „Ertränke sie, sie soll ertrinken, ich will sie nicht mehr sehen, sie gehört nicht zu dir!"

Ich versuchte verzweifelt, wieder an das Ufer zu schwimmen, aber wenn ich fast angekommen war, stieß mich der Mann, der mir immer wieder sagte, daß er mich liebe, wieder ins Wasser zurück. Ich schrie nur immer wieder: „Hilf mir doch, so hilf mir doch endlich!" Aber er schien weder zu hören, noch schien er zu wissen, wen er da umbringen wollte. Ich schlug immer wilder um mich, und meine Schreie vermischten sich mit dem grausamen Gelächter der Frau.

Als ich am Morgen erwachte, versuchte ich als erstes, meine Arme und Beine zu bewegen; sie waren leicht und beweglich. Im Zimmer herrschte eine rosige Helle, obwohl der Himmel grau und bedeckt war. Ich fühlte mich frei und gelöst, und eine angenehme Wärme durchströmte meinen Körper. Ich fühlte mich, als wäre ich nach einem schweren Fieberanfall aufgewacht, das Fieber nun gesunken und mein Körper nicht mehr in einem Hitzestau gefangen. Ich streckte und dehnte mich, eine unglaubliche Lebensfreude erfaßte mich, und so sprang ich mit einem Satz aus dem Bett. Da erst bemerkte ich, daß sämtliche beweglichen Gegenstände, die sonst auf meinem Nachttisch standen, auf dem Boden verstreut waren.

Nun kam ganz langsam die Erinnerung zurück und damit auch das Erinnern an den Mann, den ich zu lieben glaubte. Aber diesmal war es ein anderes Gefühl, frei und luftig und nicht mehr belastend. Wenn ich wirklich mit meiner Liebe vom Teufel besessen war, dann ist er in dieser Nacht in die Hölle zurückgekehrt. Den verstreuten Gegenständen und meinem zerwühlten Bett nach zu urteilen, war es ein harter Kampf mit ihm gewesen. Aber wichtig für mich war, daß ich gewonnen hatte.

Die „Wahnsinns"-Periode umfaßte zwar nur einen kurzen Zeitabschnitt meines Lebens, gehört aber nun einfach auch dazu. Vielleicht muß der Mensch auch solche Phasen erleben, um danach das Leben und die Liebe besser schätzen zu können.

Ellen und Klaus Eichentopf

Juli AUGUST September

In unseren alten Briefen gestöbert

…
Schreib mir, wie du liegst! Liegst du auch weich?
…
Schreib mir, wie's dir geht! Verschont man dich?
…
Schreib mir, woran denkst du? Bin es ich?
…

BERTOLT BRECHT, Über die Liebe

1961

Leipzig, den 11. Juli 1961

Am Abend waren wir (mit Tante!) im Capitol – „Verliebt in Kopenhagen“. An gewissen Stellen fehlte mir aber etwas ganz Bestimmtes in der Nähe, und das warst zufällig Du.
Weißt Du eigentlich, dass wir noch nie zusammen im Kino waren?
… Gestern ging dann die Jagd los nach einem Keilriemen für den „Čezeta“. Aber es war auf der ganzen Linie Essig.

Stiege, den 13. Juli 1961

Heute im Bus habe ich mich dabei ertappt, dass ich an Dich denke, ohne es zu wollen. Ach, es ist noch soooo lange bis Mitte August!

Dippoldiswalde, den 15. Juli 1961

Bisschen schummrig war mir ja vorgestern und gestern schon, als von Dir keine Post kam. Wenn wir uns nicht so „schrecklich“ gut verstehen würden, wären mir sicher die dümmsten Gedanken gekommen.

Dossow, den 18. Juli 1961

Sei nicht böse, aber es freut mich irgendwie, dass Du ein bisschen gebangt hast und nicht alles als Selbstverständlichkeit hinnimmst.

Minsk, den 29. Juli 1961

Heute Abend ist ein Operettenbesuch vorgesehen. Ich bin davon nicht sehr begeistert. Auf Moskau freue ich mich ganz toll.
Wie geht es Dir? Ich warte sehr auf den 13.
Bitte schreibe mir einen d i c k e n Brief nach Hause, ich möchte ihn am 11. in Empfang nehmen.

Dippoldiswalde, den 8. August 1961

Aber die allerlängste Zeit hat es ja nun wirklich gedauert. Weißt Du, am Anfang hab ich gedacht, es wird gar nicht so doll schlimm sein, das Getrenntsein zu überstehen. Aber die letzten Tage, Du, das war schon alles andere als schön.
Wie ging's Dir? Du hattest ja während der Reise immer Betriebsamkeit. Aber die podmoskovnye večera, ich weiß ja nicht!?
Nächsten Sommer fahren wir unbedingt zusammen irgendwohin, irgendwohin …

Dossow, den 28. August 1961

Zuerst zu unserem Treffen. Die Kreislehrerkonferenz findet erst morgen statt. Am Mittwoch bzw. Donnerstag tagt der Pädagogische Rat. Einer der beiden Tage ist voll für den Ernteeinsatz vorgesehen. Das ist großer Mist! Ich kann also nicht kommen und erwarte Dich am Sonnabend. Wahrscheinlich müssen wir zum Wochenende auch aufs Feld, doch das steht noch nicht fest. Wenn ja, so versuche ich, Sonnabendnachmittag zu gehen, damit wir wenigstens den Sonntag ganz für uns haben.

Pritzwalk, den 28. August 1961

Die Sitzung war so, dass keine Stimmung zum Privatbriefe-Schreiben aufkam. Vielleicht wäre man wegen diese Deliktes sogar öffentlich angepfiffen worden. So scharf wehte heute der Wind.

Pritzwalk, den 29. August 1961

Heute Abend hättest Du wirklich dableiben müssen.
Draußen vorm Fenster zirpen solche ollen Grillen, das macht einen richtig verrückt …

Dossow, den 30. August 1961

Ich würde mich gern in den Garten legen, doch ich habe Angst, dass man mich erblickt und sich aufregt, weil ich nicht auf dem Feld bin.

Dossow, den 4. September 1961

Schade, dass wir beide kein Telefon haben, sonst könnten wir uns immer abends eine gute Nacht wünschen.
Ach, ich spinne schon wieder.

Dossow, den 11. September 1961

Mäuschen erzählte mir einige Gräuelgeschichten aus ihrem Dorf von Leuten, die dem Ochsenkopf „gehuldigt" hatten und mit denen es ein schlechtes Ende nahm.
Wohin mag das bloß noch führen?
Da gibt es nun jemanden, den man gern hat – alles könnte so schön sein! Doch die Angst bzw. Ungewissheit sitzt einem im Nacken. So wird das bisschen persönliche Leben nach und nach verdrängt.
Vielleicht sehe ich zu schwarz. Sitzt man aber so allein in seinem Bau, kommen einem die blödesten Gedanken in den Kopf. Versuch, sie mir auszutreiben!
Bitte, bring mir doch „Romeo, Julia und die Finsternis" mit, ich möchte es noch einmal lesen.

Pritzwalk, den 11. September 1961

In Wittenberge gab's keine Ringe, nur bei Materialabgabe, das sei schon immer so gewesen und würde sich auch nicht ändern.
– Einen Keilriemen gab es auch nicht.

Pritzwalk, den 18. September 1961

Heute war so eine Art 13. August im Internat: Privatradios wurden verboten usw. Wie soll man den angehenden Abiturienten in die Augen sehen?

… Ich bin Dir nicht böse, das wäre ja noch schöner, was wäre denn so eine Liebe wert? Du hast vollkommen Recht, wir wollen nur das tun, was wir beide ganz von Herzen wollen.

… Ich hatte die Absicht, die Alltagsgedanken mit Macht zu verscheuchen, um Dir näher zu sein, aber es ist mir nicht ganz gelungen.

Dossow, den 20. September 1961

Heute ist ein schöner dicker Brief von Dir bei mir angekommen. Ich glaube, Du bist doch der bessere Briefschreiber von uns beiden. So schön krieg ich das nie hin.

… Mit Deiner 12. hast Du Dir ja was eingehandelt!

Meine neun Jahre jüngeren Burschen haben mich blamiert, weil zwei von ihnen mit größtem Appetit beim Fahnenappell in die Frühstücksstullen gebissen haben.

Pritzwalk, den 25. September 1961

Inzwischen wurdest Du ja mit einem Telegramm von mir verwöhnt. Vielleicht war die Formulierung RINGE KLAR etwas zu optimistisch. Ich will Dir die Sache noch ein bisschen erläutern …

Dossow, den 27. September 1961

Haben wir am Sonnabend sturmfreie Bude?

Gehen wir ins Kino?

Gibt es Weintrauben?

Bitte, bitte!

Pritzwalk, den 27. September 1961

Ich muss heute immer wieder Deinen Satz in dem Brief lesen: „Ich glaube, wir werden ganz gut zusammen leben können.“ Ja, ich glaub’s auch ganz fest.

Nachsatz

Wir begegneten uns im Juni 61.

Just am 13. August, als der Mauerbau begann, fuhr Klaus mit dem Motorroller „Čezeta“ nach Schlema, wo Ellen zu Hause war. Ihr Vater, Bergmann, hatte ab sofort Dauerbereitschaft bei der Kampfgruppe …

Die Briefstellen entstammen den Wochen davor und danach. Wer jeweils schreibt, ist nicht angegeben – es ist uns heute nicht mehr so wichtig.

Im Juli 2002 war unsere Rubinhochzeit.

Und wir besuchten auch endlich Kopenhagen …

Elise

Rückblick

Aus sehr bitteren Erfahrungen und Enttäuschungen habe ich Lehren für mein eigenes Leben gewonnen. Das ist der tiefere Sinn meiner Lebenserinnerungen.

Die Fehler meiner Erzieher mit Verständnis zu erkennen war der Anfang meiner Selbstfindung. Die Einsicht in Ursachen und Wirkungen hat sich bei mir eingeprägt. Jede Lebensgeschichte nimmt ihren einzigartigen Verlauf. Ich erlebte meine Kindheit zur Zeit des Krieges und habe so die Welt gleich von ihrer schlimmsten Seite kennen gelernt. Ich musste von Anfang an mit zupacken auf dem Hof meiner Eltern und wurde von klein auf in die Verantwortung genommen. So hat die Kindheit mich abgehärtet und mir Spannkraft vermittelt. Für Angst und Selbstzweifel gab es keinen Platz. Die Moralvorstellungen und die Werte, mit denen ich groß geworden bin, haben mich entscheidend geprägt. Bei uns zu Hause hieß das früher so: „Das Geld, das wir nicht haben, können wir nicht ausgeben."

Die praktische Arbeit und das Wohl des Hofes standen immer auf Platz eins der Prioritätenliste. Gern hätte ich die Karten neu gemischt, aber es ging nicht, man musste sich fügen. Träume und Begeisterung wurden aufgegeben, weil weder Verständnis noch Zeit und Geld dafür da waren. Ich hatte damals keine Chance, frei auszuwählen, was ich aus meinem Leben machen wollte. Die Weichen wurden größtenteils von außen gestellt.

Es gibt auch heute Zwänge, die wir nicht beeinflussen können. Nicht jeder kann ausleben, was in ihm steckt. Wichtig ist, dass man trotz allem mit seinem Leben versöhnt ist und mit der Familie, in der wir unsere Wurzeln haben, mit unseren Grenzen, unserem Können und Nichtkönnen. Egal, was in unserem bisherigen Leben eventuell schief gelaufen ist: Irgendwann kommen wir an den Punkt, wo wir uns nicht selber Leid tun, sondern aus allem etwas machen sollten.

Die Erziehung, ob man sie als gut oder schlecht empfunden hat, prägt einen Menschen. Der Mensch ist überwiegend ein Produkt seiner Erfahrungen. Wie man in der Kindheit die Welt erfährt, so meint man nachher, dass sie sei. Wenn diese Erfahrungen keine guten oder nicht die richtigen sind, wird ein Individuum in gewissen Lebenssituationen immer wieder straucheln. Ein Kind kann ja seinen Eltern nicht kündigen. Es hat keine Möglichkeit, seinen Eltern zu entfliehen. So vollzieht sich hier ein Schicksal. Eltern sind natürlich nicht unfehlbar, sie wünschen nichts mehr, als dass ihre Kinder im späteren Leben glücklich werden. Ob sie auch realisieren, wie sehr sie die Waage dieses Glücks in der Hand halten?

Wie die Welt auch beschaffen sein mag, ein Mensch muss sich darin behaupten, er muss sich immer wieder anpassen, umstellen und neu orientieren. Dafür braucht er eine Ausgangsposition, die darüber entscheidet, mit welcher seelischen Konstitution, mit welcher Gelassenheit, Sicherheit, Ausgeglichenheit und mit welcher psychischen Widerstandskraft ein Mensch ausgestattet ist.

Zu all diesen Überlegungen bin ich gekommen, da mir meine eigene Erziehung zu streng und konservativ erschien. Von meinem achten Lebensjahr an gab es nur Verbote, Intoleranz wurde praktiziert. Körperliche Züchtigungen waren sehr häufig. Seinerzeit habe ich seelisch sehr darunter gelitten. Ich wollte mich nie damit abfinden, dass es so war und nicht anders.

Es waren für mich Jahre der Hölle, die ich nie wieder erleben möchte, an die ich mich ungern erinnere. Liegt die grausame Zeit auch schon über fünfzig Jahre zurück, vergessen werde ich sie nie, eventuell nur verdrängen.

Hier einige brutale Beispiele: Ich sollte einen Kornsack aufhalten. Da es mir nicht gleich gelang und die erste Schaufel vorbeifiel, bekam ich eine kräftige Ohrfeige und lag mit meinem Gesicht im Getreidehaufen. Unter Schluchzen versuchte ich es zitternd ein zweites Mal. Dabei wurde ich laut mit hässlichen Schimpfworten bombardiert. Bei anderer Gelegenheit bekam ich eine Ohrfeige und fiel mit dem Kopf auf einen alten Ohrensessel. Mit Tränen in den Augen und blutender Nase verließ ich fluchtartig das Zimmer. Außerdem gab es oft Schläge mit der so genannten Klopp-Peitsche, an der sich vier bis sechs zirka fünfzig Zentimeter lange Lederriemen befanden. Anschließend hatte ich Striemen am Hinterteil und an den Oberschenkeln. Oft waren sie noch nicht verblasst, dann gab es schon wieder eine Tracht Prügel.

So versuchten damals die Väter, mit Strenge ihre Autoritätsposition gegenüber den Kindern durchzusetzen. Mit teilweise militärischen Disziplinierungsmaßnahmen sollten die Kleinen erzogen werden. Die Männer hatten sich der Hierarchie der Wehrmacht und der Gefangenenlager anpassen und viele Jahre Unterordnung und Gehorsam, Herrschaft und Befehlsgewalt ertragen müssen und übertrugen diese Erfahrungen und Verhaltensweisen auf die Erziehung ihrer Kinder.

Mit solchen Methoden ließ sich die Entfremdung zwischen heimgekehrten Vätern und heranwachsenden Kindern nur schwer überbrücken. Wir Kinder hatten während der Abwesenheit unserer Väter Verhaltensweisen erlernen müssen, die eher in Richtung Eigenständigkeit, Kooperation und Verantwortung gingen. Wir konnten die Anweisungen und Erziehungsversuche der Väter oft nicht verstehen.

Eines meiner markantesten Erlebnisse der letzten Schuljahre waren die Deutschstunden mit dem von mir hoch geschätzten Lehrer Walter. Er war ein aufopfernder Pädagoge, der sich der aktuellen Probleme der Jugend förderlich und engagiert annahm. Er wusste uns Schülern Antwort zu geben und vermittelte Zuversicht. Angespannt lauschten wir seinen Ausführungen, dann wieder sein erhobener Zeigefinger: „Wer sich im Leben behaupten will, muss unbedingt einige Faktoren beherzigen: Voraussicht, Selbstbeherrschung, Ordnungsliebe, Fleiß, Gerechtigkeit und Toleranz. Es ist eine gute Kapitalanlage für eure Zukunft. Außerdem schreibt alles auf, führt Tagebuch, eines Tages werdet ihr so an vieles erinnert."

Wie Recht er hatte! Dank sei seinen Worten, die mir noch heute, nach über fünfzig Jahren, so klar in Erinnerung sind. Vieles Erlebte habe ich aufgeschrieben, schöne und oft auch traurige Begebenheiten. Es sind meine Lebensgeschichten. So konnte und habe ich alles verarbeitet. Beim Lesen werde ich an vieles erinnert, was mich prägte. Ich baue mein Leben aus den Trümmern der Vergangenheit auf. Diese Steine sind ein festes Fundament. Das Leben hat bei mir viele Narben hinterlassen, aber ich blicke nie zurück.

Sieben Tage vor Heiligabend, inspiriert von wunderschönen alten Weihnachtsliedern, wandern meine Gedanken zurück in die Kindheit.

Mit viel Liebe und Fürsorge hat meine hoch geschätzte Mutter selbst in den trostlosen Kriegs- und Nachkriegsjahren Heiligabend zu einem ganz besonderen und außergewöhnlichen feierlichen Tag gestaltet. Mit ihren bescheidenen Möglichkeiten hat sie es immer wieder verstanden, ihre Familie froh zu stimmen. Sie lebte es uns vor, sang Weihnachtslieder, erzählte Geschichten und war so Mittelpunkt der Familie. Obwohl sie selbst eine schwere Bürde zu tragen hatte. Die Arbeit und das

Wohl des Hofes hatten für sie immer Vorrang. Deshalb wurde auch sehr viel Energie in Konflikten verbraucht.

Auch sie war einst in eine Schablone gedrängt worden und konnte sich ihren Lebensweg nicht aussuchen. Wohl oder übel musste sie sich damit arrangieren. Sie musste sich fügen, aber sie tat sich nicht selber Leid, sondern hat aus allem das Beste gemacht. Oft fühlte sie sich erschöpft und müde, sie kam gar nicht mehr zur Besinnung; oft lagen ihre Nerven blank, weil sie die ständige Hochspannung nicht aushielten, innerlich war sie total ausgebrannt. Sie wünschte sich keine Blumensträuße, sondern Anerkennung. Was nützt der schönste und teuerste Strauß, wenn er nicht zum sonstigen Verhalten passt?

Lange schon sind die Kinder erwachsen und gehen ihre eigenen Wege. Sie freut sich über die Enkel und Urenkel. Die Verantwortung ging schon vor längerer Zeit an die nächste Generation über. Seit einigen Jahren ist sie Witwe. Ich hätte ihr nach ihrem aufopferungsvollen Leben mit ihrer Erfahrung das eine oder andere noch einmal ganz anders anzugehen gewünscht. Neuanfänge sind immer möglich – in jedem Alter!

Natürlich ist das auch abhängig von der gesundheitlichen Verfassung, aber leider war es ihr nicht vergönnt. Altersdemenz bestimmte ihren Lebensabend. Sie wurde zum Schwerstpflegefall und musste rund um die Uhr betreut werden. Sie war bis auf die Knochen abgemagert, da sie nicht mehr selbstständig essen konnte. Wenn ich ihr gegenübersaß, ihre zitternde Hand ergriff und in ihre leeren, traurigen Augen schaute, fühlte ich mich irgendwie schuldig. Denn seit meiner Heirat vor über vierzig Jahren hatte sie immer den Wunsch, dass ich mit meiner Familie wie auch meine Geschwister Heiligabend bei ihr verbringe. Obwohl wir ganz in der Nähe wohnten, war mein Mann immer strikt dagegen, jedes Jahr gab es deswegen Streit. Unsere Kinder sind dann später allein zur Oma gegangen. Alle

Cousins und Cousinen waren dort versammelt, während ich allein zu Hause blieb und mich nicht wohl fühlte in meiner Haut. Mein alkoholabhängiger Mann saß am Stubentisch und trank eine Flasche Bier nach der anderen und zwischendurch immer wieder die „nötigen“ Kurzen.

In meiner gesamten Kindheit hat mich das Leuchten der Christbaumkerzen glücklich gemacht, nun schnürte es mir die Kehle zu. Wieder so ein Heiligabend wie so viele Heiligabende vorher. So hatte ich mir das Zusammenleben mit diesem Menschen vor der Hochzeit nicht vorgestellt. Immer wieder durchlitt ich seine bösartige Wechselhaftigkeit, sein wiederholtes Sich-Betrinken, seine Wutausbrüche und sein Selbstmitleid, in dem er sich wälzte. Ich spürte hautnah seine Minderwertigkeitsgefühle, die ihn so aggressiv und heimtückisch werden ließen. Er beschimpfte und erniedrigte mich, sodass mein Herz vor Aufregung und Ärger wie wild pochte.

Immer wieder schaffte er es, immer wieder die gleichen bösartigen Beschimpfungen. Es tat sehr weh ganz tief im Innersten, jedes Mal wie ein Stich mit dem Messer ins Herz. Er konnte sehr gut treffen. Immer wieder diese obszöne und garstige Wortwahl. Es ist doch erschreckend, wie sehr sich ein Mensch im Laufe der Jahre so zu seinem Nachteil verändern kann. Mich ekelt das noch heute an. Immer wieder der gleiche Dialog in zig Jahren der Ehe. Wo sind meine Vorstellungen von einer Ehe geblieben, Vorstellungen von Liebe und gegenseitiger Achtung? Noch nie war ich so einsam wie in der Zeit meiner Ehe. Ich fühlte mich niedergeschmettert, ohne Hoffnung und im Stich gelassen. Wenn er mir demütigende Worte entgegenschleuderte, sah ich tiefen Hass in seinen Augen. So, wie er mich ansah, musste er mich so abgrundtief hassen, dass ich ihm auch das Schlimmste zutraute, sogar, dass er mich umbringt!

Neun Monate später. Polizeibericht der Tageszeitung: *Im Streit hat ein 64-jähriger Mann im alkoholisierten Zustand seiner Frau angedroht, sie mit einer Gaspistole umzubringen. Die Polizei nahm ihm die Waffe ab.*

Einige Tage später mein totaler Zusammenbruch: Nach einer Konfrontation und Demütigung seinerseits beschimpft er mich als Demenzkranke, nicht nur die Eierstöcke seien eingetrocknet, sondern auch mein Gehirn. Außerdem sei ich eine „läufige Oma" und Nutte. Im Badezimmer bin ich infolge von Kreislaufschwäche gestürzt, habe mir dabei das Nasenbein gebrochen und blieb bewusstlos liegen. Obwohl er den Sturz gehört hatte, so berichtete er mir später, hat er mir nicht geholfen. Ich hätte „die gerechte Strafe erhalten", so sein Kommentar. Als ich irgendwann wieder zu mir kam, half mir mein Sohn.

So wollte ich nicht weiterleben, so nicht! Ich stand vor den Scherben meines Lebens. Ich wollte nur noch die Scheidung.

Jahrelang hatte ich mich als pflichtbewusste Ehefrau bemüht, ihn zu verstehen, aber es ist mir nie geglückt. Die Hoffnung, er würde einmal mit dem Trinken aufhören, musste ich begraben. Solange sein Körper das mitmacht, würde er nicht aufhören. Es ging um mein Überleben und mein ganz persönliches Leben, denn ich konnte und wollte nicht mehr mit dieser ständigen Angst leben. Von meinen Vorstellungen eines gemeinsamen Lebens hatte sich wirklich nichts erfüllt. Er hatte immer seinen Frust an mir ausgelassen. Böse, verletzende Worte trafen mich ständig, es wurde immer schlimmer. Aus Tropfen wurden Bäche und Ströme verletzender Worte, immer wieder habe ich sie gehört. So oft, dass ich sie fast selbst glaubte. Irgendwann war die Schmerzgrenze überschritten. Er ist ein typischer Trinker, ich konnte ihm nicht helfen, denn einem Trinker kann man nicht helfen, wenn er es nicht von sich aus will.

Ich habe lange gebraucht, bis ich es begriff. Die ganzen Jahre arbeitete ich wie besessen bis zur Erschöpfung und lenkte mich so von der Realität ab, denn ich wollte den unvermeidlichen Zusammenbruch der Beziehung nicht akzeptieren. Aber zu oft schlug mir die Alkoholfahne ins Gesicht, dass mir übel wurde. Nachts schreckte ich hoch und spürte die Beklemmung in meinem Herzen; ich hatte das Gefühl, nicht richtig durchatmen zu können. Trotz meines Rentenalters fühlte ich mich wie ein kleines, verlassenes Kind. Die Zweifel, Angst und Verunsicherung überschwemmten mich. Ich konnte meine Gefühle nicht mehr beherrschen. Ich erlebte, wie mich traumatische Erinnerungen zusammenbrechen ließen. Immer wieder brach der Schmerz auf. Jede Assoziation löste die gleichen Gefühlsstürme aus.

Ich gelangte zu der Meinung, dass es reichte. Für meine Sünden hatte ich genug gebüßt: Über vierzig Ehejahre reichen als Buße für den Fehler, den ich mit dieser Heirat begangen habe. In den langen Ehejahren habe ich mich darum bemüht, ihm alles recht zu machen, was mir aber nie gelungen ist. Außerdem war ich immer der Meinung, dass Kinder beide Elternteile brauchen. Darin liegt ein Grund für mein Durchhalten, lieb, nett und arbeitsam zu sein und mich um diese Ehe zu bemühen. Ich habe meinen Kindern damit keinen Gefallen getan. Ich bin inzwischen zu der Einsicht gekommen, dass eine frühere Scheidung den Kindern viel erspart hätte. Was für ein Leben sollen sie führen, nachdem sie jahrelang so ein zerrüttetes Familienleben ertragen mussten?

Schuld habe ich ganz allein, denn es dauerte sehr lange, bis ich das Parasitäre in unserer Beziehung erkannte. Ich nahm ihm zu viel, nämlich alle Verantwortung ab. Ich kümmerte mich einfach um alles, machte es ihm rundherum schön. Es war die Verkörperung einer umfassenden Lebensorganisation. Und weil ich alles so stillschweigend machte, entstand bei ihm die Illusion, selbst der Macher zu sein. Er wurde immer aggressiver und demütigte mich täglich. Es war seinerseits ein Mittel, mich auf Trab und gleichzeitig klein zu halten. In mir wuchs ein Schuldgefühl, meine Sache nicht gut genug gemacht zu haben. Irgendwann hatte ich das Gefühl, zu kurz gekommen, erdrückt und eingesperrt zu sein.

Die Trennung war für ihn ein blitzartiger Einbruch, und er war darauf nicht vorbereitet. Die unsichtbaren Fäden, die bisher alles zusammenhielten, platzten mit einem Mal weg. Die Anspruchshaltung, die im Laufe der Zeit aus dem für ihn selbstverständlich gewordenen Versorgungsnetz entstanden war, wurde nun nicht etwa aufgegeben und im Nachhinein wertgeschätzt, sondern potenzierte sich durch das Gefühl, die Kontrolle über mich verloren zu haben. Die Fixkosten wie Strom, Wasser, Gemeindesteuer, Telefon, Beiträge zur Alterskasse und Versicherungen zahlte ich über vierzig Jahre lang. Bei seinem Auszug hat er allerdings vieles „mitgehen" lassen, auch viele persönliche Dinge von mir.

Eines Tages kam es, wie es kommen musste: Ich lief im wahrsten Sinne des Wortes meinem späten Glück in die Arme. Er war seit einigen Jahren Witwer. Damit fing etwas an, was ich anfangs nicht wollte, innerlich aber wohl dringend nötig hatte. Er war ein authentischer, schöner, gepflegter und sinnlicher Mann, der mich gewissermaßen auf Rosen bettete und verwöhnte. Ich wurde als Frau geliebt, ich war von Sehnsucht erfüllt nach einem anderen Leben. Ich war erfüllt von dieser schönen, neu gewonnenen Kostbarkeit dieser ehrlichen Liebe. Es war der Beginn einer großen Liebe, die in meine bereits in Auflösung begriffene Ehe einbrach.

Was wäre unser Leben ohne liebe Menschen? Liebe Menschen schenken uns Freude und bereichern uns durch ihre Persönlichkeit. Ihre Gesellschaft und ihr Lachen lassen uns aufatmen und sind Balsam für unsere Seele. Sein Versprechen „Ich bin immer und jederzeit für dich da!“ gab mir die Kraft, aus der Krise verändert und gestärkt hervorzugehen. Es ist wunderbar, wenn wir einen Menschen wertschätzen und ihm sagen können: „Wie schön, dass es dich gibt!“

Nebenher fing für mich die schwerste Zeit an. Mein Mann terrorisierte mich auf seine vorwurfsvolle Weise. Er spionierte mir hinterher und beschimpfte mich als Hure. Kein Wort davon, dass er es seit Jahren mit der Treue nie genau genommen hatte. Ich hatte ihm nie erzählt, dass ich das wusste, denn es war mir wie Schuppen von den Augen gefallen. Ich ahnte, was sich all die Jahre hinter meinem Rücken abgespielt hatte. Ich hatte die Anzeichen wohl wahrgenommen, wollte es aber einfach nicht glauben. Ich erkannte, auf welch subtile Art er mich all die Jahre hindurch unter Druck gesetzt, kontrolliert und für seine eigenen Schwächen missbraucht hatte. Ich trug aus seiner Sicht an allem die Schuld: dass er mit seinem Leben nicht klarkam, dass unsere Beziehung in die Brüche ging und so weiter und so fort.

Er wusste, dass er allerhand verlieren würde, die Alibifrau, an deren Seite er sich bequem durchs Leben hangeln konnte. Jetzt stellte er Forderungen. Ich dachte allen Ernstes, wir würden uns schon einigen, irgendwie. Doch er war in keiner Weise bereit, auf irgendetwas Versöhnliches einzugehen. Ich wollte auf alle Renten- und Unterhaltsansprüche verzichten, doch es war nichts zu machen. Er kündigte mir an, es ginge jetzt „hart auf hart". Er wolle aus der Ehe herausholen, was herauszuholen sei. Das war sein Sinnen und Trachten.

Die Auseinandersetzungen meiner Ehe belasteten und erschöpften mich. Bedingt durch die fortdauernden Alkoholexzesse so stark, dass ich nicht länger bereit war, diesen Kampf zu führen. Das ist einer der Gründe dafür, warum die Ehe endgültig zerbrach. Ich war von dem Kampf, der unsere Ehe bis zum Schluss geprägt hatte, ermüdet und wollte einfach nicht mehr weiter. Außerdem startete er eine Schmutzkampagne und versuchte, mich bei Freunden und Bekannten in den Dreck zu ziehen. Glücklicherweise verhielten sich alle neutral und wollten sich daran nicht beteiligen. Nur meine ehemalige Schulkollegin stellte sich mit ihm auf eine Stufe und versuchte, mich zu diffamieren.

Es wird immer von den „armen“, „kranken“ Alkoholikern geredet. Was diese Menschen für Leid und Schmerz anrichten, bis sich die Angehörigen trennen, davon spricht kaum jemand.

Ich bin davon überzeugt, dass der Tod meines Vaters – so schmerzhaft ich ihn auch empfunden habe – für mich der Beginn einer Selbstbefreiung war. Es war der Beginn eines Selbstfindungsprozesses, der mich befähigte, eigene Kräfte zu entdecken und neue Wege zu gehen. Trotzdem will ich nicht die Verantwortung für mein Leben einfach auf meinen Vater abschieben, wie das so viele Menschen tun. Das Gegenteil ist der Fall. Ich denke heute, wenn ich stark genug gewesen wäre, hätte ich mich ja von seinem Einfluss frei machen können. Im kritischen Rückblick auf mein Leben habe ich viel zu wenig versucht, eigene Perspektiven zu finden.

Ich hatte vielmehr in meinem Entwicklungsprozess einen Reifepunkt erreicht, der in das Todesjahr meines Vaters fiel. Solange ich mich zurückerinnern kann, hat mein Vater in meinem Leben eine indirekte Dominanz gehabt, der ich mir lange Zeit gar nicht bewusst war. Eine Dominanz, die auch meine Entwicklung zutiefst beeinflusst hat. Dankbar bin ich ihm dafür, dass er mich zur Pünktlichkeit erzog. Es ist sein Verdienst, dass ich dank seines natürlichen Zeitverständnisses den Begriff „Stress“ gar nicht kenne. Er lehrte mich, dass der Umgang mit der Zeit eine Frage der Einteilung sei und dass es darauf ankomme, sich die Zeit gewissermaßen untertan zu machen. Diese Einstellung hat mir in meinem Leben jeglichen Stress erspart, ungeachtet der Tatsache, dass ich viel gearbeitet habe. Wenn man sich die Zeit richtig einteilt, ist man erstens automatisch pünktlich, und dann gibt es zweitens keinen Stress. Es gibt keinen Druck mehr, und für diese Erfahrung bin ich meinem Vater unendlich dankbar.

Die Beziehung zu meiner Mutter war für mich von klein auf eindeutig dominierend, es war eine wundervolle liebevolle Beziehung. Sie vertraute mir auch Dinge an, die sie meinem Vater nicht sagte.

Nach über sechzig Jahren wurde mir endlich klar, wo meine Wurzeln sind. Glück gibt mir der Mensch, auf den ich mein ganzes Leben gewartet habe. Dieses absolute Zueinanderhalten, dieses absolute Gefühl der Geborgenheit, das ich erlebe. Dafür bin ich sehr dankbar!

Aus jedem Tal führt ein Weg hinaus. Manchmal ist es nur besonders schwer, ihn zu finden.

Jahrzehnte schlimmster Ehehölle mit Demütigungen gemeinster Art hatte ich hinter mir. Jetzt habe ich noch einmal das Lachen gelernt, ich gehöre noch einmal richtig dazu. Dabei hatte ich mich schon ausgemustert gefühlt. Denn zu den Beschimpfungen durch meinen aggressiven Mann, insbesondere nach ausgiebigem Alkoholgenuss, wenn er mich als „Alzheimerkranke mit Gedächtnisschwund" bezeichnete, litt ich unter schwersten Migräneattacken.

Ich musste höllische Jahre durchmachen – zwischen ihm und der Migräne , bevor mir klar wurde, dass er emotional die Migräne in meinem Leben war. Die Entscheidung, die Ehe zu beenden, weil sie toxisch und somit schädlich für meine Gesundheit geworden war, war die wichtigste und beste Entscheidung, da unter Umständen mein Leben davon abhing.

Man kann nach einem schweren Schicksalsschlag nicht immer ans andere Ende der Welt laufen. Freud und Leid gehören zum Leben dazu. So steckt in jeder persönlichen Katastrophe auch eine Chance. Es ist einfach wahr: In harten Zeiten, wenn es uns fast das Herz zerreißt, entwickeln wir uns weiter. Wir wachsen, entwickeln ungeahnte Kräfte. Wir erkennen, wer wir wirklich sind, wo wir hinwollen und was wir noch leisten können. Wir lernen die vielen wunderbaren Momente des Lebens wieder zu schätzen, aber man empfindet es nur so intensiv, weil man auch mal so unendlich traurig war.

Eine Scheidung ist eine schmerzliche Erfahrung, doch sie ist auch eine Gelegenheit zu wachsen. Sie bietet die Chance, ein Leben, das nicht befriedigend war, zugunsten eines anderen aufzugeben. Jeder Mensch ist für sich selbst verantwortlich, wie es ihm geht. Das Gewissen hat dabei ein Hauptmitspracherecht. Jeder sollte das tun, was ihn weiterbringt.

Nicht Betroffene haben keine Ahnung, wie es ist, eine Ehe zu beenden und ein neues Leben zu beginnen. Man erlebt viele Schwierigkeiten und Veränderungen. Niemand hat Spaß daran, die eigene Familie auseinander zu reißen, alle Beziehungen neu zu ordnen und die Zukunft neu zu meistern.

Sicher habe ich manches in meinem Leben falsch gemacht, aber die Einsicht öffnet mir die Chance, den Rest des Lebens anders zu gestalten.

Nachwort

Mein Leben verlief entlang einer Linie, die ich nicht selbst gezeichnet habe. Viel mehr, als ich es lange wahrhaben wollte, zeichnete mich die Lebenslinie. Immer wollte ich meinen Kurs selbst bestimmen, doch Steine auf dem Weg ließen mich in ungewollte Richtungen wandern. Oft stieß ich an Hindernisse, die ich nicht sehen konnte oder nicht sehen wollte. So haderte ich mit mir selbst. Wie oft hätte ich die Richtung selbst bestimmen können oder selbst bestimmen müssen! Ein Leben lang war ich auf der Suche nach mir selbst, ohne meine eigene Nähe zu finden.

Die Kraft meines Verstandes wurde angeregt und weiterentwickelt durch aufrichtige Freunde. Ich empfand das wie ein Geschenk. Diese und noch viele Quellen entdeckte ich, doch waren sie lange unter Erfahrungsruinen verschüttet gewesen. Wenn Lebenswille, Beharrlichkeit und kleine Glücksmomente sich – nach langer Leidenswartezeit – doch noch treffen, dann kann man positive Talente erkennen.

Den Mut zum Leben kann man nicht erlernen. Man muss ihn immer wieder aus den Quellen schöpfen, die wir mal suchend, mal überraschend entdecken. Gefühle mit klaren Erkenntnissen in einem lebenslangen Lernexperiment zusammenzuführen, das ist unsere Aufgabe. Lieber heute als morgen vom Denken zum Handeln übergehen!

Katharina Göddertz

Grenzübergang 1945[1]

Am 25. Oktober 1945 abends kam ich in Duderstadt an. Unterwegs hatte ich bereits einen Führer gefunden, nun schloss sich uns noch ein junger Mann an, und wir fuhren mit dem Postomnibus bis zum Grenzörtchen Etzenborn. Dort gingen wir zu einem kleinen Gasthof, wo der Führer noch mehr Leute zu finden hoffte. Aber diesmal war niemand mehr da, sodass wir drei allein blieben.

Vier Tommys hielten im Gasthof Wache und rieten uns väterlich, nicht etwa über die Grenze zu gehen. Bei ihnen sei es besser!

Über den Hof verschwanden wir dann still und leise – es war bereits stockfinster geworden – und begannen unseren beschwerlichen Weg. Bergauf, bergab ging es, teils über Äcker und ausgefahrene Feldwege; es war ein überaus anstrengender Marsch, besonders mit dem schweren Rucksack.

Endlich erreichten wir die Zonengrenze, bogen den Stacheldraht auseinander und zwängten uns hindurch. Welche Gefühle beseelen einen, wenn man auf deutschem Boden im Schutze der Dunkelheit Stacheldraht überwinden muss, um von einem deutschen Landesteil in den anderen zu gelangen! Es war wohl auch kein Zeichen allzu großen Vertrauens zwischen den verbündeten Besatzungsmächten, wenn sie ihre jeweiligen Besatzungszonen streckenweise sogar durch Stacheldraht kennzeichnen mussten! Wir waren also nun in der gefürchteten russischen Zone.

Weiter ging der Weg. Die Dunkelheit nahm zu, die Unruhe

[1] Die Erinnerungen von Katharina Göddertz an das von ihr Erlebte wurden von ihrer Tochter, der Frieling-Autorin Katharina Zilles, ins Reine geschrieben.

wuchs, und ebenso vergrößerten sich die körperlichen Strapazen. Plötzlich schossen in der Ferne die Russen und ließen Leuchtzeichen aufsteigen. So verzogen wir uns erst einmal für eine Weile ins Unterholz. Beim Hineinkriechen riss mir ein Zweig die Brille ab. Ich war ganz verzweifelt! Ich tappte ohne Hoffnung auf Erfolg mit den Händen auf der Erde umher, die beiden Männer halfen mir, als ein gütiges Geschick meine Hand leitete und ich meine Augengläser fühlte.

Langsam fing es an zu regnen, der rote Lehmboden Thüringens weichte auf, und ich glitt mehrere Male aus. Meine Schuhe klebten im Lehm fest, blieben stecken, während der Fuß weitertrat, sodass ich sie, um weiterzukommen, in die Hand nahm und auf Strümpfen lief. Die Füße waren nass, die Kleider feucht, ich fror trotz der Aufregung und Anstrengung.

Plötzlich hatte ich die beiden Männer verloren! Rufen war unmöglich, es hätte uns verraten, leises Flüstern blieb ohne Antwort. Ich beschleunigte meine Schritte, um die beiden einzuholen – es war vergeblich, sie waren weg. Ich tappte zurück zu der Stelle, wo ich sie verloren hatte, und blieb lange stehen, um ihnen Gelegenheit zu geben, mich wiederzufinden. Meine Verzweiflung war riesengroß. Ich sandte ein Stoßgebet zum Himmel, die Gedanken überstürzten sich, die Gefahren erschienen mir größer denn je.

Der Regen hörte nicht auf, sodass ich erst einmal im nahen Wald Schutz suchte, um zu überlegen, wie ich weiterkommen sollte. Weitergehen? Es schien wenig Aussicht, dass ich in der Finsternis eine Ortschaft finden würde. Warten, bis es hell würde? Das war zu gefährlich, dann mussten mich aller Wahrscheinlichkeit nach russische Grenzposten entdecken; das war das Letzte, was passieren durfte. Den Weg zum Stacheldraht zurückgehen? Ich würde ihn kaum finden, er lag weit zurück, und wir waren kreuz und quer gegangen.

Es schien verlockend, wieder drüben beim Tommy zu sein, doch trotz meiner schwierigen Lage wollte ich meine Reise nicht abbrechen. Ich hatte sie mir vorgenommen und wollte sie unter allen Umständen durchführen. Was sollte ich also tun?

Die Müdigkeit überwältigte mich, ich schlief ein, mit dem Kopf auf meinem Rucksack. Wie lange ich schlief, weiß ich nicht; eine Uhr mit auf die Reise zu nehmen, schien zu gefährlich, sie wäre zu leicht einem beutegierigen Iwan in die Hände gefallen. Strahlender Mondschein weckte mich, und wieder begann das Grübeln: Was soll ich tun?

Schließlich beschloss ich, alle Ausflüchte zu vermeiden, und ging den nahen Feldweg entlang, geleitet von der Hoffnung, irgendwann entweder in eine Ortschaft oder zurück zum Grenzposten zu kommen.

Wieder war ein guter Geist bei mir, der mich nach einem ungefähr halbstündigen Marsch in eine entzückende kleine Ortschaft führte. Zwei Häuser waren hell erleuchtet, nein, nur einige Fenster! Ich ging zum näher gelegenen Gebäude, schaute hinauf, erkannte eine Wohnzimmerlampe und ebensolche Gardinen, glaubte eine Bauernfamilie noch auf, betrat den Hof, stieg ein paar Stufen hoch und stand in einer kleinen Diele. Ich sah mich um, wo wohl das erhellte Zimmer sei – und hörte einen Morseapparat! Eine Sekunde blieb mir das Herz stehen, die Gedanken rasten von neuem: Es mussten Russen im Haus sein!

Ich machte leise kehrt, um zu verschwinden, als sich auch schon die Tür öffnete und mir zwei Russen in Uniform gegenüberstanden. Ich wurde plötzlich ganz ruhig und erwartete die Entscheidung, was weiter daraus würde. Ein Offizier und ein Soldat, beide waren mir nicht unsympathisch. Sie waren nicht so, wie ich mir Russen vorgestellt hatte und wie ich sie später immer wieder mit Abneigung und feindlichen Gefühlen beobachtete.

Der Jüngere der beiden sprach und verstand sehr gut Deutsch, was mir meine Lage bestimmt erleichterte. Es muss ein guter Engel bei mir gewesen sein in dieser Nacht! Im Gespräch stellte sich heraus, dass es sich um den Kommandanten und seinen Burschen handelte. Ich war an der richtigen Stellen gelandet!

Der Bursche fragte mich: „Was wollen Sie?"

Ich antwortete eigentlich ganz automatisch, ohne Aufregung und ohne Ausflüchte zu suchen. Ich beobachtete mich selbst und wunderte mich über mich. Ich sagte: „Ich habe mich verlaufen, ich suche den Weg zur Eisenbahn."

Darauf meinte der Bursche, es sei zu weit und zu dunkel, ich könne den Weg jetzt nicht finden.

Ich erwiderte, dass doch der Mond scheine, und fragte, wo sich die nächste Eisenbahnstation befinde.

Der Bursche erklärte mir den Weg: Er war sechs Kilometer lang und führte durchs Gebirge, sodass ich ihn bestimmt nicht gefunden hätte.

Nun fragte er natürlich, woher ich käme.

Ich antwortete: „Ich weiß es nicht, ich bin kreuz und quer gegangen und habe mich verlaufen."

Zwischendurch sprach er immer auf Russisch mit dem Kommandanten; beide schienen ebenso überrascht von der nächtlichen Begegnung wie ich.

Es folgte die Frage: „Kommen Sie aus der englischen Zone?"

Ohne Zögern bejahte sich dies. Dann zeigte ich ihnen auf meiner Eisenbahnkarte, woher ich kam, wie ich gefahren war, wo ich über die Grenze gegangen war und wo ich hinwollte.

Nun wurde unser Gespräch recht persönlich. Sie fragten nach meinen Familienverhältnissen, wo ich zu Hause sei, und als ich sagte: „In Berlin", wollten sie wissen, wann und warum ich Berlin verlassen hätte. Wir sprachen über den Krieg im Allgemeinen und über den Bombenkrieg im Besonderen.

Schließlich erkundigte ich mich, ob hier Deutsche im Ort seien, bei denen ich über Nacht bleiben könne, worauf sie meinten, die schliefen jetzt alle, auch im Hause seien Deutsche und ich könne über Nacht dableiben.

Jetzt musste ich erst einmal fragen, wie spät es war.

Viertel drei nachts!

Ich sagte, ich wolle nicht hier bleiben, ich hätte Angst, worauf sie mich auslachten, mir die Schlüssel für die beiden Türen gaben und sich zurückzogen.

Ich richtete mich nun im Büro des Kommandanten zu einer kurzen Ruhe ein. Hier stand ein einfacher Tisch, der echt russisch aussah; auf diesem stand ein offenes Tintenfass und lagen einige Federn und Zettel, alte und neue deutsche und russische Zeitungen, ein angefangener Brief und Ähnliches. Neben dem Tisch stand der einfache Stuhl, auf dem ich die ganze Zeit gesessen hatte, während der Kommandant halb auf dem Tisch gesessen und der Bursche daneben gestanden hatte. Dann gab es noch einen hübschen Polstersessel, den ich zum Ausruhen auswählte. Mein Reisekissen und eine Decke ersetzten das Bettzeug, ich kuschelte mich im Sessel zurecht und schlief die restliche Nacht ganz fest.

Um sieben Uhr morgens kam die junge deutsche Frau des Hauses herein, um das Zimmer sauber zu machen. Als ich ihr mein Hiersein erklärt hatte, lachte sie mit mir. Dann brachte sie mir Kaffee und Milch, ich packte Brot und Wurst aus und frühstückte in aller Seelenruhe.

Schließlich ließ ich mir den Fußweg nach Theistungen schildern, bedankte mich bei „Peter", der inzwischen erschienen war, und machte mich auf den Weg. Auf nach Berlin!

Gisela Gritsch

Ja damals …

Ja, so war es – damals, 1948, als wir die Grenze überquert hatten, die „grüne Grenze", die die meisten nur schwarz überqueren konnten, weil man eigentlich nicht hinüberdurfte, oder nur selten mit besonderer Genehmigung, die die meisten nicht erhielten. Sie war eine ungerechte und menschlich unerträgliche Grenze, weil sie Familien und Verwandte, Freunde, Dörfer, ja ein ganzes Volk trennte. Man nannte sie deshalb auch die deutsch-deutsche Grenze, eine Folge des Krieges, der so erbarmungslos war wie seine verbliebene Grenze.

So waren sie geteilt in Ost und West, und die Flüchtlinge waren verteilt auf Ost und West, und mit ihnen war das Volk gevierteilt, denn innerhalb der beiden Teile Ost und West gab es die Unterscheidungen zwischen Einheimischen oder Hiesigen und den Flüchtlingen, die durch ihr bloßes Erscheinen dafür verantwortlich waren, daß das gute deutsche Wort Flüchtling eine Abwertung in seiner Bedeutung erfuhr und sogar zum Schimpfwort wurde, jedoch nicht immer.

Wir gehörten zum zweiten Viertel im östlichen Teil, und da wir ohnehin in keinem nun noch deutschen Gebiet unsere Heimat hatten, im Osten nach unserer Flucht aus Ostpreußen zufällig gelandet, dort nicht immer gern gesehen oder anerkannt, manchmal aber doch sehr freundlich behandelt worden waren, war es gleichgültig, wo wir unser Domizil aufbauen wollten. Wir waren überall gleich fremd, von vielen nicht gern gesehen oder nur geduldet. Also zogen wir in den Westen.

Dort stellten wir uns das Paradies vor, das gelobte Land, in dem Milch und Honig flossen und alles besser war. Es gab dort Heringe und Heißgetränke in den Bahnhofsgaststätten. In den

Schulen bekamen die Schüler jeden Tag eine reichhaltige warme Suppe aus der Hoover-Speisung; so hatte es die Schwester voller Freude geschrieben, die schon einige Wochen vorher mit dem großen Bruder schwarz über die Grenze gezogen war. Ja, und Quark und Margarine konnte man kaufen. Dort brauchten wir nicht unter den Kommunisten zu leben; das hatte die Mutter gesagt. Die Kommunisten waren für sie ein wirklich rotes Tuch. Im Westen herrsche Freiheit, hatte sie gesagt; und sie mußte das wissen, denn sie hatte schon viel erlebt

Im Osten hatte es nur ab und zu ein bißchen Butter gegeben, die Verkäufer wogen sie nur in wenigen Gramm ab, und das sehr selten. Die Schulspeisung war ein Brötchen, immerhin, es war eins. Mit der Zeit jedoch wurde es immer schmaler und war schließlich das, wie die Berliner es immer schon genannt hatten: ein Knüppel, das nach und nach zum Knüppelchen wurde, bis es gar nichts mehr war.

Aber da waren wir schon weg, im „goldenen Westen" nämlich, und das machte uns sehr froh und stolz; doch nicht lange, denn auch hier erfuhren wir bald, daß wir nur Flüchtlinge waren, daß wir nichts hatten und nichts waren, nur da waren, und das mochten viele Leute nicht. Aber wir empfanden den Unterschied zwischen Hiesigen und Flüchtlingen als noch größer. Die Einheimischen, die ihren Besitz behalten hatten, lebten so weiter wie vorher und konnten diesen Besitz langsam vermehren. Diejenigen, die ihn verloren hatten – die „Ausgebombten" nannte man sie –, fingen wie die Flüchtlinge von vorn an, doch hatten sie immerhin das Privileg behalten, von dort zu sein, so waren sie wenigstens als Einheimische respektiert, man kannte sie ja. Die Flüchtlinge fingen an aufzubauen, viele gingen in die Fabriken und arbeiteten im Rahmen der 45-Stunden-Arbeitswoche zwei Schichten am Tag, um zu einer eigenen Wohnung zu kommen und sie einzurichten. Sie fragten nicht, ob das ihr Beruf sei. Sie nahmen jede Arbeit an, um so schnell wie möglich aus den Einzelzimmern mit Küchenbenutzung oder den kleinen Dachstuben herauszukommen.

So saßen wir also im Juni 1948 kurz vor der Währungsreform in der neuen Wohnung im Westen und fingen auch von vorn an. Der Vater hatte schon etwas vorgesorgt. Er war, aus englischer Gefangenschaft kommend, im Westen geblieben und hatte bereits eine Anstellung als Beamter; das war wenigstens ein festes Einkommen, wenn auch nur ein kleines. Wir hatten eine Wohnung, das heißt zwei Zimmer und eine Küche mit Zementfußboden und Speisekammer. Es gab damals noch kein Badezimmer. Wir wuschen uns in einer auf einem Ständer befindlichen Waschschüssel und badeten in einer Zinkwanne, die zum Baden immer hereingetragen werden mußte. Aber es gab Seife, damit brauchte man nun nicht mehr zu sparen.

Wir sieben wohnten in den beiden Zimmern, denn wir waren fünf Kinder, und das war sehr schön! Der Vater hatte schon Möbel besorgt; alles was wir notwendig brauchten, war da. Zum Schlafen dienten drei einfache eiserne und drei Holzbettstellen mit Matratzen. Das eine Bett war recht breit, so mußten zwei Brüder darin schlafen. Das ging gut, weil sie von ihrer Arbeit immer recht müde waren. Auf die Matratzen war der Vater besonders stolz, weil man darauf schön bequem liegen konnte. Dann hatten wir noch vier einfache Stühle mit eingeschnittenen Herzchen in der Lehne, einen runden Tisch, dessen Furnier faltig war, und ein kleines Regal mit einer etwas größeren Platte oben, so daß man es auch ein kleines Schränkchen nennen konnte. In der Küche baute der Vater ein einfaches Holzregal für die wenigen Geschirrteile, die die Mutter aus dem Osten mitgebracht hatte. Sie hatte auch sechs silberne Bestecke gerettet, die aber im Koffer unter dem Bett aufbewahrt wurden, denn in der Küche stand noch in einem Zementbecken eine

Wasserpumpe, zu der alle Familien, die im Haus wohnten, Zugang hatten, weil sie dort ihr Wasser holen mußten.

Das Prunkstück war ein etwas wackeliger alter Korbsessel, der sich besonderer Beliebtheit erfreute, und deshalb war er auch häufig das Streitobjekt der Kinder. Schließlich wurde eine Regelung eingeführt: Jeder durfte eine halbe Stunde dort ausruhen oder sich flegeln; die Mutter durfte etwas länger, meistens jedoch hatte sie keine Zeit dazu.

Mutter bereitete den Kaffee zuerst in einer großen alten Gemüseblechdose; wir hatten noch keine Kaffeekanne. Eines Tages kam sie aus der Stadt freudig nach Hause: Sie hatte eine Kaffeekanne ergattert, eine große, runde, dicke Kruke, aus einfachstem Ton grob getöpfert, häßlich graubraun und nicht schön geformt, aber sie war dick und rund, und das war gut für sieben Personen. „Kornfrank“ oder „Lindes“ kam dahinein, ganz nach der damaligen Reklame: „Aber Lindes, Lindes, Lindes, ja, der schmeckt!“ – so wurde es in der Kinoreklame gesungen. Und er schmeckte auch, denn wir hatten nichts anderes am Morgen. Butter gab es zwar zu kaufen, aber nicht für uns, wir aßen Margarine, die kostete die Hälfte, und so haben wir uns nach heutigen Vorstellungen sehr gesund ernährt.

Es mußte nun weitergehen! Vaters Gehalt war bereits am Monatsanfang verteilt. Der älteste Bruder erhielt 125 DM als Lebensunterhalt für sein Studium; der zweitälteste begann damit und erhielt dieselbe Summe. Sie gingen dann in den Ferien in die Fabrik arbeiten, um die Studiengebühren zu verdienen und notwendige Kleidung zu ersetzen. Wir drei jüngeren Geschwister fuhren täglich in die nächste Stadt zur Schule. Das kostete drei Monatsfahrkarten und dreimal Schulgeld, glücklicherweise mit Geschwister-Ermäßigung nur die Hälfte. Der Bruder war drei Jahre in Gefangenschaft gewesen und wurde seines Alters wegen eine Klasse höher eingeschult, als er vor der Gefangenschaft abgeschlossen hatte. Er mußte also Nachhilfeunterricht bekommen, damit er das Jahr aufholen konnte. So war Vaters Gehalt so gut wie vergeben, und nun mußten wir leben – wie aber?

Glücklicherweise hatte die Schulstelle des Vaters auf dem Dorf einen großen Garten, der der Familie zustand. Und Mutter fing sofort an, für Verpflegung zu sorgen. Sie schaffte Hühner, Enten, Gänse, Kaninchen und eine Ziege an, säte und pflanzte Gemüse, so daß sie für den Haushalt nur wenig Geld brauchte. Brot und Muckefuck, Salz und Zucker mußten gekauft werden, mehr nicht. Alles andere Notwendige erwarben wir durch Selbstversorgung. Die Ziege wurden von dem Gras an den Wegrändern gefüttert. Der Vater mähte es für den Winter, und im Sommer wurde die Ziege gehütet. Am Nachmittag gingen wir Kinder Kaninchenfutter pflücken oder zu den bestimmten Jahreszeiten in den Wald, um Erd-, Him-, Blau-, Preisel- und Brombeeren zu sammeln, die frisch gegessen oder zu Marmelade für den Winter verkocht wurden. Im Herbst gab es Pilze. In den Ferien arbeiteten wir bei den Bauern und schafften die Einkellerungskartoffeln für den Winter an. Und manchmal sagte die Mutter: „Die Nachbarin fragt, ob du bei ihr Fenster putzen kommst, sie will dir dafür eine große Kanne Milch geben." Die Milch, die ging ich mit Freuden holen. Mutter kochte abends gern eine Milchsuppe, um Brot zu sparen; Brot mußte gekauft und leider oft angeschrieben werden.

Bald ergab sich eine neue Einnahmequelle. Die Fabrik im Nachbarort vergab Heimarbeit. Man konnte Zellophantüten kleben. Das Material wurde geliefert, und für das Kleben gab es 1,90 DM für tausend Stück. So klebten wir Kinder, die zu Hause geblieben waren, jeden Tag tausend Tüten, und der Vater setzte sich zu uns und bündelte sie fein säuberlich in Päckchen zu je 50 Stück. Einmal in der Woche machten wir den Weg zur

Fabrik. Siebentausend Tüten mußten getragen werden, das waren zwei Koffer voll, und der Weg war sechs Kilometer lang. Unterwegs kamen wir am Feld des größten Bauern vorbei, des größten nach der Anzahl von Morgen Land, die er unter dem Pflug hatte. „Spannt doch eure Ziege an", gab er den weisen Rat. Vielleicht taten wir ihm leid; vielleicht aber wollte er sich nur lustig machen über uns, denn für die Bauern war die Ziege die „Beamtenkuh". „Nein!" sagte die Mutter, „die Ziege brauchen wir für die Milch, die können wir nicht strapazieren." Sie verstand etwas von Viehzucht. Wir hatten auch kein Fahrrad, das existierte nur im Traum.

Wir Kinder durften das verdiente Geld behalten, der Bruder verteilte und verwaltete es. Wir kauften uns Schuhe und Kleidung, wenn es nötig war. Aber das meiste sparten wir für die bevorstehende Konfirmation. Wir wollten uns auch neue Kleider kaufen, wie es die anderen Kinder in der Schule erzählten. Einen kleinen Teil des Geldes gab uns der Bruder als Taschengeld; gut, daß er so knauserig war, denn ich konnte mittags auf dem Weg von der Schule zum Bahnhof beim Bäcker, der einen Eisstand aufgebaut hatte, nicht vorbeigehen. Wie lange hatten wir keine Milch, kein Fett und keine Süßigkeiten gehabt, und nun stellte sich der Heißhunger ein, der nur dadurch zu bändigen war, daß man kein Geld hatte.

Als die Konfirmation näher rückte, hatten wir eine Summe an Geld zusammengespart, mit der die Mutter einiges kaufen konnte. Sie fuhr nach Bremen und stöberte in den amerikanische Secondhand-Geschäften herum. Dort fand sie zwei weiße Wolldecken, die brachte sie mit. Eine Nachbarin nähte daraus zwei Jacken, wie sie im New-Look-Stil gerade getragen wurden. O ja, den New-Look gab es schon etwas länger, aber da er für uns unerreichbar war, konnten wir ihn nicht begehren. Die neuen Röcke waren lang und weit, schräg geschnitten, da ging viel Stoff hinein. Das reichte nicht aus Vaters alten Hosen, aus denen die Mutter gewöhnlich für uns Mädchen Röcke nähte. Aus den Hosenbeinen, den Stoffteilen, die nicht verschlissen waren, konnte sie höchstens einen engen kurzen Rock nähen, wie man ihn 1943 trug. Und wie froh waren wir, wenn der neue Rock nicht zu eng war.

Mutter hatte auch schwarzen Stoff fur die Konfirmations kleider gefunden, der recht preiswert war. Die Nachbarin nähte auch die Kleider. Sie nähte gern für uns Mädchen, und Mutter bezahlte sie im Sommer mit Johannisbeeren und anderem Obst aus dem Garten.

Im Seitenraum des Hauses wohnte ein Schuster, ein Pole, der wegen seiner Freundin in Deutschland geblieben war. Er machte sehr feine Schuhe und arbeitete bewundernswürdig sauber. Er machte den Mädchen zur Konfirmation aus feinem Kalbsleder neue Schuhe mit Keilabsatz und nahm nicht viel Geld dafür.

So waren die Mädchen neu eingekleidet und konnten mit den Hiesigen mithalten. Die Bauern des Dorfes meinten es gut mit uns, sie brachten Butter und Eier und vieles mehr, damit wir zur Feier zu Hause unseren Gästen etwas anbieten konnten. Es war ein Fest fast so wie zu Hause, so empfanden wir es.

Der Onkel war aus englischer Gefangenschaft gekommen. Er war allein, und die Eltern nahmen ihn auf, damit er eine Bleibe hatte. Der Onkel war früher Landwirt gewesen, doch was sollte er nun tun? Geld verdienen war wichtig. Er konnte in einer Möbelfabrik anfangen und nahm die Stelle dankbar an. Von seinem ersten Gehalt kaufte er uns zur Konfirmation Uhren. Ich erhielt meine erste Uhr. Wir waren so stolz.

Im Sommer nähte uns die Nachbarin noch einmal neue Kleider, die alten waren nun wirklich abgetragen. Mutter kaufte einfachen geblümten Baumwollstoff und davon ein bißchen mehr, denn wir wollten wieder den New-Look geschneidert haben. Und wieder waren wir stolz auf unsere Kleider, auch wenn die Schneiderin uns riet, nicht zu erzählen, daß der Stoff nur Kretonne war. In diesen Kleidern konnten wir tanzen, daß die Röcke flogen. Wir schonten sie, damit sie lange schön blieben. Doch ach, die Kleider hielten länger als der New-Look. Aber das hatten wir noch gar nicht begriffen.

Die Schwester hatte in Hamburg eine Lehre begonnen, und ich durfte sie nach einigen Monaten besuchen. Das Geld dafür hatte ich mir in den Sommerferien verdient. Mit meinem schönen Kretonnekleid dachte ich in Hamburg einen guten Eindruck zu machen. Wir wollten auch einmal ausgehen, schließlich wurden wir bald siebzehn. Die Frage war: Wo gehen wir hin? Die Schwester schlug das „Café Vaterland" vor, da gehe man immer abends aus, das wußten sie vom Hörensagen.

Also gingen wir aus. Wir hatten ja schöne Kleider, und etwas Geld hatten wir auch in der Tasche. Wir dachten, es sei viel, denn so viel hatten wir vorher noch nie für uns persönlich gehabt. Wir setzten uns beide an einen Tisch, der Ober kam, und wir bestellten einen Sprudel. Mehr konnten wir uns nicht leisten, wir hatten nicht geahnt, daß dort alles so teuer war. Der Sprudel kam, und wir saßen da und warteten darauf, daß es interessant würde. Die Musik spielte, wir nippten an unserem Sprudel – und nichts geschah. Alle anderen Damen waren in Begleitung gekommen. Außerdem kleidete man sich nicht mehr im New-Look; der war inzwischen old geworden. Die Damen trugen kurze enge Röcke aus blanken Stoffen und Pumps mit zierlichen Absätzen. Unsere schönen, geschonten, nicht mehr ganz neuen Kleider verrieten allen, daß wir nicht up to date und wahrscheinlich vom Lande waren. „Der Ober hat vielleicht auf deine Hände geguckt", sagte die Schwester, „die sind ja noch ganz blau vom Blaubeerenpflücken!" Ein bißchen verarbeitet waren sie und nicht so schmal, glatt und rot gelackt.

Ich bin später, als ich in Hamburg mein Studium absolvierte, nie wieder ins „Café Vaterland“ gegangen. In dieser Welt fühlte ich mich nicht wohl. Meine Kindheit und Jugend in der Nachkriegszeit hat mich eine andere Welt und ein anderes Leben schätzen gelehrt.

Nach zwei Jahren zogen wir in ein anderes Dorf. Es lag weit entfernt von der Eisenbahn, und der Bus fuhr zu einer so ungünstigen Zeit, daß man mit ihm nicht pünktlich in die Schule kommen konnte. Die Realschule lag sieben Kilometer weit entfernt, das Gymnasium vierzehn. „Du mußt dich jetzt entscheiden“, sagte der Vater, „willst du zur Realschule oder weiter auf die Oberschule gehen?“ „Ich will Abitur machen“, erwiderte ich sehr bestimmt. „Ja, dann mußt du den weiten Weg mit dem Fahrrad fahren!“

Wir hatten keins, doch die Eltern kratzten wieder das Geld zusammen und kauften eins für sechzig Mark; ein Teil davon wurde abgezahlt. So fuhr ich täglich hin und zurück, und wenn ich in der ersten Zeit zwei Berge bergauf schob, so schaffte ich sie nach einiger Zeit in voller Fahrt hinauf, und allmählich wurde die Fahrzeit immer kürzer. Nie bin ich so gesund gewesen wie damals.

„Wie schafft er das?“ sollen die Leute oft gesagt haben, die sich wunderten, daß wir Kinder alle eine gute Ausbildung bekamen. Sie meinten meinen Vater und dachten, wir bekämen alles geliefert. Wir schafften es, indem wir alle mit anpackten, indem wir anspruchslos waren und auf viele Annehmlichkeiten und schöne Dinge verzichteten. Wir hatten eine Mutter, die morgens um fünf Uhr aufstand und bis abends um zwölf Uhr arbeitete. Abends machte sie nach der schweren Tagesarbeit die feinsten Handarbeiten. Sie hatte in der ersten Zeit nur ein

Sommerkleid, das war von 1943; sie stopfte es abends, um es morgens wieder anzuziehen. Sie schüttete jedem Kind ein Bett, indem sie Inlett kaufte und die Gänsefedern von ihren eigenen Gänsen verarbeitete. Auch die Enten hatten schöne Daunen, die wußte sie zu gebrauchen.

Bis 1950 kamen aus dem im Osten gelegenen Thüringen Händler mit großen Ballen Rohnessel. Mutter kaufte damals einen ganzen Ballen für zwanzig Mark, und daraus nähte sie Bettlaken und Bezüge, und die Kopfkissen stickte sie aus. Die Eltern nähten sogar Steppdecken daraus, indem sie Rohschafwolle in die vorgenähten Vierecke stopften. Immer wenn ein Viereck fertig war, wurde es gefüllt und dann das nächste genäht. Der Vater hielt die Decke fest, wenn Mutter sie nähte, damit sie sich nicht durch ihr Gewicht aus der Maschine zog.

Auch wir Kinder stellten keine Ansprüche, denn wir wußten, daß nichts weiter möglich war. Nur die Ausbildung war wichtig. Und wir wußten auch, daß wir irgendwann so viel verdienen würden, daß wir uns unsere Wünsche selber erfüllen könnten. Deshalb schauten wir nicht auf andere, die mehr hatten. Wir konnten gut und geduldig zuschauen.

Als wir alle auf eigenen Füßen standen, wurden uns manche Bemerkungen zugetragen, wie zum Beispiel: „Der hat seine Kinder alle auf Staatskosten studieren lassen!“ Ja, das hat er, es gab damals keine privaten Universitäten für Deutschland, wir konnten sie auch nicht suchen. Die zur Examenszeit erhaltenen Studiendarlehen haben wir gleich abbezahlt, als wir im Beruf waren. In den höheren Semestern konnten wir die Semestergebühren durch Leistungsprüfungen erlassen bekommen; diese mußten aber mit „gut“ bestanden werden.

„Meine Tochter hätte auch gern Abitur gemacht, es fuhr aber kein Bus“, sagte einmal eine ältere Dame zu mir. „Ja“, sagte ich, „ich weiß, es fuhr keiner.“ Die Dame wußte nicht, daß ich mit dem Rad gefahren war.

Vor einigen Jahren hatte ich mich mit meinem jüngsten Bruder in New York auf dem Broadway verabredet, wir besuchten das Musical „Miss Saigon“. Er war zufällig gerade in USA, als wir auch da waren. Ich hatte es meinem ältesten Bruder erzählt, bevor wir abgeflogen waren. „Wenn man uns das vor vierzig Jahren gesagt hätte …“, hatte er gesagt. „… dann hätten wir es nicht geglaubt“, antwortete ich. Damals glaubten wir noch nicht einmal daran, ein Auto besitzen zu können. Heute fahren wir zwei.

Ich denke, ich habe ein schönes Leben gehabt. Es ging immer gleichmäßig bergauf, und ich habe viele Fertigkeiten erworben, mit denen ich mir schöne Stunden bereiten kann. Ich habe immer etwas mehr Geld, als ich brauche; und was ich mir nicht leisten kann, das brauche ich auch nicht. Auch das habe ich in meiner Jugend gelernt.

Doch meine Eltern waren nie in Urlaub gefahren, meine Mutter erhielt die erste Waschmaschine und den ersten Kühlschrank Ende der fünfziger Jahre. Als wir ihr das Leben hätten verschönern können, war sie gestorben. Liebe Mutter, wir danken Dir!

Heimweh

Ich war in das Land meiner Kindheit gefahren.
Es war mir verschlossen in vielen Jahren.
Ich sah es wieder in goldenem Licht,
doch ich verstand die Sprache nicht.

Ich fand so vieles, das mir vertraut,
kein heimisches Plätzchen war mir verbaut.
Doch traut' ich meinen Sinnen nicht,
denn ich verstand die Sprache nicht.

Ich lenkte die Schritte in die Natur,
auch sie war vertraut mir auf weiter Flur,
doch wer zu mir sprach mit freundlich Gesicht,
immer verstand ich die Sprache nicht.

Und in den Wäldern war ich beglückt,
hier hatten wir immer Beeren gepflückt,
hier hatt' ich vergessen, im milden Licht,
daß ich verstand die Sprache nicht.

Die Beeren und Pilze, die ich dort fand,
sie kommen nun aus fremdem Land
über den Markt in meine Hand,
dort, wo man eine Sprache spricht,
jedoch es ist die meine nicht.

Ich ging den Spuren der Mutter nach,
ich höre sie noch, wie sie mit mir sprach.
Und wenn eine Mutter dort mit mir spricht,
immer versteh' ich ihre Sprache nicht.

Jetzt bin ich daheim, doch wo ich geboren,
das Land, es ist mir verloren.
Ich sehe es vor mir im sonnigen Licht,
doch ich versteh' die Sprache nicht.

Hildrun Hauthal-Stegner

Es war einmal ...

Herbst und Winter auf dem Lande

Aus den Erinnerungen meiner Mutter – neu erzählt

Wie schön war es, wenn der Herbst ins Land zog mit der Obsternte, dem Duft nach Äpfeln, Birnen und Pflaumen, den Kartoffelfeuern auf den Feldern, wo man das Kraut verbrannte und in der Glut Kartoffeln geröstet wurden. So gut schmeckten keine Erdäpfel zu Hause!

Auf den abgeernteten Feldern ließen wir selbstgebaute Papierdrachen steigen, die fröhlich mit ihren Schweifen in der Herbstluft wippten. Im Haus leuchteten abends auf den Kandelabern rechts und links vom Treppenaufgang ausgehöhlte Kürbisgesichter, so recht zum Gruseln geeignet und zum Märchenerzählen.

Dann kam der Advent mit all seinen Heimlichkeiten und Vorbereitungen auf das höchste Fest des Jahres, dem Singen der alten Advents- und Weihnachtslieder und dem Kringel und Lebkuchenbacken. Mit Wonne beteiligten wir uns daran, Herzen, Sterne und andere Formen aus dem Teig auszustechen, mit Eigelb zu bestreichen und bunt zu bestreuen. Wenn wir fleißig waren, durften wir von den Teigresten naschen – das Schönste von der ganzen Backerei.

Welche Aufregung, wenn am Nikolaustag der Weißbärtige kam mit langem rotem Mantel, einem Sack auf dem Rücken und einer Rute in der Hand! „Kannst du beten? Dann bete mal!" knurrte er mit zusammengezogenen Augenbrauen – beinahe zum Fürchten. Nachdem uns das mit Zittern und Zagen gelungen war, wobei der beliebte Vers

„Niklaus, Niklaus, guter Mann,
schau mich nicht so böse an,
stecke deine Rute ein,
ich will auch immer artig sein …“

am gängigsten war, holte er aus seinem Sack die großen runden Pfefferkuchen mit weißer Zuckerglasur, mit Buntzucker bestreut und in der Mitte mit einem Schokoladenplätzchen versehen, Äpfel und Nüsse und verteilte sie unter die „Beter“. Unsere Hausmädchen kamen natürlich auch dazu, und für jedes hatte der Nikolaus eine Gabe.

Einmal riß eines der Mädchen vor dem Nikolaus aus und schrie: „Ich forche mich!“ Der Nikolaus verfolgte sie bis in den Pferdestall, wo sie sich unter Stroh versteckt hatte. Danach hatte sie keine Angst mehr vor ihm. Es muß doch ein guter Nikolaus gewesen sein!

Ein andermal kam auch ein kleiner Nikolaus mit. Der hatte aber nichts Eiligeres zu tun, als sich vom Serviertisch ein paar Äpfel zu stibitzen.

Ein Höhepunkt war, wenn die Eltern mit uns zum Weihnachtsmärchen ins Hallesche Stadttheater fuhren. Am schönsten war dort „Hänsel und Gretel“ anzusehen mit dem bunten Pfefferkuchenhaus auf der Bühne und der bösen Hexe, die von den Kindern besiegt wird, wie das Gute im Märchen immer über das Böse siegt. Unsere Phantasie wurde so angeregt, weitere Märchen „auszuspinnen“.

Und dann kam das Stollenbacken bei uns! Tagelang vorher wurde der Milchkeller geheizt und in riesigen Trögen der Stollenteig geknetet. Das forderte die ganze Kraft der Arme und Hände! Welche Mengen an Mehl, Butter, Zucker, Rosinen, Mandeln und Zitronat wurden da gebraucht! Wenn der Teig aufgegangen war, wog und formte Mutter die Stollen: sechspfündige für jeden Arbeitsmann, vierpfündige für die Frauen, zweipfündige für jedes Arbeiterkind und große für die Mädchen und für uns. Sie wurden auf Kuchenbleche gelegt, die Mädchen und ich trugen sie zum Bäcker, der sie im großen Backofen goldbraun backte, worauf sie dann mit Puderzucker bestäubt wurden. Wenn wir nicht gar zu gefräßig waren, hatten sie eine Lebensdauer bis Ostern.

Ein Vergnügen war es auch, wenn die ganze Familie die Zutaten zu Mutters vorzüglichem Heringssalat schnitt: den Schinken, die Heringe, Schlackwurst, Äpfel, Gurken und was sonst noch dazugehörte. Es mußten ein paar große braune „Milchäsche“ voll sein, damit der Salat für alle reichte, auch noch zu Silvester. Heiligabend und Silvester waren Heringssalat und die saftige, leicht angeräucherte „warme Wurst“ vom Schlachten das traditionelle Essen.

Am Heiligabend gingen wir in die dichtbesetzte Kirche zur Christmette. Das Weihnachtsevangelium nahm mein Kinderherz mit Andacht auf, und die „Stille Nacht“ und „O du fröhliche“ stimmten alle Gemeindemitglieder so recht auf das Weihnachtsfest ein.

Zu Hause erwartete uns ein besonders festlich gedeckter Tisch. Nach dem Essen mußten wir noch ein Weilchen warten, bis uns der Vater in die Weihnachtsstube holte. O, diese geheimnisvolle Spannung!

Vor der Tür sagte jedes Kind einen Vers auf, ich als die Älteste ein heimlich gelerntes längeres Gedicht, so zum Beispiel „Weihnacht“ von Ernst Wildenbruch:

„... Es tönt herüber weit her, weit her
aus der endlosen Zeit eine Wundermär ...“

oder Eichendorffs „Markt und Straßen stehn verlassen ...“, eines meiner Lieblingsgedichte.

Dann wurde die Tür geöffnet, und wir standen geblendet vor dem in hellem Lichterglanz erstrahlenden großen Christbaum, an dessen Spitze ein Wachsengelein schwebte und der mit Lametta, Sternen, bunten Kugeln und Zuckerkringeln, die wir später abessen durften, geschmückt war. Unser Blick fiel auf das erleuchtete Transparent mit der Darstellung der Christnacht im Stall von Bethlehem, das wir andächtig betrachteten. Diese Weihnachtsstimmung war so beglückend, daß ich sie nie vergessen werde.

Am spannendsten aber war die Suche nach den Geschenken. Unsere Spielsachen waren liebevoll aufgebaut: die Puppen mit neuen Kleidern versehen, manchmal auch ein neues Puppenkind unter ihnen, die Puppenstube, mit der schon unsere Mutter gespielt hatte, der frischgefüllte große Kaufladen, der kleine Küchenherd, mit dem man richtig kochen konnte, das Schaukelpferd, die Eisenbahn und vieles andere.

Wir waren glücklich und fielen den Eltern dankbar um den Hals.

Sie freuten sich über unsere bescheidenen Handarbeiten, die wir mit viel Liebe und mehr oder weniger Geschick in der Adventszeit heimlich für sie angefertigt hatten.

Dann wurden die Mädchen und ledigen Knechte zu ihrer Bescherung hereingerufen. Jedes Mädchen bekam Wäsche zur Ausstattung, eine große „Schwinge“ voll Honigkuchen, Stolle, Äpfeln und Nüssen, die jungen Burschen etwas zum Anziehen. Alle waren wie eine große Familie.

Nach und nach kamen Vaters originelle Überraschungen zum Vorschein. Einmal öffnete er die Tür zum Nebenzimmer, aus dem eine tiefe Stimme erscholl: „Ich bin der liebe Weihnachtsmann!“ Wir wurden mucksmäuschenstill und lauschten. Was war denn das? – Es war ein Grammophon. So etwas hatten wir noch nie gesehen.

Ein anderes Mal zog er die Übergardine eines Fensters auf, und dahinter stand – eine Dame. Wir staunten sie sprachlos an, bis wir feststellten, daß dies eine Schaufensterpuppe war, mit einem neuen Kleid für Mutter angetan.

Wieder an einem Weihnachtsabend – etwas später – öffnete sich die Tür, und ein großer Hund spazierte herein. Das war die Deutsche Dogge Lord, die mein Lieblingshund wurde. Niemand hatte davon gewußt, außer unserem Faktotum, der alten „Schmidten", der Vater den Hund ein paar Tage vorher in Pension gegeben hatte.

Am Silvestermorgen fand das traditionelle Schiefersingen statt. Die Dorfkinder zogen in kleinen Gruppen von Haus zu Haus, standen an der Haustür und schmetterten ein Weihnachtslied. Dann trat ein Junge vor und sang:

„Ich bin der kleine Keenig,
gebt mir nicht zu wenig,
laßt mich nicht so lange stehn,
ich muß vor alle Türen gehn."

Zur Belohnung bekamen die Kinder Schieferstifte, mit denen in der Schule auf der Schiefertafel geschrieben wurde. Bis zur Hälfte waren diese mit buntem Papier beklebt. Natürlich fielen auch Pfefferkuchen ab, worauf die Sänger an meisten warteten.

Meine Eltern feierten den Silvesterabend abwechselnd bei uns und bei guten Freunden im Dorf. Fand die Feier bei uns statt, durften wir Kinder später zu Bett gehen und eine Weile Spaß mit den Erwachsenen haben. Feierten die Eltern bei ihren Freunden, blieb entweder Frau Herling oder Frau Damm bei uns.

Mutter Herling mit ihrem zarten kleinen Gesicht trug immer ein Kopftuch. Es war so anheimelnd-gruselig, wenn sie von früher erzählte. Da ritt Wotan vorbei auf seinem Schimmel und mit seinen wilden Gesellen, und der Schnee und geisterhafter Wind schlugen an die Fenster. Wir aber hatten es drinnen freundlich und warm. Wir knackten Nüsse, es gab Kinderpunsch, Honig und Äpfel. Wo konnte es schöner sein?

Auch sonst war der Winter bei uns schön, besonders wenn viel Schnee lag und wir Schlitten fahren konnten auf dem kleinen Abhang im Dorf, für uns der einzige „Rodelberg". Wenn die beiden Teiche zugefroren waren, lockten sie uns zum „Schullern" oder Schlittschuhlaufen. Höchstes Vergnügen waren Fahrten mit dem pferdebespannten Klingelschlitten über Land.

Vor dem Kaffeetrinken im Winter kam öfter unsere Bäckerfrau Bönicke und bot aus einem großen Tragkorb Brezeln zum Verzehr an. Wie gut sie schmeckten, knusprig und frisch, mit Butter bestrichen! Behaglich waren die Winterabende im Familienkreis, wo wir uns mit „Schwarzem Peter" beschäftigten oder dem Kartenspiel „Ochse, leg dich". Aber es gab noch andere Spiele, wie Halma, Schach, Dame, Mühle und „Mensch, ärgere dich nicht". Auch lasen wir vor oder sangen zur Klavierbegleitung und rezitierten Gedichte. Und Handarbeiten waren immer dabei.

Diese Zeit gehört zu meinen schönsten Erinnerungen. Hier wurden die Wurzeln für mein späteres Leben gelegt.

Jürgen Hofmann

Mit Turbine und Propeller

Sitze ich heutzutage in einem modernen Verkehrsflugzeug, denke ich gelegentlich an meine erste Flugreise zurück. Es war Anfang der siebziger Jahre; meine Frau Sigrid wartete auf den Termin zur Verteidigung ihrer Diplomarbeit und ich hatte immerhin schon mein erstes Geld als Ingenieur verdient. Beides schien uns ein triftiger Grund, uns mit einer Reise in den sonnigen Süden zu verwöhnen.

Übergehen wir die Strapazen, die damals in der DDR auf sich zu nehmen waren, um eine Reise ans Schwarze Meer im wahrsten Sinne des Wortes zu erstehen. Überspringen wir auch das Einchecken und das Langweilen in den maroden, provisorisch eingerichteten Räumlichkeiten des tristen Abfertigungsgebäudes von Berlin-Schönefeld, dessen Tage ohnehin gezählt zu sein schienen.

Schließlich stand ein „Ikarus" bereit, um uns über das Vorfeld zur Gangway an einer TU 134 zu bringen. Aber keiner wollte einsteigen. Wir auch nicht, denn auf den Bordkarten stand keine Sitzplatznummer. Wer also als Letzter in den Bus stieg, kam als Erster in das Flugzeug, wenn er nur schnell genug vom Bus zur Gangway rannte, und konnte sich so den vermeintlich besten Platz sichern.

So ganz ging diesmal die Rechnung nicht auf, denn das Personal bändigte die drängelnde Masse, um einige Gehbehinderte und Muttis mit Kindern als Erste einzulassen. Obwohl wir nicht zu den Ersten gehörten, fanden wir trotzdem noch eine bescheidene Auswahl an freien Plätzen vor. Wir okkupierten schnell die „Besten von den Letzten": genau über der linken Tragfläche neben dem Notausstieg. Na ja, wenigstens hatten wir nicht eines der beiden Triebwerke am Heck vor Augen und Ohren wie die Spätkommer.

Mitternacht war längst vorüber, als wir endlich in die Startposition rollten. Durch die kleinen Fenster betrachtet funkelten die vielen bunten Lichter auf der Rollbahn und dem Vorfeld, an Fahrzeugen und aus Gebäuden besonders eindrucksvoll. Der Flug in den Morgen verlief völlig unspektakulär. Die einzigen Höhepunkte der Reise waren die zahlreichen Lichtpunkte, die wir über dem Rand der Tragfläche erspähen konnten, als wir über Budapest und Russe flogen.

Am Goldstrand von Warna angekommen, erkannten wir, warum es Sigrid auch ohne „Vitamin B" und Schmiermittel gelungen war, die Reise zu buchen. Die im Reisebüro als Camping-Hütten angepriesenen Unterkünfte entpuppten sich als winzige Zelte, deren Wände allerdings nicht aus Stoff, sondern kräftiger Presspappe waren. Zwei eiserne Feldbetten, ein schmaler Spind und ein winziges marodes Nachtschränkchen stellten die ganze Einrichtung dar. Natürlich fruchtete die Empörung etlicher aufgebrachter Mitreisender nichts. Sie wäre noch größer gewesen, hätten wir da schon gewusst, dass in der unmittelbar daneben befindlichen rustikalen Gaststätte „Wodenitzata" (Wassermühle) jede Nacht laute, für unsere Ohren ziemlich gewöhnungsbedürftige bulgarische Folkloremusik die Nachtruhe arg beeinträchtigen würde.

Am breiten, feinsandigen Strand von Warna genossen wir dann herrliche Sonnentage und ein launisches Schwarzes Meer. Während an den meisten Tagen auf spiegelglatter See Wasserski und Tragflächenboote über das Wasser flitzten, zwangen anderentags meterhohe Wellen Besatzung und Passagiere eines Ausflugdampfers zu grotesken Manövern am Landungssteg.

Von Berichten anderer Urlauber neugierig gemacht, nahmen wir uns einen Ausflug zum Kap Kaliakra vor. Das war nur per

Bus möglich. Pünktlich am Morgen kam uns einer abholen: ein großer, schöner Überlandbus von MAN mit Klimaanlage, bequemen hochlehnigen Sitzen und anderen Raffinessen. Das war damals für solche Ausflüge durchaus noch nicht Standard.

Mitten in unsere Vorfreude platzte eine Offizielle und verkündete mit fordernder Stimme: „DDR-Touristen in hintere Bus!“ Na, auch gut, steigen wir eben um. Bloß, was da hinter dem MAN stand, das war kein Bus! Der Kontrast konnte größer nicht sein: Da kauerte ein kleines blaues Vehikel, etwa halb so groß wie der andere Bus, mit rostigen FIAT-Buchstaben auf der Motorhaube. Während im vorderen nicht einmal alle Fensterplätze besetzt waren, fand bei uns erst nach Aktivierung aller Notsitze im Gang jeder seinen Sitzplatz. Die mahlenden Geräusche von Kardanwelle und Differentialgetriebe, die sogar die angestrengte Arbeit des überforderten Motörchens übertönten, erstickten alle Versuche, die Worte des Reisebegleiters via krächzenden Lautsprecher zu verstehen, schon im Keime. So blieb uns nur der Blick aus den blinden Fenstern in die karge Gegend auf der einen und zum himmelblauen Schwarzen Meer auf der anderen Seite.

Die strapazlöse Fahrt wurde angenehm unterbrochen durch einen Halt in Baltschik. Irgendein bulgarischer Zar hatte sich dort in grauer Vorzeit eine reizvolle Sommerresidenz eingerichtet, die nun als Ferienheim für einheimische Dichter genutzt wurde und größtenteils auch Besuchern offen stand. Neben einem gut erhaltenen Steinthron auf der Terrasse erinnere ich mich noch gut an die drei Gartenanlagen: einen Kakteengarten, einen Park im kühlen Schatten exotischer Bäume, „Morgenländisches Paradies“ genannt, und ein sonnenüberflutetes Blumenmeer, das „Abendländische Paradies“. Auf dem ruhigen Meer wiegte sich ein mittelalterlich aussehendes Segelschiff, das dort für Filmaufnahmen bereitlag.

Die Stunden auf den einsamen Felsen von Kap Kaliakra boten dann ausreichend Gelegenheit, die aufreibende Busfahrt vergessen zu lassen.

Tage später verlangten die sonnengeplagte Haut Erholung und der ausgeruhte Geist wieder etwas Abwechslung. Obwohl für uns „eigentlich verboten" – schließlich waren die Türkei und Griechenland nicht weit –, riskierten wir einen Ausflug nach dem etwa sechzig Kilometer südlicher liegenden Nessebar. Dafür bot sich das Tragflügelboot an. Die Herbststürme waren noch in weiter Ferne, das Meer ruhig, und so stand der Fahrt nichts im Wege.

Im Hafen von Warna lagen etliche der russischen „Raketas" breit und wie sprungbereit im brackigen Wasser. Das Beeindruckendste an der Fahrt war der Augenblick, als das Boot das Hafenbecken verlassen hatte, immer schneller (und lauter) wurde und sich schließlich majestätisch aus dem Wasser hob. Der Bugflügel stemmte sich wie von kräftigen Armen gehalten auf die See, und nur das Heck schleifte noch auf dem Wasser, wilde Schaumfetzen um sich werfend. Die nüchterne Inneneinrichtung des so genannten Fahrgastraumes trieb mich auf Erkundungstour. Viel gab es allerdings nicht zu entdecken: Die Fenster waren nicht zu öffnen, das offene Heck übervölkert, und beim Blick aus der offenen Dachluke zog einem der Fahrtwind die Haare vom Kopf.

Das eigentliche Abenteuer ereignete sich für uns auf dem Rückflug. Weil unsere brave TU 134 im Morgengrauen in Warna startete, konnten wir nordwestwärts fliegend andauerndes Morgenrot genießen – faszinierende Farb- und Formenspiele im leicht bewölkten Himmel. Im Flugzeug voller ausgeruhter, entspannter Urlauber herrschten Gelassenheit und etwas wehmütige Urlaubsabschiedsstimmung.

Das änderte sich aber, als wir in der Nähe von Prag spürbar

an Höhe verloren. ‚Warum geht denn der jetzt schon runter?‘, fragten wir uns. ‚Da wird doch nichts kaputt sein?!‘ Nervosität machte sich unter den Passagieren breit. Einige jedoch erfreuten sich unverdrossen der immer besser erkennbaren Details in der näher kommenden Landschaft unter uns.

In die entstehende Unruhe tönte die Souveränität vortäuschende Stimme des Flugkapitäns aus den Bordlautsprechern: „Über Berlin liegt dichter Nebel. Wir müssen deshalb in Dresden zwischenlanden. Bitte stellen Sie das Rauchen ein und legen Sie die Sicherheitsgurte an!“

Ein Blick aus dem Fenster auf den heiteren Himmel sagte uns jedoch, dass das doch gar nicht möglich sein konnte. ‚Da ist bestimmt etwas nicht in Ordnung‘, befürchteten wir. ‚Hoffentlich stürzen wir nicht ab! Der da vorn will uns nur beruhigen – wer weiß, was wirklich los ist.‘ Und gerade diesmal saßen wir beide, im Gegensatz zum Hinflug, weit entfernt von den Notausstiegen, was uns im Ernstfall natürlich ohnehin nichts genutzt hätte.

Während einigen Passagieren die nackte Angst die Urlaubsbräune aus den Gesichtern trieb, bedrängten andere die Stewardessen. Aber nicht etwa wegen des unklaren Flugverhaltens, nein, sie wollten nicht einsehen, warum sie nicht in Dresden bleiben konnten, wenn sie schon einmal da sein würden. Außer uns beiden waren nämlich alles Sachsen im Flugzeug, und die verstanden natürlich nicht, warum sie nach der unverhofften Zwischenlandung nun noch womöglich per Eisenbahn nach Berlin zuckeln sollten, wo sie doch schon gut wie zu Hause sein würden. Im Flugzeug konnte damals eine so schwerwiegende Entscheidung natürlich niemand fällen, immerhin hatten alle den Rückflug bis Berlin gebucht.

Sigrid hatte dafür in dieser Situation überhaupt kein Verständnis. Sie dachte nur: ‚Wenn wir bloß schon heil unten wären!‘ Dazu verhalf uns der Kopilot mit einer sauberen Landung bei strahlendem Sonnenschein in Dresden.

Dort fand sich schließlich dann doch jemand, der den Dresdnern den ordnungswidrigen Reiseabbruch gestattete. Während sie nun überglücklich, wegen der entgangenen Flugzeugkatastrophe und der unerwartet schnellen Heimkehr, mit ihren Koffern heimwärts strebten, warteten wir beide im Transitraum auf den letzten Rest der Reise. Außer uns saßen da noch zwei Magdeburger, die in der gleichen Situation wie wir von einem Flieger aus Rumänien übrig geblieben waren.

Im Gegensatz zu Sigrid hatte ich überhaupt keine Lust, auf Kosten der Interflug mit der Reichsbahn nach Berlin zu fahren. Allerdings musste ich ihr zusichern, zumindest nicht wieder in die vielleicht doch nicht ganz intakte TU 134 zu steigen.

Inzwischen war noch eine IL 62 der Interflug aus Beirut gelandet. In den Transitraum ergoss sich eine weiße Wolke fließender Gewänder. Dunkle Augen blickten misstrauisch in die Runde. Die Orientalen waren sicherlich auf dem Wege nach Berlin-Schönefeld, um von dort nach West-Berlin zu gelangen. Sie trauten dem kommunistischen Frieden nach einer unerklärlichen Zwischenlandung wohl nicht so recht.

Zu Sigrids Entspannung trug diese Landung dagegen schon bei. ‚Wenn in so kurzer Zeit drei Maschinen unvorhergesehen auf einem verschlafenen Provinzflugplatz landen, liegt es vielleicht doch am Wetter und nicht am Flugzeug‘, überlegte sie.

Ein Aufruf aus den Lautsprechern scheuchte unsere Grübeleien weg und die Libanesen unnötig auf: Wir vier Berlin-Reisenden aus Constanza und Warna sollten uns am Ausgang einfinden. Dort erwartete uns eine komplette Crew, mit der wir dann über das Vorfeld zu einer IL 18 liefen. Wir vier waren tatsächlich die einzigen Fluggäste, vermutlich deshalb war kein Bus gekommen.

Kaum waren wir eingestiegen und hatten uns angeschnallt, rollte die Gangway weg, und die vier Turboprops wurden angelassen. Es hatte etwas sehr Beruhigendes, die sich erst langsam, dann immer schneller drehenden Propeller zu sehen. Allerdings musste angesichts der heftig schwingenden Flügelenden schon das alte Physikwissen über Stabilität und Elastizität bemüht werden, um sich dennoch einigermaßen geborgen fühlen zu können. Das so oft schon vom Boden gehörte typische Turbo-Dröhnen nahm zu, und langsam schob sich der silberne Vogel in die Startposition.

Wir wollten es nicht für möglich halten: Tatsächlich verschwand bei Spremberg die Sonne hinter grauen Nebel- und Wolkenschwaden. Durch die Fenster war außer den fleißig rotierenden Propellern und den wippenden Tragflächen nichts zu sehen. Urplötzlich tauchten in dem grauen Einerlei schemenhaft erste Häuschen und auch schon die Rollbahn von Schönefeld auf. Sanft touchierten die Reifen den Beton und beendeten damit die kurze Luftreise. Obwohl wir uns also unnötig geängstigt hatten und nun heimlich den Interflug-Leuten ob unseres Misstrauens Abbitte taten, waren wir doch zufrieden, wohlbehalten wieder festen Boden unter den Füßen zu haben.

Als dann ein dienstbeflissener Fahrer mit seinem Vorfeldbus erwartungsfroh an die Gangway geprescht kam, konnten wir uns schon wieder über seine staunende Miene amüsieren. Er hatte mit seinem Bus wohl noch nie nur vier Fluggäste von einer großen Maschine abzuholen gehabt.

Sigrid Kansy

Erlebte Geschichte

Bereits als Kind hatte ich ein Faible für Geschichten aller Art, und ich konnte schon sehr früh lesen und schreiben. In mein von klein auf geführtes Tagebuch schrieb ich, was ich am Tage erlebte, und schmückte diese Erlebnisse auch immer öfter mit kleinen selbst erfundenen Begebenheiten aus. Ich dachte mir auch kleine Geschichten und Liedchen aus.

Aber der Krieg mit allen seinen Schrecken war für mich, die zu Beginn des Krieges im Jahre 1939 in Nordhausen am Harz geboren wurde, ein so schreckliches Erlebnis, dass ich es bis heute nicht vergessen kann.

Viele Erinnerungen sind für mich damit verbunden – schlimme, aber auch gute –, und ich lernte schnell die unterschiedlichsten Menschen kennen: Menschen, die hilfsbereit waren, aber auch sehr viele, die nur an sich dachten und keinerlei Interesse für die Nöte und Sorgen anderer hatten.

Diese Jahre haben mich geprägt. Vor allem prägte sich mein Gerechtigkeitssinn schon als Kind sehr stark aus. Ich war ein eher kleines Mädchen, stand aber trotzdem den schwächeren oder ungerecht behandelten Kindern bei. Sehr oft bin ich nach der Schule zu einer Freundin meiner Mutter gegangen, die mir häufig ein Kleid oder einen Rock geflickt hat.

Als Kind von nicht einmal sechs Jahren erlebte ich die letzten Monate des Krieges sehr bewusst mit, so auch die Flucht aus unserer Wohnung, wenn es Fliegeralarm gab. Meine Mutter musste dann mit uns zwei kleinen Kindern (meine Schwester war ein Jahr jünger als ich) mitten in der Nacht in einen Luftschutzraum. Ringsherum heulten die Sirenen.

Am schlimmsten war es, als wir zusammen mit vielen

Nachbarn und Bekannten aus der Stadt rannten und in einem Wald übernachteten. Auf dem ganzen Weg dorthin war der Himmel voller „Christbäume“, wie die von den Flugzeugen abgeworfenen Leuchtsignale genannt wurden, und ab und zu hörten wir auch in allernächster Nähe, vor oder hinter uns, die Einschläge der Bomben. Wir blieben viele Nächte im Wald, schliefen auf Strohsäcken und hatten nichts zu essen.

Irgendwann kam schließlich Entwarnung, und wir brachen alle wieder in Richtung Nordhausen auf. Aber es wurde nicht besser: Wir schliefen Nacht für Nacht angezogen in unseren Betten, und fast jede Nacht mussten wir diese verlassen, wenn wieder einmal Fliegeralarm war. Es war selbst für uns Kinder, die das Geschehen noch nicht begreifen konnten, furchtbar.

An eine Nacht kann ich mich noch besonders gut erinnern. Es war im Februar 1945, und es lag hoher Schnee. Wir mussten in dieser Nacht in einen Bunker unter der so genannten Wassertreppe.

Unsere Mutti setzte meine Schwester und mich auf einen Schlitten und lief los. Kurz vor dem Bunker ging es ein wenig bergauf. Der Fliegeralarm in dieser Nacht war besonders schlimm, die Sirenen heulten ohne Unterlass, die ersten Bomben fielen, und unsere Mutti lief mit uns den Berg hinauf. Wir beiden Mädchen hatten die Augen fest geschlossen und hielten uns eng umschlungen. Plötzlich bemerkten wir, dass der Schlitten anhielt. Wir machten die Augen auf und wollten vom Schlitten aufstehen, da wir glaubten, am Bunker angekommen zu sein.

Wie groß war unser Schreck, als wir unsere Mutti schon ganz weit oben laufen sahen, den Strick des Schlittens in der Hand. Wir schrien beide laut vor Angst, wurden aber natürlich bei dem furchtbaren Lärm nicht gehört. Mittlerweile war unsere Mutti am Bunker angekommen und bemerkte erst da, dass sie nur den Strick in der Hand hatte und dass wir uns schon selbst auf den Weg zu ihr gemacht hatten, ohne Schlitten, den wir stehen ließen. Sie lief uns weinend entgegen, denn der Boden war doch sehr glatt, sodass wir große Mühe hatten hochzukommen. Wir waren alle drei vollkommen erschöpft, als wir endlich im Bunker waren, und unsere Mutti sagte, auch später, immer wieder, dass sie nicht bemerkt hatte, dass der Schlitten ab war.

Wenn ich das heute schreibe, finde ich diese Begebenheit schon etwas komisch, aber damals war keinem von uns zum Lachen zu Mute.

Die letzten Tage des Krieges kann ich ebenfalls niemals vergessen. Über Nordhausen flogen die Bomber zurück, und alles was sie noch an Bord hatten, wurde nunmehr abgeworfen. Zwei Drittel von Nordhausen wurden an diesen letzten Tagen dem Erdboden gleichgemacht.

Wir verbrachten drei Tage und Nächte im Bunker unter der Wassertreppe. Der Bunker war ein großer Stollen, der immer weiter gegraben wurde. Diese Arbeit verrichteten KZ-Häftlinge aus dem Lager Dora, das sich ganz in unserer Nähe befand. Sie fuhren mit den Loren an uns vorbei; es waren ausgemergelte und stille Menschen, die an uns vorbeizogen. Als ich meine Mutti danach fragte, sagte sie nur, dass diese Menschen aus dem Lager Dora kämen und hier arbeiten müssten.

Vor mir blieb plötzlich ein Mann stehen und bückte sich. Ich sah eine verschimmelte Schnitte Brot auf dem Boden liegen. Bevor er sie aufheben konnte, kam von hinten ein Aufseher und schrie von weitem, er solle weitergehen und nicht stehen bleiben. Da der Aufseher noch zu weit weg war, konnte er im schwachen Licht des Stollens nicht genau sehen, was los war; und so bückte ich mich ganz schnell, hob das Brot auf und steckte es dem Mann in seinen kurzen grauen gestreiften Kittel.

Ich glaube, egal wie alt ich auch werde, diese dankbaren Augen werde ich nie vergessen. Und ich dachte: ‚Es war doch nur verschimmeltes Brot!‘, und gleichzeitig sprach ich im Stillen mit dem lieben Gott und sagte zu ihm: ‚Wie kannst du so eine Ungerechtigkeit zulassen? Beende doch diesen Krieg!‘

Wir waren alle sehr froh, als Entwarnung kam und wir wieder in unsere Wohnungen durften. Aber wie sah es auf den Straßen aus?! Die Fabrik gegenüber dem Bunker war zerstört. Überall flogen Papiere über die Straßen. Die kleinen Fachwerkhäuser, die ich immer so lustig fand – manches Mal fragte ich meine Mutti, ob darin eine Hexe wohne, denn viele sahen aus wie Knusperhäuschen, zumindest für uns Kinder –, waren zerstört. Es war grauenvoll, und wir Kinder von fünf und sechs Jahren konnten das alles nicht begreifen.

Das Haus, in dem sich unsere Wohnung befand, stand noch. Diese war aber einige Wochen zuvor von einer Granate getroffen und danach nur notdürftig repariert worden. Es war ein großes Loch, genau an meinem Kinderbett. Zum Glück befanden wir uns in jener Nacht bei meinen Großeltern, die nur einige Straßen weiter wohnten.

Nach dem Krieg hofften wir auf ruhigere Zeiten, und ich wurde bald eingeschult. Aber leider sollten die schlimmen Erlebnisse noch nicht zu Ende sein. Wir wohnten in einem Sechs-Familien-Haus, und die meisten Männer, darunter auch unser Vati, waren in Gefangenschaft, während die Frauen mit den Kindern allein im Haus waren.

Es begann mit Plünderungen, und fast jede Nacht hörten wir eine Frau schreien. Damals konnten wir Kinder noch nicht verstehen, was da geschah. Meine Mutti zog mit uns zu den Großeltern. Viel später erfuhren wir dann von den Vergewaltigungen von Frauen und jungen Mädchen.

Es dauerte noch eine ganze Zeit, ehe sich alles beruhigte. Meine Schwester und ich haben noch so manche Nacht im Bett gelegen und vor Angst und Hunger geweint. Oft sind wir abends losgegangen und haben versucht, ein paar Kartoffeln von den Feldern zu holen. Wir haben auch auf Feldern gestoppelt, wo das Getreide bereits abgeerntet war, und meine Mutti hat dann aus den Körnern der aufgesammelten Ähren Brot gebacken. Ich bin auf Bäume geklettert, um für uns Obst zu holen, und habe auch das eine oder andere Mal mit den Besitzern dieser Obstbäume Probleme bekommen.

Als dann die Lebensmittelkarten eingeführt wurden, ging es am Anfang ein wenig besser. Aber die meiste Zeit gab es auch dafür nichts zu kaufen, denn in der sowjetischen Besatzungszone war die Versorgungslage besonders schlecht.

Etwa sieben Kilometer von uns entfernt gab es viele Bauern, und einige von ihnen backten auch Brot. Da wir kein Geld hatten, ging meine Mutti mit mir zu einem Bauernhof, um dort für etwas Brot und Wurst zu arbeiten. Aber der Bauer hat uns mit Hunden vom Hof gejagt. In der Nähe befand sich ein kleiner Bauernhof, und dessen Bauer, der bemerkt hatte, was uns passiert war, gab uns Milch zu trinken und schenkte uns ein Brot; mehr konnte er uns nicht geben, denn selber hatte er auch nicht viel.

Unser Großvater arbeitete als Lokomotivführer bei der Bahn und konnte uns unterstützen. Auch hatte er einen großen Garten, sodass wir Gemüse bekamen. Fleisch und Wurst haben wir sehr lange nicht zu essen bekommen, denn unsere Mutti tauschte die Fleischmarken gegen Brot, Milch und andere Lebensmittel.

Kurz vor Weihnachten 1945 kam unser Vati nach Hause. Er hatte einen Granatsplitter im Arm und war aus der Gefangenschaft entlassen worden. Es war ein wunderschönes Weihnachtsfest, trotz aller Entbehrungen, denn unsere Familie war wieder zusammen. Und langsam normalisierte sich unser Leben.

Wenn ich mir heute die Menschen mit ihren vielen, oft übersteigerten Ansprüchen ansehe, kann ich nur von ganzem Herzen hoffen und beten, dass wir nie wieder einen Krieg erleben. Aber selbst wenn wir in Deutschland keinen Krieg erleben, denke ich an die vielen Menschen, die mitten in einer kriegerischen Auseinandersetzung leben, denke an die vielen Frauen und Kinder, die am meisten darunter leiden, denke an die Menschen, die abends hungrig zu Bett gehen oder, schlimmer noch, sterben. Warum wird der Mensch nicht klug?

Während ich dies schreibe, denke ich wieder an den Mann im Bunker, an die vergewaltigten Frauen und ihre Schreie und an die vielen Nächte, die wir hungrig schlafen gingen. Und dies geschieht jeden Tag und jede Nacht auf unserer Welt. Jeder Einzelne hat ein Schicksal, und viele Menschen, mit denen ich mich unterhalte, versuchen, etwas gegen die Ungerechtigkeit zu tun, jeder auf seine Weise. Ich schreite auch heute noch auf irgendeine Art ein, wenn ich jemandem helfen kann.

Hoffen wir auf intelligente Menschen in unserer Regierung, denn kluge Menschen führen keinen Krieg!

Heiligabend 1945

Mein erstes Weihnachtsfest nach dem Krieg

Ich war damals zwar erst knapp sieben Jahre alt, aber dieses Weihnachtsfest werde ich aus vielerlei Gründen nicht vergessen.

Meine Schwester und ich, wir freuten uns dieses Jahr ganz besonders auf Heiligabend, denn unser Vati war kurz zuvor aus der Gefangenschaft entlassen worden und nach Hause gekommen. Er war schwer verletzt durch einen Handgranatensplitter, der in seinem rechten Arm saß, der Arm war fast steif, und unser Vati hatte große Schmerzen. Aber dass er wieder bei uns weilen konnte, war für meine Mutti, meine Schwester und mich das schönste Weihnachtsgeschenk, denn so klein wir beiden Kinder auch waren, wir hatten einen Teil der Gräuel des Krieges hautnah miterlebt.

Unsere Wohnung wurde durch Artilleriebeschuss getroffen, und direkt neben meinem Bett im Kinderzimmer ging eine Granate hoch. Wie durch ein Wunder waren meine Schwester und ich nicht zu Hause an diesem Abend, sondern hatten bei unseren Großeltern übernachtet. Das Loch neben unseren Betten wurde notdürftig mit Brettern und später mit Steinen zugemacht. Die Stadt Nordhausen am Harz, wo unsere Familie lebte, wurde kurz vor Kriegsende durch schwerste Bombardierungen zu zwei Dritteln dem Erdboden gleichgemacht. Viele unserer Freunde und Bekannten hatten im Krieg einen geliebten Menschen verloren, oder diese kamen mit schweren Verletzungen nach Hause. Auch unsere Familie hatte Verluste hinzunehmen. Ein Onkel wurde im Krieg vermisst und kam auch später nicht mehr nach Hause.

Deshalb schätzten wir sehr die Ruhe und den Frieden am Heiligabend 1945.

Unser Vati hatte für Heiligabend ein weißes Kaninchen organisiert. Heute kann ich natürlich verstehen, was das nach den vielen Entbehrungen der Gefangenschaft für ihn bedeutete, aber damals waren wir Kinder nur traurig. Wir haben gebettelt und gefleht, dieses süße kleine Kerlchen doch am Leben zu lassen, wir wollten auch nie wieder Weihnachtsgeschenke haben – aber alles Bitten war vergebens.

Am Heiligabend gab es Kaninchenbraten. Wir waren beide sehr traurig und unserem Vati böse. Meine Schwester und ich rührten keinen Bissen an, noch nicht einmal die Sauce davon, obwohl auch wir jahrelang kein Fleisch gegessen hatten.

Trotzdem wurde der Abend noch sehr schön. Ich bekam eine Puppe mit echtem Haar; meine Zöpfe waren kurz zuvor etwas gekürzt worden, und eine Freundin meiner Mutti, die Friseuse war, hatte dieser Puppe aus meinem Haar eine Perücke angefertigt. Meine Schwester bekam einen Schlitten, den sie sich gewünscht hatte. Und auf diese Weise wurden die Tränen um ein kleines weißes Kaninchen ein wenig getrocknet.

Ich kann mich heute noch daran erinnern, dass ich in der Kirche während der Christmette gebetet habe: „Lieber Gott, lass es nicht mehr zu, dass kleine weiße Kaninchen gegessen werden, und nimm dieses süße kleine Kaninchen in den Tierhimmel!"

Trotz der vielen Jahre, die seither vergangen sind, erinnere ich mich gern an dieses erste friedliche Fest nach dem Krieg, und ich bete jeden Abend, dass die Völker der Welt sich vertragen und solches nie mehr passiert.

Heinz Kleinert

Vom Knirps zum Mann

Wie sehr ein Mensch als Kind weniger von seiner „Erziehung“ als vom Verhalten seiner Eltern partizipiert und dadurch geprägt wird, erkennt er möglicherweise erst im reiferen Alter. Ich für meinen Teil habe versucht, mich zu analysieren, und dabei folgendes festgestellt: Robustheit, Härte, cholerische Ausbrüche und verbissenes Kämpfen für eine als richtig erkannte Idee waren Eigenschaften meines Vaters, Sanftmut, ergebene Treue und Aufopferung die meiner Mutter. Die Vermischung dieser konträren Eigenschaften in einem Kind ist unmöglich. Und so wohnen, ach, zwei Seelen in meiner Brust.

Mein Vater, katholisch getauft, überaus freigeistig denkend, konnte den Zwang und das Joch des Katholizismus nicht ertragen und trat aus der Kirche aus. Jeglicher Glaube an irgendeinen Gott war ihm suspekt. Ich selbst wurde evangelisch getauft. Aber als für mich, den Sechsjährigen, die Schulpflicht nahte, wurde ich nicht in der etwa fünf Minuten entfernten evangelische Volksschule, sondern in der etwa fünfzig Minuten entfernten Freischule eingeschult. Was es für einen Sechsjährigen bedeutete, wenn all seine Freunde nur kurze Wege bis zur Schule hatten und eher aus der Schule zu Hause waren, darauf kam mein Vater nicht.

Bei Fräulein Maiwald in der ersten Klasse lief alles gut. Hier waren Kinder aller religiösen Richtungen vertreten.

Bis, ja bis ich mir zu Hause bei einem Sommerfest den rechten Arm oberhalb des Handgelenkes brach. Weder das evangelische noch das katholische Krankenhaus kamen für meine Behandlung in Frage. Blieb also nur das jüdische Hospital übrig. Da 1931 wie schon früher seitens der Nazis die ersten

Kampagnen gegen die Juden liefen, zog mein Vater demonstrativ seine Polizeiuniform an, um schon rein äußerlich seine politische Gesinnung und Offenheit gegenüber jeglicher rassischer Couleur kundzutun.

Eine Woche durfte ich dem Unterricht fernbleiben, danach mußte ich mit meinem geschienten Arm wieder täglich insgesamt mehr als neunzig Minuten zu Fuß zur Schule gehen. Ins jüdische Krankenhaus fuhren wir später alle zwei Tage zur Wärmebehandlung und Massage. Natürlich durfte ich nicht mit meinen Freunden tollen und spielen.

Nach fünf Wochen war es dann soweit, daß ich das erste Mal wieder auf die Straße durfte. Und das Unglück blieb mir treu: Beim Springen über eine kleine Ligusterhecke blieb ich mit einem Fuß hängen, fiel vornüber und brach mir denselben Arm an der gleichen Stelle wieder. Diesmal waren beide Unterarmknochen glatt durchgebrochen.

Zu Recht ging ich mit entsetzlicher Angst nach Hause. Mein Vater, als er meiner ansichtig wurde, erblaßte vor Zorn. Dieser entlud sich in einer gewaltigen Ohrfeige, die mich in die entfernteste Ecke des Zimmers schleuderte. Onkel Karl, der zu Besuch war, verabschiedete sich schleunigst.

Es herrschte Glatteis, als mich mein Vater erneut ins jüdische Krankenhaus brachte. Die Ärzte und Schwestern lachten nur, als sie ihr „Heinzerl“ wiedersahen. Wieder die gleiche Prozedur des Einrenkens und Eingipsens. Alle Ärzte und Schwestern waren überaus nett zu mir, besonders die junge Schwester Judith war mir an mein kindliches Herz gewachsen.

Inzwischen hatte mein Vater eingesehen, daß ein weiterer Besuch der Freischule unsinnig war. Und so ging ich nun in die nahe gelegene evangelische Schule. 1933 machte ich die Aufnahmeprüfung für die Mittelschule, auch Realschule genannt.

Dann war es soweit: Mein Vater als eingetragenes und praktizierendes Mitglied der SPD wurde aus dem Staatsdienst entlassen. Hermann Göring, damals Innenminister, wurde von meinem Vater mit einem Gnadengesuch angeschrieben, worin er seine Verdienste im Weltkrieg anführte und nicht zu erwähnen vergaß, daß er nach dem Krieg im Kurland (Estland, Lettland, Litauen) noch gegen die „Bolschewisten" gekämpft hatte (er erhielt für dortige Verdienste das „Baltikumkreuz"). Die Entlassung wurde daraufhin in eine Strafversetzung nach Hindenburg in Oberschlesien umgewandelt. Wir zogen also nach Hindenburg, wo ich die dortige Mittelschule besuchte.

In meiner Klasse war auch ein jüdischer Schüler namens Günter Knoche. Er war der Sohn eines Geschäftsmannes, der mit Glas und Porzellan handelte. Von zu Hause wurde er mit reichlich Taschengeld ausgestattet. Durch den Kauf von allerhand Leckereien, die er verteilte, versuchte er Sympathien zu erwerben, um aggressive Mitschüler zu besänftigen. Leider gelang ihm das nur teilweise, denn es verging kein Tag, an dem man ihn nicht schlug oder durch eine andere Quälerei zum Weinen brachte. Knoche war körperlich so ausgestattet, daß er es mit jedem einzelnen von uns hätte aufnehmen können, doch sah er sich immer einer Meute von zum Teil mit Braunhemden bekleideten Jungen gegenüber, die er bei einer Verteidigung nur noch mehr gereizt hätte. Unser Klassenlehrer Weinhold sah zwar nichts, aber ahnte alles. Eines Tages, als Knoche wieder weinend mit dem Kopf auf seinem Schreibpult lag, meinte er zu ihm, daß es besser für ihn sei, wenn er die Schule verließe. Und so geschah es.

Als ich am 9. November 1938 zur Schule kam, sah ich das Tor zum Schulhof durch Feuerwehr und Polizei versperrt. Die Feuerwehr hielt ihre Schläuche gegen die Giebelwand unserer Schule, traf aber keine Anstalten, die daneben stehende Synagoge, aus der haushohe Flammen schlugen, zu löschen. Alle jüdischen Geschäfte wurden vom Mob geplündert, Fensterscheiben und Einrichtungen zertrümmert. Wie man tags darauf in der Zeitung (es gab ja nur noch „gleichgeschaltete“) lesen konnte, hatte sich der „gerechte Volkszorn“ über den Juden entladen. Da sich dieser „Volkszorn“ überall in Deutschland gleichzeitig ergoß, war ersichtlich, daß er von langer Hand vorbereitet war. Allgemeine Armut und Arbeitslosigkeit sowie die Hetze der Rechten hatten endlich ein Ventil gefunden, um den Frust abzubauen.

Mein Vater als „gebranntes Kind“ trat in die „Arbeitsfront“ ein, eine Naziorganisation der gemäßigten Art. Ich selbst bekam eine Uniform, bestehend aus Braunhemd mit Dreiecktuch und Lederknoten, schwarzer Samthose mit Koppel, weißen Strümpfe, braunen Haferlschuhen und Samtkäppi. Ich fühlte mich ausgesprochen unwohl, als ich mich so ausstaffiert im zuständigen Büro des „Jungvolks“, des jüngeren Ablegers der „Hitler-Jugend“, als Mitglied anmeldete. Politisch befand ich mich absolut auf der Wellenlänge meines Vaters.

Hindenburg, Gleiwitz, Beuthen – das war das magische Dreieck der ostdeutschen Industrielandschaft. Kohle, Zink und Blei bildeten den Reichtum dieser Gegend, die nach Kriegen schon öfter den Besitzer gewechselt hatte. Der Raubbau bei der Ausbeutung der Bodenschätze machte sich in Form von unvorstellbar nach Schwefel stinkenden und den Himmel verdunkelnden gelben bis schwarzen Rauchwolken bemerkbar. Aus schlammigen schwarzen Absetzbecken blubberte es ständig. Die ganze Gegend war so unterminiert, daß unzählige Häuser der Städte durch Stahlanker von Traufe zu Traufe und Giebel zu Giebel gesichert waren. Trotzdem waren Setzungsrisse in den Mauern an der Tagesordnung. Alle Gebäude hatten eine einheitlich schwarzbraune Farbe von dem ständigen Ruß, der durch die

Straßen zog. Verputzte Fassaden gab es nicht, da solche infolge des Schwefelgehaltes der Luft bald abgebröckelt wären. Gardinen vor den Fenstern gab es nur selten und nur dort, wo man sich alle drei Jahre neue leisten konnte, denn bei geöffneten Fenstern fraß der mitunter feuchte Schwefelrauch in kürzester Zeit große Löcher in jedes Gewebe.

Aufgrund dieser Umstände bekam ich nach einer verschleppten Bronchitis Bronchialasthma, was mich sehr quälte.

Hitler hatte den deutschsprachigen Teil der Tchechoslowakei besetzt, und es wurden deutsche Beamte gebraucht. Also stellte mein Vater einen entsprechenden Antrag zur Versetzung dorthin, der auch genehmigt wurde. Wir zogen daraufhin nach Gablonz an der Neiße. Hier in den Bergen konnte man wieder durchatmen. Wir fühlten uns alle sehr wohl.

Ich besuchte die Staatsbauschule im zwölf Kilometer entfernten Reichenberg, die einen guten Ruf hatte. Sie stammte aus der k. u. k. Zeit. Bis zu Hitlers Einmarsch wurden hier auf den Paukböden noch Mensuren ausgetragen, dann wurden die studentischen Verbindungen aufgelöst.

Im Sommer 1939 besuchten mich noch meine Freunde aus Hindenburg mit dem Fahrrad. Dann brach am 1. September der Zweite Weltkrieg aus. Mein Vater und ich hörten trotz Androhung der Todesstrafe von Anfang an alle ausländischen Sendungen in deutscher Sprache. Besonders abends war der Empfang gut, und wir zogen uns Decken über Köpfe und Radio, damit kein Laut in die nächtliche Stille der angrenzenden Wohnungen neben, über und unter uns drang.

Die Schule nahm mich voll in Anspruch, zumal nach einem Achtstundentag abends noch Aufgaben erledigt werden mußten. Besonders im Winter war es hart, da die Linienbusse infolge der Schneemassen morgens und abends ständig Verspätung hatten. Es gab zwar Ferien wie in allen anderen Schulen auch, aber wir mußten diese Zeit auf dem Bau praktizieren und danach Belege über die geleistete Arbeitszeit in der Schule vorlegen. Diese Praktikantenzeit entsprach bei Beendigung der Schule einer zweieinhalbjährigen Lehre.

Irgendwann, das heißt sicher öfter, hatte ich irgendwelche Nachrichten der Feindsender im Detail verlauten lassen, die möglicherweise jemand gehört hatte, der diese Äußerungen zum Anlaß nahm, gegen mich zu intrigieren. Jedenfalls wurde ich im September 1942 der Schule verwiesen.

Zu diesem Zeitpunkt wurde ich zur Wehrmacht einberufen. Am 2. Oktober fuhr ich schon nach Dresden und von dort mit einem Sammeltransport nach Kiel. Da war ich gerade achtzehn Jahre alt. Alle mit mir Einberufenen gehörten der Ersatzreserve II b an, den sogenannten Staatskrüppeln. Bei der 4. Batterie irgendeiner Flak-Abteilung machte ich die Grundausbildung am Gewehr 98.

Nicht lange, und ich lag mit meinem Asthma im „Revier". Der Sanitäter hatte nur die Möglichkeit, leichte Wunden oder Kopfschmerzen zu behandeln. Ich war froh, als ich nach einigen schweren Bombenangriffen, die ich mit viel Glück überstand (der Splitter einer Flak-Granate hatte nur meinen Militärmantel aufgeschlitzt), in das Lazarett von Malente-Gremsmühlen (Holsteinische Schweiz) eingeliefert wurde. Hier versuchte man, meinem Asthma mit absoluter Diät und Fieberspritzen – zwanzig Minuten nach Verabfolgung einer solchen Spritze hatte man ein Fieber, daß man aus dem Fenster springen wollte – sowie gymnastischen und Atemübungen beizukommen. Die Stationsschwester, die dem Stabsarzt über meinen Zustand berichtete, schüttelte bei dessen Befragungen den Kopf. „Also", sagte der Stabsarzt zur Schwester, „also werden wir den Mann mal entlassen." Er fragte nach meinem beruflichen Werdegang. Als ich ihm sagte, daß ich Student der

Staatsbauschule in Reichenberg sei, nickte er mit dem Kopf und meinte, daß ich als Bauingenieur in spe dem Vaterland besser dienen könne denn als wehruntauglicher Soldat. Ich wurde nach dreimonatiger Behandlung aus dem Lazarett entlassen und nahm meine Entlassungspapiere mit. Auf der Toilette öffnete ich den Umschlag und las: *Entlassung wegen Dienst- und Wehruntauglichkeit.*

Mein Glücksgefühl unterdrückte ich geflissentlich, als ich bei meiner Truppe ankam. Da ich das Krankenrevier nicht unnütz frequentieren wollte, beantragte ich Urlaub bis zur endgültigen Entlassung.

Da mein Vater inzwischen nach Lemberg (Galizien) zur Gewerbeaufsicht versetzt und Mutter ihm dorthin in eine kleine Zweizimmerwohnung gefolgt war, bestand für mich kein Grund, allein in unserer Wohnung in Gablonz zu verbleiben. Ich ließ mir von meiner Schreibstube in Kiel einen Urlaubs- und Fahrschein nach Lemberg kommen, der auch die Erlaubnis zum Tragen von Zivilkleidung beinhaltete.

Meinem Vater oblag, zusammen mit einem ukrainischen Polizisten (beide trugen Zivil), die Kontrolle der Preise in Restaurants und Kneipen auf überhöhte Forderungen. Da man die zwei überall als human sowie auf Augen und Ohren blind bzw. taub kannte, wurden sie stets mit Essen und besonders mit Getränken traktiert.

Mich hatte mein Vater an einen deutschen Bauunternehmer vermittelt. Der Geschäftsinhaber, ein gewisser Herr Timmermann, stammte aus Hamburg. In seinem Büro hatte er außer einem polnischen Techniker nur Juden untergebracht. Wie ich allmählich erfuhr, waren diese alle hochgradig gebildet und entstammten der Elite der jüdischen Bevölkerung Lembergs. Juristen, Ärzte, Chemiker und ehemalige Bankkaufleute fungierten hier als Schreibkräfte, Kassenwarte und sonstige Büroangestellte. Die beschäftigten Handwerker waren freischaffende, selbständige jüdische Bürger, die von Timmermann von Fall zu Fall engagiert wurden.

In der Zeit meiner Beschäftigung befaßten wir uns unter anderem mit dem Auf- und Ausbau des „Mitteleuropäischen Reisebüros" (MER) auf dem Marienplatz, dem Hauptplatz in Lemberg. Das Gebäude wurde auch von hinten, über eine Nebenstraße erschlossen.

Eines Tages erschien Herr Timmermann aufgeregt im Büro. Er müsse sofort nach Hamburg, da dort sein Wohnhaus von Bomben getroffen und seine Familie ausgebombt sei. Ich war entsetzt, als er mir, dem gerade Neunzehnjährigen, alle Vollmachten übertrug und sich schnellstens verabschiedete.

Später erahnte ich den Grund seiner hastigen Abreise, nämlich die bevorstehenden sogenannten Judenaktionen. Alle Juden mußten zu dieser Zeit eine gelbe Armbinde mit schwarzem Judenstern tragen. Jeder hatte eine sogenannte Arbeitskarte, die als Ausweis diente und auf der behördlich vermerkt war, daß der Betreffende in einem Arbeitsverhältnis stand. Auch der Arbeitgeber war angegeben. Eine solche Arbeitskarte besaßen auch die Juden in Timmermanns Büro. Bei Straßenkontrollen, die sehr häufig stattfanden, wurde jeder, der ohne Arbeitskarte angetroffen wurde, sofort in ein Arbeitslager mitgenommen.

Meine Mutter hatte sehr dichtes, fast schwarzes Haar. Mein Vater erlaubte sich einmal den makabren Scherz, meine Mutter auf der Straße ein paar Schritte vorgehen zu lassen. Schon waren die „Greifer" zur Stelle, um sie festzuhalten und zu kontrollieren. Da hatte mein Vater allen Grund, diese Schergen anzubrüllen, sie sollten ja die Finger von seiner Frau lassen.

Da allmählich das „Freiwild" aufgesammelt war, griff man zu einem Trick: Beim nächsten behördlichen Stempeltermin wurden die Arbeitskarten einfach einbehalten. Die deutsche

Verwaltung hatte einen sogenannten Judenrat eingerichtet, ein Gremium von Juden aus der Stadt, das angeblich die Rechte seiner Glaubensgemeinde vertreten sollte. Aber diese Einrichtung war nur Befehlsempfänger. Diesen Leuten wurde nur mitgeteilt, daß sie keine Rechte hatten.

Die Belegschaft des Büros Timmermann beauftragte mich, die Karten auf dem Kommissariat abstempeln zu lassen. Mit klopfendem Herzen ging ich hin. Ich war nicht allein, eine ganze Schlange von Vertretern deutscher Firmen stand vor dem Büro des Mannes, der über das Schicksal so vieler Menschen befinden konnte. Je nach Temperament kamen alle niedergeschlagen oder grollend aus dem Zimmer des „Allmächtigen", mit leeren Händen. Mir ging es genauso. Mich vertröstete man mit der Bemerkung, daß man mir die Karten zusenden würde. Ich ging zum Büro zurück und verkündete die traurige Tatsache. Daß man die Arbeitskarten je wiedersehen würde, daran glaubte keiner.

Man beratschlagte und kam zu dem Entschluß, sich im Gebäude des MER zu verstecken, falls ich damit einverstanden wäre und die Schlüssel herausgäbe. Also ging die ganze Belegschaft nach Hause und dann einzeln zu besagtem Gebäude. Jeder hatte seine wichtigsten Sachen bei sich: Geld, Essen, Kleidung und sonstiges. Der Zugang erfolgte nachts von der rückwärtigen Andiener Straße her. Es waren etwa zwölf Erwachsene und zwei Kinder, zirka acht Jahre alt.

Das Büro Timmermann wurde nicht mehr besetzt, und ich ging fast jeden Tag zum MER, wo ich mich stundenlang mit den Leuten über alle möglichen Dinge unterhielt, natürlich auch über ihre Lage und ihr Schicksal. Erstaunlich waren ihre Ergebenheit und ihre Gelassenheit angesichts des sie mit Sicherheit erwartenden Untergangs.

Man erzählte mir von einem Schneider, dessen Sohn man auf offener Straße mitgenommen habe, und bat mich, mein möglichstes zu tun, um zu helfen. Ich suchte den Schneider auf, der als Witwer allein mit seinem Jungen in einer unmöglichen Wohnung hauste. Unter Tränen flehte er mich an, ihm seinen Sohn wiederzubringen. Mit einem Fiaker fuhren wir zur Dienststelle der SS, wo der Sohn vermutet wurde. Der Vater blieb natürlich vor der Tür stehen. Ich klopfte an die nächste Tür, hinter der ich Stimmen hörte. Ein SS-Mann trat heraus und fragte nach meinem Begehr. Ich sagte meinen Spruch auf, den ich für alle Fälle bereithielt, nämlich, daß ich von der Firma Timmermann käme, die große Aufträge für Wehrmacht und Partei ausführe und somit jede Arbeitskraft brauche. Da man den Jungen jedoch arretiert habe, würde die Arbeitsmoral des Vaters stark leiden. So schnell, wie ich in dem Büro war, so schnell war ich auch wieder draußen, mit dem Nachruf, daß ich die „neue Zeit" noch nicht verstanden hätte.

Ja, ich hatte jetzt! Eine unbändige Wut stieg in mir auf, und ich schwor mir, jedem Menschen, egal ob Jude, Moslem oder Farbiger, zu helfen, wenn ich nur irgend konnte. Beschämt ob des negativen Ausgangs meiner Mission ging ich zu Tode betrübt nach Hause.

Zu dieser Zeit fanden sogenannte Judenaktionen statt. Dabei wurden ganze Stadtviertel von Polizei und Wehrmacht abgeriegelt und die einzelnen Häuserblocks systematisch nach Juden durchsucht. Mein Vater wurde dazu abkommandiert, Wohnungen, die nach dem Abtransport der jüdischen Bewohner leer standen, nach Eßwaren zu durchsuchen und diese gegebenenfalls „sicherzustellen". Was mein Vater fand, brachte er nach Hause und ich wiederum in den Keller des MER. Eine goldene Sprungdeckeluhr mit Klipp und Goldstück mit Kaiser-Franz-Josef-Konterfei, die noch in unserem Besitz ist, stammt aus der Zeit dieser „Sicherstellungen". Gleiches gilt für eine fein ziselierte Damenuhr.

Ich schickte immer neue Pakete mit Zigaretten an meine Dienststelle in Kiel-Holtenau und bekam auch immer wieder neue Urlaubsscheine.

Eines Tages kam mein Vater betrunken nach Hause. Meine Mutter und ich brachten ihn zu Bett. Als er seinen Rausch halbwegs ausgeschlafen hatte, fing er an zu toben: „Freiheit! Hitler verrecke!" Wir hatten große Mühe, ihn zu beruhigen, und deckten ihm den Mund zu. Es stellte sich heraus, daß er bei einer „Judenaktion" mitten in das Geschehen geraten war. Sondereinheiten der Wehrmacht und der Polizei waren gerade dabei, eine jüdische Familie in ihrer Wohnung zu überfallen. Der Familienvater, der sich schützend vor Frau und Kinder stellte, wurde mit furchtbaren Prügeln vor das Haus getrieben. Als der Gewalttäter wiederkam, brüstete er sich mit der „Heldentat", dem Juden mit dem Pistolenknauf ein Auge ausgeschlagen und ihn dann aufgefordert zu haben, das Weite zu suchen. Daraufhin habe er ihn „auf der Flucht erschossen". Mein Vater war fast wahnsinnig vor Wut und hatte sich daraufhin dem Alkohol ergeben.

Im Keller des MER herrschte Niedergeschlagenheit, waren doch zwei Leidensgenossen, da sie ja keine Arbeitskarten mehr hatten, festgenommen worden, als sie sich auf dem Schwarzmarkt Lebensmittel beschaffen wollten. Da infolge der überhöhten Preise auf dem Schwarzmarkt ihre finanziellen Mittel schnell schrumpften, bat man mich, ihnen aus der Kasse der Firma Timmermann einen „Vorschuß" zu zahlen. Ich trug zwar, so gut ich konnte, zum Lebensunterhalt bei, aber das war ja nur ein Tropfen auf den heißen Stein. Ich glaubte es mit meinem Gewissen und auch gegenüber Herrn Timmermann, den ich übrigens nie mehr zu Gesicht bekam, verantworten zu können, wenn ich das gesamte Bargeld aus der Bürokasse entnahm und es unter die Leute verteilte.

Unter den insgesamt vierzehn Personen befanden sich auch zwei Mädchen. Ich merkte allmählich, daß sich eines von ihnen für mich interessierte. Da sie aber nur polnisch sprachen und ich dieser Sprache nicht mächtig bin, fragte ich einen der Herren namens Weisbroth nach dem Inhalt ihrer Gespräche. Ohne auf die Unterhaltung der beiden Mädchen näher einzugehen, sagte er mir, daß man mir allgemeine Bewunderung entgegenbrächte, weil ich als Deutscher so für sie einträte. Das machte mich verlegen.

Jeden Tag führte man die in Lagern wie Vieh gehaltenen Juden in langen Kolonnen zur Arbeit. Da es verschiedene Arbeitsstellen gab und auch verschiedene Kolonnen, brauchte ich einige Tage Geduld, bis ich die zwei ehemaligen Mitarbeiter der Firma Timmermann fand. Einen der deutschen Wehrmachtsangehörigen, die zur Begleit- und Wachmannschaft gehörten und die Juden eskortierten, bat ich unter Vorlage meines Wehrpasses, einen der beiden Juden für ein kurzes Gespräch aus der Reihe zu lassen. Dies geschah. Auf mein Befragen hin wurde mir zur Antwort gegeben, daß die Verpflegung im Lager schlecht sei und die Behandlung unmenschlich. Sämtliche Verrichtungen, die außerhalb ihrer Behausungen notwendig waren, mußten im Laufschritt erfolgen. Wenn irgendeiner infolge seines Alters oder einer Behinderung das Tempo nicht durchhielt, wurde er aus einem der Wachhäuschen heraus hinterrücks erschossen. Die Toten mußten dann auf einer Trage ebenfalls im Laufschritt zur vorbereiteten Grube gebracht werden, wo man sie hineinkippte und mit Kalk überschüttete. Der Mann bat mich flehentlich, seine Frau aufzusuchen und sie bei einer ihm bekannten polnischen Familie unterzubringen. Er gab mir seine Adresse.

Am nächsten Tag begab ich mich mit meiner Krachledernen in die mir angegebene Wohngegend. Ich hatte bewußt meine kurze Lederhose angezogen, um schon von weitem als Deutscher erkennbar zu sein. Ich kam nicht zu früh, denn einige Häuserblocks weiter sah ich schon das Rollkommando mit einem Lkw, der bereits mit einigen Leuten, offensichtlich Juden, besetzt war und um den mehrere Polizisten standen. Ich ging schnell in das Haus mit der mir genannten Nummer. Die Wohnung befand sich im ersten Stock. Ich schellte und merkte, daß man mich durch den Türspion musterte. Die Frau wußte offensichtlich Bescheid, denn sie öffnete sofort. Ich trieb zur Eile. Ein Schwager der Frau war auch anwesend. Sie verabschiedete sich von ihm und wollte nach einem gepackten Koffer greifen, doch das lehnte ich ab, da es viel zu auffällig gewesen wäre. Also nahm sie nur eine Handtasche, streifte sich die Binde über, die sie als Jüdin auswies, und wir gingen die Treppe hinunter. Diese Vorsichtsmaßnahme (Binde mit Judenstern) galt nur für eventuelle Begegnungen im Treppenhaus. Auf der Straße ging sie so neben mir, daß die Armbinde durch mich verdeckt war, und zwar so lange, bis wir außer Sichtweite ihres Hauses waren. Dann streifte sie die Binde ab und ließ sie fallen. Wir gingen zur nächsten Straßenbahnhaltestelle. Die Bahnen fuhren alle mit einem Anhänger. Der Triebwagen war nur für deutsche Staatsbürger vorgesehen. Im Anhänger durften auch Polen Platz nehmen. Für Juden war die Bahn tabu. Als die nächste Bahn kam, bestiegen wir natürlich den Triebwagen. Wir unterhielten uns über belanglose Dinge, um ja nicht aufzufallen. Leider war das Deutsch meiner Begleiterin ein wenig holprig, so daß ich sie bat, sich etwas zurückzuhalten. Auf dem Marienplatz, dem Zentrum der Stadt, mußten wir umsteigen. Dies geschah so elegant, als wäre es selbstverständlich. Wir fuhren bis zur Endstation. Ich wollte mich verabschieden, aber die Jüdin bat mich, sie noch bis zum Haus ihrer polnischen Freunde zu begleiten. Als wir vor diesem ankamen, öffnete sie ihre Handtasche und holte einen dicken Packen Złotys heraus, den sie mir geben wollte. Ich winkte dankend ab und sagte, daß sie ihr Geld bestimmt noch dringend brauchen würde. Mit Tränen der Dankbarkeit in den Augen und sich mehrfach umblikkend verschwand sie im Haus ihrer Freunde.

In unserer Siedlung, die aus sechsstöckigen modernen Gebäuden bestand, mußten Juden unter Bewachung die Straßen fegen und die Grünanlagen pflegen. Eine Gruppe von etwa zwölf Juden war vor unserem Haus angetreten. Die Befehle „Rechts um!“ und „Links um!“ wurden wohl nach Ansicht des befehligenden SS-Mannes zu lahm ausgeführt. Jedenfalls trat er die Menschen vorn und hinten in den Unterleib. Da trat plötzlich ein Jude vor die Linie, ging auf den SS-Mann zu, setzte ihm eine Pistole auf die Brust und drückte ab. Anschließend setzte er die Pistole an seinen Kopf und erschoß sich ebenfalls. Die anderen stoben auseinander, denn sie hatten das Schlimmste zu erwarten.

Mein Vater hatte Verbindungen zu jüdischen Handwerkern wie Schneidern, Schuhmachern und Kürschnern. Meine Mutter erhielt ein sehr schönes Kleid, ein paar äußerst weiche braune Stiefel sowie einen herrlichen gefleckten Rehkitz-Pelzmantel (später ließ sie diesen bei unserer Vertreibung in Gablonz hängen). Mein Vater „bezahlte“ mit beschlagnahmten Lebensmitteln aus judischen Wohnungen.

Es folgte der letzte Akt im Gebäude des MER auf dem Marienplatz. Es blieb nicht aus, daß die anliegenden Bewohner bemerkten, daß dieses Gebäude in den Abendstunden von Leuten begangen wurde, obwohl es noch gar nicht bewohnt war bzw. das Reisebüro seine Tätigkeit noch nicht aufgenommen hatte. Auch waren Fenster und Türen zur Hauptfront (Marienplatz) mit Scherengittern ständig verschlossen. Weniger die Polen, dafür aber um so mehr die Ukrainer haßten die Juden. Ich vermute daher, daß es Ukrainer waren, die das Versteck der Juden anzeigten.

Es war nachmittags, ich saß mitten unter ihnen, und wir unterhielten uns. Da sprang die Tür auf, und wenigstens vier oder fünf ukrainische Hilfspolizisten stürmten herein. Die beiden Kinder konnten noch schnell entkommen, aber die Erwachsenen waren im Augenblick geschockt. Alle standen auf, auch ich. Eigenartigerweise wurde ich überhaupt nicht beachtet; vielleicht lag es daran, daß ich wieder meine kurze Lederhose trug. Man trieb alle auf die Straße, wo bereits eine Kolonne von Juden unter Bewachung stand. Ich ging langsam hinterher bzw. nebenher auf dem Gehsteig, während die Juden die Straße zu benutzen hatten. Der Marsch führte zum ukrainischen Kommissariat. Dort wurden die Juden in das Gebäude und dann die Treppe hinauf getrieben. Auf jedem Treppenpodest standen mindestens zwei Ukrainer, die mit Knüppeln auf die Menschen einschlugen und sie zur Eile trieben. Auf der ersten Etage zweigte eines „unserer“ Mädchen ab und betrat gleichzeitig mit mir ein Büro. Hier hielten sich mehrere hochdekorierte uniformierte Ukrainer auf. Als ich gerade wieder meinen Spruch loswerden wollte, sagte das Mädchen, auf einen der Männer deutend, daß er ihr Freund sei. Daraufhin zog ich mich zurück und ging weiter die Treppe hinauf. Von oben gewahrte man mich wieder und schrie: „Herr Kleinert, helfen Sie uns doch!“ Aber es war nichts mehr zu machen. Ich ging noch bis nach oben, wo sich alle Juden in einem großen Raum aufgestellt hatten. Man rief mir Unverständliches zu und winkte verzweifelt. Mit bibbernden Lippen und zitternder Kinnlade wandte ich mich ab und ging nach Hause.

Hier angekommen, warf ich mich laut schluchzend auf die Couch. Meine Nerven waren schon seit langem zum Zerreißen gespannt, denn ich ahnte die Katastrophe. Es dauerte lange, ehe ich meinen Eltern stückweise die Vorgänge schildern konnte. Immer wieder brach hilflose Verzweiflung aus mir heraus.

Am 20. Dezember 1943 erhielt ich von meiner Dienststelle den Befehl, mich sofort zu melden, da meine Entlassung bevorstand. Mein Vater bewog mich, noch bis nach Weihnachten zu warten. Am 5. Januar 1944 meldete ich mich auf der Schreibstube, wo man mir mit Arrest drohte, da ich dem Befehl nicht sofort gefolgt war. Ich redete mich damit heraus, daß vor Weihnachten die Züge mit Fronturlaubern überfüllt waren und ich mangels Platzkarte hätte zurücktreten müssen. Am 8. Januar verließ ich Kiel als freier Mann in Richtung Gablonz, wo mich schon der Volkssturm erwartete.

Als „gedienter Soldat" konnte ich mein Studium an der Staatsbauschule in Reichenberg wieder aufnehmen.

Franz Kössler

Verlorene und neue Heimat – Wege eines Naturwissenschaftlers

Heimat in Österreich-Ungarn, in der ČSR und im Dritten Reich

Die Geburt von F. K., im weiteren Text nur F. genannt, ereignete sich wenige Tage nach Weihnachten des Jahres 1931. Der hohe Schnee vor den Fenstern seines Elternhauses in Ketzelsdorf muß sich wie die verschneiten Berge seiner Heimat tief in sein Gemüt eingegraben haben. Er genoß die weißen Winter und fuhr auch mit siebzig Jahren noch gern Ski. Diese Eigenschaft „vererbte" er auch auf seine drei Söhne, die bis heute wiederum mit all ihren Kindern, fünf an der Zahl, jährlich gemeinsam nach Tirol in den Ski-Urlaub fahren.

Der Geburtsort Ketzelsdorf an der Grenze zwischen Böhmen und Mähren heißt seit 1945 Koclířov. Dort entlang zieht sich der Schönhengster Höhenzug, der dem ganzen Gebiet, dem Schönhengst, den Namen gab und mit dem Hornberg Höhen von 660 Metern NN erreicht. Der einstmals geschützte Grenzwald behielt bis zur ersten Jahrtausendwende seinen urwaldähnlichen Charakter und weist bis in die heutige Zeit noch große, stille Wälder auf, die einst deutschen Bauern und den Adelsgeschlechtern Thurn und Taxis und Liechtenstein gehörten.

Die Besiedlung dieses Gebietes begann um 1100 und ging von den Klöstern Leitomischl und Olmütz aus. Dabei waren die Bischöfe Bruno von Schaumburg (1205–1281) und Johann von Neumarkt (1310–1380) besonders aktiv. Sie holten die bäuerlichen Siedler aus Bayern, Franken und Schwaben, die von dort ihre Sprache, Sitten, Gebräuche, die Bauweise ihrer

Höfe und das „Deutsche Recht“ mitbrachten. Die Dorfgründer, die sich Lokator nannten, wiesen den Siedlern jeweils ein Waldstück zu, das sie teilweise rodeten und in Felder und Wiesen verwandelten. Ein beträchtlicher Teil blieb als Nutzwald erhalten.

Auf den Feldern wuchsen vor allem Getreide und Hackfrüchte. In der Viehzucht war das im Schönhengst gehaltene Rind weithin geschätzt. Die Züchtung berücksichtigte die drei Nutzungsarten: Milchertrag, Fleischproduktion und Leistung als Zugtier. Bis in die Neuzeit blühte auch die Schafzucht; die Wolle wurde auf dem eigenen Hof oder in den sich entwickelnden Textilbetrieben verarbeitet. Bald verdrängte die Einfuhr der billigeren Baum- und Schafwolle aus Übersee die Massenhaltung von Schafen. Ebenso verschwand auf den Feldern der einst vorherrschende Anbau von Flachs, in der Heimat Lein genannt, der in mehreren Arbeitsgängen zu mehr oder weniger grobem Linnen verarbeitet wurde.

Im Laufe der Jahrhunderte entwickelten sich im Schönhengster Land rund 140 Gemeinden mit den Städten Zwittau, Mährisch-Trübau, Landskron, Hohenstadt, Brüsau und Müglitz. Politisch gehörte das Gebiet zur Residenz deutscher Kaiser, die über lange Zeiten ihren Sitz in Prag hatten. Im 16. Jahrhundert traten die Habsburger in die Geschichte ein, die Österreich-Ungarn bis 1918 regierten und auch das Leben in dieser Sprachinsel beeinflußten.

Aus vielen Orten gingen bedeutende Persönlichkeiten hervor, wie man den jährlich erscheinenden Schönhengster Jahrbüchern des Heimatbundes in Göppingen entnehmen kann. Einige Beispiele mögen dies verdeutlichen: Aus Landskron stammte der 1595 geborene Marcus Marci, später Leibarzt des Kaisers und Rektor der Prager Universität; aus Südmähren kam der Mathematiker und Physiker Ernst Mach (1838–1916); die Mutter des österreichischen Bundespräsidenten Dr. Karl Renner (1870–1950) stammte aus Kunzendorf bei Mährisch-Trübau; Zwittau ist mit dem Namen Oswald Ottendorfer (1826–1900) verbunden, der 1848 in Wien an den Aufständen teilnahm, fliehen mußte, in Amerika als Herausgeber und Miteigentümer der „New Yorker Staatszeitung" zu Vermögen gelangte und seiner Heimatstadt ein Krankenhaus, ein Waisen- und Armenhaus, eine Volksbibliothek und ein Mutterliebe-Denkmal stiftete.

Die Heimatverbundenheit der in diesem Ländchen lebenden Menschen geht auch aus mehreren Sagen und Legenden hervor. Eine berichtet, wie der Gastwirt der auf dem Schönhengst gelegenen Schenke im Dreißigjährigen Krieg den schwedischen Reitern den Weg nach Zwittau nicht verraten wollte, sich und die Krieger zu einem tödlichen Abgrund führte, der seither Schwedenmauer heißt.

In dem ursprünglich unwirtlichen Gebiet, in dem die Menschen hart arbeiten mußten und dabei sehr kärglich lebten, entstand eine große Sprachinsel, die früher im Nordosten durch einen kleinen Landzipfel mit dem geschlossenen deutschen Sprachraum verbunden war. Weil später zwei Dörfer tschechisch wurden, entstand eine kleine räumliche Abgrenzung.

Die Bevölkerung in diesem Sprachraum heiratete hauptsächlich unter sich, nur selten kam es zu Ehen mit tschechischen Partnern. Siedelte sich einmal eine tschechische Familie in einem Ort an, so wurden die Menschen ganz selbstverständlich in die Gemeinschaft integriert. Das galt im Heimatort von F. auch für die Zeit nach 1918, als die Sudetengebiete und damit auch das Schönhengster Land von Österreich-Ungarn abgetrennt und der Tschechoslowakischen Republik einverleibt wurde. Diesem Wechsel hatten die Großmächte in den Verträgen von Versailles und St. Germain nur zugestimmt, weil die tschechische Regierung mit verfälschten Daten argumentierte und versprach, der neue Staat aus Tschechen, Slowaken, Deutschen und Ungarn würde sich zu einem demokratischen Staatengebilde nach dem Vorbild der Schweiz entwickeln. Die tatsächliche Entwicklung verlief anders, und der weltbekannte österreichische Politikwissenschaftler Felix Ermacora schreibt in seinem 1989 erschienenen Buch „Der unbewältigte Friede“, diese Verträge seien das Präludium zum Zweiten Weltkrieg gewesen.

Nach 1918 kam es zur Umbenennung der Ortsbezeichnungen, der Bahnstationen in rein deutschen Orten, zur Besetzung von Behörden, der Polizei und anderen Stellen mit Personen aus dem tschechischen Mutterland, die der deutschen Sprache nicht mächtig waren. Sie wurden zwar nicht herzlich willkommen geheißen, aber als Diener des neuen Staates respektiert; ebenso wie die wehrfähigen deutschen Männer akzeptierten, nun im tschechischen Militär zu dienen. Man fand aber die gegen den Willen der Sudetendeutschen erfolgte „Einbürgerung“ nicht gerecht, ja sogar völkerrechtswidrig. In einzelnen Orten auftretender Widerstand wurde mit Waffengewalt unterdrückt, mit Todesopfern unter Frauen und Kindern. In diesem Klima reiften natürlich Bestrebungen für eine Wiederangliederung an Österreich oder eine Zukunft im Deutschen Reich.

Als nach dem Münchner Abkommen im Herbst 1938 der Anschluß des Sudetenlandes an das Deutsche Reich erfolgte, atmeten die meisten Menschen auf, sie waren erfreut, wieder gleichberechtigte Staatsbürger zu sein; denn es war allgemein bekannt, daß die Tschechen nach ihrer Loslösung von Österreich-Ungarn ihren nichttschechischen Landsleuten, den Slowaken, Ungarn und Deutschen, weniger Rechte einräumten und diese Bürger stärkeren Demütigungen aussetzten, als sie selbst während der Habsburger Monarchie erfahren hatten.

In den Medien erhalten Leser und Hörer heute teilweise Informationen, nach denen sie annehmen müssen, daß die Deutschen erst 1938 in das Sudetenland eindrangen, die Tschechen aus ihren Gebieten verjagten und dafür 1945 zu Recht mit der wilden Vertreibung bestraft wurden. Das ist Geschichtsklitterung! Sieht man von den religiös gesteuerten Hussitenkriegen ab, haben die Deutsch-Österreicher, wie die Sudetendeutschen früher hießen, über Jahrhunderte mit ihren tschechischen Nachbarn in Frieden gelebt. Die deutschen Vorfahren haben das Land nicht mit dem Schwert, sondern mit dem Pflug und ihrem Schweiß erobert. Entgegen vielfachen Berichten wurden nach der Angliederung an das Reich 1938 die Tschechen von den Sudetendeutschen nicht vertrieben, aber es gingen diejenigen freiwillig wieder dahin zurück, von wo sie in den zwei Jahrzehnten zuvor gekommen waren. Denn was sollten tschechische Gendarmen oder Behörden sonst tun? Vielleicht die deutsche Staatsangehörigkeit annehmen? Das wollte keiner verlangen. In der Heimatliteratur finden sich Beispiele, aus denen hervorgeht, daß auch in den Fällen, wo Tschechen in den nun wieder deutschen Gebieten blieben, die Menschen friedlich, auch freundschaftlich, miteinander verkehrten.

Die Vertreibung

Die nach dem Abzug der Roten Armee im Juni 1945 einsetzende wilde Vertreibung auf der Grundlage der Beneš-Dekrete war nicht nur eine ungerechte, sondern auch eine völkerrechtswidrige Aktion gegenüber der angestammten deutschen Bevölkerung. Wo während des Krieges Übergriffe und Racheakte der Deutschen stattfanden, war die einheimische Bevölkerung wohl kaum beteiligt. Über Lidice weiß die ganze Welt Bescheid, über den Todesmarsch von Brünn, über die Exekutionen in Aussig und anderswo schweigen die Medien.

In Ketzelsdorf zog am 28. Juni 1945 ein tschechischer Trommler durch die Gemeinde und verkündete, daß sich binnen zwei Stunden die gesamte Bevölkerung auf dem Gelände des Freisassenhofes mit Verpflegung für einige Tage einzufinden habe. Es war gegen zehn Uhr, und F. befand sich mit seiner Mutter und dem Gespann gerade auf dem Weg zu den Feldern, die an der Straße nach Zwittau lagen. Sie kehrten um, spannten aus, versorgten das Vieh, und erst dann begannen sie, einige Sachen für sich zu packen.

Wenige Tage vor diesem Schicksalsdatum kursierte im Ort bereits ein Gerücht, wonach die Tschechen die deutsche Bevölkerung vertreiben würden. Da gingen Vertreter des Ortes zum tschechischen Kommissar, der den russischen gerade abgelöst hatte, und wollten von ihm wissen, ob so etwas auch auf ihren Ort zukäme. Der Kommissar antwortete: „Aber nein, Ketzelsdorf hat sich doch während der Nazizeit nichts zuschulden kommen lassen, da passiert das nicht." Daher glaubten die Menschen, sie würden nur für einige Tage in die Wälder geschickt, damit die Tschechen die Häuser in Ruhe plündern könnten, dann kämen sie wieder zurück. Deshalb ließen sie auch die vor den Russen verborgenen Wertsachen in ihren Verstecken, die Urkunden, Sparbücher, auch Lebensmittel.

Auf dem Sammelplatz gab es ein aufgeregtes Gedränge, durchsetzt von deutschen und tschechischen Lauten. Dann wurden die Ketzelsdorfer in zwei Gruppen geteilt: Die eine bestand aus arbeitsfähigen Personen, die andere aus älteren Menschen und Müttern mit Kleinkindern. Noch wußte niemand, welches Schicksal die eine und welches die andere Gruppe erleiden würde. Die Mutter von F. befand sich mit fünf Kindern, das jüngste drei Jahre, in der größeren Gruppe, die am späten Nachmittag unter Bewachung in westlicher Richtung aus dem Dorf getrieben wurde. Was sich während dieser Aktionen in diesem und in anderen Orten an Grausamkeiten, auch Hinrichtungen, ereignete, kann man in den einschlägigen Gemeindebüchern und anderen Sammelbänden nachlesen. Der Trupp erreichte gegen Abend das benachbarte Abtsdorf, wo auf einem Fabrikgelände im Freien übernachtet wurde. Den folgenden Tag verbrachten diese Menschen bei sommerlicher Hitze in Ungewißheit. Am Abend wurden sie wie Vieh in offene, verschmutzte Kohlewaggons verladen. In jeden Waggon drängten sich etwa achtzig Personen, dazu mehrere Kinderwagen für Kleinkinder bis zu einem Jahr.

Am späten Abend setzten sich die Wagen mit fast 5000 Sudetendeutschen aus den umliegenden Gemeinden in Bewegung. Der Zug passierte im Schneckentempo, mit mehreren längeren Aufenthalten auf freier Strecke, Böhmisch-Trübau, Kolin, Prag und Bad Schandau, wo die tschechische Bewachung durch eine russische abgelöst wurde. In Dresden erhielten die völlig verzweifelten Menschen nach Tagen von der Bahnhofsmission das erste warme Getränk; danach zuckelte der Zug weiter durch die Ostzone in Richtung deutsch-polnische Grenze.

Mehr zufällig erfuhren in Forst einige Männer vom Lokomotivführer, daß der Transport über Polen in Richtung Sowjetunion gehen solle. Offenbar erkannten aber die russischen Bewacher, daß sich in diesem Transport kein arbeitsfähiges Menschenmaterial befand, das für Sibirien geeignet wäre. Die Menschen waren halb verhungert, mehrere Alte und Kleinkinder unterwegs gestorben. Deshalb wohl erlaubten es die Russen, während des Halts in Forst, vor der neuen deutsch-polnischen Grenze, auszusteigen.

Hiernach begann ein mehrwöchiger Fußmarsch durch die magere und vom Krieg zerstörte Niederlausitz, wo die Menschen selbst kaum etwas zu essen besaßen. Die in kleinere Gruppen geteilten Flüchtlingsströme übernachteten in Scheunen oder leeren Ställen, mußten aber bei Sonnenaufgang die Orte wieder verlassen und weiterziehen. Dieser Todesmarsch, auf dem immer wieder Leute an Hunger und Schwäche starben, endete für F. Anfang August, nach mehr als vier Wochen Landstraße, in der Mark Brandenburg, wo nahe Wiesenburg auch seine Mutter den Strapazen erlag.

Leben in der Fremde

Plötzlich standen fünf Kinder, die jüngeren acht, sechs und drei Jahre, eltern- und heimatlos auf der Landstraße und suchten eine Bleibe. Ein größerer Bauer, dessen kriegsgefangene Dienstboten wieder in ihre Heimat gezogen waren, brauchte neue Arbeitskräfte. Er war bereit, diese Kinder aufzunehmen, wenn die zweiundzwanzigjährige Schwester als Magd und der dreizehnjährige F. als Knecht auf Hof und Feld arbeiten würden. Ihnen blieb keine andere Wahl.

Es begann eine Phase, in der die beiden älteren Geschwister von Sonnenauf- bis -untergang im Stall, auf Hof und Feld und im Winter auch im Wald arbeiteten. Erst als der Vater aus amerikanischer Kriegsgefangenschaft zurückkehrte und 1947 die Verantwortung für die jüngeren Geschwister übernahm, verbesserte sich die Situation.

F. wechselte zu einem anderen Bauern, engagierte sich in der Jugendarbeit sowie in der Gewerkschaft Land- und Forst, wodurch er zwölf Tage Urlaub und die Freistellung zum Besuch der Berufsschule erreichte. Daran schlossen sich Fachschulbesuch, Abitur auf dem zweiten Bildungsweg und Universitätsstudium in Berlin an. Dort heiratete er eine Medizinstudentin und gründete eine eigene Familie, in der sich in den Folgejahren drei Söhne einstellten. Sie entwickelten sich mit den unter

DDR-Bedingungen verbundenen kleinen Hindernissen zu tüchtigen Menschen, die bisher auch mit den bundesrepublikanischen Anforderungen zurechtkommen.

Neue Horizonte

Nach dem Biologie-Studium begann für F. ein zweites Berufsleben, das neue Horizonte erschloß. Er nahm eine interessante Forschungstätigkeit in einem arbeitsmedizinischen Institut auf. Einzellige Grünalgen wurden auf eine mögliche Verwendung zur Luftregenerierung in Weltraumschiffen untersucht. Die Ergebnisse eigneten sich für die Promotion zum Dr. rer. nat. In einer weiteren Phase beschäftigte er sich mit der Entwicklung eines biologischen Tests zum Nachweis von Umweltgiften mit Hilfe von Mikroorganismen. Dazu benutzte er leuchtende Bakterien, weil man ihre Lichtemission ohne Eingriff in den Stoffwechsel leicht mit physikalischen Methoden messen kann. Neben einer Reihe von chemischen Stoffen wurden auch Ultraviolett- und Röntgenstrahlen auf das Leuchtvermögen geprüft.

Die in verschiedenen Zeitschriften publizierten Ergebnisse fanden sowohl in den USA als auch in der Sowjetunion Interesse. Sie dienten auch für seine Habilitation, mit der er die höchste akademische Würde erreichte, die man selbst erwerben kann. Obwohl er später fünfzehn Jahre lang eine Spezialvorlesung für das Fach Umweltbiophysik hielt und auch ein Lehrbuch dazu schrieb, kam es aus politischen Gründen nicht zur Berufung als Dozent oder Professor; den Privatdozenten gab es in der DDR nicht.

Die Bakterien erwiesen sich als empfindliche Indikatoren für verschiedene Chemikalien, und diese Befunde wurden auch für die Militärmedizin interessant, die das Verfahren zum Nachweis chemischer Kampfstoffe einsetzen wollte. Der damalige Chef von F. nutzte dieses Interesse und verwendete aktuelle Forschungsergebnisse, aber auch viele andere Erkenntnisse aus dem Institutsalltag, zur Spionagetätigkeit für westliche Geheimdienste. Er wurde dafür hart verurteilt. Auch F. geriet dadurch unter Verdacht und wurde von der Staatssicherheit viele Stunden verhört und jahrelang observiert. Zehn Jahre später wollte ihn die Firma „Horch und Guck" als Mitarbeiter werben, was er aber trotz schöner Versprechungen ablehnen konnte.

Unter einem neuen Chef kam es im Institut zur Umprofilierung der Arbeitsgebiete. F. erhielt Gelegenheit, sich mit zellphysiologischen Problemen der Muskeltätigkeit zu befassen, um Mechanismen der Leistungsfähigkeit und der Muskelermüdung aufzuklären. Gemeinsam mit Kollegen entstanden zahlreiche Vorträge und Publikationen, die ihn zu wissenschaftlichen Veranstaltungen im In- und Ausland führten. Im Rahmen des RGW-Programms Biophysik entwickelte sich eine fruchtbare Zusammenarbeit mit Forschern in anderen Ländern, vor allem aus Akademie-Instituten in Leningrad, in deren Laboratorien er fast jährlich über mehrere Wochen arbeitete.

Nach dem Ende der DDR wurde F. in die neu gegründete Bundesanstalt für Arbeitsmedizin übernommen, was wiederum mit einem Wechsel des Arbeitsgebietes verbunden war. Bis zum Erreichen des Rentenalters Ende 1996 leitete er ein Team, das sich mit den arbeitsbedingten Erkrankungen des Muskel-Skelett-Systems befaßte. Auch jetzt führten die Untersuchungen im Laboratorium und in Betrieben wieder zu zahlreichen Vorträgen und Publikationen, und diese Themen beschäftigen ihn noch heute.

Als Rentner fand er auch wieder zu seinem ursprünglichen Studienthema, der Botanik, zurück. Auf diesem Gebiet initiierte und organisierte er eine Sammlung Lebensberichte von zirka zwanzig Wissenschaftlern, die unter zwei berühmten Botanik-Professoren in Berlin und Potsdam studierten und arbeiteten. Diese Tätigkeit mündete in ein Buch von über 400 Seiten zur Geschichte der Botanik in Berlin und Potsdam nach 1945. Da er auch seine Erlebnisse aus Kindheit, Neubeginn nach dem Krieg und dem Leben in der DDR vor dem Vergessen bewahren möchte, kommt keine Langeweile auf.

Quellenverzeichnis

Dedina, S.: Edvard Beneš – Der Liquidator, Eichendorf Verlag, Eichendorf 2000.

Embert, O. (Hrsg.): Ketzelsdorf – ein Wallfahrtsort im Schönhengstgau, Franz-Sales-Verlag, Eichstätt und Wien 1984.

Ermacora, F.: Der unbewältigte Friede. St. Germain und die Folgen, Almathea Verlag GmbH, Wien und München 1989.

Kössler, F. / Höxtermann, E. (Hrsg.): Zur Geschichte der Botanik in Berlin und Potsdam. Wandel und Neubeginn nach 1945, Verlag für Wissenschafts- und Regionalgeschichte Dr. M. Engel, Berlin 1999.

Kössler, F.: Ein Denkmal für Ketzelsdorf. Bilder aus der Heimat und Erlebnisse auf den Wegen eines Wissenschaftlers, NORA Verlagsgemeinschaft, Berlin 2003, 467 Seiten.

Prax, F.: Gedenkbuch der Gemeinde Dittersdorf, Eigenverlag, Brackenheim-Neipperg 1996.

Schönhengster Jahrbücher, hrsg. v. d. Kulturstelle des Landschaftsrates Schönhengstgau der S.L. und des Schönhengster Heimatbundes E.V., Göppingen 2000–2003.

Gerda-Maria Mahn

Ein Geburtstag in Berlin

Ich habe diese Stadt Berlin, in der ich geboren bin, immer geliebt.

Ihr pulsierendes Leben, ihre Frische und Fröhlichkeit.

Ihre Seen und Wälder. Ihre unzusammenhängende Architektur.

Ihre Museen und Schlösser und heimlichen Adressen. Ihre Schaufenster der bekannten und unbekannten Straßen.

Ihre Szene im Kietz. Ihre Jugend und ihre Alten.

Die Taxifahrer und die Marktschreier. Die Künstler und ihre Werke.

Die einsame Stunde auf der Pfaueninsel und den Nachtbummel auf dem Kurfürstendamm und die knisternde Spannung im Spielcasino.

Und hoch über allem: ein Blick vom Funkturm. Wo zwischen Himmel und Erde die Erinnerungen durch die Wolken geistern.

Berlin, du geliebte Stadt, wie hat man dich auf die Probe gestellt! *Was* für ein Schicksal hat man dir in die Wiege gelegt! Mit Worten nicht zu beschreiben.

Man hat deinen Humor in einen Ozean von Tränen getaucht.

Man hat dich gefeiert, zertrümmert und wiederaufgebaut.

Man hat dir Wunden geschlagen und Rosen gestreut.

Man hat dein Herz geteilt und wieder zusammengefügt.

Berlin, du meine Stadt, an deinem Gesicht habe ich oft gezweifelt und dich in Gedanken verlassen.

Aber meine Wurzeln stecken tief in dir.

Zwischen deiner Moral und deinem Lebensrhythmus habe ich überlebt.

* *

*

Der 21. November sollte diesmal ein Tag wie jeder andere sein.

So hatte ich es beschlossen.

Und schon am Morgen machte die Natur mir ein Geschenk. Sonnenstrahlen fielen durch einen leichten Nebelschleier. Ein zartes Glitzern zitterte vor meinem Fenster. Wie eine Geburtstagskerze, von Nebelfeen angezündet. Geheimnisvoll und noch nicht durchschaubar – wie das beginnende neue Lebensjahr.

Ein schönes Bild, ein verheißungsvoller Auftakt, mich durch den Tag zu geleiten.

Alles in mir war ruhig und besonnen. Stunden reichten mir freundlich die Hand und zogen unauffällig vorüber. Unnötige Fragen wurden verdrängt. Eine beschauliche Stimmung sollte mein Zuhause erfüllen.

Ein leicht belebendes Traumbad der Besinnlichkeit.

Entspannt wollte ich Wünsche und Gedanken ungestört genießen.

Mein Tag gehört mir, wollte ich einmal sagen können.

Ich wollte weder Verlegenheitsfreundlichkeit noch die üblichen Sprüche hören. Ich wollte diesmal weder die echte noch die unechte Liebe, nur weil der Tag auf dem Kalender an mich erinnerte.

‚Nein, nein', dachte ich, ‚wer dich mag, dich liebt oder dich vermißt, der kann sich täglich melden.'

Und die kleinen Geschenke so zwischendurch sind und bleiben für mich das wahre Sympathiebekenntnis. Das ist die gewählte Kür ganz ohne Pflicht.

Und deshalb wollte ich diesmal frei von jeder Pflicht sein. Denn dieses Wort – frei – hatte sich magisch bei mir eingeschrieben, ohne eine echte Erklärung abzugeben.

Nur für den Abend dieses 21. Novembers hatte ich einen Theaterbesuch geplant.

Aber schon am Nachmittag gab es in meinem wohlgeordneten Plan einen Knick.

Eine nicht zu steuernde Stimmung brach durch.

Mein Körper streckte sich bequem, gefiel sich in seinem Wohlbefinden. Die Augen weideten sich an der nahenden Dämmerung. Und durch die Erinnerung schwebten noch einmal die Nebelfeen im Morgenlicht.

Und schon, so glaubte ich, neigte sich ein Tag – mein Tag – seinem Ende entgegen.

Die ständig eilende Zeit hat also auch vor dem Geburtstag keinen Respekt.

Deshalb bekam mein geordneter Plan wohl diesen Knick. Weil die Zeit so schnell verging. Ich hatte noch nicht genug davon bekommen, mich der Entspannung hinzugeben.

Und deshalb stellte sich diese Meinungsänderung laut in den Vordergrund.

Keine Faser in mir hatte mehr Lust, ins Theater zu gehen.

‚Gut', dachte ich, ‚der Eintritt ist bezahlt. Eine Möglichkeit bleibt offen.'

Würde ich sie nutzen, könnte ich als eigene Leistung das Zuhören, das Sehen und das Beifallklatschen einbringen.

Denn manchmal spendet man wirklich nur höflichen Applaus. Man belohnt das Bemühen eines Schauspielers oder Sängers, Leistung zu zeigen.

Und manchmal fließt das Herz über vor Glückseligkeit. Alles dreht sich in mir und um mich vor Begeisterung.

‚Theater', denke ich dann, ‚wenn du so richtig gut bist, lege ich dir immer wieder mein Herz zu Füßen.' Und ich applaudiere fast in Trance, bis die Hände spürbar weh tun.

Ich möchte die Darsteller küssen und umarmen, das ganze Ensemble, das mir dieses Glück bereitet hat.

Am liebsten würde ich dann im Theater bleiben.

Einmal allein über die Bühne gehen. Alles Gesehene und Gehörte nachempfinden. Nur nicht so schnell von der Wirklichkeit berührt werden!

Wollte meine augenblickliche Wirklichkeit mich auch ablenken durch diese Gedanken?

Gerade das hatte ich ja nicht geplant. Eben heute wollte ich nicht gelassen und brav konsumieren, was man bereit war, mir vorzusetzen.

Mein Körper war soviel klüger als mein Verstand.

Er hatte mir aus seiner gewonnenen Behaglichkeit heraus Signale gesandt.

Gib dich weiter der Besinnung hin! Durchhalten kann man auch üben.

Nur einen Tag lang – ist das schon zuviel verlangt?

Du wolltest doch so bereitwillig nach innen, deinem eigenen Theater lauschen, Rückschau halten.

Schon den Mut verloren?

Aber nein.

Und doch ist es ganz schön mutig, allein die jüngste Vergangenheit zu durchstreifen. Rede und Antwort in einer Person.

Und was würde ich tun, wenn mein Temperament einsetzte und ich wenigstens eine leise Bestätigung meiner Gedanken brauchte? Oder eine flüchtige Anerkennung mit den Augen.

Würde ich es aushalten, dann zum Spiegel zu laufen, um die Enttäuschung im einsamen Gesicht wahrzunehmen oder zu kritisieren?

‚Einsam', dachte ich, ‚das ist ein Wort wie eine Flagge auf Halbmast.'

Und ich fühlte mich doch gar nicht einsam.

Alles, was ich tat, war freiwillig. Mein Gemüt war heiter.

Warum zweifelte ich meine Sicherheit an?

Ich hatte wohldurchdacht niemanden zu meinem Geburtstag

eingeladen. Allen hatte ich erklärt: „In diesem Jahr gibt es keine Feier."

Es kamen Fragen über Fragen: „Warum nur, warum?"

Fast glaubte ich, eine persönliche Beleidigung ausgesprochen zu haben. Nur weil ich einen Tag lang einfühlsam mit mir selbst umgehen wollte.

So war ich recht dankbar, als sich postwendend auf diese Reaktion bei mir eine seriöse Ausrede einstellte.

„Liebe Freunde", so sagte ich, „nehmt es hin und bedenkt es. Ich finde, ich werde langsam etwas zu alt. Oder schmeichelhafter ausgedrückt: Ein paar Jahre zuviel nagen provozierend am sogenannten mittelalterlichen Image und beeinträchtigen einen strahlenden Empfang des neuen Lebensjahres. Und verhindern somit die Krönung durch eine Fete.

Die Fröhlichkeit in meinen Adern fließt nicht mehr so munter dahin.

Euch, meine Lieben, brauche ich weiter an meiner Seite. Ich pflege und schätze euch. Und es bleiben uns außer meinem Geburtstag noch dreihundertvierundsechzig Tage für ein Miteinander. Vielleicht bitte ich auch nur in diesem Jahr um Nachsicht.

Denn etwas ratlos – genau wie ihr – blickte mich die letzte Novemberrose am Gartenzaun an.

Zartrosa – und immer noch ein bißchen stolz – schien sie zu sagen: Schau, ich blühe noch. Aber ich beginne langsam zu frieren.

Der Sommer ist vorbei.

Habt ihr es gehört, liebe Freunde? Der Sommer ist vorbei.

Aber bitte nicht sentimental werden!

Ich bin es auch nicht.

Ich bin im Augenblick vielleicht etwas vorsichtig. Vielleicht noch etwas verwirrt.

Es ist euch ja nicht ganz unbekannt: Eine Enttäuschung liegt hinter mir.

Meine Erholung dauert etwas länger als bisher.

Ich bitte um Nachsicht.

Denn zur selben Zeit bemühe ich mich, die Kunst des Älterwerdens mit lachendem Gesicht und mit der Einsicht des wirklichen Verstehens zu lernen.

Das Abschlußexamen habe ich noch nicht bestanden.

Im Herzen fühle ich mich wie eh und je, einfach wie immer. Zwischen dem Mädchen von damals und der Frau von heute gibt es fast keine Zeitrechnung.

Die innere Flamme vermochte niemand auszulöschen. Mut und Hoffnung sind stark geblieben, und an der Liebe, an der allumfassenden wirklichen Liebe habe ich nicht gezweifelt.

Ich bin meiner eigenen Weltanschauung treu geblieben.

Und wenn ich einem Menschen Vertrauen und Sympathie entgegenbrachte, habe ich ihn nicht nach dem Alter gefragt.

Leider leben wir in einer Zeit, in der Menschen zwischen Jung und Alt schlimmere Mauern als jene aus Stein errichten. Deshalb gibt es wohl auch bei jungen Menschen soviel Angst vor dem Erwachsenwerden, vor dem Altwerden. Sie glauben, Flucht in Drogen könnte sie davor bewahren oder gar davon erlösen.

Aber wenn ihr nun glaubt, liebe Freunde, ich wollte mit meiner ‚Ausladung' auch eine Flucht begehen, so befindet ihr euch auf Irrwegen. Ich suchte keine Flucht – im Gegenteil: Ich wollte mich stellen.

Und das ist gar nicht so einfach.

Auch wenn das Gefühl, von dem ich eben sprach, unverändert zu sein scheint – die Verbrauchserscheinungen des Körpers sind nicht zu überhören. Und sie haben die Macht, zu verstimmen. Auch wenn man lernt, damit zu leben – es kann ein schwieriges Gepäck werden.

Doch nun will ich erst einmal um Verzeihung bitten. Meine Antwort auf die Frage, warum es keine Geburtstagsfeier gibt, ist lang geworden. Sie hat viele Umschreibungen erhalten.

Steckt vielleicht ein kleiner Tyrann in mir, der sich Aufmerksamkeit erzwingen will?

Bitte keine Besorgnis! Ich möchte immer gern richtig verstanden werden. Eine Erklärung soll bei dem anderen eintreffen – nicht vorüberrauschen."

Und nun zurück – zurück zu meinem Alleinsein.

Es war, als hätte auch mein Geburtstag ein Zeitproblem.

Es war, als wollte er wie Worte vorüberrauschen, ehe richtig eingetroffen zu sein.

Mit Augenzwinkern und einigen satirisch-süßen Bemerkungen hatten alle Freunde meine Begründung akzeptiert.

Es gab keinen Besuch und kein Telefongespräch. Nur einen ansehnlichen Berg Post.

Flüchtig studierte ich die Absender und breitete Briefe und Karten großzügig aus.

Ein Freudenschimmer durchzog mich: Alle hatten an mich gedacht.

Alle? Nicht jeden Brief hatte ich sorgfältig angesehen. Ganz absichtlich. Ich wollte Zeit zum Träumen und zum Hoffen gewinnen.

Hoffte ich etwa doch auf einen Gruß von Daniel?

‚Gib es zu', sagte ich mir verächtlich, ‚du hoffst.'

Und im Vorübergehen betrachtete ich mich in der Glasscheibe der Vitrine.

Na ja, die Figur kann sich sehen lassen.

Doch das ist nur äußerlich.

Das Innere ist zur Zeit unbeständig, brüchig, wankelmütig, bestechlich.

Aber auch zärtlich, sensibel und ehrlich.

Immer noch bereit zum mittelgroßen Risiko.

Immer noch süchtig nach sinnlichem Parfüm und immer noch bereit, den gewissen Blick zu verschenken.

Und auch bereit, es großzügig auszusprechen: Ich bin achtundvierzig Jahre alt, laut Geburtsurkunde.

Und bereit, die Tatsache anzunehmen und zuzugeben.

Ich war vielmals verliebt. Einmal kurz ziemlich glücklich verheiratet und glücklich geschieden. Glücklich, wieder mir und meinem manchmal leicht chaotischen Treiben zu gehören. Meine Arbeit weiter zu verbessern. Meine Träume zu hüten – und mich doch mitzuteilen.

Und ich verstand es, die Auflösung der Zweisamkeit als ein ganz normales Erlebnis zu betrachten.

Aber auch eine problemlos überstandene Scheidung und ein stabiles Alleinsein schließen einen Wiederbelebungsversuch der Liebe nicht aus.

Eines Tages wurde das neue Glücksgefühl in mir geweckt.

Von einem Ritter, von dem ich glaubte, er habe eine längst vergangene Zeit überlebt.

Ich sonnte mich in Umgangsformen, von denen ich geglaubt hatte, sie wären längst ausgestorben.

Fast fünf Jahre wurde ich so geliebt, wie ich es mir oft heimlich ersehnt hatte. Fast fünf Jahre lang wurde ich von einem sieben Jahre jüngeren Mann zärtlich durch die Zeit getragen und verehrt.

Bitte, meine Damen, Hand aufs Herz: Wissen und kennen Sie es noch, wie es ist, verehrt zu werden?

Und wenn ich vor meinem Geburtstag sagte, ich habe eine Enttäuschung hinter mir, so war das eine pure Lüge.

Ich habe die schönsten fünf Jahre der Liebe in meinem Leben abgeschlossen.

Ich muß inzwischen sagen: Diese Jahre sind beendet.

Und mit einer Enttäuschung hatten sie nichts, aber auch gar nichts zu tun.

Daniel und ich, wir haben einander nicht enttäuscht. Wir haben nur zeitig genug eingesehen: Unser Höhepunkt war überschritten.

Und meine Traurigkeit über dieses Ende konnte die Sonne des Glücksgefühls nicht ganz verdunkeln.

Ich habe es einsehen gelernt: Jedes Glück hat seine Zeit.

Die Unruh der Glücksuhr bleibt stehen. Und niemand kann eine Glücksuhr reparieren.

Man hat wohl kein Anrecht auf Wert für immer. Sonst wären alle Werte dieser Erde schon längst ausverkauft.

Mein Ritter Daniel und ich haben uns getrennt.

Ich mußte den ersten Schmerz in den Bestand einer Kontoseite umzuwandeln versuchen. Ich mußte mir das Ist nüchtern betrachten.

Und ich hoffe, die Erinnerung einer reichen, bezaubernden Vergangenheit wird nicht ganz verblassen und mir ab und zu noch liebevoll zuwinken.

In jedem Fall verdient diese Zeit ein Dankeschön. Nach meiner nicht bestandenen Ehe war sie ein triumphaler Siegeszug.

Gern hätte ich an diesem goldenen Faden noch weitergesponnen, aber es läutete an meiner Wohnungstür.

Ich zuckte fühlbar zusammen. Sollten Gedanken Kräfte sein? Oder hatte jemand doch einen leicht rührseligen Anfall bekommen? Brachte es nicht über das Herz und wollte gegen jede Vereinbarung nur ein paar Blumen durch den geöffneten Türspalt reichen? Nur so ein kleines Hallo mit gehauchtem Kuß.

Ein erneutes zaghaftes Läuten ließ mir keine Zeit mehr zum Nachdenken.

Wie gewohnt ging ich zur Sprechanlage und sagte: „Ja, bitte!"

Und der Pfeifton der noch immer nicht reparierten Anlage ließ mich undeutlich eine männliche Stimme wahrnehmen.

Nicht mein Ohr, aber wohl meine angespannten Nerven verstanden die Botschaft.

„Hallo, Marion! Hier ist Oliver. Bitte verzeih diesen Überfall! Aber ich ahnte es nicht: Berlin ist ausgebucht. Könntest du kurz meine Rettung sein?"

Ich vernahm es wie einen Hilfeschrei, drückte automatisch den Türöffner. Und da Oliver mich hier noch nicht besucht hatte, sagte ich: „Der Fahrstuhl ist gleich links, und bitte sechste Etage aussteigen. Ich erwarte dich."

Dann sah ich etwas prüfend in den Spiegel und lockerte mit den Händen flüchtig mein Haar.

‚Oje, oje', dachte ich, ‚Oliver.' Das war ja tiefste Vergangenheit. Studentenzeit.

Und wir hatten uns mindestens sechs Jahre nicht gesehen.

Wir hatten uns oft aus den Augen verloren, aber wir fanden uns immer unkompliziert wieder. Wir waren verbunden durch eine Art geschwisterliche Anhänglichkeit. Wir konnten gut miteinander reden.

Von Geburtstagen nahmen wir niemals Notiz. Also konnte Oliver kaum zu meinem Geburtstag hereinschneien wollen.

Und vorwurfsvoll schoß es mir durch den Kopf: ‚Warum habe ich überhaupt geöffnet?'

Mich selbst nicht verstehend, vom Zufall in eine andere Richtung getrieben, lehnte ich wartend an meiner Wohnungstür.

Schon öffnete sich die Fahrstuhltür, und ich erblickte Olivers Gesicht.

Und ich mußte erneut und ganz genau hinsehen. Dieser so unendlich lange jung gebliebene Mann, der sich so schwer tat mit dem Erwachsenwerden, hatte sich wohl gemausert.

Das heute so genannte Outfit war elegant von Kopf bis Fuß. Für so etwas hatte ich auch im Halbdunkel einen Blick. Und sein Lächeln war charmant, das Gesicht männlich.

Und schon ärgerte es mich fast, wie ich da so stand: in Jeans und T-Shirt, ohne Make-up, der Körper satt gefüllt mit Wohlbefinden. Nichts in mir stand zum Sprung bereit.

Ich duldete einen Überfall – und wußte, nichts haßte ich mehr.

Ungefähr einen Meter vor mir blieb Oliver stehen und stellte seine Reisetasche auf den Boden.

„Hallo, Marion – du bist es!"

Dann kam er näher, strich über mein Haar und sah mir in die Augen.

„Bitte entschuldige mein Verhalten! Du stehst ja nicht im Telefonbuch. Aber vielleicht kannst du mir weiterhelfen."

Ich war schon ein bißchen sprachlos über diesen neuen Oliver. Und leicht zurückhaltend sagte ich: „Komm doch erst einmal herein."

Als ich die Tür hinter uns geschlossen hatte, kam mir meine neue Situation richtig zum Bewußtsein.

Schnell nahm ich unbewußt eine Zeitung und breitete sie wie hingeworfen über der Geburtstagspost aus. Soviel Post könnte Anlaß zum Fragen geben.

Oliver kam sich immer noch wie ein Fremdkörper vor. Bescheiden stand er auf einem Fleck. Wohlwollend blickte er sich um.

„Sehr schön und geschmackvoll hast du dir deine Wohnung gestaltet", sagte er. „Die Ehefrau ist also lange vergessen. Nach deiner Scheidung hatte ich richtig Angst um dich. Ich habe deinen Brief damals immer wieder gelesen, in dem du mir schriebst, daß du dich problemlos getrennt hast und daß du eine starke Marion geworden bist. Zur selben Zeit hatte ich gerade geheiratet."

Aufmerksam betrachtete ich Oliver, wie er so dastand, langsam locker und vertraut werdend, plauderte.

Ohne es merken zu lassen, begann ich im Eiltempo darüber nachzudenken, wie es nun weitergehen sollte. Schließlich war ich hier zu Hause und mußte endlich wissen, was ich wollte.

Ich entschloß mich, sanft, aber gezielt die Initiative zu ergreifen, und sagte: „Bitte, Oliver, mach es dir bequem! Vielleicht hier auf dem Sofa. So hast du einen freien Blick zum Betrachten von einem Zimmer in das andere.“ Und ich setzte mich gegenüber auf einen Sessel, schlug die Beine übereinander und spürte, wie sich mein Innenleben stabilisierte.

Kein Wenn und Aber hätte mir geholfen.

Ich hatte mich fordern lassen.

Nun mußte ich zu diesem Treuebruch auch stehen.

Sehr freundlich blickte ich mit zur Seite geneigtem Kopf, von unten nach oben schauend, zu Oliver.

„Und wie soll es nun weitergehen, mein Herr?“

Oliver holte tief Luft hob etwas die Schultern, zeigte seine schönen Zähne und sagte: „Ja, weißt du, ich dachte …“

Aber ich ließ ihn nicht ausreden, denn ich hatte flüchtig auf die Uhr gesehen. Es war spät genug, um zu einer Entscheidung zu kommen.

Und ich fühlte, wie sich in mir so eine Art Aufbruchsstimmung zusammenbraute.

Nun war es wichtig, die Fäden in der Hand zu behalten.

Ich stand auf, stellte mich ein bißchen in Positur und sagte: „Ja, Herr Oliver, wenn Sie nun schon in der Höhle der Löwin gelandet sind, erlaubt sich die Löwin, einige Fragen zu stellen.“

„Aber bitte, liebe Marion!“ spielte Oliver lachend mit. „Das wird ja spannend!“

Und ohne eine Pause entstehen zu lassen, fuhr ich fort:

„Bitte, Oliver, laß uns so gut miteinander reden wie immer! – Ehe du Bedenken anmeldest: Du störst mich nicht. Ich habe drei freie Tage und ein kleines abschließbares Gästezimmer. Vielleicht für eine Nacht, und dann bist du an der Reihe, weiter zu entscheiden. – Und nun meine Fragen: Kannst du über den heutigen Abend frei entscheiden? Würdest du mich ins Theater begleiten und anschließend hier mit mir ein Glas Champagner trinken?"

Ich glaubte nicht recht zu hören, was mir da so selbstverständlich über die Lippen kam.

Und außerdem machte es mich auch noch bedenkenlos leichtfüßig, fast abenteuerlustig.

Fröhlich strahlend erwiderte Oliver: „Wenn es dir so gefällt, Marion, auf alle drei Fragen ein wunderschönes Ja."

So wurden meine letzten Ausweggedanken von einer kurzen Windböe ahnungslos auseinandergeweht.

„Also ja. Danke!" sagte ich, mich ganz positiv gebend. „Darf ich dem Herrn nun sein Zimmer und das Bad zeigen? Und es gibt auch einen brauchbaren Anzug fürs Theater im Gepäck?"

„Da haben wir Glück", sagte Oliver, „denn übermorgen brauche ich so etwas auch."

„Großartig!" sagte ich. „Also abgemacht: In einer Dreiviertelstunde treffen wir uns topfit am Eßplatz. – Die Lady darf zuerst ins Bad. Tschüs, bis bald!"

‚Na, das war ja ein Tempo!' sagte ich mir.

Und als das warme Wasser prickelnd über meine Haut lief, summte ich leise vor mich hin.

Du bist doch immer noch so eine Art kleines Schlitzohr: Vorsorglich hast du zwei Theaterkarten besorgt.

Ein kleines Zuckerbrot für das Sensibelchen. Um im Versteck ein Lockmittel für Gesellschaft auf Abruf zu haben.

Und dann klingelt die Versuchung direkt an der Haustür.

Das Alleinseinwollen geht über Bord.

Die Startglocke hat unüberhörbar geläutet.

Das Rennen kann beginnen.

Und ich konnte immer noch nicht in mein Tagebuch schreiben: Endlich fern von Schuld und Liebe.

Dafür kokettierte ich mit meinem Spiegelbild. Nun hatte ich doch das rote Kleid gewählt. Enges Oberteil, Volantrock bis zum Knie und schwarze Strümpfe und Schuhe. Mein dunkles Haar streng zurückgekämmt und geknotet, dazu lange Ohrringe.

Ich war zufrieden: Ich hatte mich in einer knappen Stunde zum Vorteil verändert.

Und ich wurde ganz schön neugierig. Wie würde ich Oliver gefallen? So hatte er mich bis jetzt noch nicht gesehen.

Zugegeben: Ein Bild von Botticelli gab ich nicht ab. Dafür brauchte ich auch nicht ständig einen goldenen Rahmen.

Ich benutze den Rahmen dieser Zeit – weil in ihm alles erlaubt ist, was gefällt. Frauen haben sich soviel erkämpft und gewonnen. Können lange jung aussehen, tolle Mode tragen.

Nur: Sie dürfen nicht vergessen, das innere Licht anzuzünden und es den Augen mitzuteilen.

Die persönliche Note hat viele Möglichkeiten.

Leider hatte ich heute meine festgesetzte Möglichkeit nicht bis zum vorgesehenen Zeitpunkt ausgelebt.

Aber kann man einen Freund vor der Tür stehen lassen? Wenn man dem Klingelzeichen gewohnt ergeben gefolgt war …

Traurig war ich nicht – ich lächelte mir zu.

So ganz in Rot.

Ich kam aus meinem Schlafzimmer und blickte vorsichtig um die Ecke. So als wäre mein Auftritt wichtig.

Das neue Geschehen hatte mich so richtig in seine Mitte genommen.

Ich sah Oliver am Eßplatz stehen. Im dunklen Anzug sah er noch schlanker aus.

‚Aha‘, dachte ich, ‚nun werden wir wie ein richtig schönes Paar gemeinsam das Haus verlassen.‘

Langsam drehte Oliver sich um.

„O Marion!“ kam es bewundernd über seine Lippen. „Du bist ja kaum wiederzuerkennen! Mein Kompliment, du verstehst es, dich anzuziehen!“

Ich sagte: „Danke, Oliver!“ und versuchte meine plötzlich aufsteigende Freude zu bändigen.

„Du siehst auch recht gut aus.“

Ich hatte ein kleines Abendbrot vorbereitet, damit wir nicht mit ganz leerem Magen ins Theater gingen. So hatten wir gar nicht viel Zeit zum Reden. Alles mußte zeitlich abgemessen stattfinden.

Erst als wir im Taxi saßen, fragte Oliver: „Wohin entführst du mich eigentlich?“

Und ich sagte zum Taxifahrer: „Bitte zum Kurfürstendamm in die Komödie!“ und dann zu meinem Begleiter gewandt: „Dort, mein lieber Oliver, werden wir uns ‚Barfuß im Park‘ ansehen. Ich hoffe, daß du inzwischen kein Gegner von Boulevardstücken geworden bist.“

„Aber nein“, erwiderte Oliver, „es ist eine schwere Kunst, mit Geschicklichkeit und Esprit das Publikum zum Lachen zu bringen. Weißt du: Allein das Wort ‚barfuß‘ ist mir angenehm. Denn was ist schöner, als am Abend endlich die Schuhe abstreifen zu können?! Barfußgehen ist für mich immer noch mit Kindheit verbunden.“

Im Theater fühlten wir uns sehr wohl.

Ab und zu betrachteten wir einander. Der dunkle Anzug, das

rote Kleid – wir begegneten uns ganz neu in einer schönen Umgebung.

Und der Autor hielt, was er versprach. Die Boulevardkomödie war gelungen. Und die erfahrenen Schauspieler setzten ihre Glanzlichter.

Es war erfrischend, miteinander zu lachen, und schön, in heitere Mienen zu sehen.

Es gab herzlichen, anhaltenden Applaus.

In bester Stimmung verließen wir das Theater.

Ein kühler Novemberwind streifte unsere freudig erregten Gesichter. Wir gingen Hand in Hand, redeten und sahen in Schaufenster.

Bis mich eine Unruhe ergriff und mich prüfend auf die Uhr schauen ließ. Ich entzog Oliver meine Hand, stellte mich vor ihn hin und bat um Gehör.

Höflich fragte ich einleitend: „Bist du schon sehr müde?" Und Olivers kurzes Verneinen mit dem Kopf veranlaßte mich, gleich weiterzureden. „Gut", sagte ich, „dann lade ich dich hiermit feierlich noch zu einer kleinen Rundfahrt ein. Wenn du nun schon zum erstenmal nach dieser Wende in Berlin bist, sollst du das Gefühl der neuen Freiheit auch persönlich erleben."

Wir winkten einem Taxi, und ich sagte lachend: „Bitte einmal Unter den Linden und zurück!"

Ich sagte es frei und fröhlich, stolz, in Berlin zu leben, so als wäre es niemals anders gewesen. So als gäbe es keinen Scherbenrest.

Und dann sah ich Oliver an.

Er nickte mir mit nachdenklich gewordenen Augen zu, sagte: „Das ist eine tolle Idee, Marion!" und legte behutsam seine Hand auf die meine.

Wir redeten nicht viel. Wir sahen erwartungsvoll und sehr interessiert hinaus.

In Gedanken sah ich noch einmal diese Mauer.

Gnadenlos hatte sie achtundzwanzig Jahre diese Stadt geteilt.

Ein Bollwerk des Unrechts.

Viele Menschenleben hat es verändert. Es gab Trennungen von unsagbarem Schmerz. Und den Tod an der Mauer.

Und die Eingemauerten wurden vom Wahn einer diktatorischen Ideologie geprägt. Bis der Einzelne es nicht mehr spürte, daß für ihn gedacht und gehandelt wurde.

Ein uniformiertes Einheitsleben nahm die persönliche Entwicklung in seine Obhut.

Nur die Auftraggeber der Schandarchitektur haben hinter ihrem Schutzwall ein großzügiges, sattes Leben ohne Verzicht geführt. Mit lächelndem Befehl haben sie auf ihren Lügen residiert.

Und sehr erstaunt spürte ich bei dieser Gedankenrückschau, wie überholt das jetzt nach einem Jahr fast schon klang.

Wie schnell war man doch bereit, erduldetes Unrecht abzustreifen. Ohne die Gefahr zu bemerken, die das bequeme Vergessen mit sich bringt.

Was zählt, ist die neue Orientierung und die Hoffnung auf ein Miteinander.

Nach dieser unglaublichen Nacht der Freudentränen, deren Bilder um die ganze Welt gingen, wurde die Mauer allmählich abgebaut.

Touristen und Berliner begehrten stückchenweise Andenken.

Bemalte Mauerbrocken standen hoch im Kurs. Verhökertes Unglück vieler Menschen. Bereitwillig zahlte man Geld dafür.

Es ist so geworden, wie es immer ist im Leben: Jeder betrachtet und erlebt es aus seiner Sicht.

Erst wenn unsere Gedanken frei von Restfeindlichkeit und Unverständnis sein werden, wird *eine* Blume für uns alle auf unseren Wegen blühen.

Inzwischen hatten wir die einst berühmte Prachtstraße eines vergangenen Jahrhunderts erreicht.

Ich bat den Fahrer, zu halten.

Oliver und ich stiegen aus. Eben noch hatten wir auf dem Kurfürstendamm gestanden, und nun wandelten wir in unserer festlichen Garderobe die Linden entlang.

So eine gute Stunde vor Mitternacht war wenig Betrieb, und es war recht menschenleer.

Das Licht war nicht so hell und strahlend. Und die Dunkelheit des Abends gab den Bauwerken der Vergangenheit einen geheimnisvollen Schutz.

Wir unterbrachen unseren Spaziergang und blieben vor der Oper stehen. Still geworden, betrachteten wir diesen imposanten Bau. Es war eine freiwillige Gedenkminute.

Bis Oliver sagte: „Weißt du noch, Marion? Wir müssen zwanzig gewesen sein, als wir hier das letzte Mal in der Oper waren."

„Ja, Oliver, es stimmt, ich weiß es noch ganz genau. ‚Die Macht des Schicksals' haben wir gehört. Wir waren tief beeindruckt. Ohne zu ahnen, welche dunkle Macht des Schicksals auf Berlin wartete."

Eine lange Lebensstrecke ist vergangen.

Fragen und Träume sind geblieben.

Oliver sah mich an und sagte leise: „Du blickst fast noch genauso erstaunt wie damals und hast immer noch diese Sehnsucht in den Augen."

„Ja, Oliver, ich habe oft Sehnsucht. Es ist der beste Weg, über jeden Irrtum hinwegzukommen. Sehnsucht leitet manchmal ein neues Kapitel ein."

Und schnell nahm ich Oliver bei der Hand und bat: „Komm, laß uns jetzt zurückfahren, ehe wir abstürzen! Ich habe Sehnsucht nach Hause."

In der Taxe legte Oliver seinen Arm um mich und ich leicht meinen Kopf an seine Schulter.

„Schön, daß du heute abend an meiner Tür geklingelt hast und Berlin für dich ausgebucht war."

Als ich die Wohnungstür aufschloß, war in mir eine Mischung von Vergangenheitserinnerung und Gegenwartsfreude.

Oliver wunderte sich über meine plötzliche Eile.

Ich drückte ihm die Champagnerflasche in die Hand und sagte: „Bitte öffne!"

Und als wir uns mit gefüllten Gläsern gegenüberstanden, sagte ich lachend: „So, und nun kannst du mir zum Geburtstag gratulieren – in fünfzehn Minuten ist er vorbei!"

Der 21. November sollte ein Tag wie jeder andere sein.

Noch sehe ich die Nebelfeen am Morgen vor meinem Fenster.

Sie hatten nicht nur die Kerze angezündet. Sie hatten mir mit der Macht eines geheimen Zaubers meinen Tag diktiert.

Ich habe mich den Spielregeln des Lebens wieder anvertraut.

Ich drehe mich weiter, wie das Leben es will.

Wie es die Macht des Schicksals entscheidet.

Günther Melchert

Von Westen nach Osten und zurück

Etwas mehr als ein Jahr vor Ende des Zweiten Weltkriegs wurde Köln, wo Georg lebte, fast jede Nacht bombardiert. Er konnte es nicht mehr ertragen, und da seine Mutter nach langem Krankenhausaufenthalt noch nicht wieder arbeitsfähig war, stimmten die Behörden einem Antrag auf Evakuierung nach Schlesien zu.

Am Hauptbahnhof gegenüber dem Dom wurden sie von einer Kollegin von Mutter gebeten, auf ihre Tochter Marion Acht zu geben, die mit demselben Zug fuhr …

*

Im Zielort Löwen, zwischen Breslau und Brieg, wählten die Einheimischen auf dem Marktplatz aus, welche Leute ihnen für eine Einquartierung genehm waren.

„Als wären wir Tiere!", sagte Georgs Mutter.

Sie kamen zu freundlichen Leuten mit Namen Bozke, die am Marktplatz gegenüber dem Rathaus ein Installationsgeschäft betrieben. Frau Karuz, eine Bäuerin aus dem Nachbardorf, entschied sich für Marion.

*

Was Kriegshandlungen anging, gestaltete sich das Leben in Löwen zunächst sorgenfrei. Nur die Rationierung der Lebensmittel und Eingewöhnungsprobleme machten ihnen zu schaffen, zumal sich die Einheimischen misstrauisch gaben.

Weil er noch keine Freunde gefunden hatte, streifte Georg oft allein durch das Städtchen und die umgebenden Wälder. Sein

Lieblingsplatz war eine Brücke über die Neiße, die ihn, obwohl kleiner, an den Rhein erinnerte, an dessen Ufern er aufgewachsen war.

Die gemeinsame Liebe zu diesem Fluss führte zwischen ihm und der etwas älteren Marion zu einer unverbrüchlichen Freundschaft.

Anfang Januar 1945 wurde der bis dahin friedliche Ort von starker Unruhe erfüllt. Es fiel zwar keine Bombe, aber immer häufiger überflogen feindliche Aufklärer das Gebiet. Was sich über Land und in den Straßen der Stadt tat, war noch mehr dazu angetan, Besorgnis zu erregen. Seit Tagen wanderten so viele Menschen von Osten nach Westen, dass sich der Vergleich zu einem Treck aufdrängte. Die Leute wirkten verhärmt und abgekämpft. Mit Gepäck beladene Schlitten und Handkarren hinter sich herziehend, zogen sie über die Straßen, ein Bild, als habe ein Waldbrand Rudel von Wild aufgescheucht, das vor den Flammen die Flucht ergriffen hätte, und es sickerte durch, die Leute kämen aus Serbien und Rumänien. Dem Vernehmen nach waren auch Batschka- und Wolgadeutsche dabei. Die meisten sprachen Deutsch, und Flüsterpropaganda verbreitete sich schneller als von Sturm verstreuter Samen: „Die Russen kommen!“ Und genauso schnell war eine Erklärung bereit, wieso es diese Leute waren, die flüchteten: „Sie haben bestimmt Angst, dass sie von den angreifenden Russen mit den Deutschen in einen Topf geworfen werden.“

Die gesamte Stadt sprach von dieser seltsamen Völkerwanderung. Die Flüchtlinge waren kaum ansprechbar, und die Einheimischen verbargen sich hinter den Gardinen. Sie wollten nicht wahrhaben, was vor ihren Augen vor sich ging und wovon die Gesichter der Flüchtlinge kundtaten: Angst ging um.

*

Georgs kleines Dachzimmer grenzte an das seiner Mutter, wo sie schlief, aber auch kochte. Während er an einem kleinen Schreibtisch saß und las, hörte er sie am Herd hantieren.

„Georg, wir haben kein Brot mehr im Haus!“

„Mutter, es ist doch schon so spät.“

„Wenn du mit leerem Magen ins Bett gehen willst …!“

„Das wäre nichts Neues“, brummte Georg.

„Was hast du gesagt?“

„Ich komme ja schon …“

Als Georg nach nebenan ging, stand Mutter am Fenster und blickte mit ihren kurzsichtigen Augen angestrengt nach draußen. „Lass nur, ich gehe selber. Mach deine Aufgaben.“

‚Wieso dieser plötzliche Sinneswandel?‘, fragte Georg sich.

Mutter nahm hastig Kappe, Schal und Mantel vom Türhaken, griff nach ihrer Handtasche und lief hinaus. Georg stellte sich ans Fenster, und sogleich wurde ihm klar, was sie so eilig im Dunkeln noch unten getrieben hatte. Der Marktplatz war mit Fahrzeugen zugestellt, einige mit Planen oder Säcken abgedeckt. Und zwischen den Wagen sah er im Dämmerlicht Soldaten. Aus einigen Wagen drang dünnes Licht, an anderen hingen kleine, im leichten Wind baumelnde Laternen.

Wieso hatte diese Besetzung unbemerkt vor sich gehen können? Da fiel Georg ein, dass Mutter und er den gesamten Nachmittag im Hinterhaus gewesen waren, bei Bozkes.

Neugierig blickte Georg hinter Mutter her. Die Bäckerei befand sich an der nächsten Ecke. Schon bald kam Mutter zurück, das mit Papier umwickelte Brot wie ein Stück Holz unter den linken Arm geklemmt. Zielsicher überquerte sie die Straße und hielt auf den Marktplatz zu. Also führte sie etwas im Schilde.

Nichts hielt Georg mehr im Haus. Ohne Jacke rannte er nach draußen und folgte Mutter so geschickt, dass sie ihn nicht wahrnahm.

Hinter einem Fuhrwerk versteckt, hörte er, wie sie den nächstbesten Soldaten ansprach: „Was macht ihr hier? Überhaupt, was soll das? Eine Übung?"

„'n Abend, gute Frau. Dazu kann ich nichts sagen. Es ist besser, Sie gehn wieder heim. Hier weht ein scharfer Wind."

„Ich bin nicht zimperlich", flüsterte sie, „Sie können mir ruhig verraten, was los ist. Ich komme aus dem Westen und weiß schon lange, dass sich was tut."

„So, aus dem Westen ..." Der Soldat schnupperte und roch das frisch gebackene Brot. „Aus welcher Gegend?"

„Aus dem Rheinland."

„Na so was! – He, Heinrich, komm mal rüber! Hier ist ne Landmännin von dir."

Der Soldat, wohl froh, die Verantwortung für das heikle Gespräch weitergeben zu können, hatte eine Plane zurückgeschlagen und in den Wagen hineingerufen. Ein Soldat mit offenem Hemdkragen sprang heraus.

„'n Abend, ich heiße Schmitz. Wo sind Sie denn her? Aus welcher Stadt?"

„Aus Köln."

„Na so was, ich auch."

Sie tauschten jetzt Erinnerungen aus, und Georg wunderte sich, dass Mutter es mal wieder schaffte, mit einem wildfremden Menschen so eingehend zu reden, als würde sie ihn seit langem kennen. Nach einer Weile, während sie den Acker bestellt hatte, stellte Georgs Mutter, die sehr schlau vorging, Schmitz die gleiche Frage wie seinem Kameraden.

„Schwören Sie, dass Sie keinem Menschen etwas sagen, Frau Lüning!"

„Sie können sich auf mich verlassen, Herr Schmitz; ich werde schweigen wie ein Grab."

„In den Wagen sind ausnahmslos alte Leute."

„Wieso nur alte?“

„Die jungen können zu Fuß türmen.“

„Wie es ja auch geschieht. Die Front rückt also immer näher.“

„Das haben *Sie* gesagt.“

„Schon gut. – Hier, nehmen Sie.“ Sie hatte sein hungriges Gesicht gesehen und opferte den Laib Brot. „Herr Schmitz, trotzdem, haben Sie nicht noch zwei Plätzchen frei, für meinen Jungen und mich?“

„Bei allem Verständnis, das darf ich nicht; das kann mich den Kopf kosten.“ Er sah düster drein und machte Anstalten, das Brot zurückzugeben.

„So war das nicht gemeint; behalten Sie das Brot. Geben Sie mir nur vier Schnitten ab.“

Das Gesicht von Heinrich Schmitz hellte sich auf. „Vielleicht kann ich Ihnen einen Tip geben, Frau Lüning.“

„Ich bin für alles dankbar, was uns weiterhelfen könnte.“

„Unsere Leute haben auf einem Privathaus gegenüber der Schule, es ist das größte Haus im Ort, Funkgeräte aufgebaut.“

Mutter runzelte die Stirn. „Nicht, dass ich wüsste. Zufällig kenne ich das Haus. Da wohnt eine Bekannte von mir.“

Sie bezog sich auf eine ebenfalls evakuierte Frau namens Sabel aus Berlin, die vier Kinder hatte. Mit der Familie waren sie und Georg oft zusammen.

„Glauben Sie mir, Frau Lüning, es stimmt. Das ging im Handumdrehen. Aber es ist geplant, die Dinger wieder zu demontieren und abzutransportieren – mit einem Militärauto nach Langenbielau.“

„Langenbielau kenne ich.“

„Und *ich* kenne den Offizier, der die Aktion unter sich hat. Ein junger Leutnant, übrigens auch ein Landsmann von uns. Ich werde alles daransetzen, dass er Sie und Ihren Jungen mitnimmt.“

Schmitz zwinkerte, aber Georgs Mutter sah skeptisch drein.

„Ich weiß, was Sie denken, Frau Lüning. Aber ich will Sie nicht abspeisen. Ich halte, was ich verspreche."

Schmitz sprach so bestimmt, dass sogar Georg ihm glaubte.

Sie redeten so lange, dass es Georg langweilig wurde; außerdem fror er. Da er jetzt fortschlich und nach Hause lief, hörte er nichts mehr von der weiteren Abmachung zwischen Schmitz und der Mutter. Sie hatten einen Weg gefunden, wie sie erfahren sollte, ob seine Bemühungen Früchte getragen hätten, und, wenn ja, wie es weitergehen sollte.

*

Mutter war einsilbig, als sie nach oben kam. Sollte Georg sie fragen, was vorgefallen war? Oder schweigen? Aber das hätte Verdacht erregt. Sie legte Mantel und Schal über einen Stuhl; die Kappe behielt sie auf dem Kopf. Dann stellte sie sich ans Fenster und schien nachdenklich zu sein.

Auf indirekte Weise, die beste Methode bei Mutter, versuchte Georg, sie aus der Reserve zu locken. „Hatte die Bäckerei schon geschlossen? Oder gabs kein Brot?"

Mutter erzählte in groben Zügen, was sie für nötig hielt.

„Also gibts mal wieder nichts zu futtern."

Angesichts der bedenklichen Lage waren Georgs bissige Vorwürfe unangebracht, zumal er, inzwischen neun Jahre alt, die Tragweite dessen, was bevorstand, in etwa einschätzen konnte. Nach den vier Scheiben Brot konnte er natürlich nicht fragen, ohne sich zu verraten.

Mutter hatte sie wohl vergessen, wusste aber einen Ausweg. „Komm, zieh dir was über, du brauchst nicht mit knurrendem Magen ins Bett. Wie gehen zu Frau Sabel."

*

Frau Sabel war damit beschäftigt, ihre beiden Jüngsten auf das Bett einzustimmen. Ewald, zwei Jahre älter, und Franz, zwei Jahre jünger als Georg, freuten sich, als die Lünings kamen, da sie jetzt aufbleiben durften, und sie wollten Georg gleich mit Beschlag belegen. Hin und her gerissen zwischen der Lust, mit seinen Freunden zu spielen, und dem Drang, zu lauschen, was die Erwachsenen sich zu sagen hätten, war Georg entschlossen, seine großen Ohren nach allen Seiten hin offen zu halten. Obwohl die Frauen flüsterten, bekam er alles mit.

Unter dem Siegel der Verschwiegenheit erzählte Mutter, was sich auf dem Marktplatz im Schatten des Rathauses zugetragen hatte.

„Ich schwöre, nichts weiterzusagen", bekräftigte Frau Sabel, „aber eine Ausnahme muss ich machen."

„Für wen?"

„Sie kennen doch die Frau Dülken …"

Hochschwanger, war Frau Dülken von ihrem Mann besucht worden, dem ein kurzer Fronturlaub genehmigt worden war. Ausgerechnet am Tag seiner geplanten Abreise war sie, in den Wehen liegend, von einer Nierenbeckenentzündung befallen worden und musste ins Krankenhaus eingeliefert werden. Es ging um Leben und Tod. Daraufhin überzog ihr Mann seinen Urlaub um einen Tag. „Und wurde deshalb an die Wand gestellt", schloss Frau Sabel im Flüsterton und warf einen sorgenvollen Blick auf die Kinder.

Spätestens bei Frau Lünings Reaktion merkten sie auf. „Diese Bande!", regte sie sich auf. „Selbstverständlich sagen wir Frau Dülken Bescheid; ich besorge das sogar selbst, auf dem Heimweg; geben Sie mir ihre Adresse."

Im Laufe der weiteren Unterhaltung bestätigte Frau Sabel, dass tags zuvor tatsächlich Funkgeräte auf das Dach geschafft worden waren. Die Abbrucharbeiten wären allerdings noch nicht in Angriff genommen; und sie versprach, sofort ihren Ältesten, Ewald, zu schicken, wenn es so weit wäre.

*

Am späten Abend sah es bei Georg und seiner Mutter aus wie auf einem Schlachtfeld, oder als hätten Einbrecher die Wohnung durchwühlt. Die Habseligkeiten der Familie lagen verstreut auf Tisch, Sofa und Boden. Georgs Mutter wählte aus, was sie mitnehmen zu müssen glaubte und was entbehrlich sei. Sie war umso beunruhigter und hektischer, als sich in der Mittagsstunde hohe Militärdienstgrade im Hause Bozke aufgehalten hatten. Georg war diesen Männern nicht begegnet, weil er wegen irgendeiner seiner typischen Eigenwilligkeiten Stubenarrest absaß. Mutter sprach von roten Litzen an den Hosen, und er klärte sie stolz auf, das müssten Generäle gewesen sein.

Georg hockte vor dem Ofen und verbrannte Briefe, die Mutter ihm herüberwarf. Die Briefe durften keinem in die Hände fallen, weder den Russen noch den Deutschen. Vater hatte vorsichtig geraten, aus einer Kaserne, wo er als Koch Dienst tat, wieder zurückzukommen; im sauerländischen Balwe stehe eine kleine Wohnung „Gewehr bei Fuß", in der sich „überwintern" ließe. Ein Feldpostbrief ihres Bruders enthielt verschlüsselte, in ihren Augen verworrene Hinweise. Er schrieb sinngemäß: Sorgt dafür, dass ihr zusammenbleibt, wenn etwas passiert. Vielleicht werden die Kinder von ihren Eltern getrennt, später, und in Lagern auf die Zeit danach vorbereitet …

„Die Zeit danach – geschickt ausgedrückt", sagte Mutter und ergänzte: „die Zeit nach Sieg oder Niederlage. Er hat sicher beides gemeint."

Die Fotos sollten unbedingt mitkommen, zumal sie nicht viel Platz einnahmen. Mutter hing an ihnen, und auch Georg wollte sie nicht missen, genauso wenig wie seinen Stoffhund mit den Schlappohren, der präzise auf den Tag so alt war wie er.

Das Album ohne die Fotos musste vernichtet werden, nicht nur, weil es sperrig war. Unter jedem eingeklebten Foto stand eine passende oder lustige Randbemerkung. Die Felder dazwischen waren mit kleinen Zeichnungen verziert. Das Album war nahezu ein Kunstwerk; es enthielt aber so viele Hinweise über die Familie Lüning, dass es gefährlich war, „es am Leben zu lassen", wie Mutter sich ausdrückte. Georg flossen Tränen übers Kinn, als er diese Erinnerungen den Flammen in den Rachen werfen musste.

*

Stunden später stand Georg am Fenster und starrte in die Nacht. Das lag nicht an Schlaflosigkeit, auch nicht an Mutters Abwesenheit. Sie hatte eine Begegnung mit Frau Bozke gesucht, der sie andeutete, möglicherweise würden sie Hals über Kopf abreisen. Das gab sie aber erst preis, als Frau Bozke ihrerseits erklärte, sie würde die Heimat unter keinen Umständen verlassen; wenn sie auch nicht näher darauf einging, gab sie doch zu verstehen, dass sie sich über den Ernst der Lage im Klaren war.

Georg betrachtete den Marktplatz und dachte an den Sommer, als die Schwalben dort so niedrig flogen, dass er den Kopf einziehen musste.

Die Temperaturen waren tagsüber ungewöhnlich angestiegen. Eis und Schnee verwandelte sich in Matsch. Jetzt, in sternklarer Nacht, fror es wieder. Georg lachte leise, weil er beobachtet hatte, wie die Inhaberin eines Kolonialwarenladens ausgerutscht und auf den Bauch gefallen war. Diese Schadenfreude hatte einen besonderen Grund. Jedes Mal, wenn Mutter und er den Laden betraten, schallte ihnen wie eine Ohrfeige ein unheilvolles „Heil Hitler!“ entgegen, aber postwendend kam von ihnen wie ein Kinnhaken im Chor „Guten Morgen!“ zurück.

Mit einem Mal wurde Georg aus seinen Betrachtungen aufgeschreckt. Mutter hatte ihm ans Herz gelegt aufzupassen. Jetzt hatte er doch wieder geträumt.

Unten, unmittelbar vor seinem Fenster, stand ein Soldat und warf kleine Schneebälle gegen die Scheiben. Georg wusste, was er zu tun hatte. In seinem Schlafanzug, die nackten Füße in abgeschabten Filzpantoffeln, schlich er auf den Gehsteig.

Heinrich Schmitz lächelte ihn an, als er ihm übers Haar strich und ihm einen kleinen gefalteten Zettel in die Hand drückte. Dann gab er ihm einen Kuss auf die Wange. Sein Atem roch nach kaltem Rauch.

„Vergiss nicht, den Kuss deiner Mutter weiterzugeben; aber noch wichtiger ist der Zettel!“, sagte er eindringlich.

„Ich bin doch kein kleines Kind!“, kam es trotzig zurück.

„So hab ichs nicht gemeint.“ Schmitz deutete auf Georgs dürftige Bekleidung. „Lauf schnell wieder rauf, sonst erkältest du dich noch. Tschüss, Kleiner! Vielleicht sehn wir uns mal wieder.“

„Ja, vielleicht. Tschüss – und danke!“

„Grüß deine Mutter von mir!“

Georg ging geräuschlos die Treppe hinauf, aber noch bevor er hinter sich die Tür schloss, hustete er so laut und intensiv, als hätte ihn ein Keuchhustenanfall heimgesucht: das vereinbarte Zeichen, dass er im Besitz der ersehnten Nachricht war. Keiner würde Verdacht schöpfen. Außerdem lieferte das der Mutter einen Grund, um ihn vermeintlich zu maßregeln.

Ankunft des Zuges: 10. Januar – 8 Uhr
Abfahrt des Zuges: 11. Januar – 20 Uhr

So lauteten die knappen Eintragungen auf dem Blatt: eine verschlüsselte Information. Ankunft bedeutete: Beginn der Demontage der Funkgeräte; Abfahrt bedeutete: Abtransport der Geräte, also Fluchtbeginn. Mutter und Sohn jubelten: Heinrich Schmitz hatte Wort gehalten.

Die Schranktür stand weit offen. Als Georgs Blick auf den Innenspiegel fiel, der den gesamten Flügel der rechten Tür einnahm, sah er sich in voller Größe. Der gestreifte Schlafanzug und die nackten Füße erinnerten ihn an eine Sträflingskolonne, die er Wochen zuvor gesehen hatte.

Die Sträflinge verlegten Kabel, die sie von einem mannshohen Rad abspulten. Es war eiskalt, und die Rippen der Männer zeichneten sich scharf unter ihren dünnen Hemden ab. Ihre Füße waren nackt und steckten in Holzpantinen. Einer der Sträflinge, der wie unabsichtlich in ihre Nähe gekommen war, machte plötzlich einen Schritt auf Mutter zu und öffnete den Mund, als wollte er etwas sagen oder um etwas bitten: ein hoch aufgeschossener Mann mit eingefallenen Wangen und tief in den Höhlen liegenden Augen. Trotz seines schlechten Zustandes war zu erkennen, dass er früher stattlich gewesen war und gut ausgesehen hatte. Blitzschnell trat ein Wachmann, das Gewehr im Anschlag, zwischen die kleine Gruppe, die sich im Handumdrehen gebildet hatte. Er stieß dem Häftling, der sich sofort abgewandt hatte, brutal den Gewehrlauf in den Rücken. Georg hatte einen Apfel in der Hand und tat so, als wollte er hineinbeißen, ließ ihn aber einstweilen in der Hosentasche verschwinden.

*

Angeblich, damit es Georg in dem nur schwach geheizten Zimmer nicht zu kalt würde, stand die Tür zu Mutters Zimmer immer offen, so auch in dieser Nacht.

„Wer fährt denn alles mit, Mutter?“, rief Georg hinüber.

„Wir beide und Frau Sabel mit ihren vier ...“

„Also die böse Sieben!"

„Unk nicht, Georg! Frau Dülken und ihr Kleines kommen ebenfalls mit."

Nach einer viel zu langen Pause, als dass er unbeteiligt hätte wirken können, erwiderte Georg: „Und Marion?"

Und sein Herz pochte heftig, als Mutter ohne weiteres darauf einging: „Über Marion habe auch ich mir Gedanken gemacht. Bei Frau Karuz ist sie gut aufgehoben. Es wird ihr nichts passieren. Der Hof liegt außerhalb des Dorfes; und die Russen vergreifen sich nicht an Kindern, sie sind sehr kinderlieb."

Georg konnte lange nicht einschlafen, zumal es Mutter nicht gelungen war, ihn zu beruhigen. In Anbetracht dessen, was es zu tun gab, war die Nacht schon um sechs Uhr zu Ende. Doch anders als sonst fiel es ihm nicht schwer aufzustehen. Er hatte nämlich einen Plan entwickelt und überlegte, wie er es anstellten sollte, diesen auszuführen und trotzdem seiner Neißebrücke Lebewohl zu sagen.

Außerdem hatte Mutter ihm die Aufgabe übertragen, Frau Sabel und Frau Dülken zu informieren. Sie selbst wollte unterdessen zum Rathaus gehen, um die unvermeidlichen Formalitäten zu erledigen, und verließ schon vor acht Uhr das Haus. Es war noch ziemlich dunkel. Im Vorübergehen sah sie dort, wo sie tags zuvor zwischen den Fahrzeugen im Schein kleiner Laternen ihr aufschlussreiches Gespräch geführt hatte, eine Zigarette glimmen, wagte es aber nicht, stehen zu bleiben und sich zu vergewissern, wer dort rauchte.

*

Beim Mittagessen schilderte Mutter anschaulich ihre Auseinandersetzung mit den Beamten der Behörde. Trotz des Ernstes der Lage lachte Georg lauthals, weil Mutter die dunklen Stimmen der Männer nachahmte, was ihr vortrefflich und humorvoll gelang, und ihre Antworten in übertrieben hellem und affektiertem Tonfall dagegensetzte.

„‚Sie wollen sich also polizeilich ummelden, Frau Lüning?'

‚Ja.'

‚Wohin? Sie haben vergessen, die Zeile auszufüllen.'

‚Ich weiß noch nicht genau, wohin.'

‚Sie müssen doch wissen, wo Sie hingehören! Man fährt doch nicht ins Blaue, besonders nicht in diesen Zeiten.'

‚Ich habe mehrere Möglichkeiten und überlege noch.'

Der Beamte hob erstaunt den Kopf. ‚Sie wollen mir doch wohl nicht weismachen, Sie führen in die Höhle des Löwen zurück?!'

‚Da bin ich ja jetzt.' "

Georg schaltete sich ein: „Hat der Beamte den Doppelsinn überhaupt verstanden? Unser Ort hier heißt ja Löwen."

„Ich glaube nicht, obwohl oder weil ich ihn anlächelte. Er zog nur die Augenbrauen zusammen. Dann bequemte ich mich zu sagen: ‚Vielleicht fahren wir ins Saterland zu entfernten Verwandten.' "

Noch mal unterbrach Georg: „Hast du *Sater*land gesagt und nicht *Sauer*land?"

„Saterland gibt es ebenfalls, in Niedersachsen. Für alle Fälle wollte ich dem Beamten eine falsche Fährte legen.

Er sagte resignierend: ‚Nun gut, Sie müssen wissen, was Sie tun. Schreiben wir also: Ziel unbekannt.' Er sah mich an und ergänzte: ‚Aber auf eigene Gefahr!'

‚Jetzt läuft wohl alles nur noch auf persönliches Risiko', habe ich geantwortet.

Dann wurde ich ermahnt, die überzähligen Lebensmittelmarken bei seinem Kollegen abzugeben, eine Etage höher. Dieser Kollege war etwas heikler, wenn auch nicht so stur. Ich habe ihm gesagt: ‚Ich wollte Sie nur darauf aufmerksam machen – hier sind die Unterlagen –, dass ich mich polizeilich umgemeldet habe.‘

Nach einem eingehenden prüfenden Blick legte der Mann, der für die Abrechnung der Lebensmittelmarken verantwortlich war, die offene Hand auf die Bürotheke.

Ich tat naiv: ‚Was soll das?‘

‚Die Marken bitte!‘

‚Das geht nicht; ich habe alle verbraucht.‘

‚Soso. Und wovon wollen Sie mit Ihrem Sohn die restlichen Tage des Monats leben?‘ Der Mann grinste. Er ahnte wohl, dass ich manipulierte.

Um keine Ausrede verlegen – darin gleichen wir uns, mein lieber Sohn –, sagte ich: ‚Ich habe die Marken in Vorräten angelegt. Die gehen mit auf die Reise. Unterwegs muss man ja auch was essen, und wer weiß, wie lange die Reise dauert und ob es unterwegs was gibt.‘

Sein Grinsen verstärkte sich. Ich hatte Sorge, er würde von mir verlangen, die Waren herauszugeben, wenn ich auch nicht weiß, ob das zulässig ist. Auf einmal hörte ich Verkehrsgeräusche. Ich trat ans Fenster und lachte überreizt auf.

‚Warum lachen Sie so merkwürdig? Fehlt Ihnen was?‘, fragte er erstaunt.

Ich sagte: ‚Wie kann man nur Heinrich Schmitz heißen?! Sagen Sie doch: Können Sie sich vorstellen, dass einer Heinrich Schmitz heißt?‘

Der Beamte hat nicht geantwortet. Was sollte er auch sagen. Er hat nur den Kopf geschüttelt. Aus seiner Miene konnte ich lesen, dass er dachte: ‚Die ist auch nicht mehr ganz dicht – oder besonders raffiniert.‘ Dann grinste er wieder, machte eine letzte Eintragung und ließ mich gehen.“

*

Am Nachmittag war Georgs Mutter immer noch mit Packen beschäftigt. Obwohl die Zeit drängte, konnte sie sich nicht entscheiden, was mitnehmen und was zurücklassen, und sie war wütend, weil Georg noch unterwegs war. An seine Privatausflüge und Alleingänge war sie gewöhnt, aber an einem solchen Tag hätte sie von ihm mehr Verständnis erwartet.

Auf dem Weg zu Bozkes Haus klang ihm in den Ohren, was sie immer sagte, wenn sie sich über seine vermeintliche Gelassenheit ärgerte: „Mein Gott, hat Georg ein dickes Fell – wie ein Elefant!", ohne zu berücksichtigen, dass Elefanten seelisch sehr dünnhäutig sind.

Kurz vor dem Haus wurden sie von Ewald eingeholt. Sie, das waren Georg und Marion. Schweren Herzens hatte Georg auf den Abschiedsgang zur Neiße verzichtet und war zu Frau Karuz gelaufen. Ins Haus stürmend, hatte er jubelnd gerufen: „Wir fahren wieder heim, noch heute! Ich soll Marion holen!"

Ohne Einwendungen zu erheben, hatte Frau Karuz, auch sie mit schwerem Herzen, mithilfe des Mädchens deren große Reisetasche gepackt. Sie hatte Vertrauen zu Georgs Mutter und auch zu dem Jungen. Marion war im Zwiespalt. Einerseits hatte sie Frau Karuz ins Herz geschlossen, andererseits sehnte sie sich nach ihrer Mutter und ihren Freundinnen in Köln.

Ewald erzählte, was ihm aufgetragen worden war. Um Mutter von seinem erneuten eigenmächtigen Handeln abzulenken, versuchte Georg, ihm den Weg abzunehmen, aber Ewald bestand darauf, seinen Auftrag persönlich zu erledigen.

Georg war nicht der Junge, sich durchzusetzen. Sein Mut, den er bei Marion bewiesen hatte, war ein einmaliger Husarenritt, und er hatte Angst, von Mutter zur Rechenschaft gezogen zu werden.

Als Mutter die Kinder zu dritt ankommen sah, war sie verwirrt, was Georg selten erlebt hatte. Sie rechnete wohl damit, dass etwas Unangenehmes vorgefallen war. Georg sah es an ihren Mundwinkeln.

Marion und Georg standen da, Hand in Hand, und Georg wusste nicht, wer wen an der Hand hatte; er dachte: ‚Wahr scheinlich führt sie mich, nicht nur weil sie älter ist.‘

Bevor Mutter schimpfen oder verfängliche Fragen stellen konnte, sagte Ewald: „Mama, hat gesagt, ihr sollt hinne machen. Es dauert höchstens noch zwei Stunden, dann ist das Zeug abmontiert.“

„Sag deiner Mutter vielen Dank, und wir kämen gleich“, bekam er zur Antwort.

Ewald ging weg, und Marion und Georg standen mit aneinander klebenden Händen vor Georgs Mutter, die in ihren Augen wie ein Racheengel aussah. Georg stemmte das gesamte Körpergewicht auf seine zitternden Beine und sah trotzig zu Boden. Doch das erwartete Donnerwetter blieb aus.

„Fein, dass du da bist, Marion; du kannst mir gleich zur Hand gehen.“

Georg stand steif herum. Wie zufällig berührte Mutters Hand seine Schulter. Nach seiner Einschätzung war sie zum ersten Mal stolz auf ihren Sohn. Trotzdem glaubte er, etwas falsch gemacht zu haben, und fühlte sich überflüssig.

Mutter und Sohn verabschiedeten sich von Bozkes. Die Frauen hatten Tränen in den Augen. Georg sah, dass Mutter zu einer umständlichen Erklärung ausholte.

„Lassen Sie mal, Frau Lüning“, kam Frau Bozke ihr zu Hilfe. „Ich weiß Bescheid und hatte Informationen, vermutlich *vor* Ihnen, und hätte genauso gehandelt wie Sie. Nehmen Sie unseren Schlitten zum Transport Ihrer Sachen. Er steht auf dem Hof. Lassen Sie ihn später einfach auf dem Gehweg stehen. Mein Geselle holt ihn ab. Wenn der Schlitten nicht mehr da sein sollte – auch kein Beinbruch.“

Georgs Mutter hatte sich einen langen schwarzen Mantel übergeworfen; auf dem Kopf trug sie, gebunden wie einen Turban, ein schwarz-rot kariertes Kopftuch. Durch den Kontrast zum Schnee bekam die leuchtend rote Farbe ein deutliches Übergewicht.

*

Georgs Mutter stapfte voraus, wie eine Karawanenführerin. Marion und Georg zogen den voll gepackten Schlitten. Als sie in die Straße einbogen, in der Frau Sabel wohnte, standen viele Leute vor der Schule. Der geplante Transport hatte sich herumgesprochen. Auf dem Gehweg bewachte Ewald eine große Anzahl von Koffern und Kisten; der Kopf von Franz lugte aus dem Fenster der Sabels. Das Militärauto parkte vor der Schule wie vor einer Haltestelle. Soldaten waren damit beschäftigt, die Funkgeräte aus dem Haus zum Auto zu schleppen, und ihre Kameraden lagerten sie ein.

Während sich die Leute vor der Schule stumm und frierend die Beine vertraten, wandte sich Georgs Mutter an die Soldaten. Bald hatte sie den von Heinrich Schmitz erwähnten Leutnant ausfindig gemacht. Für einen Offizier wirkte er recht unsicher. Die Ansprache, die er dann hielt, bewies, warum.

„Liebe Leute, leider ist das Fahrzeug mit Geräten überfüllt. Aber fünfundachtzig Kilometer hin und zurück, das ist ein Klacks. In spätestens zwei Stunden sind wir zurück. Bei der zweiten Fuhre ist der Wagen halb leer, und ihr kommt alle mit. Ihr müsst nur aufpassen, dass sich die Leute, die noch hinzustoßen, nicht vordrängen. – He, ihr da, achtet mit darauf!“

Der letzte Satz war an zwei Soldaten gerichtet, die zurückbleiben mussten, um die restlichen Materialteile zu bewachen.

Nachdem das Fahrzeug mit dem Leutnant abgefahren war,

ergriff Georgs Mutter die Initiative. Im spärlichen Laternenlicht tauchte der rote Turban an allen Ecken auf. Auf ihre bestimmende Weise entschied sie, dass abwechselnd Wache gehalten wurde und die anderen sich in der Schule aufwärmten. Die Leute verschwanden wortlos hinter dem Portal und versuchten, die Klassenzimmer zu besetzen, was misslang, weil diese verschlossen waren.

Einige hockten auf ihrem Gepäck und rauchten. Andere wanderten unruhig auf und ab. Dritte dösten vor sich hin oder legten sich auf den Boden, um zu schlafen. Frau Sabel hatte sich mit den Kleinen wieder in ihre Wohnung zurückgezogen. Marion, Georg, Ewald und Franz richteten sich nebeneinander ein. Auch Frau Dülken war da. ‚Gott sei Dank!‘, dachte Georg; er hatte nicht mehr an sie gedacht. Sie presste ihr in Decken gehülltes Kindchen an sich und wiegte es, sobald es zu quengeln begann.

Mutter hielt die erste Wache. Die Leute nannten sie inzwischen „Roter Turban“.

Noch keine Stunde war vergangen, als sie durch einen scharfen Knall aufgeschreckt wurden. Das Geräusch wiederholte sich in kurzen Abständen und wurde lauter. Die Leute gaben ihrer Meinung Ausdruck, das sei Geschützdonner und Artilleriefeuer, die Stadt würde von Russen unter Beschuss genommen. Aufgrund von Gerüchten und ausländischen Radiomeldungen, die trotz Verbotes auch hier abgehört wurden, wusste man längst, dass die Ostfront zerbröckelte.

Georgs Mutter bemühte sich, die Leute zu beruhigen. Ihre Beschwichtigungsversuche galten vor allem den Einheimischen, die jetzt bei den Evakuierten, die sie früher gemieden hatten, Anschluss suchten und noch ängstlicher waren als diese. Georg hörte, wie Mutter sagte: „Die Deutschen sprengen wahrscheinlich die Neißebrücke“, was ihm einen heftigen Stich versetzte, „vielleicht auch die Zufahrtsstraßen; die Russen sind das bestimmt noch lange nicht."

Viele glaubten ihr, Georg nicht; er wusste, wie geschickt sie war.

„Macht uns nichts vor!", erschallte eine Frauenstimme, wie um seine Zweifel zu bestätigen. „Ihr seid aus dem Westen in den Osten geflüchtet, und jetzt haut ihr wieder ab. Also wirds brenzlig; ihr wisst genau, was läuft …"

*

Angesichts der Detonationen zucken die Leute zusammen, und Georg weiß nicht, wer schreckhafter ist: die Erwachsenen oder die Kinder. Der Ausspruch einer Frau: „Die Kinder begreifen, Gott sei Dank, die Gefahr noch nicht", stimmt ihn traurig. Wissen die Erwachsenen denn nicht, was in Kindern vorgeht? Wenn er jemals Angst empfunden hat, dann jetzt, obwohl er zwei Jahre zuvor in Köln nach einem Bombenangriff im Keller des Hauses, wo er mit Mutter Zuflucht gesucht hatte, verschüttet gewesen war und obwohl er die Anwesenheit Marions beruhigender empfindet als die der Soldaten. Dass dies widersinnig zu sein scheint, darüber macht er sich keine Gedanken.

Im halbdunklen Flur drückt er verstohlen Marions Hand, und sie überlässt sie ihm scheu. Plötzlich ist er verlegen und steht schnell auf. Als er sich umdreht, um ein Taschentuch aufzuheben, sieht er, dass er eine Delle in den Koffer gesessen hat, und versucht, sie herauszudrücken, obwohl ihm klar ist, dass das Leder sofort wieder nachgeben wird, sobald er sich erneut niedergelassen haben wird.

Viele Stunden sind vergangen; von dem Militärfahrzeug keine Spur. Der Rote Turban, der längst Wachablösung vorgenommen hat, wandert hin und her und redet auf die verzweifelnden Leute ein. Die meisten schweigen, einige weinen, eine Frau schreit auf. Dem einen hilft es, getröstet zu werden; andere sprechen auf Zurechtweisungen an. Das Einzige, was alle aufrecht hält: Die beiden Militärs mit ihren Geräten sind noch da, und man geht davon aus, zumindest sie würden abgeholt, selbst wenn der Leutnant wortbrüchig würde und die Zivilpersonen im Stich ließe. Die Soldaten halten sich abseits und befassen sich vorerst nicht mit der Bevölkerung.

Weitere Einheimische stoßen zu der Gruppe. Sie reden mit den Soldaten. Die aus dem Westen sehen, dass Hände sich reichen, dass man einander auf die Schultern klopft, dass man verhalten oder gereizt lacht. Der Rote Turban bringt schnell heraus, dass Schmuck den Besitzer gewechselt hat und in den Taschen von Militärmänteln verschwunden ist.

*

Erst im Morgengrauen kehrt das Militärauto zurück. Der Leutnant erklärt seine lange Abwesenheit mit katastrophalen Straßenverhältnissen; ein Durchkommen sei nahezu unmöglich gewesen. Die zu Fuß Flüchtenden behinderten den Autoverkehr. Wie Schlafwandler stapften sie vorwärts, ohne nach links oder rechts zu sehen, und zogen Schlitten mit abgewetzten Kufen hinter sich her. Die Straßen waren so eng, dass allenfalls ein Pferdefuhrwerk Platz hatte, und die Flüchtlinge mussten in den tiefen Schnee der Gräben ausweichen, wenn Autos kamen.

Beim Kampf um die Plätze im Auto herrschen chaotische Zustände. Der Rote Turban taucht in der Menge unter, und der Leutnant verliert die Übersicht. Soldaten zu befehligen, ist unproblematischer, als verschreckte Zivilisten in Schach zu halten. Das Faustrecht gilt. Die Leute, welche die Soldaten bestochen haben, nehmen mit deren Hilfe die ersten Plätze ein. Die

Aufforderung „Frauen mit Kindern zuerst!“ wirkt wie Hohn. Appelle an Vernunft und Menschlichkeit verhallen ungehört.

Das Gepäck unbedenklich zurücklassend, ist es der Familie Sabel gelungen, in den Wagen zu kommen. Auch Georg und Marion haben sich hineingezwängt. Keine Sekunde haben sie sich aus den Augen gelassen. Man hätte ihnen die Arme ausreißen müssen, um sie zu trennen. Drinnen fühlen sie sich sicher und lassen voneinander ab.

Wo ist Georgs Mutter? Auf einmal hört Georg sie kreischen: „Georg! Georg!“ Offenbar ist sie noch draußen. Ohne sich wehren zu können, wird der Junge, der, übertrieben ausgedrückt, nicht viel schwerer ist als ein Brot, wie ein solches über die Köpfe der Leute gehoben und nach draußen geschoben. Die Protestrufe Marions verhallen ungehört.

Der sonst so wortgewaltige Rote Turban steht schweigend da und drückt Georg an sich, hinter sich zwei weinende fremde Kinder, um die sich niemand kümmert. Die Koffer, die Tasche von Marion und die gesamte Schar von Gepäckstücken der Sabels gruppieren sich um ihre Füße. Einige Meter abseits stehen wie versteinert andere Evakuierte, die es ebenfalls nicht geschafft haben mitzukommen. Sie haben aufgegeben.

Der Leutnant schwört, er käme zurück. Georg weiß nicht, ob auch nur einer ihm glaubt; er glaubt ihm nicht. Dann fährt der Wagen los und verschwindet in einer aufstiebenden Schneewolke hinter der nächsten Ecke.

Georgs Finger sind wie abgestorben. Erstaunt sieht er, wie einige Leute die überkreuzten Arme gegen Rippen und Schultern schlagen, um ihr Blut in Wallung zu bringen; wie unter Zwang tut er das Gleiche, und tatsächlich wird ihm wieder warm.

Der Rote Turban ist für einige Minuten wie selbstvergessen, klettert dann mühsam über das Durcheinander von Koffern und

Kisten, die ihn umzingeln, als sei er von Feinden eingekesselt, und organisiert, obwohl sich auch in ihm Hoffnungslosigkeit breit zu machen beginnt, die Wachablösung. Während sich die anderen ins Schulgebäude zurückziehen, übernimmt Mutter ein weiteres Mal die erste Wache.

Georg flüstert immer wieder den Namen von Marion. Er weiß nicht, ob auch nur irgendjemand eine Rettung für möglich hält, und nimmt vielmehr an, dass sie alle auf ihren Plätzen verharren, weil es ohnehin nichts anderes zu tun gibt.

Es ist inzwischen Nachmittag. Dämmerung breitet sich über die Stadt. Vom Wind getrieben, stieben Schneeflocken so dicht wie miteinander verwoben. Das Unfassbare geschieht: Das Militärfahrzeug kommt zum zweiten Mal zurück. Wie ein Traumgebilde schält es sich aus den Schneewolken.

Der Leutnant gibt später einen seltsamen Beweggrund an, warum er die Rückfahrt gewagt hat. Man hat ihm nichts dafür gegeben; es ging ihm auch nicht darum, sein Versprechen einzulösen oder Menschenleben zu retten. Nicht mal Mutters Appell hatte gefruchtet: „Wenn Sie nicht zurückkommen, wird das Gewissen Ihnen im Leben keine Sekunde mehr Ruhe geben!" Vielmehr hat die Erinnerung an das Bild des Roten Turbans, eingerahmt von unzähligen Koffern und Kisten, als breite eine Glucke ihre Flügel über Schutz suchende Küken, ihn zu dieser Rettungstat bewogen, bei der er sein Leben aufs Spiel setzte.

*

Das Fahrzeug nimmt die Unentwegten auf. Sogar das Gepäck findet Platz. Im Innern ist es stockfinster. Die Scheiben sind verhangen. Es riecht nach Fäkalien und Blut. Georg hört Stöhnen, das sich verstärkt, wenn der Wagen bremst oder sich in eine Kurve legt. Nachdem er sich an die Dunkelheit gewöhnt hat, sieht er Soldaten mit blutgetränkten Kopfverbänden auf dem Boden liegen. Allmählich wird ihm klar, dass Verwundete hier sind. Woher mögen sie kommen?

Neben ihm öffnet eine alte Frau ihre Tasche. Es duftet nach frischem Mohnkuchen, den sie aus einer knisternden Serviette wickelt und an Bekannte verteilt. Ihr Zungenschlag verrät sie als Einheimische. Eine Evakuierte beschwert sich leise, dass diese Frau nicht mal den Kindern aus dem Westen etwas abgibt. Der Rote Turban schaltet sich ein: „Lassen Sie nur, wahrscheinlich ist es der letzte Kuchen, den sie in den nächsten Jahren bekommen. Gönnen wir ihnen also die Gaumenfreude." Der Kuchen interessiert Georg jetzt nicht …

Er sieht sich auf dem Marktplatz von Löwen. Die Uhr am Rathausturm bedeutet eine Bedrohung. Die Zeiger wirbeln wie in einem Wettlauf um die Zeit. Auf einmal sieht er riesige Schwalben, die so niedrig fliegen, dass er sich bücken muss, um nicht Bekanntschaft mit ihren silbern glänzenden Schwingen zu machen. Im gleichen Augenblick hört er Einschläge, Entladungen, donnernde Explosionen und sieht Bomben ausklinkende Tiefflieger. Erneut duckt er sich, wirft sich in den stiebenden Schnee und spürt einen Schlag gegen die Schläfe. Ist er getroffen? Ist das der Tod?

Sein Kopf ist gegen die Planke des Militärfahrzeugs geschleudert worden, das schaukelnd und rutschend versucht, sich nach Langenbielau durchzukämpfen. Danach wird er wach und denkt an Marion. Ob er sie wiedersieht …?

Margarete Nolte

Wie ich das Kriegsende erlebte

Die blanke Existenzangst: Wie soll es weitergehen? Wie ernähre ich meine Kinder? Was wird aus Deutschland?

Einer so grenzenlosen Enttäuschung muß Täuschung vorausgegangen sein.

Keine Nachricht von meinem Mann aus dem kurländischen Kessel, keine Nachricht von meinem Vater und anderen Verwandten. Die Post funktionierte nicht mehr. Zeitungen gab es nicht. Verkehrsmittel hatten keinen Kraftstoff.

Seit sechs Jahren wohnten wir auf dem Dorf, neun Kilometer westlich von Bayreuth. Man gehörte zur Dorfgemeinschaft. In jedem Haus herrschte bei Kriegsende ein Notstand. Gefallene Söhne, Fremdarbeiter und belgische Kriegsgefangene, durchziehende Flüchtlinge, jede Nacht andere, auf die Haushalte verteilt. Nun kamen Ende April amerikanische Fahrzeuge und Soldaten. Weiße Laken wurden herausgehängt, und die Bewohner blieben in ihren Häusern. Der Bauer des Nachbarhofes war schon seit einem Jahr in amerikanischer Gefangenschaft, der Altbauer war verstorben, die Bäuerin mit drei kleinen Kindern und fremden Helfern allein.

Unter den einquartierten Flüchtlingen gab es auch unangenehme, die für Kriegerwitwen schlechte Vorschläge hatten. Nachts schreckten uns umherziehende polnische Arbeiter auf, die mit Freunden aus der Stadt ihre einstigen Arbeitsplätze aufsuchten, sich als Herren aufspielten, bewirten und einkleiden ließen. Wenn die Hunde anschlugen, lag man wach und überlegte, was man geben könnte, wenn jemand anklopfen sollte. Aber sie suchten, dank genauer Ortskenntnis ihrer Anführer, jene Höfe auf, wo es noch Brot und Speck gab. Noch heute löst nächtliches Hundegebell bei mir Erinnerungen an die Mainächte 1945 aus. Unsere Wohnung in dem umgebauten Bauernhaus hatte einen separaten Eingang, niemand wäre mir zu Hilfe gekommen, abgesehen davon, daß es außer einem alten Schäfer keine deutschen Männer in der Umgebung gab.

Im letzten Kriegswinter bekamen wir unsere Holzzuteilung direkt von der Gemeinde. Wir zogen gemeinsam in den Wald, belgische Kriegsgefangene sollten uns helfen. Der Forstaufseher wies uns dürre Bäume zu, woraufhin wir einen Meter über dem Erdboden Kerben in deren Stämme sägten, auf der Seite, nach der die Bäume fallen sollten. Dann mußten wir zu zweit mit einer großen Handsäge mühsam die Stämme von der anderen Seite her durchsägen, bis es knirschte. Einmal klappte das nicht, und einer der Belgier schrie: „Attention!“ Wir sprangen eilends in Deckung – er hatte uns gerettet. Danach wurden die Kronen abgesägt, die Baumstämme in Meterlänge zersägt und aufgeschichtet.

Später erlebten wir die Enttäuschung: Als wir mit geliehenem Kuhgespann das Brennholz holen wollten, war es gestohlen. Aber die Dorfgemeinschaft funktionierte: Man half sich gegenseitig.

Oft zogen wir mit unseren Kindern durch die Wälder, sammelten Pilze und Beeren und trugen das Kleinholz zusammen, jeder einen Rucksack voll.

Kurz nach Kriegsende eilte uns einmal eine Freundin vom Dorf her nach und rief mir zu: „Du hast Besuch bekommen, Schwager Otto und zwei Freunde!“

Das war ein bißchen unheimlich, diesen Schwager hatte ich nämlich noch gar nicht kennengelernt.

Unsere Frau Fischer hatte die drei Heimkehrer eingelassen. Sie standen mit dem Rücken an den Tisch gelehnt. Und ich befragte erst mal den, der mich als Verwandter ansprach, nach den

Namen seiner Geschwister und nach den Vornamen der Schwiegereltern. Es stimmte alles. Leider konnte ich den Männern nur Grießsuppe und selbstgemachte Wurst anbieten, die bestand aus gekochten Graupen, Speckbröckchen und Kräutern.

Die drei Heimkehrer waren der russischen Gefangenschaft entgangen und kamen nach langem Fluchtweg in komischen Ziviljacken an. Über Nacht kampierten sie auf dem Teppich. Am anderen Morgen trampten zwei nordwärts, der Schwager nach Frankfurt am Main, wo er seine evakuierte Familie heil antraf.

Die ersten Amerikaner, die unser Dorf erreichten, gehörten zu einer disziplinierten Einheit. Sie ließen den Nachbarhof, der am Rande des Dorfes lag, räumen und nahmen die deutschen Soldaten, die sich im Keller versteckt hatten, gefangen. Es waren soeben aus dem Lazarett entlassene junge Kerle. Später erlaubten uns die Amerikaner, einen Korb voll Kinderkleidung und Bettzeug aus dem besetzten Hof zu holen.

Der Vorhut folgte ein Trupp farbiger Soldaten. Sie schenkten den Kindern Schokolade. Ich ließ meine zwei nicht hinaus. Die jüngeren Frauen banden Kopftücher um und machten sich häßlich.

Die erste Nacht nach Ankunft der Schwarzen schliefen wir bei der Bäuerin auf Stroh: drei Frauen, sieben Kinder. Einer der GIs nahm mein kostbares Fahrrad mit; sie machten sich einen Spaß daraus, umherzuradeln und dann das Rad in einen Graben zu werfen. Ein anderer begab sich auf Wohnungsbesichtigung. Mit erhobener MPi drängte er mich in ein Zimmer, drehte schon innen am Schlüssel. Meine aufgeregte Erklärung: „Schieß doch, schieß doch, I have two children!“ beeindruckte ihn wohl, er kehrte um und traf in der Küche auf unsere einquartierte Schlesierin, die gute Frau Fischer. Er bemerkte die vielen Feldpostkarten an der Wand, darunter eine mit der Abbildung von Hitler, die riß er ab und warf sie der Frau vor die Füße.

Es war ein zukunftsloses Dahinleben: Nahrung besorgen, keine Nachrichten, ohne Zuspruch, ohne eine Vorstellung, wie die ausgebombten Städter bis zum Winter ein Dach über dem Kopf finden könnten, mit täglich neuen widersprüchlichen Gerüchten belastet, von denen das schwerwiegendste war, daß nun die Deutschen mit den Amerikanern gegen die Russen kämpfen müßten.

Unsere Gedanken und Befürchtungen drehten sich im Kreis. Um nicht ganz zu verkommen, beschlossen meine befreundete Hausnachbarin und ich, einmal in der Woche abends etwas anderes zu tun, als aus alten Stücken Kinderkleidung zu nähen und zu grübeln. Ihr Mann war im ersten Kriegsmonat gefallen. Sie war ausgebildete Klavierlehrerin und Harfenistin, hatte im Bayreuther Orchester gespielt, für mich spielte sie Schubert und Chopin, und ich las ausgewählte Texte vor. Unsere Frau Fischer war manchmal dabei.

Einmal kamen zwei Buben und baten um Nachtquartier. Sie waren etwa zwölf Jahre alt, marschierten mit dicken Rucksäkken von dem Kinderlandheim, in das sie während des Krieges verschickt worden waren, nach Westen zu den Eltern im Rheinland. Sie konnten bei uns essen, baden und in Betten schlafen. Wir gaben ihnen Brot, Löffel und ein Messer mit, als sie am anderen Morgen weiterstrebten, jedoch nicht auf der Landstraße, sondern auf versteckten Wegen, denn sie waren schon beraubt worden. Ob sie je ihre Eltern gefunden haben?

So war die Zeit damals.

Helga Otto

Liebe Schulfreundinnen hüben und drüben

Rundbriefe in einem geteilten Land

Brigitte, Helga, Lisa, Ruth und Hannelore gingen in Halle/Saale von klein auf in eine Klasse; Elfriede und Waldtraut kamen erst auf der Mittelschule hinzu. Als der Zweite Weltkrieg begann, waren sie elf und zwölf, als er endlich zu Ende ging, siebzehn und achtzehn Jahre alt. Doch sie hatten bisher nicht nur Schweres, sondern in der Kindheit und Jugend auch schöne Stunden erlebt.

Eine von ihnen blieb ledig; die anderen heirateten Männer ihrer Generation und bekamen Nachwuchs. Nun wollten sie für ihre Kinder ein besseres Leben schaffen und gingen mit Mut und Schwung an die ihnen gestellten Aufgaben. Zwei von ihnen wohnten in der BRD, die anderen fünf in der DDR, davon noch drei in Halle. Im Herbst 1957 besuchte Helga zum ersten Male nach ihrem Umzug 1943 nach Posen die fünf Freundinnen im Osten.

In der Besuchszeit beschlossen die drei Hallenserinnen, sich in Zukunft jeden Monat einmal abends in einer HO-Gaststätte zu treffen, und wollten versuchen, noch einige Klassenkameradinnen zu gewinnen. Auch baten sie Helga, bald nach ihrer Rückkehr einen Rundbrief zu starten, damit die sieben Freundinnen enger in Kontakt blieben. Sie kaufte daher ein dickes Heft, und dieses sowie etliche weitere kreisten nun in kürzeren und längeren Abständen und manchmal auch mit unfreiwilligen Unterbrechungen, wenn eines nicht durchgelassen wurde.

Anfang der sechziger Jahre wechselte eine von ihnen von Ost nach West. Nun waren sie zu dritt auf der einen und zu viert auf der anderen Seite. Etliche Jahre später beging eine von ihnen Selbstmord, und eine andere wurde geschieden. Die Schulfreundinnen aber hielten weiterhin zusammen, gaben sich Ratschläge oder trösteten einander. Vieles ging aber leider nur brieflich wegen der unmenschlichen Grenze.

Und dann geschah ganz plötzlich das Unerwartete, mit dem niemand im Osten oder Westen gerechnet hatte. Am 9. November 1989 öffneten sich die Grenzen, und ab 3. Oktober 1990 lebten sie wieder in einem Deutschland. Zu Beginn dieses Buches waren die Freundinnen zirka dreißig, kurz vor Öffnung der Grenzen etwas über sechzig Jahre alt und hätten nun endlich alle einander besuchen dürfen; ihre Männer allerdings erst mit fünfundsechzig Jahren. Im April 1994, genau fünfzig Jahre nach Schulabschluß, fand dann ein zweitägiges Klassentreffen im „Roten Roß" zu Halle mit Besuch der Torschule statt, zu dem neunzehn Klassenkameradinnen kamen.

Nachstehend sieben gekürzte Briefe vom Dezember 1958 bis Juni 1959.

BRIEF VON HELGA

Remscheid, Dezember 1958

Meine Lieben!
Mit großer Spannung erwartete ich unser Heft, das ich nun vor ein paar Tagen erhielt. Ich danke Euch ganz herzlich für Euer großes Interesse und die netten Beiträge sowie die Ansichtskarten, Verse, Zeichnungen und vor allen Dingen die Fotos. Besonders gefallen haben mir – und mich auch ein bißchen nachdenklich gestimmt – Brigittes Zeilen von Goethe: „Über allen Gipfeln ist Ruh'. In allen Wipfeln spürest du kaum einen Hauch. Die Vöglein schweigen im Walde. Warte nur, balde ruhest Du auch."

Remscheid: Rathaus

Doch nun zu unserem neuen Heim. Zum 1. Oktober d. J. startete unser Umzug bei schönem Wetter die zwölf Kilometer von Wuppertal nach Remscheid. Am ausgelassensten war unser kleiner Sohn dazwischen, denn diesmal hatten wir keine freie Oma, da die ganze Familie umzog. Meine Eltern wechselten von Wuppertal-Oberbarmen nach Elberfeld in unsere Zweizimmerwohnung und Schwiegermutter ebenfalls von Oberbarmen hier ins Haus. Besonders stolz war Dieter auf sein „Tinderzimmer".
Wie ich Euch bereits berichtete und Ihr auf den anliegenden Fotos sehen könnt, ist es ein Einfamilienhaus mit Einliegerwohnung. Wir haben parterre drei Zimmer, Küche und Bad; ein junges Ehepaar oben zwei Räume ebenfalls mit Küche und Bad und Schwiegermutter auch oben ein Zimmer, Küche und Toilette. Außerdem ist das Haus ganz unterkellert und hat eine Garage, bisher allerdings noch ohne Auto. So, das wäre es eigentlich, außer daß es schön im Grünen liegt und wir wohl kein Gegenüber zu erwarten haben. Da die Straße allerdings noch nicht fertig ist, tragen wir uns sehr viel Schmutz ins Haus. Das Grundstück ist zirka 560 Quadratmeter groß und harrt im nächsten Jahr unserer Bearbeitung!! Weil Günter hier im Rathaus beim Tiefbauamt beschäftigt ist, hat er es nun nicht mehr so weit zum Dienst.
Da ist noch etwas, das ich Euch gerne mitteilen möchte. Verschiedene von Euch wissen ja, daß meine Eltern aus Reetz in Hinterpommern stammen, wo wir die meisten Sommerferien verlebt und meine Mutter, Schwester und ich auch das Kriegsende erlebt haben. Seit ein paar Monaten stehe ich nun mit der einzigen Reetzerin, die noch dageblieben und vier Jahre älter ist als ich, im Schriftverkehr. Sie hat einen Polen geheiratet und bewirtschaftet nun mit ihrem Mann den ehemaligen Hof ihres Onkels. Es muß wohl dort noch immer sehr einfach und arm zugehen. Ich freue mich jedenfalls über ihre Berichte und sie

über ein paar Kleidungsstücke und Lebensmittel von uns, da sie sechs Kinder hat.
Wie gerne würden wir und besonders auch meine Eltern und Verwandten ihr einmal einen kurzen Besuch abstatten und uns in Reetz umsehen. Auch Schwiegermutter und mein Mann führen zu gerne noch einmal kurz nach Schneidemühl. Wir Flüchtlinge und Vertriebenen haben uns, bis auf einige wenige, gut eingelebt und wollen gar nicht mehr für immer zurück; schon gar nicht unter die Herrschaft der Polen. Nur einmal schauen dürfen. Unsere Generation kann das ja vielleicht noch einmal erleben, aber unsere Eltern wohl schon nicht mehr.
Habe 1945 bei Aufräumungsarbeiten für die Russen in Reetz in einem verlassenen Haus ein kleines Oktavheft mit Bleistift gefunden und gleich mit meiner Schwester Hilfe begonnen, das Erlebte seit Posen aufzuschreiben. In Lauenförde war dann bald das Heftchen voll. Ich werde die Stichpunkte später einmal ausführlich übertragen, ehe es vergilbt. Aber das wird noch einige Jahre dauern.
Doch nun Schluß für heute. Für das Jahr 1959 wünsche ich Euch Gesundheit, Zufriedenheit und frohen Mut für alle Eure Unternehmungen. Herzliche Grüße sendet auch an Eure Lieben

Eure Helga

Eingeklebt: Grundriß und Fotos vom Haus sowie ein Bild von unserem Rathaus.

BRIEF VON HANNELORE

Halle, im Januar 1959

Liebe Schulfreundinnen!
Ich möchte gleich zu Anfang mal die Post loben, denn sie brachte mir pünktlich am Heiligen Abend die Post ins Haus. Ich bin halt ein echtes Postmeisterkind! Am zweiten Feiertag

abends fand ich endlich die ersehnte Ruhe, da wir beide Tage Besuch hatten. Ihr wißt ja, was für einen großen Verwandten- und Bekanntenkreis wir haben, was nicht immer zum Besten ist. Habt vielen Dank für alles, besonders auch für die hübschen Zeichnungen und Verse sowie die Fotos von Euch und Euren Lieben.

Halle/Saale: Marktplatz

Am 5. Januar startete unser monatliches Klassentreffen. Ich hatte dazu den Rundbrief mitgenommen. Wir diskutierten eifrig darüber. Und sprachen auch noch einmal davon, daß Lisa, Ruth, Helga und ich zu Lisas 13. Geburtstag im Mai 1941 einen Kleeblattbund gegründet hatten und uns alle vier, nachdem Lisa 1942 nach Magdeburg und Helga 1943 nach Posen zogen mit ihren Familien, dann noch eifrig schrieben. Ja, eigentlich bis jetzt! Ist das eine Leistung?? Und haben Euch nicht die Ohren geklingelt?

Liebe Brigitte, Dein Töchterchen findet überall Anklang. Sie sieht allerliebst aus. Denk mal, Du hast in unserer Runde acht Jungen zur Auswahl für Deine Beate. Ob wohl noch einmal eine Tochter in unserem Kreis dazukommt? Ja, Ruth, bei der Größe Deiner Wohnung darfst Du Dir wohl drei Söhne anschaffen. Nun fehlt nur noch eine kleine Schwester. Hast Du wohl den Mut dazu? Wir hätten auch noch gerne ein Töchterchen, aber …
Da nun Ruth und Helga uns schon ihre schönen Behausungen vorgestellt haben, möchte ich nicht versäumen, auch unsere Wohnsituation zu schildern. Eine Skizze brauche ich nicht dazuzufügen, da Ihr alle die Wohnung kennt, denn ich bin die einzige von uns sieben, die von klein auf in denselben Räumen lebt. Wie Ihr vielleicht wißt, hatten Mutti und ihre Schwester dieses Mietshaus in der Nähe des Rannischen Platzes von ihren Eltern geerbt. Und nun gehört mir die eine Hälfte und meiner Kusine mit Bruder die andere. Mein Vater hat einige Zeit nach Muttis Tod wieder geheiratet und wohnt jetzt in Ammendorf. Verstehen uns aber mit unserer „Stiefomi" gut.
Wir verfügen bislang über zwei Stuben und die Küche. Ein Zimmer mußten wir möbliert an eine Studentin abgeben, hoffen es aber in Kürze wiederzubekommen, denn unser Jörg paßt bald nicht mehr in sein Kinderbettchen. Bis auf das fehlende Bad sind wir mit unserer Wohnung zufrieden. Als Miteigentümer brauchen wir an Miete nicht viel zu zahlen. Sonst würde die Wohnung 42,70 Mark kosten und die teuersten im Hause mit vier Zimmern und Küche 59,00 Mark. Wegen des Besitzes braucht Ihr mich aber nicht zu beneiden. Es gibt viel Ärger und Verdruß. Da müßten einige Kachelöfen neu gesetzt oder Teile der Dachrinne ausgebessert werden; und es gibt doch kaum Material.
Wir machen es uns aber trotzdem gemütlich. Und so möchte ich mit nachstehenden Sprüchen das Thema beenden. „Blumen und Bücher sind vielen Menschen ebenso unentbehrlich wie das

tägliche Brot!" Von Balzac. Und: „Eine Wohnung ist erst dann vollkommen, wenn man nichts mehr in ihr findet, das man eigentlich wegnehmen müßte." Aus Japan!
Auch ich wünsche Euch und Euren Lieben für 1959 Gesundheit, Glück und verbleibe mit herzlichen Grüßen

Eure Hannelore

Anbei: Bilder von unserem Spatz und dem Marktplatz in Halle.

BRIEF VON WALDTRAUT

Halle, den 25. Februar 1959

Ihr Lieben alle miteinander!
Das Buch liegt nun schon ein paar Wochen bei mir. Aber ich war in der letzten Zeit gar nicht zum Schreiben aufgelegt. Ich hatte seit dem November Ischias-Schmerzen. Ende Januar konnte ich sie dann nicht mehr aushalten und wurde krankgeschrieben. Mußte eine Tablettenkur machen. Seit Anfang dieser Woche gehe ich wieder arbeiten, und der Mut kehrt zurück. Habt Dank für alle Eure Eintragungen und Beilagen. Habe alles zweimal durchgelesen.
Nun sollt Ihr etwas über meine Behausung erfahren. Mit meinen Eltern und drei jüngeren Geschwistern hatten wir seit vor dem Kriege eine Dreizimmer-Neubauwohnung im Süden von Halle. Doch als wir Kinder größer waren, wurde es, obgleich mein Vater eingezogen worden war, recht eng. Weil Muttis älteste Schwester und ihr Mann eine große Wohnung besitzen und der einzige Sohn vermißt war, boten sie mir sein Zimmer, das sich am Ende ihres langen Flures befindet, vorübergehend an. Doch da er nicht wiederkam, wohne ich heute noch dort. Außerdem sind seit 1946 einige Verwandte aus Prenzlau hier. Die große Wohnung könnten meine Verwandten sowieso nicht mehr bezahlen und dürften sie auch nicht, wegen der herrschen-

den Knappheit hier, behalten. Leider liegt sie parterre in einem zugigen Eckhaus und ist dementsprechend kalt. Aber eine neue zu bekommen ist schwierig. Man müßte sich der Arbeiter-Wohnungsbaugenossenschaft anschließen, eine stattliche Anzahl Arbeitsstunden und einen erheblichen Geldanteil leisten.
Von hier aus hatte ich es dann nicht mehr so weit zur Schule und wohnte in der Nähe von Helga und Hannelore. Helga, weißt Du noch, durch welch einen Zufall wir Freundinnen wurden? Unsere Klassenlehrerin im dritten Jahr der Mittelschule fragte uns, wie wir die Sommerferien verbracht hätten. Wir waren zweiundvierzig Mädel und saßen ziemlich weit auseinander. Ich wurde zuerst gefragt und sagte: „Ich war in Reetz/Neumark bei der Freundin meiner Mutter." Und Du, eine ganze Zeit später: „Ich war auch in Reetz/Neumark bei Verwandten." So wurden wir aufeinander aufmerksam und unterhielten uns in der Pause darüber. Waren sehr erstaunt! So ein kleiner Ort und so weit von Halle entfernt! Nun fragten wir zu Hause nach, und es stellte sich heraus, daß ein großer Teil unserer Verwandten sich von früher her aus der Schule, Tanzstunde etc. kannte. Und 1944, als Du schon in Posen wohntest, trafen wir uns in Reetz.
Nun aber Schluß, der Bettzipfel ruft. Und ich muß morgen wieder zeitig aufstehen. – Es grüßt Euch alle herzlich!

Waldtraut

Anbei: Händeldenkmal

BRIEF VON ELFRIEDE

Halle, im März 1959

Ihr lieben Sechs!
Ganz herzlichen Dank für Eure Eintragungen und Beilagen. Freue mich immer sehr, so ausführlich von Euch allen zu hören. Liebe Helga, bei Euch ist es so viel einfacher zu bauen.

Hier würden wir auf tausend Schwierigkeiten stoßen. Was sind wir umhergelaufen, um nur ein großes Spülbecken mit dem dazugehörigen Material zu bekommen. Hat man das eine, gibt es wieder das andere nicht. Es hat ein dreiviertel Jahr gedauert, bis wir alles zusammenhatten.
Doch nun zu unserer Wohnung. Eine Skizze lege ich bei. Wir wohnen in einem alleinstehenden Vierfamilienhaus in der Nähe eines Parkes. 1000 Mark Baukostenzuschuß mußten wir zahlen, und die Miete beträgt 60,00 Mark Wir sind sehr zufrieden mit unserer Behausung und fühlen uns in unseren drei Zimmern mit Küche und Bad sehr wohl.

Leipzig: Altes Rathaus

War eine von Euch auf der Leipziger Messe? Ich fuhr dieses Jahr dreimal, und meine Mutter nahm jedesmal den Thomas. Eine Bekannte sagte mal zu mir: „Wenn du noch eine Mutter hast, dann danke Gott und sei zufrieden.“ Und sie hat recht. Es

gab aber auch soviel Interessantes zu sehen; alles Dinge, die man hier in den Geschäften nicht sieht. Ist alles nur für den Export bestimmt. Gemein!! Findet Ihr nicht auch?
Besonders abwechslungsreich war das Ringmessehaus. Dort stand die Perlon-Unterwäsche an erster Stelle. Reizende Sachen gab es dort zu sehen. Ich hätte gerne vieles mitgenommen. Auch an Strickwaren – reine Wolle – schicke Modelle! Im Spielzeughaus war es allerliebst. Da bekam man richtig Lust zum Puppen. Am meisten aber war die elektrische Eisenbahn umlagert. Tolle Anlagen gab es da zu bewundern, die manches Papiherz höher schlagen ließen. Bei einem Abendbummel durch Leipzig sahen mein Mann und ich einmal Ulbricht und Grotewohl mit Chruschtschow aus drei Metern Entfernung. Kamen uns gerade entgegen.
Nun will ich für heute Schluß machen. Seid alle ganze herzlich gegrüßt von

Eurer Elfriede

Eingeklebt: Wohnungsskizze, Rathaus Leipzig und 3 Thomas-Fotos.
Und bleibt mir alle schön gesund!!

BRIEF VON BRIGITTE

Blankenheim, im April 1958

Liebe Schulfreundinnen!
Nun ist die Reihe wieder an mir, in unser Büchlein einzutragen. Es sollte schon längst getan sein. Aber erstens war mein Mann an Grippe erkrankt und mußte vierzehn Tage zu Bett liegen, und zweitens läuft unsere Kleine jetzt seit Ostern, und ich muß ständig auf sie aufpassen. Sie ist sehr wild und will alles erforschen. Aber sonst ist sie lieb und macht uns viel Freude, wenn man die kleinen Ungezogenheiten abrechnet. Bei Helga

soll ja im Juli das zweite Kindchen kommen. Ob es diesmal wohl ein Mädchen wird? Sie wünscht sich eines.
Liebe Elfriede, die Bilder Eures Buben sind so nett geworden. Hast Du den Anorak selbst gearbeitet? Zur Messe war ich allerdings nicht. Seit Muttis Tod habe ich leider niemanden, der mal längere Zeit auf Beate aufpassen könnte. Ein paar Stunden kann sie schon mal zur Nachbarin kommen, wenn ich etwas Dringendes besorgen oder zum Arzt muß. Ich war seit der Geburt unserer Tochter erst zweimal wieder in Halle und dann auch nur für Stunden. So konnte ich auch leider noch keinen von Euch aufsuchen. Mein Vater und seine zweite Frau sind nicht recht auf dem Posten und brauchen ihre Ruhe, die ein kleines Kind niemals mitbringt. Dein Spruch, Elfriede, hat mir gut gefallen und stimmt auffallend, wie ich denke.
Und Ihr trefft Euch seit Helgas Besuch noch jeden Monat einmal und seid inzwischen sechs Klassenkameradinnen? So etwas fehlt mir hier. Habt Ihr noch einmal etwas von anderen Schulkameradinnen oder unseren Lehrkräften gehört? Das wäre auch noch mal ein Thema, nicht wahr? Die Fotos von Eurem Haus, Helga, sehen sehr gut aus. Ob ich es wohl mal in natura sehen werde? Diese blöde Grenze, die so viele Menschen trennt.
Nun will ich Euch noch erzählen, wie ich wohne. Wir haben zwei kleine Zimmer, einen winzigen Raum für Beate und eine Küche. Klebe Euch auch mal eine Skizze hier ein. Aber wir müssen noch froh sein, diese Wohnung überhaupt bekommen zu haben, denn hier auf dem Lande wird bisher noch nichts gebaut. Und mein Mann als Lehrer wird dringend gebraucht. Die Umgebung ist aber sehr schön und entschädigt für vieles. Helga hat sie bei ihrem Besuch auch bewundert. Bei schönem Wetter kann man bis zum Kyffhäuser sehen. Und jetzt fängt der Wald an, grün zu werden.

Wie ist es, Hanne, Elfriede und Waldtraut, wollt Ihr mich nicht mal besuchen kommen? Ich würde mich sehr freuen und mein Mann auch. Es gibt eine günstige Verbindung von Halle über Sangerhausen hierher. Ruth hat mich schon mal besucht, brachte nur leider zu wenig Zeit mit. Jetzt ist es auch bei mir spät geworden. Meldet Euch nur vorher an, damit ich vorbereitet bin. Und fahrt nur früh los, damit sich der Besuch auch lohnt. Ich hole Euch dann vom Bahnhof ab und zeige Euch unsere schöne Gegend. Dann gehen wir zum Mittagessen in die hiesige HO-Gaststätte und machen es uns anschließend bei uns gemütlich. Die paar Stunden kann Beate zu einer Nachbarin kommen, und nachmittags ist ja mein Mann dann zu Hause.
Seid nun alle recht herzlich gegrüßt von

Eurer Mädchen-Mutti Brigitte

Eingeklebt: Wohnungsskizze. Anlage: 5 Fotos.

BRIEF VON RUTH

Döbeln, den 22. Mai 1959

Meine Lieben, hier und drüben!
Zuerst meinen herzlichen Glückwunsch zum dritten Sohn, liebe Lisa. Du willst es mir wohl unbedingt nachmachen. Die anderen sollten sich wirklich ein Beispiel an uns nehmen. Also nochmals alles Gute, und daß er ein kräftiges Bengelchen werde. Und auch Dir, liebe Helga, beste Wünsche und vielleicht ein kleines wonniges Mädchen, damit Beate Verstärkung bekommt.
Wir hatten zu Pfingsten „Namensgebung"; zum besseren Verständnis für Euch drüben: „sozialistische Taufe". Die Feierlichkeit fand im Kulturraum einer Fabrik statt. Es waren im ganzen sieben Kinder. Mit Musik begann es; dann trug ein Schauspieler Gedichte vor. Die Rede hielt ein Herr vom Rat der Stadt. Der Sinn der Ansprache war, unsere Kraft für den Frieden

und den Aufbau unseres Landes einzusetzen und unsere Kinder zu guten Sozialisten zu erziehen. Zu allem, was er sagte, antwortete unser kleiner Täufling mit „hm!".
Nachdem die Eltern und Paten ihre Unterschrift gegeben hatten, wurden den Müttern Blumen und ein Geldgeschenk überreicht. Nach der Nationalhymne gingen wir alle nach Hause. Dort feierten wir bei Kaffee und Kuchen. Viel Besuch hatten wir nicht, denn eine große Feier können wir uns im Moment als stolze Autobesitzer nicht leisten.
Ja, Ihr habt richtig gelesen. Wir besitzen ein Auto. Kein neues Modell – Trabant oder Wartburg –, sondern einen guten alten Adler junior mit Schiebedach. Wenn ich erst fahren kann, werde ich Euch Hallensern mal den Wagen vorführen und eine Spritztour mit Euch machen. Darauf könnt Ihr aber noch ein Weilchen warten, denn dieses Jahr wird es nichts mehr. Zur Zeit macht mein Mann gerade die Fahrerlaubnis; und wenn er die Fahrprüfung bestanden hat, geht die erste Reise gleich zur Ostsee. Hoffentlich kommen wir dort heil an. Na, darüber berichte ich dann im nächsten Brief.
Unsere Wohnung habe ich Euch ja voriges Mal schon vorgestellt. Sie ist groß, hell und billig, wie Euch Helga von ihrem Besuch her bestätigen kann. Schöne Wohnungen habt Ihr eigentlich alle; nur Brigitte besitzt eine „Puppenstube", aber gemütlich eingerichtet, wie ich mich überzeugen konnte. Wann besucht Ihr anderen mich denn mal? Mutti könnte dann wieder herkommen und die Jungen versorgen. Würden uns alle darauf freuen. Also überlegt es Euch mal. Döbeln ist doch von Halle auch nicht weit entfernt.
Nehmt es mir nicht übel, wenn ich jetzt Schluß mache. Zu aller Haus- und Gartenarbeit kommen nun noch die Näherei für den Urlaub sowie das Autoputzen nach jedem Regen, da wir noch keine Garage haben. Kannst Du mir nicht mal Eure bor-

gen, Helga? Na, und unsere drei Jungen sind auch nicht so von ohne!
Also gute Nacht!! Es grüßt Euch alle herzlich

Eure Ruth

Eingeklebt: 3 Fotos von unserer Familie.
Bis auf ein Wiedersehen?? Meldet Euch nur bald!

BRIEF VON LISA

Riedlingen, am 17. Juni 1959

Guten Tag, Ihr lieben Grazien!
Heute vor sechs Jahren brach ich meinen Urlaub an der Ostsee ab und fuhr am nächsten Tage nach Ostberlin, um von dort aus zu versuchen, zu meinem angehenden Schwiegervater nach Westberlin zu gelangen.
Die Fahrt war besonders von Stralsund aus nach Berlin gespenstisch. Es wurde im Abteil kaum ein Wort gewechselt. Auf den Bahnsteigen patrouillierten Volkspolizisten und Sowjetsoldaten. Meine Ankunft war kurz vor 21 Uhr, und ab 21 Uhr mußten die Straßen leer sein. Und ich wußte nicht, wohin! Freundlicherweise nahm mich eine Frau mit zu ihrer nahe gelegenen Wohnung. Am nächsten Tage konnte ich dann mit meinen Koffern bis zu den Bekannten kommen. Es gelang mir am 20. Juni, mit einem Handtäschchen unterm Arm in den Westsektor zu wechseln, vorbei an Panzern und Vopo-Posten. Mein Herz schlug rasend.
Einige Wartetage hatte ich beim Schwiegervater, dann flog ich von Berlin-Tempelhof mit Zwischenlandung in Frankfurt/Main nach Stuttgart, wo mich mein Verlobter in Empfang nahm. Er hatte mir den Flug bezahlt und mich bei Bekannten untergebracht. Dann habe ich mir eine Stelle als Krankenschwester besorgt und hatte bald ein Dach über dem Kopf, Arbeit und Essen.

Magdeburg: Dom

Mein Verlobter war dienstlich wochenlang außerhalb, und ich kam mir schrecklich verlassen vor in dem großen Stuttgart. Zigtausend Lichter leuchteten abends ringsum auf den Hügeln; und kein einziges brannte für mich. Bis wir dann im Dezember heirateten und zusammenzogen.
Ich sehe in Magdeburg noch Mutti und Vati dem Zug nachwinken, der mich an die Ostsee bringen sollte. Und wir wußten nicht, was kommen würde. Ich ließ meine Kindheit im Elternhaus zurück. Und dieser Abschied war schrecklich schwer. Es kam mir wie ein Verrat an meinen Eltern vor, die alles für mich getan hatten und die ich nun alleine zurückließ. Doch sie hatten Verständnis für meinen Schritt.
Und nun haben wir vor zehn Wochen schon den dritten Sohn bekommen, und die sonst so temperamentvollen „Großen" sind erstaunlich zart und liebevoll zum neuen Brüderchen. Ich denke, es wird der letzte Zuwachs in unserer Familie sein. Aber kann man es genau wissen? Soeben fängt unser Jüngster an zu schreien, und so will ich zum Schluß kommen. Wohnungsskizze mit Beschreibung bekommt Ihr das nächste Mal.
Alles Liebe! Alles Gute! wünscht Euch

Lisa

Drei Familienbilder beigelegt.
Bild vom Magdeburger Dom eingeklebt.
Ist Euch eigentlich aufgefallen, daß jeden Monat eine von uns hier eingetragen hat? Das ist ein guter Rhythmus, nicht wahr? Nun muß ich aber zu meinem Säugling; sonst weckt er noch seine beiden Brüder auf. Also nochmals Tschüs!! Bis zum nächsten Mal!!

Marta Patzelt

Die ersten Russen

Es war April 1945.

Lange, viel zu lange schon dauerte der Krieg, und es gab wohl kaum eine Familie, die keine Toten zu beklagen hatte. Der Hunger war unser ständiger Gast. Die Luftangriffe bei Tag und Nacht forderten unzählige Opfer.

Die Rote Armee hatte die deutschen Grenzen kämpfend überschritten. Täglich näherte sie sich der Hauptstadt um viele Kilometer. Das Ende des Krieges war absehbar. Die Angst um ihr Leben und die Ungewissheit um ihr weiteres Schicksal hielten die Menschen eisern umklammert.

Viele Wochen treckten wir ruhelos durchs Land, der langen namenlosen Flüchtlingskette angehörend. Unsere Heimat Posen mussten wir im Januar 1945 bei klirrender Kälte verlassen. Den Polen wurde kurzerhand befohlen, uns und unsere Habseligkeiten bis an die Oder zu bringen. Also bestiegen wir die Pferdewagen und richteten uns, so gut es ging, im Stroh ein. Kanonendonner und die Geräusche der näher rückenden Front waren ständig zu hören. Wir durchfuhren viele schon leer stehende Dörfer. In Kellern und Kammern suchten wir nach Essbarem. Der Hunger war unser ständiger Begleiter.

So erreichten wir Lübbenau. Quartier wurde uns durch die zuständigen NS-Behörden zugewiesen. Meine kleine Tochter und ich fanden Unterkunft in einer Fleischerei. Es war ein ansehnliches Haus mit großen Kellerräumen und großen Vorräten darin.

Unseren Hunger stillten wir nur notdürftig. Einmal täglich wurde uns durch die NSV[1] eine warme Mahlzeit zugeteilt. Je-

[1] Nationalsozialistische Volkswohlfahrt.

den Tag zur Mittagszeit ging ich mit einem Topf zur Sammelstelle, um die Essenration für uns beide zu holen.

Wir waren Flüchtlinge. Das ließ man uns auch spüren. Manche Demütigung mussten wir erfahren durch Menschen, denen das Schicksal nicht so übel mitgespielt hatte. Das schmerzte besonders deshalb, weil wir vor kurzem selbst noch Haus und Hof besaßen.

Außer meiner kleinen Tochter und mir waren noch zwei weitere Flüchtlingsfrauen im Haus untergebracht. Mit der ständig näher kommenden Front rückten auch wir Frauen enger zusammen. Die Angst trieb uns. Ich war die Jüngste, erst zweiundzwanzig Jahre alt.

Am 20. April schwoll der Kanonendonner stark an und wurde nachts so gewaltig, dass wir glaubten, die meisten Häuser des Ortes seien zerstört worden. Morgens trauten wir uns kaum, aus dem Fenster zu sehen. Glücklicherweise hielt sich die Zerstörung in Grenzen, was uns sehr verwunderte. Verängstigt saßen wir Frauen in den Zimmern.

Gegen Abend wurde heftig an die Tür geklopft. Das konnten nur Russen sein. Die Propaganda hatte in den letzten Jahren viel Angst und Schrecken geschürt. Es klopfte wieder, noch heftiger.

Die anderen Frauen hatten sich schnell im Haus versteckt. Ich atmete tief durch, nahm meinen ganzen Mut zusammen, mein Kind auf den Arm und ging zur Tür. Zaghaft öffnete ich.

Es waren acht Russen, die Einlass begehrten. Da es genauer gesagt Ukrainer waren und ich polnisch sprechen konnte, verstand ich sie notdürftig. Sie verlangten Abendbrot und ein Nachtlager. Allmählich legte sich meine Aufregung, das Herz raste nicht mehr so wild.

Die Russen kamen ins Haus und ließen sich Matratzen und Decken geben, mit denen sie sich im Wohnzimmer Lagerstatten zurechtmachten. Wir Frauen bereiteten in der Küche das Abendessen vor – sehr unruhig, immer lauschend, immer auf der Hut vor plötzlichen Gefahren.

Da kam ein Russe, ein Leutnant, in die Küche. Er stellte sich neben mich und zeigte auf meine kleine Tochter. Er fragte, wo der Vater des Kindes sei. Sicher in Russland, so meinte er weiter, wo er bestimmt viele seiner Kameraden erschossen habe. Auch er habe zwei Kinder gehabt, erzählte er, die ein SS-Mann auf grausame Art getötet habe, indem er sie an den Füßen fasste und mit den Köpfen gegen eine Mauer schlug, vor den Augen ihrer Mutter. Anschließend habe er sie, seine Frau, erschossen.

Starr sah er mich an. Sein Blick war furchterregend. Dabei nestelte er an seiner Waffentasche. Seine Absicht war unverkennbar. Mein Herz schlug bis zum Hals, ich konnte kaum atmen.

In diesem Moment betrat der Hauptmann den Raum. Mit einem Blick erfasste er die Situation, nahm mein Kind auf den Arm und sagte: „Der kleinen Deutschen werden wir nichts tun."

Während das Abendbrot aufgetragen wurde, hatten sich die Soldaten um den Tisch gesetzt. Einer stimmte ein Lied an, alle fielen ein. Es klang schön, etwas wehmütig und ließ einen Hauch von Frieden erahnen. Meine Angst war nicht mehr so bedrückend. Ich sollte mich zu ihnen setzen und „Das Heiderös-lein" mitsingen.

Der Abend war nun schon weit fortgeschritten, und alle waren müde. Ja, nun kam die Nacht. Was würde sie uns bringen? Sollten wir die schlimmen Erfahrungen so vieler Frauen teilen müssen?

Die Soldaten hatten sich auf ihr Lager zurückgezogen. Wir Frauen wollten gemeinsam in der Küche bleiben, uns eventuell gegenseitig schützen, notdürftig auch etwas schlafen. Aber damit wurde es nicht viel. Beim geringsten Geräusch schreckten wir hoch, wurden wach und krochen ängstlich zusammen.

So verging eine sehr, sehr lange Nacht. Nur langsam begriffen wir: Uns war nichts geschehen.

Nach dem Frühstück bedankten sich unsere ungebetenen Gäste und verließen das Haus. Wir konnten immer noch nicht fassen, so glimpflich davongekommen zu sein. Beschwingt räumten wir die Schlafplätze auf.

Aber was war das? Unter einem Kopfkissen fanden wir eine Waffe. Fieberhaft überlegten wir: Kampfabschnitt im Frontgebiet! Die nächste kämpfende Truppe konnte jederzeit kommen. Nicht auszudenken, wenn sie uns mit dieser Waffe antreffen würde. Beseitigen? Und wenn dann der Soldat, dem sie gehörte, zurückkam und sie holen wollte?

Schnell entschlossen lief ich auf die Straße. Da, sie waren noch zu sehen! Welch ein Glück! Ich rief und schrie, so laut ich konnte, und winkte mit der Waffe.

Endlich drehte sich einer um und erfasste die Lage. Er kam zurück und nahm mir wortlos den Revolver ab.

Erleichtert und atemlos blieb ich stehen. Wieder einmal gut gegangen! In welche Situationen würde mich diese Zeit wohl noch bringen? Überall in Lübbenau waren nun die Russen. Sie waren allgegenwärtig.

Erleichtert ging ich zurück, ich musste mich jetzt um meine kleine Tochter kümmern. Ich sah sie nirgends, so viel ich auch suchte und rief. Mittlerweile war ich am Ende des Hofes angekommen. Ich traute meinen Augen nicht: Ein russischer Soldat saß dort und hielt mein kleines Mädchen auf dem Schoß. Er teilte sich mit Renate einen Rest Zucker – damals eine Kostbarkeit.

In den nächsten Tagen kam sie noch mehrmals in diesen

Genuss. Längst ist allseits bekannt, wie kinderlieb die Russen sind.

Der aufregende Tag war noch nicht vorbei: Langsam kam die Nacht und mit ihr ein russischer Leutnant. Er sprach mich an. Ich konnte sein Ukrainisch gut verstehen, leider verstand ich noch besser sein Anliegen. Er hielt mich fest umklammert, ich konnte ihm nicht entkommen. Ja, nun hatte mich das Los so vieler Mädchen und Frauen auch erreicht.

Es waren Kriegszeiten, die Russen die Sieger. Einige Zeit später kam ein Befehl Stalins, der Plünderungen und Vergewaltigungen unter Strafe stellte. Leider hielten sich die Sieger nicht daran.

Monika Raabe

Treffpunkt Eule

Es ist der 10. August 2002. Lange, sehr lange liege ich schon wach und kann nicht wieder einschlafen. Die Erinnerungen sind wieder da! Oft ist es ja gut, wenn ich mich an etwas erinnere, aber es gibt auch viele Ereignisse in meinem Leben, wo ich mich davor scheue und dann lieber aufstehe, denn meine Erinnerungen kommen immer in den Morgenstunden.

Heute sehe ich alles noch einmal wie in einem Film. Ja, wie ein lustiger Farbfilm zieht alles noch einmal an mir vorbei. Manchmal muss ich lächeln. Wie aufgeregt und neugierig wir, meine Mitstudentin Rosi und ich, damals waren, ahnt keiner, auch wenn er jetzt meinen „Traumfilm" sehen könnte.

Mein Rückblick betrifft Erlebnisse, die schon über vierzig Jahre zurückliegen! Ich will es kaum glauben, aber morgen, am 11. August 2002, sind wir vierzig Jahre verheiratet! Da begehen wir die Rubinhochzeit. Vierzig Jahre sind eine lange Zeit. Wie war diese Zeit?

Ich will nicht auflisten, ob es viele gute oder viele weniger gute Jahre waren. Nein, das bringt nichts. Aber deine Frage, mein lieber Maxi, die möchte ich dir beantworten. Gestern, wir saßen alle im Garten zusammen und erzählten von „früher", da holte uns die Erinnerung wieder ein. Auf einmal fragtest du, wie wir uns denn kennen gelernt haben. Du hattest schon etwas von einem „Treffpunkt Eule" gehört, aber nun wolltest du es genauer wissen. Vor allem warst du neugierig, welche Rolle dein Großvater spielte. Ich, deine Oma Monika, versprach, es für dich aufzuschreiben, dann erfährst du etwas aus meiner Jugendzeit.

Ja, und nun ist dieser Hochzeitstag fast vorbei, und du willst wissen, ob ich mein Versprechen einhalten werde. Versprochen ist versprochen!

Ich muss mit meinen Erinnerungen bis zum Oktober 1959 zurückgehen. Zu dieser Zeit war ich Studentin am Institut für Lehrerbildung, von uns kurz IfL genannt. Wie alle meine Mitstudenten wollte ich Lehrerin werden. Das hörte sich zu dieser Zeit so an: „Wir werden sozialistische Landlehrer!"

Aber das war nicht das eigentliche Besondere, denn jede Zeit hat ihre Namen. Das ganz Besondere war, dass wir in unserer Studiengruppe alle schon einen Beruf erlernt hatten und nun als Werktätige zum Studium an das IfL gekommen waren. Wir waren schon der zweite Jahrgang, bei dem der Aufruf verwirklicht wurde, Werktätige zum Studium zu schicken.

Nach so vielen Jahren hört sich das alles etwas fremd oder lustig an, für uns war es jedoch eine sehr gute Entscheidung, denn viele hatten wie ich nur den Abschluss der achten Klasse und wären sonst nie zum Studium gekommen. Vielleicht schreibt einer einmal über diese Zeit. Sie war für uns schön, aber auch schwer!

Ich will doch erzählen, wie, wo und wann ich Maxis Großvater kennen gelernt habe.

Die Zeit stimmt schon: Es war Oktober 1959. Meine „Bettnachbarin" Rosi im Internat des IfL schrieb sich schon über ein Jahr mit einem Soldaten der NVA. (Jetzt muss ich auch diese Abkürzung übersetzen: NVA bedeutet Nationale Volksarmee.) Ihr Briefpartner war bei den Fliegern in C. Seine Adresse hatte Rosi in einer Zeitschrift gefunden, die zu unserer Zeit ganz schwer erhältlich war. Es war „Das Magazin" – die einzige Zeitschrift in der DDR mit einem Aktfoto. Das war doch für den Briefwechsel unwichtig! Ich schweife immer wieder ab, denn im Rückblick ist vieles interessant. Im „Magazin" gab es die Rubrik „Treffpunkt Eule“. Hier konnte man seine Adresse angeben und somit einen Briefpartner finden. Keine Anzeigen wie heute! Rosi fand so ihren Brieffreund Manfred.

Ich sehe alles noch einmal ganz deutlich vor mir. War es erst gestern …?

Die Tür wird aufgerissen, und mit einem Brief in der Hand kommt meine Mitstudentin Rosi in unser Zimmer. Sie ist ganz aufgeregt, und es sprudelt aus ihr heraus: „Ihr wisst doch, dass ich mich schon ein ganzes Jahr mit einem jungen Mann schreibe, der bei der NVA ist und bei den Fliegern in C. dient. Seine Adresse habe ich im ‚Magazin‘ unter ‚Treffpunkt Eule‘ gefunden!“

Na und? Wir verstehen ihre Aufregung nicht.

Sie fährt etwas ungeduldig fort: „Er will sich mit mir treffen! Da er aber nicht alleine von C. nach F. kommt, soll ich unbedingt eine Freundin mitbringen. Sein Freund Wolfgang hat ein Motorrad und bringt ihn damit nach F. Für uns ist es unser erstes Treffen, und bestimmt haben wir uns viel zu erzählen. Denkt doch mal nach, dann ist es doch klar, dass er natürlich nicht alleine sein möchte. Seht ihr, und deshalb soll ich noch eine Studentin mitbringen.“

Wieder sehen wir sie erwartungsvoll an und wollen wissen, was das alles mit uns zu tun hat. Ich ahne schon etwas, halte mich aber zurück.

Jetzt dämmert es auch bei den anderen. Ganz einfach: Wenn der Brieffreund nicht alleine kommen kann und will, soll die liebe Rosi auch nicht alleine kommen.

Auf einmal sehen mich alle ganz groß an. Was soll das? Was wollen sie von mir? Sicher, ich bleibe oft über das Wochenende hier im Institut, aber deshalb muss ich ja nicht gleich mit zum „Treffpunkt Eule“ delegiert werden! Ich finde es gemein, dass sie das einfach festlegen wollen.

„Ich nicht!“, rufe ich etwas lauter als gewollt.

Sie lachen und freuen sich. Meinen Einspruch nehmen sie gar nicht ernst!

Am nächsten Tag ist dieses Treffen Pausengespräch in allen Räumen. Überall wird gerätselt oder auch gewettet, ob wir hinfahren.

Dann überschlagen sich die Ereignisse. Das besagte Wochenende rückt immer näher. Noch nie ist eine Woche am IfL so schnell vergangen. Alle sind genauso aufgeregt wie Rosi und ich. In der Studiengruppe wird sogar etwas Geld gesammelt, damit wir nicht als arme Studenten zu dem Treffen kommen. Auch einen Wintermantel bekomme ich ausgeliehen. Ich war noch nicht wieder bei meiner großen Schwester in W. gewesen, und so fehlte mir mein warmer Mantel sehr. Es war doch schon recht kühl. So waren wir gut ausgestattet, und das große Abenteuer konnte beginnen.

Als besagter Sonnabend endlich da war, machten wir uns auf die Reise nach F. Auf dem Kalenderblatt stand der 25. Oktober 1959. Für mich ein bedeutendes Datum! Aber das wusste ich zu Beginn der Reise noch nicht.

Am Bahnhof überlegten wir beide noch einmal, ob wir wirklich in den Zug steigen sollen. Aber dann siegte die Neugier, und das Treffen konnte stattfinden.

Schon im Zug versuchen wir, unsere Aufregung etwas zu verbergen, aber es gelingt uns nur äußerlich. Wir stellen uns den Ablauf des Nachmittags vor, und unsere Unruhe wird immer größer. Vor allem ich bin neugierig, wie wohl „mein Soldat“ aussehen wird. Rosi hat ja ein Bild von ihrem Brieffreund. Kurz vor der Ankunft in F. sehen wir es uns noch einmal an und sind überzeugt, dass sich alle jungen Männer ähneln, wenn sie Uniform tragen.

Nach unserer Ankunft setzen wir uns, wie verabredet, in ein kleines Café. Es ist das einzige Café im ganzen Ort.

Sehen uns alle Gäste an? Ich glaube, dieses Gefühl rührt nur von unserer Unsicherheit und Aufregung her. Schließlich werden wir etwas ruhiger und können uns die Gäste etwas genauer ansehen. Wir bemühen uns aber, selbst noch nicht gesehen zu werden.

Da sitzen schon zwei in Uniform! Unsere Unruhe nimmt nun doch gewaltig zu und verwandelt sich in Nervosität. Leicht gestresst rede ich nach einer ganzen Weile auf Rosi ein und will wissen, wo denn nun ihre tolle Briefbekanntschaft sitzt.

Wenn die Warterei noch lange dauert, müssen wir noch einmal etwas bestellen, denn die Bedienung, die nicht viel zu tun hat, war schon erneut an unserem Tisch. Sie sieht uns schon ganz unfreundlich an, weil wir nichts mehr bestellen. Trinkgeld bekommt sie von uns nicht!

Rosi holt noch einmal das Bild hervor und sieht sich wieder unauffällig im Raum um. Hinter einem Pfeiler sieht sie die zwei Soldaten. Sie haben uns auch schon die ganze Zeit beobachtet.

Jetzt steht einer von ihnen auf und kommt zu uns. Auch er hat ein Bild in der Hand. Trotzdem passiert ihm ein Irrtum, denn er bleibt vor mir stehen und sagt: „Guten Tag, Rosi!" Erstaunen in meinem Gesicht, dann merkt er selbst, dass er uns verwechselt hat. Später müssen wir zugeben, wir sahen uns wirklich etwas ähnlich, denn Rosi trug damals ihre Haare auch noch kürzer. Zwei Schwestern, aber wohl auch zwei Väter!

Rosi und ihr Soldat freuen sich und haben sich gleich viel zu erzählen.

Dann endlich wird auch dessen Freund munter – oder auch mutig – und kommt zu uns herüber. Er begrüßt mich, und ich bestaune erst einmal seine Größe. Diese Verwunderung, diese etwas blöde Reaktion, ist er schon gewohnt, und so versucht er, ruhig und gelassen zu wirken. Es gelingt ihm gut.

Es dauert gar nicht lange, und wir sind beim vertrauten Du. Rosi und ich, wir sind beide froh, dass das Rätselraten beendet ist. Schade nur, dass die jungen Männer uns erst etwas sehr spät mitteilen, dass sie selbstverständlich unsere Rechnung bezahlen. Wir hätten uns bestimmt noch eine Tasse Kaffee bestellt!

Anschließend spazieren wir zusammen noch ein Stück durch den Ort. Wir staunen, dass man sich doch sehr viel zu erzählen hat.

Leider müssen wir unser Treffen beenden, denn den vorletzten Zug nach N. dürfen Rosi und ich nicht verpassen, wenn wir rechtzeitig im Institut ankommen wollen. Die beiden „Kavaliere in Uniform“ kennen diese strengen Regeln ja auch sehr gut. Ein bisschen froh und auch ein wenig stolz sind wir, als sie vorschlagen, uns bis nach N. zu begleiten, obwohl sie danach wieder zurück nach F. müssen, weil dort das Motorrad auf sie wartet.

Gut gelaunt und auch zufrieden, dass wir pünktlich im IfL ankommen, bemerken wir gar nicht, dass uns viele neugierige Studenten schon erwarten. Überall stehen kleine Gruppen und Grüppchen und sehen uns kommen. Wir schwenken aber gleich in Richtung Klosterteich und nutzen noch die letzten Minuten der Zweisamkeit.

Nach mehreren Versuchen, einen Kuss zu bekommen, möchte mein Soldat von mir wenigstens das Versprechen, dass ich ihm schreiben werde. Nach drei Runden um den Klosterteich gibt es zum Abschied dann doch ein Küsschen! Noch heute erzählt mein Mann immer wieder, wie schüchtern ich damals war.

Mit dem letzten Zug fahren unsere beiden Flieger nach F. zurück, um von dort mit ihrem Motorrad wieder nach C. zu fahren. Im ersten Brief meines Soldaten vom 26. Oktober 1959 erfahre ich, dass sie auf ihrer nächtlichen Fahrt viel Pech hatten und völlig durchgefroren in C. ankamen. Die Nacht war für beide sehr kurz!

Kaum sind Rosi und ich in unserem Zimmer, beginnt auch schon die große „Ausfrage“. Wir lachen viel und lassen uns nicht so schnell anmerken, dass wir mit unseren Gedanken noch beim Treffen mit dem tollen Namen „Treffpunkt Eule“ sind.

Der Alltag hatte uns wieder. Der erste Brief kam und wurde laut vorgelesen – das heißt, das ist nicht ganz richtig, denn einige Sätze, die nur für mich gedacht waren, bekam keiner zu hören.

Wie oft ich in den vierzig Jahren unserer Ehe über dieses Kennenlernen gesprochen habe, weiß ich nicht mehr. Nach vielen Jahren erfuhr ich von Rosi, dass sie ihren Soldaten nicht „behalten“ hat. Aber das wäre schon eine ganz andere Geschichte …

Waltraud Reinke

Eine Fahrt nach Rügenwalde
oder
Wie ich zu meiner Puppe Holdine kam

Der Großbauer Richard Behnke saß mit seiner neunjährigen Tochter Berta im Gig, und sie fuhren dem kleinen pommerschen Städtchen Rügenwalde mit seinen rund achttausend Einwohnern entgegen. In Rügenwalde hatten vier Ärzte, die auch die Landbevölkerung im weiten Umkreis betreuten, ihre Praxis. Diese Ärzte waren noch richtige „Seelenärzte", die sich die Sorgen ihrer Patienten sehr geduldig anhörten. Wenn nötig, gaben sie sogar noch für eine kranke Kuh oder ein krankes Pferd Ratschläge. Im einzigen Krankenhaus, das es in der Stadt gab, verfügte jeder der vier Ärzte über einige Betten. Wenn ein Arzt eine Operation durchzuführen hatte, half ihm dabei einer seiner Kollegen.

Vor dem Gig trabte Libus, der Fuchs, mit seinem Sonntagsgeschirr. Sein Fell hatte für diese kleine Stadtfahrt noch einige Extrabürstenstriche bekommen. Und die Sonne, die zwischen Schäfchenwolken am Himmel hing, warf von Zeit zu Zeit ihre Strahlen durch die Chausseebäume und verlieh dem Fell von Libus noch zusätzlichen Glanz.

Berta hielt die Leine in ihren Händen und gab ihrem Vater allerlei Anweisungen. Sie plapperte in einer Tour. „Pa, wir sind bald in dem Dorf Petershagen. Wenn wir da Arbeiter mit den Ochsengespannen sehen, werde ich anhalten. Da müssen wir schauen. Wenn dann die acht Gespanne die Drift mit den Erntewagen entlangkommen, sehen sie wie Spielzeug aus. Wir bleiben dann so lange stehen, bis sie an uns vorbeifahren."

Das Dorf bestand nur aus der Domäne mit den acht Tagelöhnerhäusern, dem Geflügelhof und der Pferdezucht. Richard wusste, dass er sich bei Berta nicht durchsetzen konnte, versprach alles und wünschte und hoffte nur, dass in der Drift keine Gespanne waren.

Es war schon ungewöhnlich, dass Richard mit dem Gig an einem Wochentag in die Stadt fuhr. Er war Gemeindevorsteher und musste im Schreibwarenladen Einkäufe machen. Berta, die Schulferien hatte, hatte sich gleich an seinen Arm gehängt und verkündet: „Pa, ich komme mit!“ Von seiner Frau Hedwig hatte Richard einen strafenden Blick bekommen.

Auch nach eifriger Ausschau konnte Berta keine Ochsengespanne entdecken. Sie hätte so gern noch das braun-weiße Fell bewundert, denn in ganz Pommern gab es sonst nur Kühe mit schwarz-weißem Fell. Stattdessen hielten sie vor dem Geflügelhof an. Da gab es auch allerlei zu schauen. Welcher Bauer konnte sich schon den Luxus von Puten, Perl- und Zwerghühnern, Wachteln, Fasanen, Rebhühnern und einem Pfau leisten?! Berta sprang aus dem Gig und lief ans Gehege, wo sie am liebsten stundenlang stehen geblieben wäre.

Nun hielt Richard die Leine in der Hand, und Libus trabte spielerisch dahin. Als sie dann das Großbauerndorf Preetz hinter sich gelassen hatten, lagen die Preetzer Fichten vor ihnen. Diese waren für Zigeuner ein beliebter Rastplatz. Die Grabow, die durch die Wiesen zur Wipper floss, spendete Wasser für den ganzen Bedarf, und Hasen und Wildkaninchen mussten auf der Hut sein, damit sie nicht im Kochtopf landeten.

Mit beiden Händen hing Berta schon wieder an Richards Arm. Sie hatte einen blauen Zigeunerwagen entdeckt. „Pa, da musst du Libus im Schritt gehen lassen, dann können wir uns die Zigeuner länger ansehen. Vielleicht sehen wir dann auch ein Baby.“ Wenn die Zigeuner bei ihnen durchs Dorf fuhren, oft auch vor der Gastwirtschaft übernachteten, hatte Berta die Südländer stets bewundert. Als sie jetzt an den Fichten vorbeifuhren, sahen sie, dass auf einem Dreifuß, unter dem ein Feuer brannte, ein Kochtopf stand. Ein großer Junge lehnte an einem Baumstamm und spielte auf seiner Mundharmonika. Zwei machten Seilspringen, es waren wohl Mädchen. Und Berta hoffte, dass sie auf dem Rückweg noch einmal die Zigeuner sehen würden.

Nun lag schon das Städtchen Rügenwalde vor ihnen. Das Schloss, in dem mal Herzöge gelebt hatten, und die Marienkirche mit dem Silberaltar zeugten von einer großen Vergangenheit. Die Bauern, die mit ihren Pferdewagen von beiden Seiten in die Stadt kamen und ihre Erzeugnisse auf dem Markt anboten, gaben der Stadt einen Hauch von ländlichem Charakter. Die plattdeutsche Sprache hörte man in verschiedenen Dialekten. Am Markt befand sich auch die Apotheke; wenn die Bauern dort etwas kauften, musste sich auch der Apotheker mit dem Plattdeutsch abmühen.

Kurz vor der Stadt hatte Berta die Zigeuner vergessen, sie hatte schon wieder andere Wünsche. Vor der Stadt lag eine große Gärtnerei, die mit ihren vielen Treibhäusern nicht zu übersehen war. Zusammen mit der Mutter hatten sie dort Tomaten gekauft, die sie selbst in einem der Treibhäuser pflücken durften. Mit größter Selbstverständlichkeit sagte Berta: „Pa, auf dem Rückweg gehen wir noch in die Gärtnerei."

Sehr bestimmt erwiderte Richard: „Wir gehen nur in das Schreibwarengeschäft und fahren danach nach Hause!"

Von der Ziegelei Seidenkranz kamen ihnen sechs Wagen entgegen, die mit Ziegelsteinen beladen waren. Die Pferde mussten sich schwer ins Zeug legen.

Bei Kaufmann Ristow, der auch einen Ausspann hatte, fuhren sie auf den Hof. Der Stallknecht Fritz kam und wollte Libus ausspannen. Richard legte dem Pferd eine leichte Decke auf den Rücken und ließ es nicht in den Stall bringen. Er gab Fritz ein Trinkgeld und sagte: „Wir sind gleich wieder hier."

Auf dem Weg zum Schreibwarengeschäft ging Berta neben ihrem Vater und nahm seine Hand. Sie sah ihn verschmitzt an und sagte: „Pa, du siehst gut aus.“

Er sah sie lächelnd an und meinte: „Was du schon weißt!“ Mit seinem Aussehen hatte Richard wirklich keine Probleme. Seine Figur hatte die richtige Größe und war durch die Feldarbeit durchtrainiert. Seine Haut hatten die Sonne und der Wind wie bei einem Seemann gegerbt. Seine Hose war aus braunem Cordsamt geschneidert, die Weste aus dem gleichen Stoff trug er über dem weißen Leinenhemd offen. Und der große Strohhut saß ein Ideechen schief auf seinem vollen, dunklen Haar und erinnerte an einen Farmer.

Berta stellte zudem fest, dass ihr Vater auch keinen Bart brauche. „Der Briefträger Bahr hat einen Bart, weil er keinen hübschen Mund hat.“

Richard sah sie sprachlos an und wunderte sich sehr, dass seine Tochter den Männern schon auf den Mund schaute.

Als sie zur Wipper kamen, blieben sie wie alle Fußgänger auf der Brücke stehen und schauten auf das Wasser, das unermüdlich zur Ostsee floss. Das Sägewerk Kosiske, das dicht an der Wipper stand, betrieb seine Maschinen mit Wasserkraft. Das gestaute Wasser fiel dann tosend und aufspritzend in die Wipper zurück, und die Sonne verlieh dem Gischt alle Regenbogenfarben.

Am Ufer waren sieben Schwäne zu sehen. Sie nahmen die Brocken, die ihnen von Spaziergängern zugeworfen wurden, gelassen und geradezu majestätisch mit ihren langen Hälsen entgegen. Auf dem Fluss befanden sich drei Paddler, die mit ihren Faltbooten stromabwärts in Richtung Ostsee unterwegs waren.

Auf einigen Holzflächen mit Geländern, die in die Wipper hineinragten, standen Frauen und spülten Wäsche. Berta wäre hier gern noch eine Weile stehen geblieben, doch ihr Vater sagte nur: „Heute ist kein Sonntag.“

Im Papierladen tätigte Richard nach einer großen Liste seinen Einkauf. Berta entdeckte indessen allerlei hübsche Sachen und machte auf ihre Art auch einen Einkauf. So hatte sie schon Filzbuntstifte, einen Malblock, Schreibhefte, Bleistifte, ein Poesiealbum und eine Tüte mit Luftballons zum Aufpusten dazugelegt. Mit einem Tuschkasten, der vierundzwanzig Farben enthielt, ging sie zu ihrem Vater, fragte: „Pa, den kaufst du mir doch?“ und legte ihn auch noch dazu. Berta hätte sich gern noch die Puppe gekauft, die mit viel Garderobe auf einem großen Papierbogen aufgezeichnet war, was man alles ausschneiden konnte. Doch das wagte sie nicht mehr, denn ihr Vater hatte sie mit ernstem Blick angesehen.

Als sie den Laden verlassen hatten und auf der Straße standen, sagte Richard: „Dein großer Einkauf war doch gar nicht eingeplant!“

Mit ihren hübschen Augen bohrte sich Berta in seinen Blick und fragte: „Bist du mir sehr böse?“ Und im gleichen Atemzug fügte sie hinzu: „Hier nebenan ist das Spielwarengeschäft; da müssen wir auch mal schauen!“ und hatte ihren Vater schon vor das Schaufenster gezogen.

Dort stand eine sehr hübsche Puppe, die aber auch alle, die da noch im Fenster standen, in den Schatten stellte. Auf ihren Lippen lag kaum ein Lächeln. Dafür war das Lächeln in den unbeschreiblich schönen Augen, die jeden Betrachter festhielten. Die langen und dichten schwarzen Wimpern waren leicht gebogen. Das rote Hängerkleidchen hatte weiße Punkte und war mit weißer Litze verarbeitet. Die Füße steckten in weißen Söckchen und schwarzen Lackschuhen. Die kleine Handtasche hing an ihrem Arm und war so schwarz wie die Schuhe. Auf dem Kopf war ein weißer Südwester. Und die langen, dunklen Zöpfe hatten weiße Schleifen. Daneben hing ein Umhang mit Kapuze aus tannengrünem Loden und gefüttert mit roter Seide.

Berta war so fasziniert, dass ihre Nase förmlich an der Schaufensterscheibe klebte.

Richard sagte: „Komm, auf uns wartet Libus!"

Mit beiden Händen nahm Berta seine Hand. „Pa, wenn du mir diese Puppe kaufst, will ich nie mehr ein Weihnachtsgeschenk und auch kein Geburtstagsgeschenk haben!"

Der Vater sah, wie sehr sie sich die Puppe wünschte, und so gingen sie in den Laden. Hier bedauerte er aber doch seine Zusage, denn mit dem Preis hatte er nicht gerechnet, zumal der Umhang extra bezahlt werden musste.

Nachdem sie den Laden verlassen hatten, wollten sie bei Ristow noch ein Bier und eine Selters trinken. Berta wusste noch nicht, ob sie eine grüne, rote oder gelbe bestellen würde.

Dann standen sie wie alle Fußgänger an der Münderstraße, wo mitten über der Fahrbahn die große Ampel hing und der große Zeiger sich unermüdlich auf Rot, Gelb und Grün drehte. Da sagte Berta: „Pa, lass uns schnell mal zum Wipperwall gehen! Unsere Pakete können wir die kurze Zeit, wie schon so oft, in der Post lassen."

Hand in Hand gingen sie die Münderstraße entlang, in der sich auch das Konzerthaus Band und das Kino Panten befanden. In letzterem liefen die Filme immer acht Tage lang, manche sogar vierzehn Tage; die Fotos dazu konnte man sich draußen in dem großen Glaskasten ansehen.

Das Traumpaar waren damals Zarah Leander und Willy Birgel. Als dann der Film „Reitet für Deutschland" mit Willy Birgel lief, war auch viel Landvolk unter den Zuschauern und litt mit dem Schauspieler, aber eigentlich noch mehr mit dem Pferd.

Hand in Hand gingen sie die Münderstraße hinunter. An der Ecke am Langen Wall, der mit seinen sehr alten Bäumen zum Stadtbild gehörte und erst am Steintor endete, befand sich die

Zeitungsdruckerei. Es war immer eine kleine Sensation, wenn die gefalteten Zeitungen vom Band fielen.

Sie gingen zum Wipperwall. Dort an der Brücke legten im Wechsel die beiden Motorboote „Bogislav“ und „Delphin“ an. Richard schritt zügig aus, und Berta trippelte in ihrem hübschen Dirndlkleidchen, das Märchenrosen, Tausendschönchen und Vergissmeinnicht auf schwarzem Grund hatte, neben ihm her. In ihren langen Zöpfen trug Berta weiße Schleifen. Als sie die Brücke erreichten, hatte die „Delphin“ gerade angelegt.

Unter den Leuten, die ausstiegen, war ein Schornsteinfeger mit Zylinder und Quastbesen. Nicht nur seine Kleidung, sondern auch sein Gesicht war schwarz, was diesem einen gewissen Reiz verlieh. Berta wäre dem Schornsteinfeger, dem Glücksbringer, gern hinterhergelaufen, um mit dem Finger auf seinen langen, wippenden Besen zu tippen. Aber zwischen den vielen Leuten, die das Schiff verlassen hatten, konnte sie ihn nicht mehr erreichen. In gewissen Abständen kam ja ein Schornsteinfeger auch in ihr Dorf, dann würde sie ebenso wie die Mädchen im heiratsfähigen Alter auf seinen Besen tippen.

Eine Frau, die aus dem Motorboot stieg, hatte drei hübsche schwarze Pudel an der Leine. Der einzige Farbfleck, den sie aufwiesen, war ihre rote Zunge, die mit dem roten Halsband und der roten Leine im Einklang stand. Berta hatte nur Augen für diese kleinen Pudel und fragte: „Pa, kaufst du mir mal einen kleinen Hund?“ Richard sah ihr nur tief in die Augen, sodass sie ein bisschen rot wurde.

Als Berta sah, das die „Delphin“ ablegen wollte, meinte sie: „Jetzt können wir einsteigen und die zwei Kilometer zur Ostsee fahren.“ Sie standen am Brückengeländer, und mit den Augen gaben sie dem Schiff noch ein kleines Geleit. Die Möwen, die dem Schiff gefolgt waren, umkreisten es auch wieder. Oft warfen Fahrgäste Brocken in die Luft, die dann von den Vögeln balgend und kreischend aufgeschnappt wurden. Am Ufer glitten Schwäne langsam und majestätisch dahin und hatten gleichfalls ihr Publikum.

Die Bauern, die hier ihre Höfe hatten, nannten sich Ackerbürger.

Nachdem Vater und Tochter ihre Pakete geholt hatten und bei Ristow angekommen waren, betraten sie die Gaststube. Richard trank ein Bier und aß zwei Semmeln mit Leberwurst; Berta trank eine grüne Waldmeisterselters und aß zwei Mohrenköpfe und einen Liebesknochen.

Für seine Frau Hedwig kaufte Richard einen großen Kasten Pralinen und ein leuchtend rotes Seidentuch. Die Ware vom Bestellzettel, den er abgegeben hatte, war schon eingepackt. Ein Verkäufer brachte den Karton in den Gig. Libus war froh, dass die Steherei ein Ende hatte, denn unentwegt spannte der Stallknecht Pferde von den beziehungsweise an die Wagen. Richard klopfte Libus den Hals und gab dem Stallknecht noch einmal ein Trinkgeld.

Libus ging für gewöhnlich mit Hardes im Gespann; die beiden ließen sich aber auch im Einspänner fahren. Dagegen ließen sich die Stuten Hera und Linda nicht vor einen Einspänner spannen. Als Hera einmal ein Hufeisen verloren hatte und in die Schmiede musste, konnte man sie nicht ohne Linda hinbringen, sie hätten sich die Kehle aus dem Hals gewiehert. Wenn die beiden sonntags mal ohne Geschirr in der Hauskoppel grasten, gingen sie im Gleichschritt und Seite an Seite.

Als Richard und Berta von Ristows Hof fuhren, setzte Libus sogleich zum leichten Trab an. Später auf der Chaussee lief er einen leichten Galopp.

Berta sprach die ganze Zeit über von der neuen Puppe. Die wollte sie gleich ihren Freundinnen Liesbeth und Hilde zeigen. Heißen sollte sie Holdine, so wie ihre liebste Oma den Namen

Holdine trug. Die Oma müsste dann für die Puppe auch ein ganz langes Taufkleid mit Spitze und rosa Samtbändern sowie einen Tüllüberwurf nähen. Und ihre Ma müsste Waffeln backen und Kakao kochen.

Dann sagte Berta: „Pa, in meinem Puppenwagen liegen schon die anderen Puppen; Holdine müsste noch eine hübsche große Sportkarre bekommen."

Richard sah sie wieder einmal strafend an, und zur Bekräftigung wackelte er noch mit dem Zeigefinger umher.

Die Puppe war für Berta im Moment der Mittelpunkt. So hatte sie nicht mehr an die Gärtnerei mit den Treibhäusern gedacht und hielt auch keine Ausschau nach den Zigeunern. Und als sie an der Domäne vorbeifuhren, würdigte sie den Geflügelhof keines Blickes. Auch nicht die Koppel, in der zweijährige Fohlen wie Kinder herumalberten.

Zu Hause musste als Erste Mutter Hedwig die Puppe bewundern. Doch von Bewundern konnte keine Rede sein, sie sagte: „Ihr seid beide des Teufels! Berta hat fünf große Puppen und dann noch die vielen kleinen Plastikbabys."

Kleinlaut wandte Richard ein: „Berta will auch keine Geburtstags- und Weihnachtsgeschenke mehr haben …"

Mit einem finsteren Blick erwiderte Hedwig: „Das glaubst du doch selbst nicht!"

Berta kümmerte sich nicht um den Streit. Sie war mit Holdine zu ihrer Freundin Liesbeth gegangen, die im Nachbarhaus wohnte. Und da wurde Holdine gebührend bewundert und war der Star zwischen Liesbeths Puppen.

Nun wartete Berta auf ihre Oma Holdine, die am Sonntag kommen wollte. Die würde die kleine Holdine sehr lieb haben und viel Garderobe für sie schneidern und stricken. Dann würde sie die schönste Puppe von der ganzen Welt sein!

Franz Reuvers

Erinnerungen von himmelhoch jauchzend bis zu Tode betrübt

Nach meinen Tagebuchaufzeichnungen als blutjunger Matrose bei der Kriegsmarine

Von Kindesbeinen an bin ich ein Träumer, aufgewachsen in einer armseligen kleinen Moorgemeinde im westlichen Emsland.

Drei große Leidenschaften prägten mein ganzes Leben: die Liebe zu meiner Moorheimat, die Jagd und das Meer. Über die Moorheimat habe ich in meinem Buch „Der Knabe vom Moor"[1] geschrieben. Mit der Jagd bin ich seit meiner Kindheit vor siebzig Jahren eng verbunden. Und meine Liebe zum Meer entstand aus den unzähligen Gesprächen von Schiffern, denen ich gebannt lauschte, wenn sie sich mit meinem Großvater, dem Brückenwärter, über ihre Fahrten im Küstenverkehr unterhielten.

Mit ein paar Versen will ich meine Beziehung zur See beschreiben:

War's nun ein Sehnen oder auch ein Ruf,
was meiner Jugend Träume schuf?
Ich fühlt' es, wenn ich einsam war,
ich hört's bei Tag und auch bei Nacht sogar,
in meinen Träumen kehrt' es immer wieder.
Erst war's ein Rauschen, dann ein Stöhnen,
und wenn geheimnisvolle Kräfte mich dem Schlaf entrissen,
dann war's ein Brausen, stark und wild,
ich hab's gespürt, daß mir der Ruf nur gilt,

[1] Frieling-Verlag, Berlin 2003.

und der Bedeutung unbewußt, mußt' ich der Werbung folgen,
was mein vertraut Geheimnis ward.

Die Zeit verrann, und nach dem Wechselspiel der Jahre
sah ich das Meer durch meines Schicksals Hand …
Da – bei der Brandung Tosen und der Möwen laut Geschrei
riß eine dunkle Wand entzwei.
Ich kannt' das Rauschen und das Stöhnen, es war mir klar,
daß nur das Meer der Ruf in meinen Träumen war …
Die See, so rauh, so wild, die Raubgier ungestillt,
und dennoch wunderbar …

*

Es war kein Wunder, daß ich mich nach meiner Lehrzeit als Huf- und Wagenschmied freiwillig zur Kriegsmarine meldete. Ich war siebzehn und konnte bei der Musterung nicht die erforderlichen 55 Kilogramm auf die Waage bringen, doch der Stabsarzt half ein wenig mit dem Daumen nach. So kam ich nach Gotenhafen (es war meine erste Fahrt mit der Eisenbahn), und nach einer Ausbildung zum Funker wurde ich dann 4000 Kilometer entfernt von der Heimat im Nördlichen Eismeer eingesetzt.

In meiner ersten schlaflosen Nacht als Matrose in Gotenhafen schrieb ich folgendes Gedicht:

Der letzte Tag

Sacht, einem lichten Schatten gleich, senkt sich der Abend
übers Moor.
Die Felder tragen stolz ihre Frucht im goldenen Ährenkleide.
Ein Abendhauch trägt mir den letzten Bienensang ins Ohr,
und vor mir dehnt sich im Abendrot die weite sanft blühende
Heide.

Die warme schwarze Erde riecht, als läg' sie in voller Blüte.
Der Bauer am Feldrand trocknet die Stirn und schaut dankend
zum Herrn und dankt für seine übergroße Güte.
Noch einmal streichelt sein warmer Blick sein Tagwerk,
seines Tages Müh'.
Nun mahnt das Glöcklein zum Abendgebet,
der Bauer faltet die Hände,
und mir scheint, daß in dem harten, zerfurchten Gesicht
ein helles Leuchten ich fände.
Ich steh' allein, mit vollem Herzen zu Füßen dieses Glücks.
Ich träume nicht; denn ich will Abschied nehmen für immer
von diesem meinem Heimatglück.
Will ohne Muß die Stätten meiner Jugend meiden,
will heimatlos von dannen ziehn;
denn ein Gefühl gab mir den Befehl dazu.
So ging nun dieser letzte Abschiedstag zur Ruh' ...

*

Es liegt mir fern, über Einsätze und Seeschlachten zu berichten. Ich habe keine besonderen Heldentaten vollbracht. Ich war mit Leib und Seele meinem Volk und meinem „Führer" verbunden. Ich war ein guter Funker, immerhin habe ich einmal unter 24 Teilnehmern mit 45 Punkten den Sieg im Hören und Geben erreicht. Meine vielen Schutzengel müssen mir beigestanden haben, sonst wäre ich höchstens achtzehn oder neunzehn Jahre alt geworden. Ich möchte hier nur über meine einzige Urlaubsfahrt berichten, die ich nach zweijährigem Einsatz antreten durfte.

Am 14. Mai 1944 wurde ich geweckt und, ohne daß es vorher eine Ankündigung gegeben hatte, in Urlaub geschickt. Eine lange beschwerliche Reise stand mir bevor, kein Vergnügen, aber die Sehnsucht nach meiner Heimat, meiner Familie und einer langjährigen Brieffreundin, von der ich nur ein Foto besaß, ließ in mir doch Urlaubsstimmung aufkommen.

Mit einem Fischkutter schipperte ich in einen kleinen Hafen, dort stieg ich in ein Rentiergefährt. Nun mußten wir durch ein Partisanengebiet. An der Eismeerstraße trafen wir dann auf einen klapprigen Bus, der uns die 100 Kilometer nach Rovaniemi bringen sollte. Immer noch im Partisanengebiet, fuhren wir mit entsicherter Waffe in der Hand die lange Strecke ohne Zwischenfall.

In Rovaniemi befand sich der Sammelplatz, 2000 Soldaten aller Waffengattungen sollten hier zusammentreffen. Vor dem Krieg wurde Rovaniemi das „Paris des Nordens“ genannt. Jetzt sah es hier allerdings anders aus. Die Unterkünfte waren nicht bewohnbar, dort beherrschten Läuse, Wanzen und Kakerlaken das Revier. Mit einer Decke schliefen wir draußen unter Bäumen, tagelang, bis der „Urlaubszug“ zusammengestellt war: eine Dampflokomotive vor einer endlosen Zahl von Viehwagen mit Stroh auf dem Boden. Jeder Wagen wurde mit fünfzig Mann beschickt. In Augenhöhe gab es einen Sehschlitz.

Tagelang düsten wir durch die Tundra. Es kam mir vor, als hätten die Wagen sechseckige Räder. Alle 50 bis 100 Kilometer kamen ein paar Häuser und Lappenhütten in Sicht.

Der Lokführer war gleichzeitig Postzusteller. An den kleinen Haltestellen, wo der Zug nicht hielt, stand immer ein Mann, der die Post an eine Fahrradfelge gebunden hatte; der Lokführer streckte nun den angewinkelten Arm weit aus dem Fenster, hakte die Felge ein, entnahm die Postsendungen und warf die Felge zurück in den Bahngraben.

Der Zug berührte auch schwedisches Gebiet, und dort war es verboten, sich auf den Bahnsteig zu begeben. Das wäre mir beinahe zum Verhängnis geworden. Ich hatte wohl die Durchsage am Bahnhof überhört und sprang munter aus dem Zug. In

Sekundenschnelle standen zwei „Kettenhunde“ – so nannte man die Militärpolizei – vor mir, die mich zurückschicken wollten. Erst ein sturmerprobter Feldwebel der Gebirgsjäger konnte mir helfen; er bekehrte die beiden, und ich bedanke mich bei ihm mit einem Päckchen Zigaretten.

Als nach vielen Tagen Helsinki erreicht war, konnten wir aufatmen. Nach einem mehrtägigen Aufenthalt bestiegen wir einen sogenannten Sperrbrecher. Ein Sperrbrecher hat seine Laderäume derartig mit leeren Fässern beladen, daß ihm Torpedos und Minen weniger anhaben können.

Ich machte mich auf den Weg zur Kombüse und meldete mich als Koch. Ich wurde freundlich aufgenommen, alle hatten Mitleid mit mir, und so konnte ich dann mit ihrer Hilfe eine deftige Suppe servieren.

Endlich kam Danzig in Sicht. Auf dem Bahnhof bekamen wir das „Führerpaket“ für Fronturlauber ausgehändigt. Wir plünderten es noch auf dem Bahnhof aus, zumal wir lange keinen Sekt mehr genossen hatten.

Wir warteten auf den Fronturlauberzug aus Wirballen. Kaum ein Zug hielt an, alle waren überfüllt; und wenn mal einer hielt, wollte man mich mit meinem Seesack nicht reinlassen. So stand ich den ganzen Tag, bis mich schließlich die Wut packte: Der nächste Zug sollte es sein! Als dieser hielt, schlug ich mit meinem Karabiner so lange auf die Klinke, bis sie losgelassen wurde. Mein Seesack wurde gepackt, und der dort gestanden hatte, setzte sich darauf. Ich schwebte zwischen Himmel und Erde. Da hatte ein Landser eine Idee. „Drei Koppel her!“ rief er. Mit den drei Koppeln wurde ich nun unter das Gepäcknetz gebunden, denn im Netz schlief schon einer. Ich muß noch heute bei jeder Bahnfahrt daran denken. Ich habe den ganzen Weg von Danzig bis Berlin in dieser Lage fest geschlafen.

Ab Berlin wurde es besser. Die Landser brauchten wieder

ihre Koppel, und ich fand einen Platz. Die letzte Etappe bis nach Meppen, dem kleinen Heimatbahnhof, war es nur ein Sprung. Mitten in der Nacht in Meppen per Handy ein Taxi zu bekommen, wie heutzutage, das wäre ein Traum gewesen!

Von Meppen waren nur noch 20 Kilometer bis nach Hause. Mit Seesack und Karabiner ging es auf vertrauten Wegen mitten durch das Heseper Moor bis nach Hause; ich habe den ganzen Weg gesungen, und als ich meine Mutter weckte (Vater war auswärts), da wäre sie fast in Ohnmacht gefallen. Ja, drei Wochen war ich nun unterwegs gewesen, aber glücklich, glücklich, glücklich zu Hause. Nach 24 Stunden Schlaf fühlte ich mich wie im Himmel.

Infolge eines kleinen Unfalls (einer meiner Schutzengel hatte etwas mitgeholfen) kam ich einige Wochen verspätet wieder in Kirkenes an. Unsere Funkstation war zerbombt, meine Kameraden tot …

Mein Gott, welch ein glücklicher Unfall – oder glaubt jemand nicht an seinen Schutzengel?!

Während meiner Urlaubsrückreise entstand folgendes Gedicht:

Abschiedsweh

Noch einmal schau' ich in Deine blauen Augen zurück,
doch was ich darin seh', zeigt mir nichts von Glück.
Ein Zug von Gram und Schmerz hat Deinen Blick verklärt,
und mir erscheint im Geiste noch einmal das Glück,
das uns diese kurze Urlaubszeit beschert.
Zum letzten Mal nehme ich Deine liebe Hand und halte sie fest;
denn morgen muß ich über Berge, Wasser und Land
zurück nach Kirkenes.
In Deinen feuchten Augen spiegelt sich die Sehnsucht wider,
die mir sagt: Komm bald zurück.

Ich gebe Antwort Dir mit einem festen warmen Händedruck.
Nun halte fest mein Herz, Du kleine Frau, und weine nicht.
Es gibt ein Muß; es ist Soldatenpflicht.
Noch einen Kuß, dann müssen Deine Augen lachen;
denn Tränen lindern auch die Schmerzen nicht.
Nur lachend will ich von Dir gehn,
wenn auch die Stiefel voller Tränen stehn.

*

Nachdem ich bereits ein wenig über meine ersten Erfahrungen und jenen sagenhaften Urlaub bei der Kriegsmarine berichtet habe, will ich im folgenden etwas aus meinen Tagebuchaufzeichnungen über das unglückselige Ende meiner Dienstzeit bei der Marine zu Papier bringen.

Zunächst ein Gedicht, das ich am Heiligen Abend 1944 schrieb und das die Stimmung jener Zeit widerspiegelt:

Kriegsweihnacht

Dumpf rollend streicheln die Wogen unseres Bootes Leib.
Von Zeit zu Zeit das Meer seinen schäumenden Gischt
über die graue Heckwulst speit.
Die deutsche Flagge im Topp knattert laut durch die Nacht.
So zieht dieses Boot hoch oben im Eismeer
für Deutschland auf Wacht.
Der Ausguck zieht sich den Pelz recht fest,
wenn ihn der salzige Segen durchnäßt.
Immer häufiger wechselt er seinen Blick von dem Dunkel
der Nacht zu dem kleinen Luk im Achterdeck.
Ein schmaler Lichtschein dringt dort hervor
und ein sanfter Geruch von Kerzen.
Und als des Jungen Blick sich wieder in die Ferne verlor,

da wächst, trotz Härte und Schneid,
die Sehnsucht in seinem jungen Herzen.
Wie ist es so ruhig heute dort unten im Deck,
wo sonst doch nur Scherz und Leben!
Ja, da sitzen sie jetzt, die blauen Jungs, so still, und man fühlt,
daß ihre Wünsche und Seelen weit, weit in die Ferne schweben.
Da sitzen sie, ihrer zwölf, ganz still um ein Bäumchen geschart,
die Backbordwache von dreihundertelf,
und ihre Züge sind nicht wie sonst so hart.
Ein altes Lied klingt auf aus einem Dutzend Seemannskehlen,
und ihr Kamerad, der Wind, trägt es von Meer zu Meer,
zu eines jeden Liebsten her, ja tief in ihre Seelen.
Stille Nacht, Heilige Nacht, hast noch immer
den Frieden nicht mitgebracht …

Die Tage vergehen jetzt so, ich weiß kein Datum mehr. Etwas Unheimliches liegt in der Luft. Keiner will es sich eingestehen, und es rückt näher wie eine unheimliche Hand, die nach uns greift. Ein paar Tage sind inzwischen vergangen, es muß der 7. Mai sein. Ich komme gerade an Bord, da ruft unser Leutnant mir zu: „Kommen Sie schnell, eine wichtige Mitteilung für das deutsche Volk!“ Ich hätte es gar nicht zu hören brauchen, so sicher wußte ich, was kommen mußte; und doch traf es jeden wie ein Hammerschlag, als die grausame Wirklichkeit „Bedingungslose Kapitulation“ in Form von einigen Sätzen aus dem Lautsprecher erklang. Was dann kam, kann ich nur noch aus schwacher Erinnerung sagen. Ich sah noch, wie die Gesichter der Mannschaft und unseres Kommandanten naß wurden, und niemand schämte sich dafür. Ich sah noch, wie unser Kommandant ein Brett vorne auf der Back in hundert Stücke zerfetzte.

Am Abend kam unser Kommandant zu uns unter Deck, um uns zu trösten. Er sagte: „Auch ich habe alles abgeschrieben, meine Frau, meinen jungen Janmaaten, mein Haus, meine Existenz; mir ist nichts geblieben als mein Boot und meine Besatzung. Ich habe euch geführt in guten Zeiten, im heißesten Kampf, in Wind und Sturm und Regen. Und jetzt soll es meine letzte Aufgabe sein, euch alle gesund zur Heimat zurückzubringen, und das verspreche ich euch.“

Es schleichen jetzt die Tage dahin wie im dichten Schleier. Die Norweger feiern Triumphe, wenn sie auch nicht wissen, warum. Man kann vor lauter Flaggen den Himmel nicht mehr sehn; sogar ihre Kinderwagen werden geschmückt. Heute hat einer versucht, unsere Flottille zu fotografieren, wir haben ihm diesen Luxus ausgetrieben; nicht weniger als 49 Rohre feuerten, wie in alten Zeiten, ihren letzten Abschiedsgruß hinüber.

Zwei Tage später, mit zwei mal großer Fahrt, rauschen wir, zum letzten Mal noch unseren Waffenschmuck tragend, nach Bergen, um unsere Waffen abzugeben. Wir haben unsere größte Flagge an Bord gehißt, und mit allerletzter Genugtuung haben wir alles an abbaubaren Waffen über Bord geworfen. Nur unsere Torpedorohre haben wir dann übergeben. Als der Kran sie von Bord holte, wurden so manchem die Augen naß.

Das war's dann wohl. Wir hatten immer gehofft, daß wir hinausfahren würden zur letzten Fahrt, um uns und unsere unbesiegbaren Boote der wilden See zum Opfer zu bringen. Unser alter Käpt'n hat anders entschieden. Wir haben uns verpflichtet, 5000 Seeminen an der ganzen Westküste zu räumen, unter englischer Flagge.

15. Mai 1945. Heute sind wir zur letzten Flaggenparade angetreten. Ich werde den Augenblick nie vergessen. Unsere Flagge knatterte so laut, als ob sie sich wehren wollte. Unser geliebter Käpt'n Lass rief laut: „Hol nieder Flagge!“ und verschwand für zwei Tage in seiner Kabine. Er war gebrochen, aber sein kameradschaftliches Wesen hat er behalten. Er hat uns

noch sechs Monate weiter geführt, bis die letzte Mine unter tausend Gefahren an der Westküste geräumt war. Und er brachte uns, wie versprochen, heil zurück in die Heimat.

Als Andenken hinterließ er uns dieses Gedicht:

Unter des Nordlichts flatternden Fahnen
ziehen wir rastlos unsere Bahnen,
wir fahren in Luv, wir fahren in Lee,
denn unser ist die weite See.
Und her und hin und hin und her
stürmen die Boote der 21. R.

Im Schleier fahlgrüner Eismeernacht
wir liegen und lauern auf Schnellbootjagd.
Von Pumanki bis Kiberg, von Petsamo bis Vardö,
wir jagen den Iwan auf der blanken See.
Und her und hin und hin und her
stürmen die Boote der 21. R.

Wir stürmen durch stürzende Wassersäulen,
wir stürmen, wenn fauchend Granaten heulen,
und bringen bei der Scheinwerfer bläulichem Schein
die Geleite nach Petsamo hinein.
Und her und hin und hin und her
stürmen die Boote der 21. R.

So stehen wir schlingernd auf und ab
und schirmen die Wege von Kap zu Kap,
wo immer die Minen im Wege liegen,
wir räumen sie frei auf Brechen und Biegen.
Und her und hin und hin und her
stürmen die Boote der 21. R.

(Im Kriegsjahr 1943 seiner Besatzung gewidmet,
Oberleutnant zur See und Kommandant LASS)

Hildegard Ristau

Daheim in Pelm und Gerolstein in der Eifel

Abschied und Wiederkehr

Als ich 1952 das Vaterhaus in Pelm verließ, um als Büßerin im Ordenskleid im Kloster vom Guten Hirten in Aachen zu leben, fuhr ich das letzte Mal mit meinem Vater den Heidberg hinauf. Wir hatten damals auf einen Anhänger einen schönen Betstuhl aufgeladen, den mein Vater mir in seiner Werkstatt angefertigt hatte. Den brachten wir beide nun – als Abschiedsgeschenk – in die Büschkapelle und stellten ihn vor den kleinen Seitenaltar.

Das sei ein Abschied für immer, so dachte ich damals. Alle Brücken hatte ich zu den Menschen hier abgebrochen, um für alle Sünden, die daheim durch unsere Familie und den Hausfreund den Menschen in unserer Umgebung zum Ärgernis geworden waren, Sühne zu leisten und Buße zu tun. In der strengen Klausur, abgeschirmt hinter Gittern und hohen Mauern, wollte ich Gott dienen, um Menschen und solchen Kindern gut zu sein, die dort aus Zwang, auch wegen ihrer und der Eltern Sünden, lebten. Aus eigenem Erleben konnte ich ja verstehen, wie das ist, wenn man als Kind so viel Zerbruch, Not und Verzweiflung miterlebt hat. Allein gelassen ohne Zärtlichkeit und Liebe. Nicht einmal im eigenen Vaterhaus geschützt und sicher vor körperlicher und geistiger Misshandlung und sittlicher Gefährdung.

Der Zusammenbruch der Familie und unseres Landes durch den Krieg und die Unmoral, die überall überhand nahm, drängte mich in die Einsamkeit des Klosters, und dieses mein Sehnen wurde erst nach Jahren, 1952, erfüllt, als ich schon dreißig Jahre alt war.

Dieses Klosterleben habe ich mir, ebenso wie die Kindheitserinnerungen und die Kriegszeit im Bunker unter der Dietzenley, in meinen autobiografischen Aufzeichnungen von der Seele geschrieben.

Nun war ich hier, um nachzusehen, was aus Land und Leuten geworden war.

Versöhnung und Vergebung

Das wollte ich jetzt vollziehen in Herz und Sinn, in Wort und Tat.

Über meine gesprengten Ketten, die ich mir selber auferlegt hatte, wollte ich reden.

Hildegard Ristau, „Gesprengte Ketten"

Über den Erlöser, Jesus, der mir mit seiner Lehre und seiner Liebe wieder neuen Mut verliehen hatte, zurückzukehren. Von der Umwandlung und Wiedergeburt durch ihn und seinen Heiligen Geist und vom Wasser des Lebens, das ich kostenlos empfing, wollte ich reden.

Hinausjubeln wollte ich das Lied meiner Rettung durch Jesus, der mich befreit hat zu einem frohen Gotteskind.

Ja, das alles, was hinter mir lag, wollte ich aufschreiben und aufarbeiten, den Menschen zur Warnung und Lebenshilfe.

Solche Gedanken, Pläne und Motivationen für meine Zukunft erfüllten mich voll neuen Mutes.

Leben wollte ich

Nicht verkümmern in Einsamkeit. Neu helfen und heilen war meine Mission. Freude ausstrahlen wie eine Quelle des Lebens, die mein ganzes Wesen erneuert hatte. Durch Gottes Wort war die Freude am Herrn die Triebkraft, die mich erfüllte, unter Menschen zu gehen und in die Stille. Das war die Erfüllung meiner Visionen und Träume.

Dafür musste ich heimkommen in die Eifel, in meine alte Heimat und rundum.

Der Mensch braucht ein Plätzchen, und wär's noch so klein,
von dem er sagen kann: Sieh, das ist mein.
Hier leb ich, hier lieb ich, hier ruh ich mich aus.
Hier ist meine Heimat, hier bin ich zu Haus.

Daheim hing dieser auf einen Wandbehang gestickte Spruch über meinem Bett. Wie lange ist das her!

Der Sommer hatte jetzt richtig angefangen. Alles in der Natur strahlte in den schönsten Farben.

Nach dem Frühstück besichtigte ich den schönen Garten und die Terrasse. Ich wurde dann von meinen Wirtsleuten ermuntert, so oft wie möglich dort in der frischen Luft auszuruhen. Der Garten war ein Schmuckstück, in dem sich die beiden fast den ganzen Tag aufhielten. Der Vater, wie Lena ihren Mann nannte, litt schwer an einem Wirbelsäulenschaden und hielt sich mit der Gartenpflege in Bewegung, um nicht ganz steif zu werden.

Mich zog es hinab ins Tal, in den Flecken oder die Stadt, wie es jetzt hieß, seit alle Dörfer ringsum zu einer Gemeinde vereint waren. Sehen wollte ich, was alles an Schönem nach dem Krieg gebaut worden war.

Wie eine Träumende stand ich in der Nähe des alten Krankenhauses, das immer noch so groß und prächtig auf seinem Hügel steht, jetzt aber ein Verwaltungsgebäude ist. Vor mir lag die Stadt unten im Tal. Mächtig stiegen die Dolomitfelsen am Berg gegenüber in die Höhe. Überall, bis an die Felsen heran, waren prächtige Villen, Pensionen, Schulen, Banken und das neue Krankenhaus gebaut worden.

Mein Blick streifte dies alles langsam bis zum Auberg. Ich genoss es regelrecht. Dort hatten Holländer eine Bungalowsiedlung für eine Gesellschaft gebaut, und Belgier, um sich hier zu erholen. Prächtig lag das alles vor meinen Augen. Wohin ich meinen Blick auch wandte, gab es so viel zum Staunen.

Hier war es gut. Hier konnte man zu Ruhe und Frieden gelangen, das fühlte ich. Ich jauchzte innerlich. Vierzehn Tage Zeit haben, alles besehen, anschauen und durchwandern und am Abend dann ins Zelt am Brunnen zur Mission.

An der Badeanstalt kam ich vorbei, die erst nach dem Krieg entstand. Die Sonne brannte heiß von oben. Ich war froh, als ich im Schatten des Mühlenwäldchens eine Bank fand, um mich etwas auszuruhen in der Kühle. In der Nähe, unten am

Hang, lag das neue, moderne Rathaus. Das musste ich mir rundum und innen doch einmal ansehen. Einen Parkplatz am Hang, Bänke, Büsche und Blumen sowie eine schöne Kuranlage sah ich vor mir. Wahrhaftig, wie ein moderner Kurort war alles für die Erholung suchenden Gäste bereit gemacht.

Ich stakste die steilen Treppchen dazwischen hinunter und gelangte an die Kyll. Dort war auch alles verändert worden. Früher standen doch hier der Florabrunnen und das Atelier von Fredy Lange, dem altbekannten Fotografen. Ich war neugierig geworden und ging über die neue Holzbrücke über die Kyll, um zu erforschen, was aus diesem Stückchen Erde geworden war.

Spielende Kinder planschten da im Wiesengrund in einer neu angelegten Wasserlandschaft. Grobe Steine und kleine Sprudel und Springfontäne luden zum Rasten und Spritzen ein. Große und kleine Leute bummelten gemütlich auf einem schön gepflegten Weg hin und her. Eine neue Mauer grenzte die Bahngleise und die Erlöserkirche dahinter ab. Büsche und Blumenrabatten zeigten an, dass da im Kylltal noch etwas Besonderes sein musste. Von den alten Brunnengebäuden war keine Spur mehr zu sehen. Die großen Weiden am Wasser reckten ihre Äste weit über die Wiesen. Sie spendeten viel Schatten für die Wanderer, die dort lagen und ihre Brote aßen. Dann sah ich, versteckt hinter der Mauer, schöne hohe Spalierlatten, mit Kletterpflanzen bewachsen und Bänken davor. Eine Laube im Hintergrund und ein paar Heckenrosen schlossen den Rest des Grundstückes nun ab.

Das Kneipp-Tretbecken sah ich zuletzt. Vertieft und umrahmt von Rosen und Blumenstauden, lag es da ganz versteckt. Von da kamen also die Rentner und Bummelnden her, deren Gesichter so zufrieden und erfrischt aussahen. Einige saßen noch, vergnügt schwatzend, mit nackten Beinen auf den versteckt angelegten Bänken und sonnten sich.

Das war also aus dem alten Brunnental geworden. Ich werde sicher auch manchmal hierhin gehen, nahm ich mir vor.

Mit einer Bibel saß ich dann zum Stillwerden eine Zeit lang auf einer Bank und dachte so über die alten Zeiten nach.

Ein Foto meines Vaters besaß ich noch von dieser Ecke. Darauf ist er mit seinem weithin bekannten Bulldog mit Kreissäge beim Holzsägen zu sehen. Er schiebt die Wippe mit dem meterlangen Klafterstück darauf. Hand in Hand mit dem Fabrikanten und Eigentümer des alten Florabrunnens und seinem Freund wird die schwere Arbeit bewältigt. So haben sie, reich und arm, nach dem Krieg meinem Vater bei der Arbeit geholfen, um Brennholz zu bekommen.

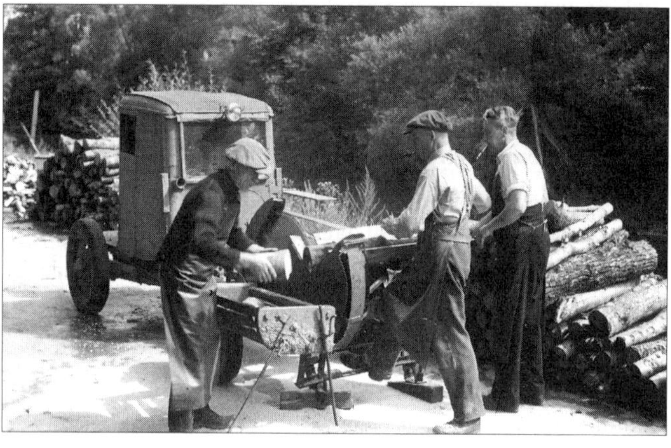

Mein Vater (Bildmitte) nach dem Krieg beim Holzsägen am Florabrunnen in Gerolstein

Das war neben der Werkstattarbeit die Hauptbeschäftigung meines Vaters, den man weit und breit als ein Original kannte. Mit dieser Arbeit verdiente er nach der Währungsreform gutes Geld;

manchmal arbeitete er bis zehn, elf Uhr abends und hatte dann 100 D-Mark in der Tasche. So waren wir beide eine kurze Zeit lang beinahe reich und hatten durch die Tausch- und Lebensmittelzugaben als Lohn nie Not, als viele Menschen damals nach dem Krieg kaum Arbeit und Brot hatten, besonders die vielen Flüchtlinge aus Ostpreußen und Pommern, die ja alle dablieben, und Jugoslawiendeutsche.

Nun saß ich an der Kyll, versteckt hinter Blumen und Büschen, und sann über unser Leben nach, darüber, wie wir beide, Vater und ich, ohne meine Mutter, Hans und Matthes friedlich miteinander lebten. Sie waren außer meinem Halbbruder alle tot, und ich hatte nun niemanden mehr hier, der mir Freud und Leid bereitete. Ich war als Tourist hier, und das genoss ich dankbar, den Frieden mit Gott und der Welt.

Ich nahm mir vor, in den nächsten Tagen heim nach Pelm zu gehen und nach meinem Halbbruder zu sehen. Was er aus meinem Vaterhaus gemacht hatte, wollte ich sehen. Er war ja fast taub. Ob ich so überhaupt mit ihm würde reden können, mit ihm und seinen Kindern, Sohn und Tochter? Gar kein Verhältnis war zwischen uns entstanden, seit ich 1976 zur Beerdigung von Vater und Mutter das letzte Mal da war. Er war und blieb so lieblos wie immer. Keiner wusste etwas vom anderen, davon, wie er lebte, liebte und litt. Es gab da keine Brücke mehr, auch nicht zu seinem zweiten Bruder, der mit seinen Kindern in Hamm lebte. Niemanden wusste ich hier, der sich nach mir sehnte; und ich sehnte mich auch nach niemandem mehr.

Nur die Landschaft, die Kasselburg und alles rundum, wollte ich noch einmal sehen. Ich wollte einfach wie ein Fremder durchgehen und alles besehen, ungeachtet dessen, ob die Leute sich freuen oder mir gleichgültig begegnen würden, die mich unterwegs erkannten. Die suchte ich nicht, nein. Gesehnt habe ich mich wirklich nur nach dem Blick zur Kasselburg, die vom

Giebelfenster und von der Haustür meines Vaterhauses aus immer zu sehen war. Und oben auf der Zinne des Turmes wollte ich stehen, nach unten über das Dorf sehen und rundum gehen und die weite Eifellandschaft und all die bekannten Orte in der Ferne neu entdecken.

Das ist Heimat – Schöne Aussichten

Verträumt schlenderte ich aus dem Wiesental über die neue Kyllbrücke dem Rathaus zu. Nochmals ging ich ins Reisebüro, um mir Pläne für Kurzreisen nach Daun und seinen Maaren anzusehen. Bus- und Bahnverbindungen musste ich kennen lernen.

Dann begab ich mich zu einem Pavillon in der Nähe. Da trank ich von dem angebotenen berühmten Gerolsteiner Sprudel, den es aus verschiedenen unterirdischen Quellen aus den Leitungen gab. Hier kamen immerfort Kurgäste und verschiedene Gerolsteiner an, labten sich an der Theke und plauderten mit der Bedienung, die sie kannten. Andere saßen draußen auf den Stühlen, Bänken und Mäuerchen und ließen sich's gut gehen.

Was hatten die Zeit! Keiner war hier nervös und hektisch. Nur ich mit meiner Unruhe musste mich hier eingewöhnen.

Es ging auf Mittag zu. Zur Bank musste ich noch, bevor Mittagspause war. So marschierte ich also über den Festplatz, den jetzigen Brunnenplatz, der von einem schönen Springbrunnen geschmückt wird. Auch um diesen herum saßen viele Leute und kühlten ihre Füße im Wasser. Dabei schauten sie dem Spiel der Kinder zu, die das Spielen und Planschen nicht lassen konnten.

Überallhin unter die alten Bäume hatten sich Rentner und Schüler Stühle in den Schatten gerückt und unterhielten sich über das Tagesgeschehen. Endlich war es richtig Sommer, und

Die Autorin Hildegard Ristau mit einem der von ihr selbst entworfenen Hüte im Jahre 1984

jeder genoss es stillvergnügt. Ohne die Hast, wie ich sie empfand, gaben sie sich der Muße hin.

Nun wurde es für mich langsam Zeit, bergan der Stadtmitte zuzustreben. Hier ging es in und vor den Konditoreien und Pensionen nun auch zu wie in allen Städten. Bis nahe an die Fahrspur der wenigen Autos, die hier in der City durchfahren durften, hatte man schön gruppiert Tische und Stühle aufgestellt.

Unter Sonnenschirmen saßen da die Gäste und ließen sich Kuchen oder Eis schmecken.

Aus allen Türen duftete es nach köstlichem Mittagessen. Nur ich musste zur Bank, um mich erst mit Geld zu versorgen, ehe ich mich danach auch mit einem köstlichen Essen stärken konnte.

Unterwegs sah ich viele Läden, deren Namen mir noch von früher in Erinnerung waren. Es war alles schöner geworden und sah nach Fortschritt und Wohlstand in der Stadt aus. Diese war nach dem Krieg zu einer Garnisonstadt geworden. Die Soldaten hatten vor Gerolstein Kasernen, Siedlungen gab es auch für ihre Familien. Sie und all die Fremden, die hier Erholung suchten, brachten Geld in die Stadt, mussten essen und versorgt werden.

Man sah es an allem, dass auch hier gut verdient wurde und die Kassen klingelten, nicht nur durch das Sprudelwerk, die Handwerksbetriebe und die Eisenbahn.

Ich war also wieder in der Eifel daheim …

Mein Buch „Heimatgeschichten mit Einkehr und Heimkehr“

Vor meinem 81. Geburtstag beschenkte ich mich selbst, nachdem ich das Manuskript für dieses Buch neu entdeckt hatte. Kurz entschlossen machte ich mich zur Druckerei hinter dem neuen Kunstmuseum hier in Wolfsburg auf, um dort das Manuskript so, wie ich es vor Jahren geschrieben habe, dreißig Mal kopieren und zu einem Buch binden zu lassen. Auf dem Heimweg traf ich, mit der Freude im Herzen, doch noch Mittel und Weg gefunden zu haben, auf einen Kunstfotografen, der die auf nachfolgender Seite abgebildete Aufnahme von mir machte.

So kann man jetzt nachlesen, wie ich mich in den letzten zwanzig Jahren mit Schreiben, Malen, Fotografieren und Hüte-

Erfinden beschäftigt und meine Werke ausgestellt habe. In meinen Buch wie auch in sechs Frieling-Anthologien ist zu lesen, wie ich mich zu Ehren Gottes und zum Heil der Menschen mit meinen Talenten für dieses mein Lebensziel eingesetzt habe.

Und das im „Jahr der Bibel"!

Die Autorin kurz vor ihrem 81. Geburtstag im Juni 2003 vor dem neuen Kunstmuseum in Wolfsburg

Gerhard Rühe-Müller

Bomben auf Braunschweig und Bagdad

Der letzte Weltkrieg steckt manchen Deutschen noch in Gliedern und Nerven. Im März, April 2003 kamen mit dem Krieg im Irak, insbesondere in und um Bagdad, traumatische Erinnerungen an die Kriegsereignisse in Deutschland zurück: Vieles, was vergessen oder zumindest verdrängt schien, war wieder da.

Auch ich konnte mich den Fernsehbildern, die wie eine Flut über uns hereinbrachen, nicht entziehen, spürte abermals, wie es war, als in Braunschweig 1944 Bomben vom Himmel fielen. Deswegen habe ich das Bedürfnis, bestimmte Erlebnisse, Eindrücke, auch Episoden aus den Kriegsjahren, über die ich bislang kaum gesprochen habe, nunmehr aus meinem persönlichen Blickwinkel zu beschreiben und als Zeitzeuge zu diesen und weiterem Geschehen Stellung zu beziehen.

Ich wurde 1929 in Braunschweig geboren, hatte bis zum Jahre 1944 eine ausgesprochen schöne Kindheit und Jugendzeit. Mit meinen Eltern und meiner Großmutter lebte ich in einer größeren Wohnung, deren Lage wegen der Nähe zum Stadtpark für Erwachsene und Kinder gleichermaßen vorteilhaft war. Mein Vater, bis Anfang der 30er Jahre Bankprokurist, erwarb dann eine Großhandlung für Eier und Milchprodukte.

1936 wurde ich eingeschult, erhielt privat Unterricht im Blockflöte- und Klavierspielen, kam 1940 auf das Wilhelm-Gymnasium.

Etwa zur gleichen Zeit begann für mich auch der Dienst im Jungvolk, und zwar jeden Mittwoch und Sonnabend um 14 Uhr. Im Musikfähnlein, dem ich angehörte, machte mir das Singen Spaß; auch war ich von der dort herrschenden Kameradschaft beeindruckt. Doch meine Neigung, regelmäßig zu marschieren, war nicht übermäßig ausgeprägt, zumal wir nicht selten „zur Ertüchtigung“ und auch aus nichtigem Anlaß fast bis zur Erschöpfung um eine Kirche in der Nähe unseres Sammelplatzes herumlaufen mußten.

Ich weiß noch, daß ich einmal den Dienst geschwänzt habe und prompt vom Ortsgruppenleiter beim Rollschuhlaufen erwischt wurde. Er sagte, er müsse für Disziplin sorgen, und verwarnte mich. Ich erhielt auch noch eine schriftliche Verwarnung, in der es hieß, ich sei laut Gesetz vom 10. bis zum vollendeten 18. Lebensjahr jugenddienstpflichtig; Zuwiderhandlungen seien strafbar. Dies war damals eine ernste Sache.

1939 und Anfang der 40er Jahre war in Braunschweig vom Krieg kaum etwas zu spüren. Als später Bombenflugzeuge über die Stadt flogen und Fliegeralarm ausgelöst wurde, herrschte die Meinung vor, Angriffsziel sei nur Berlin, was auch längere Zeit der Fall war. Aus diesem Grunde wurden Aufforderungen, den Luftschutzkeller aufzusuchen, nicht sonderlich ernst genommen. Man verteilte Einladungen zum „Kellerfest“, dessen Programm unter anderem ein gemeinsames Lied „Alle Vögel sind schon da“ sowie einen Liedervortrag „Im tiefen Keller sitz' ich hier“ enthielt. Ich habe einen weiteren Handzettel aufbewahrt, in dem es heißt, mutiges Verhalten während des Alarms könne mit der Verleihung des Ordens „Gefüllter Sandsack 1. Klasse, mit Flaksplittern am Schlafanzug zu tragen“ belohnt werden. Über solche Scherze wurde gelacht.

Offenbar haben die Betroffenen versucht, mit einer Art Galgenhumor mögliche Ängste zu überspielen. Dies alles gab es auch nur in der genannten Anfangsphase. Im weiteren Verlauf des Krieges waren die Bewohner eines jeden Wohnhauses gehalten, eine sogenannte Luftschutzgemeinschaft zu bilden. Verantwortlich für diese war der Luftschutzwart, der in seinem Bereich eine bestimmte Befehlsgewalt hatte.

Der 10. Februar 1944 war ein normaler Schultag. Am Vormittag gab es Fliegeralarm, weswegen wir den großen Luftschutzkeller des Gymnasiums aufsuchen mußten. Selbst dort hörten wir das angsterregende Dröhnen zahlreicher Bomber, was zur Folge hatte, daß alle schwiegen und nach draußen horchten. Plötzlich knallte es furchtbar; ein Beben war zu spüren. Bald darauf gaben die Lehrer Anweisung, sämtliche Schüler sollten nach Hause gehen.

Als ich mit anderen Klassenkameraden die Schule verließ, wurde uns bewußt, was geschehen war. Das Krachen, das wir gehört hatten, rührte von Sprengbomben her, die auf Dächern und anderen Stellen aufgeschlagen waren. Etliche Häuser brannten, und schwarze Dämpfe wälzten sich durch die Straßen. Menschen schrien. Feuerwehren rasten durch die Stadt, die nicht wiederzuerkennen war. Überall bemerkten wir Qualm und Brandgeruch. Jeder ging nun seinen eigenen Schulweg.

Kurz vor dem Erreichen unserer Wohnung sah ich, daß ein zirka 100 Meter davor gelegenes Haus einen Volltreffer erhalten hatte. Es bot einen schrecklichen Anblick. Später stand in der Zeitung, dort habe ein Arzt in seiner Praxis gerade eine Operation vorgenommen; niemand habe überlebt.

Ich lief, so schnell ich konnte, weiter, war über das, was ich nun zu Gesicht bekam, erschüttert: Eine Sprengbombe hatte unser Wohnhaus erheblich beschädigt. Die Außenwand meines Zimmers im zweiten Stock war durch die Druckwirkung weggerissen worden, so daß der Fußboden schräg in der Luft hing. Es war nicht mehr möglich, an meine Sachen heranzukommen, weil sie mit geborstenen Betonteilen, Steinen und Schutt bedeckt waren. Dazu gehörten meine Möbel, die mir meine Eltern erst zu Weihnachten geschenkt hatten, und meine schönen Bücher in erheblicher Anzahl, darunter die restlichen Schulbücher sowie Schulhefte. Sämtliche Kleidungsstücke, die ganzen „Klamotten", wie man heute sagt, waren weg oder zerfetzt. Ich besaß nur noch das, was ich für die Schule angezogen hatte.

Alles dies konnte ich schon von der Straße aus sehen, und die Gedanken dazu gingen mir in Sekundenschnelle durch den Kopf. Um so mehr hatte ich das Bedürfnis, endlich meine Eltern zu sehen. Doch diese und meine Großmutter befanden sich im Krankenhaus; letztere hat den Bombenangriff nicht überlebt. Da niemand von meiner Familie anwesend war, wußte ich, damals 14 Jahre alt, nicht, was ich machen sollte; denn auch der übrige Teil der Wohnung, deren Eingangstür im Treppenhaus lag, befand sich in einem chaotischen Zustand. Völlig demoliert und unbrauchbar waren alle Einrichtungsgegenstände von Küche, Badezimmer und WC. Nur einen Teil des zumeist teuren Interieurs in Wohn-, Eß- und Schlafzimmer fand ich fast unversehrt, das Gros aber in unterschiedlicher Weise beschädigt vor.

Als ich unsere Wohnung Stunden vorher verlassen hatte, um zur Schule zu gehen, hatte sie sich wie immer – meine Mutter war äußerst penibel – in bestem Zustand befunden. Durch eine dicke Staubschicht, die sich überall auf die zerstörten Bauteile und auf die Möbel gelegt hatte, sah sie nunmehr trostlos und fast gespenstisch aus. Ich weiß noch, daß ich ganz allein in der Wohnung stand und voller Verzweiflung lange geweint habe.

Für Teile des Hauses bestand Einsturzgefahr, weswegen Soldaten der Wehrmacht den Befehl erhielten, das gesamte Gebäude zu räumen. Sie brachten am Nachmittag des 10. Februar noch vorhandenes Mobiliar in eine nahe gelegene Kirche, aus der die Bestuhlung entfernt worden war.

Wenigstens beim Abtransport der Möbel und ihrer Aufstellung in der Kirche war meine Mutter – wenn auch verletzt und völlig entnervt – anwesend. Wir hatten plötzlich keine Wohnung mehr. Das, was von ihr übriggeblieben war, stand bzw.

lag aufgetürmt in der Kirche, umspannt von einem Seil, an dem man unseren Namen befestigt hatte. Geretteter Hausrat aus anderen Wohnhäusern wurde ebenfalls dorthin gebracht. Fassungslos standen manche Leute vor ihren Habseligkeiten.

Immer mehr wirkte das Kriegsgeschehen auf das Leben jedes einzelnen ein. Abends und nachts herrschte Finsternis, weil die öffentliche Beleuchtung bis zum äußersten gedrosselt wurde. Zum Luftschutz gehörte auch die Verdunkelung von Häusern und Wohnungen: Aus Fenstern und Türen durfte kein Lichtschein dringen. Sirenengeheul, das Brummen von Flugzeugen, Flakschießen und Bombenkrachen gehörten nach dem 10. Februar 1944 in Braunschweig zum Alltag. Die Bevölkerung wurde diese Geräusche nicht mehr los, fand keine Nachtruhe, so daß die Nervenbelastung erheblich war. Dazu trugen auch das Geschehen an den verschiedenen Fronten sowie die täglich wachsende Zahl der Todesanzeigen von Gefallenen in der Zeitung bei.

Viele Jahre später. Einer der bekanntesten Schlager von Udo Jürgens heißt „Aber bitte mit Sahne!“. In diesem Lied geht es um ein Damenkränzchen, das sich regelmäßig in der Konditorei trifft. Man sieht die gutgekleideten und wohl auch übergewichtigen Frauen förmlich vor sich, wie sie bei lebhafter Unterhaltung diverse Tortenstücke – mit Sahne – zu sich nehmen und genießen. Dies tun sie in einem solchen Maße, daß sie gesundheitliche Schäden erleiden und ihr Schlemmerleben vorzeitig beenden müssen.

Udos Satire wird immer noch oft im Radio gespielt. Manche schmunzeln beim Hören, manche nehmen sich im Blick auf zahlreiche Wohlstandskrankheiten vor, weniger Kuchen – überhaupt weniger – zu essen. Und sicherlich gibt es auch Leute, die an die Kriegs- und ersten Nachkriegsjahre denken, als Schmalhans Küchenmeister war. In den Konditoreien sah man leere Regale, war froh, wenn man Brot kaufen konnte, das es aber auch nur unter Vorlage einer Brotkarte gab.

Ich sehe noch die Menschen in den Jahren 1944/45 vor mir, die – welch ein Gegensatz zur heutigen Zeit! – verhärmt und müde wirkten. Dennoch spürte man eine gewisse Hektik und Überlebensangst. Auffällig war, daß hauptsächlich ältere Frauen auch ohne Fliegeralarm bereits im Laufe des Vormittags losgingen, um in einem der Betonbunker einen bestimmten Platz zu ergattern. Aber sie wurden, da die Bunker meistens überfüllt waren, von anderen Benutzern nicht gern gesehen und wenig respektvoll als „Klappstuhl-Geschwader" bezeichnet.

Einige Tage nach der Ausbombung befand ich mich zufällig in unmittelbarer Nähe unseres bisherigen Wohnhauses und mußte mitansehen, wie der Fußboden meines Zimmers, der sich unter der Last des auf ihm liegenden Schuttberges immer mehr geneigt hatte, geräuschvoll in einer riesigen Staubwolke in die Tiefe stürzte. Beim Herumstochern in den Trümmern konnte ich von meinen Sachen nichts mehr finden und war noch einmal schockiert und traurig, empfand außerdem ohnmächtigen Zorn. Unter diesen Umständen war ich, der ich stets genügend gute Kleidung hatte, froh, gebrauchte von verschiedenen Seiten zu erhalten. Zu kaufen gab es damals praktisch nichts; selbst die Wiederbeschaffung von Schulbüchern war außerordentlich schwierig.

Auch das Geschäft meines Vaters in der Innenstadt wurde bei dem Angriff englischer Bomber am 10. Februar 1944 sowie einem weiteren Angriff getroffen und völlig zerstört: Gebäude, Einrichtung, Pkw und Lieferwagen waren nur noch ein rauchender Trümmerhaufen, aus dem ein Geldschrank herausragte. Dieser verlieh der ohnehin trist aussehenden Fläche – große Teile der Stadt wirkten wie tot – eine makabre Note.

Damit war uns die Existenzgrundlage entzogen, zumal das

genannte Inventar einen erheblichen Wert hatte. Dies wurde von einem Sachverständigen des Kriegsschädenamtes festgestellt, der auch eine Auflistung des nicht mehr existierenden bzw. schwer beschädigten Mobiliars der Wohnung vornahm. Trotz der ermittelten hohen Schadenssumme für erlittene materielle Verluste wurde nur eine geringe Entschädigung in Reichsmark – also praktisch keine – gezahlt.

Meine Eltern nahmen das Angebot eines Bruders meiner Mutter an, auf seinen Hof am Rande des Harzes zu ziehen. Dort ist mein Vater an den Spätfolgen des Bombenangriffs gestorben. Ohne ihn war eine Wiederaufnahme den Geschäftsbetriebes nicht möglich.

Was mich betrifft, so gehörten zu den weiteren Folgen der Ausbombung Probleme mit der Schule im Frühjahr 1944. Der Besuch einer Oberschule im Bereich meines neuen Wohnortes für mehrere Wochen war wegen des stark abweichenden Lehrplans nur eine Notlösung, so daß ich wieder bei meiner alten Schule in Braunschweig angemeldet wurde. Freilich hatte ich jetzt einen Schulweg von zirka zwei Stunden (früher zirka eine Viertelstunde), weil ich erst einmal drei Kilometer bis zum Bahnhof gehen mußte und sich eine Fahrt mit dem Zug bis zum Hauptbahnhof in Braunschweig von zirka einer Stunde anschloß.

Als Fahrschüler habe ich miterlebt, daß der Personenzug, in dem ich saß, kurz vor Braunschweig von englischen Tieffliegern mit Maschinengewehren beschossen wurde. Schockierte Reisende – nur Zivilisten – mußten schnellstmöglich ihre Abteile verlassen und unter Bäumen Schutz suchen. Durch die mit erheblicher Lautstärke kreisenden Flugzeuge wurden wir alle in Angst und Schrecken versetzt und kamen uns vor, als seien wir im Wilden Westen.

Je länger der Krieg dauerte, um so mehr wurden beim Jungvolk zusätzlich zum normalen Dienst Sondereinsätze verlangt, zum Beispiel Mithilfe beim Trümmerräumen, beim Luftschutz und bei Straßensammlungen. Alles mußte „zackig“ gehen, wie es damals ständig hieß.

Eines Tages teilte die hiesige Kreisleitung mit, daß hauptsächlich die Schulklassen meines Jahrgangs im Rahmen der Aktion „Die Front hilft der Heimat, die Heimat hilft der Front“ im Ausland eingesetzt würden; es sei Uniform zu tragen. Nur kurze Zeit später fuhren wir mit einem Personenzug in Richtung Holland. Endstation war die Provinzhauptstadt Zwolle, die nicht weit vom Ijsselmeer entfernt liegt.

Wir hatten die Aufgabe, in der Nähe dieser Stadt Panzergräben auszuheben, was wir erst einmal mit dem Spaten erledigen sollten. Ein derartiges Arbeitsgerät allein war natürlich auf Dauer völlig unzureichend, doch Maschinen ließen auf sich warten. Auf entsprechende Fragen erhielten wir keine Antwort, sollten nicht einmal den Eltern unseren Aufenthaltsort mitteilen.

Niemand von uns Jungen war ein solches Schanzen gewohnt, so daß sich bald Schwielen, Muskelkater und ähnliches einstellten. Viele waren noch nie von zu Hause weg gewesen. Jedenfalls war der Einsatz nicht problemlos, dabei vergeblich; denn wir wurden, ohne eine Verteidigungsanlage hergestellt zu haben, nach zwei Wochen plötzlich zurückbeordert. Gründe dafür wurden nicht mitgeteilt. In jedem Fall waren alle froh, als sich der Rückreisezug in Bewegung setzte.

Das Umfeld von Zwolle galt damals als mögliches Kampfgebiet. Die Entsendung zahlreicher Jugendlicher war wegen der mit ihr verbundenen großen Gefahren unverantwortlich, dürfte wohl mit dem chaotischen Hin und Her der letzten Kriegszeit zu erklären sein.

Fast wäre ich noch zur Wehrmacht eingezogen worden: Ich wurde – mit 15 Jahren – am 5. April 1945 gemustert und für „kriegsverwendungsfähig“ befunden. Der Wehrbezirkskommandeur erklärte mir, nunmehr werde mir als Wehrpflichtigem der Gestellungsbefehl zugeschickt, dem ich sofort Folge zu leisten hätte. Diesen habe ich jedoch nicht mehr erhalten; denn bereits am 10. April kamen die Amerikaner. Kampfhandlungen gab es auch nicht mehr, so daß die Panzer unbehelligt durch unseren Ort rollten.

Auch nach dem Krieg habe ich als Fahrschüler weiterhin das Gymnasium besucht und dort das Abitur gemacht. Trotz intensiver Vorbereitungen in der letzten Klasse ließ sich das anschließend geplante Studium der Germanistik nicht verwirklichen. Bomben haben nicht nur mein Zimmer, dann das Wohnhaus, schließlich unser Geschäft zum Einsturz gebracht, sondern auch meine ganze Berufsplanung.

Meine Ausführungen zeigen in aller Deutlichkeit: Der letzte Weltkrieg war barbarisch. Das ist Klartext. Tatsachen wie diese wurden bisher durch eine sogenannte Sprachreinigung („Political Correctness") verdrängt. Manche ehemaligen Kriegsgegner haben die historische Wahrheit manipuliert, die Dimension des Kriegsgeschehens bagatellisiert oder gar wie weiland Gallierkönig Brennus agiert, der bekanntlich sein Schwert in die Waagschale geworfen und den in der Schlacht besiegten Römern voller Hohn „Vae victis!" (Wehe den Besiegten!) zugerufen hat.

Es waren die Engländer, die, wie ich gelesen habe, bereits Anfang der 30er Jahre – also noch vor Hitlers Machtergreifung – Planungen bezüglich des Abwurfs von Bomben in Serie auf Wohnviertel in Auftrag gegeben haben. Es sollten viermotorige Bomber entwickelt werden in der Absicht, große Bombenlasten über weite Entfernungen zu transportieren. Deutschland besaß solche Flugzeuge nie.

Dementsprechend haben die Alliierten im letzten Weltkrieg mit ihren Bomben systematisch Vernichtungskampagnen gegen die Zivilbevölkerung in Deutschland hauptsächlich in den

Städten durchgeführt. So wurden zum Beispiel 1943 große Teile von Hamburg in Schutt und Asche gelegt, wobei es zirka 35 000 Tote gab. Der höchste Menschenverlust in einer deutschen Stadt (nach unterschiedlichen Schätzungen das Doppelte bis Dreifache der genannten Zahl) war im Februar 1945 (!) bei dem Inferno von Dresden zu beklagen. Für einen solchen Luftkrieg bestand jedoch keine militärische Notwendigkeit, und er verstieß eklatant gegen das Völkerrecht.

Hauptverantwortlicher für den Massenmord an Hunderttausenden von Zivilpersonen, für die Zerstörung unersetzlicher kultureller Werte sowie zahlreicher Häuser und Wohnungen ist Churchill, den Rudolf Augstein im SPIEGEL schon vor Jahren als Kriegsverbrecher bezeichnet hat. Dies gilt natürlich auch und besonders für seinen Helfershelfer Harris. Bemerkenswert ist in diesem Zusammenhang, daß in letzter Zeit über solche Dinge offen gesprochen wird.

Doch während die mitbeteiligten Amerikaner nach dem Krieg immerhin ein von ihrem damaligen Außenminister Marshall angeregtes und nach ihm benanntes Hilfs- und Wiederaufbauprogramm für Deutschland und andere Länder Europas mit enormer Wirkung in Gang gesetzt und in späteren Jahren für die bekannte Luftbrücke nach Berlin gesorgt haben, waren und sind bei den Engländern kaum Stimmen oder Taten zu erkennen, in denen Schuldgefühle und Bedauern für ihr unmenschliches Verhalten im Kriege zum Ausdruck kommen. Als Kolonialherren aber gibt es sie nicht mehr, so daß ihre Mentalität ein Anachronismus ist. Dieser sollte jetzt so schnell wie möglich überwunden werden.

Engländer haben meine Großmutter und meinen Vater auf dem Gewissen und unseren ganzen Besitz vernichtet; mich und andere hätten Tiefflieger beinahe „abgeknallt“. Deswegen habe ich sehr gewünscht, die Engländer in ihrem Land ebenfalls durch Flugzeuge oder sonstige geeignete Mittel zu terrorisieren. Dies alles geschah 1944/45.

Davor wurden viele Jahrhunderte lang in Europa fast ständig Kriege geführt. Auf Gewalt folgte Gegengewalt. Immer wieder gab es Parolen, die dauernden Haß und Revanchegedanken erzeugen sollten, wie zum Beispiel die des französischen Politikers und Ministerpräsidenten Gambetta nach dem verlorenen Krieg von 1870/71: „Nie davon sprechen, immer daran denken."

Doch alle müssen jetzt *um*denken: Dieser Teufelskreis ist endlich und endgültig zu durchstoßen! Krieg ist die denkbar schlechteste Möglichkeit, einen Streit zu entscheiden, die es deshalb zu vermeiden gilt. Tote, Verletzte, Zerstörung und Leid sind eine eindrucksvolle Mahnung. Obwohl mein Bericht bewußt einen bestimmten Zeitabschnitt nur von der „Heimatfront" umfaßt, ist die Spur des Krieges überdeutlich sichtbar und zeigt im einzelnen, was er angerichtet hat.

Im Blick besonders auf die starken Amerikaner und die aufstrebenden Völker Asiens können und dürfen sich die Europäer nicht weiterhin zerfleischen. Sie haben auch aus der jüngsten Geschichte gelernt, wie der Abschluß entsprechender Verträge untereinander zeigt. Dazu zwei Zeilen aus einem meiner Gedichte:

„Der Kontinent stand voll in Flammen!
Allmählich wächst er jetzt zusammen."

Ermutigend ist hier das weltweite Engagement beim Wiederaufbau der Dresdner Frauenkirche, die schon als steinernes Symbol für Neubeginn und dauerhaften Frieden zwischen den ehemals verfeindeten Nationen bezeichnet worden ist.

Gerhard Schild

Der Mantel aus der Winterhilfe

Berlin – Winter 1942/43

„Wir haben eine Zuteilung von Kleidung für unsere ausländischen Arbeiter erhalten, wahrscheinlich aus Sammlungen der Winterhilfe[1].“ Mit diesen Worten kam eines Tages der Betriebsobmann[2] zu mir und übergab mir ein Schreiben der Deutschen Arbeitsfront[3]; ich solle die Sachen mit ein paar Hilfsarbeitern abholen gehen.

1.

Nach meiner Entlassung aus dem Arbeitserziehungslager[4] Berlin-Wuhlheide im Jahre 1941 war ich, zunächst als wehrunwürdig registriert, vom Arbeitsamt an die Maschinenfabrik A & Z in Berlin-Reinickendorf zwangsvermittelt worden. Auf dem Bescheid für die Firma, einen Rüstungsbetrieb, hatte als Beruf „ungelernter Arbeiter“ gestanden.

---

[1] Die „Winterhilfe“ war eine vom nationalsozialistischen Regime organisierte große Spendenaktion; der offizielle Zweck war unter anderem die Unterstützung ausgebombter Familien.

[2] In Betrieben ab einer bestimmten Größe gab es im Dritten Reich einen so genannten Betriebsobmann, in der Regel ein als zuverlässig geltender Betriebsangehöriger. Offiziell war er eine Art Vermittler zwischen Betriebsleitung und Arbeitnehmerschaft, de facto jedoch vor allem Vertrauensmann der Nazi-Partei und der Arbeitsfront.

[3] Die Deutsche Arbeitsfront (DAF) war die Pseudo Gewerkschaft des Regimes. Die Mitgliedschaft war für alle Arbeitnehmer quasi obligatorisch.

[4] Die so genannten Arbeitserziehungslager waren in Wirklichkeit Zwangsarbeitslager, die direkt von den lokalen Gestapo-Dienststellen betrieben wurden.

Als der Personalchef der Firma bei unserem Einstellungsgespräch hörte, dass ich viele Jahre Büroangestellter gewesen war und gute Französischkenntnisse besaß, schickte er mich zum Leiter des Lohnbüros, der mich nach kurzer Einarbeitung mit der Gehaltsabrechnung betraute. Außerdem sollte ich ihm als Dolmetscher für den Verkehr mit den ausländischen Arbeitern dienen. Unter den 300 bis 400 Beschäftigten der Firma gab es zu der Zeit etwa 10 Prozent Ausländer, meist Franzosen, die sich nach der Besetzung Frankreichs durch die deutsche Armee mehr oder weniger freiwillig zur Arbeit in Deutschland gemeldet hatten. Sie waren zum großen Teil qualifizierte Facharbeiter und hatten früher in Betrieben der Metall- und Automobilindustrie in Paris und Umgebung gearbeitet. Nach der Kapitulation Frankreichs hatten die meisten ihren Arbeitsplatz verloren und kaum Aussichten, in Frankreich einen neuen zu finden.

In puncto Entlohnung, Sozialversicherung, Lebensmittelkartenzuteilung usw. waren sie den deutschen Arbeitern weitgehend gleichgestellt. Einmal im Jahr hatten sie bezahlten Heimaturlaub. Untergebracht waren sie in Baracken, die die Firma auf ihrem Betriebsgelände errichtet hatte; einige wohnten auch in möblierten Zimmern in der Stadt.

Ab etwa Anfang 1942 wurden der Firma auch mehr und mehr zwangsverpflichtete ausländische Arbeiter zugeteilt, um die zur Wehrmacht eingezogenen deutschen Arbeiter zu ersetzen.

Diese Entwicklung hatte für mich zur Folge, dass man mich, neben meiner Arbeit in der Gehaltsabrechnung, zunehmend mit der Erledigung von Ausländerangelegenheiten aller Art (An- und Abmeldungen bei der Sozialversicherung, Geldüberweisungen nach Frankreich an die Familien der Ausländer, Beschaffung und Verteilung von Lebensmittelkarten usw.) betraute. Darüber hinaus musste ich oft den Meistern und Vorarbeitern im Betrieb, wenn sie Verständigungsschwierigkeiten mit den französischen Arbeitern bei der Einarbeitung hatten, als Dolmetscher dienen. Auf diese Weise machte ich auch bald gute Bekanntschaft mit den deutschen Führungskräften im Betrieb und fand langsam heraus, mit wem man worüber mehr oder weniger offen sprechen konnte.

Wenn die Firma aus neu in Sonderzügen aus Frankreich angekommenen Transporten eine „Zuteilung“ von Ausländern erhielt, bekam ich den Auftrag, diese aus Babelsberg abzuholen, wo sie nach ihrer Ankunft meist in einer großen Halle der dortigen Filmstudios untergebracht wurden. Hier ging es wie auf einer Art Sklavenmarkt zu. Am Kopfende der Halle, auf einer Empore, saßen ein paar Beamte des Arbeitsamts sowie die Vertreter der Firmen, denen Arbeiter aus dem angekommenen Transport zugeteilt werden sollten. Im Saal unten drängten sich mehrere hundert Männer mit großem Gepäck und warteten, was nun mit ihnen geschehen würde. Mittels Lautsprecher wurde jeder Einzelne aufgerufen und ihm der Name der Firma, die ihn einstellen würde, genannt. Im Saal standen zwischen den Arbeitern auch viele Vertreter der eingeladenen Firmen herum und hielten große Plakate aus Karton mit dem jeweiligen Namen ihrer Firma hoch. Bei diesen Firmenvertretern fanden sich dann langsam die zugeteilten Arbeiter ein.

Wenn die Prozedur nach mehreren Stunden beendet war, zog ich mit den unserer Firma zugeteilten Männern zum nächsten S-Bahnhof und fuhr mit ihnen mit dem nächsten Zug nach Reinickendorf zur Fabrik. Hier wurden die Leute zunächst auf die freien Plätze in den Baracken verteilt; danach informierte der Lagerälteste, ein älterer französischer Facharbeiter, seine Landsleute über das ihnen bevorstehende Leben in Betrieb und Lager. Am folgenden Tag wurden sie dann auf die verschiedenen Betriebsabteilungen verteilt.

2.

Für meine Arbeit wurde mir nach einiger Zeit ein kleines Büro in einem Nebengebäude zugeteilt; für die Schreibarbeiten später auch eine Sekretärin.

Als ich schon mehrere Monate diesen Posten bekleidete, rief mich eines Morgens die Angestellte vom Empfang im Hauptgebäude an und sagte, ein Beamter von der Gestapo sei da und möchte mich sprechen. Voller Angst und überlegend, worum es sich handeln könnte, machte ich mich auf den Weg.

Als mich der Gestapomann im Warteraum auf sich zukommen sah, kam er mir lächelnd etwas entgegen, stellte sich vor und bat mich zunächst, unser Gespräch, auch gegenüber Vorgesetzten, als streng vertraulich zu behandeln. Seine Dienststelle hätte erfahren, dass ich bei der Firma für Ausländerangelegenheiten zuständig sei; deshalb wolle man mich darüber informieren, dass die Gestapo unter den französischen Arbeitern einen Vertrauensmann hätte, dessen Namen er mir auch gleich nannte. Ich möge dafür sorgen, dass diesem Mann keine Schwierigkeiten wegen Ausübung seiner Funktion entstünden, auch wenn er manchmal ohne Erlaubnis abwesend sei oder sonstwie auffalle.

Mir fiel ein Stein vom Herzen. Ohne zu zögern, versicherte ich dem Mann, dass ich mein Möglichstes tun würde, um diesem Arbeiter seine Mission zu erleichtern. Fast wie alte Bekannte trennten wir uns dann händeschüttelnd am Haupteingang der Firma.

Der besagte Franzose war mir bis dahin kaum aufgefallen. Wie mir der Meister der Betriebsabteilung, in der er arbeitete, später einmal sagte, sei er ziemlich kontaktarm, andererseits aber arbeitsam.

Mit einigen älteren Franzosen hatte ich mich inzwischen etwas angefreundet; manchmal aßen wir zusammen Abendbrot und unterhielten uns. Wenn die Gespräche, direkt oder indirekt, politische Themen berührten, schalteten wir alle beinahe automatisch auf die im totalitären Staat in solcher Fällen übliche verstellte Sprache und Mimik um, eine Methode, die der polnische Schriftsteller CZESLAV MILOSZ in seinem Buch „Verführtes Denken“ die „Kunst des inneren Vorbehalts“ nennt. Diese Kunst besteht darin, dass die Gesprächsteilnehmer jedes Wort, bevor sie es aussprechen, zunächst in Gedanken schnell daraufhin überprüfen, was die möglichen Folgen sein könnten. Mit dieser Sprechweise sowie einer entsprechenden Mimik und Gestik drückt man aus, was man tatsächlich denkt und meint, ohne dabei Gefahr zu laufen, sich eventuell zu exponieren und aufzufallen.

Dieses Dilemma, das für das Leben unter totalitärer Gewaltherrschaft charakteristisch ist, hat der angesehene deutsche Historiker HANS BUCHHEIM in seiner kleinen Schrift „Die totalitäre Bedrohung des Menschen“ einmal wie folgt geschildert: „Wenn das gesamte soziale Leben gewissermaßen unter dem Stromkreis des totalitären Verfügungsanspruch steht, ist völlige Verweigerung so wenig möglich, wie sich der einzelne Mensch nicht aus der Gesellschaft lösen kann, ohne als Person zu verkümmern. Dass seine normalen Lebensäußerungen verfälscht und gegen seinen Willen dem Regime dienstbar werden, darin besteht die Abschaffung der Freiheit.“

3.

Mit der Gestapo bekam ich einige Zeit später noch einmal zu tun: Eines Tages rief mich der Personalchef in sein Büro und teilte mir mit, er habe der Gestapo auf einen Rundbrief an diverse Firmenleitungen mitgeteilt, dass wir bereit seien, ihr gelegentlich einen Französisch-Dolmetscher zur Verfügung zu stellen. Heute habe diese darum gebeten, ihr diesen für den morgigen Tag zu dem Beamten X (dessen Namen ich vergessen habe) in der Dienststelle Y (nach meiner Erinnerung in der Alexanderstraße gelegen) zu schicken. Ich möge mich also morgen dorthin begeben.

Am nächsten Vormittag dort angekommen, wurde ich von einem älteren Beamten empfangen. Dieser erklärte mir zunächst bei einer Tasse Kaffee, worum es sich handelte. Er hätte heute 10 bis 15 französische Arbeiter zu vernehmen, die ihre Arbeitsstelle ohne Urlaubsschein oder eine sonstige Genehmigung verlassen hätten. Hierbei solle ich ihm als Dolmetscher dienen.

Inzwischen hatte ein Polizeibeamter ihm gemeldet, dass die Männer angekommen seien. Sie stünden im Flur gegenüber der Eingangstür des Büros.

Als der Erste von ihnen hereingerufen wurde, sah ich, dass etwa 15 Männer in einer langen Reihe, mit dem Gesicht zur Wand, im Flur standen.

Die Vernehmungen, die jeweils etwa 10 bis 15 Minuten dauerten, verliefen fast alle nach dem gleichen Schema; auf einem vorgedruckten Fragebogen trug der Beamte die Antworten ein. Die meisten Häftlinge waren in Eisenbahnzügen Richtung Frankreich oder Belgien oder auch beim illegalen Grenzübertritt zu Fuß festgenommen worden und besaßen keine Urlaubsgenehmigungen der Betriebsleitungen jener Berliner Firmen, bei denen sie arbeiteten. Sie wollten einfach nur, aus Heimweh oder wegen Krankheit von Familienmitgliedern, nach Hause. Der Beamte hatte nun, wie er mir zwischendurch sagte, zu entscheiden, ob der Häftling entweder nur zu seiner Firma zurückgeschickt werden sollte oder in eines der von der Gestapo in Berlin betriebenen Arbeitserziehungslager einzuweisen sei.

Einer der letzten Häftlinge, die zur Vernehmung hereingerufen wurden, war ein junger Franzose, der mich, als er sich mir schräg gegenüber am Schreibtisch des Gestapobeamten niedergesetzt hatte, plötzlich ganz verwirrt anstarrte. Auch ich verlor fast die Fassung, als ich sehr schnell den Grund für seinen verwirrten Blick und die Angst in seinen Augen feststellte: Wir kannten uns. 1941 waren wir uns schon einmal begegnet, im Zwangsarbeitslager Berlin-Wuhlheide, wo wir beide damals eingesperrt gewesen waren und zeitweise sogar im gleichen Arbeitskommando gearbeitet hatten.

Als es bei der Vernehmung dieses Mannes zu einer der üblichen Schlussfragen kam, nämlich, ob er in Deutschland schon einmal bestraft oder verhaftet worden sei, zögerte er verständlicherweise mit der Antwort. Daraufhin wiederholte der Gestapobeamte seine Frage in grobem Ton; ich übersetzte langsam und deutlich sprechend. Mich verzweifelt ansehend, setzte er nun, eher murmelnd als sprechend, zu einer längeren Erklärung an, woraufhin ich ihn brüsk unterbrach und sagte: „C'est donc NON?" („Also NEIN?"). Er nickte leicht mit dem Kopf in meine Richtung; ich übersetzte schnell, und das Verhör war, Gott sei Dank, beendet.

Ob ich den Mann mit diesem Verhalten davon überzeugt habe, dass ich hier meine Rolle nicht aus freien Stücken spielte, weiß ich nicht.

Als ich mich kurz darauf nach Beendigung meiner Mission von dem Beamten verabschiedete und das Büro verließ, standen die Häftlinge noch alle im Flur an der Wand, auf ihren Rücktransport zum Polizeipräsidium am Alexanderplatz wartend. Als ich an dem mir bekannten Franzosen vorbeikam, versuchte dieser, mir irgendetwas zuzuflüstern; ich tat so, also hätte ich nichts gehört, und ging schweigend weiter zum Treppenhaus, die Treppe runter zum Ausgang. Als ich wieder auf der Straße stand, war mir etwas schwindlig zumute.

4.

Etwa um die gleiche Zeit wurde die Firma von der zuständigen Behörde informiert, dass ihr in Kürze auch so genannte Ostarbeiter (Russen) als Arbeitskräfte zugeteilt werden würden. Auf Anweisung des Personalchefs musste ich daraufhin an einer Veranstaltung der Arbeitsfront teilnehmen, auf der den Firmenvertretern Anweisungen und Anregungen betreffs der Behandlung dieser Kategorie von Zwangsarbeitern gegeben werden sollten.

Laut dem Referenten dieser Veranstaltung waren die Russen in besonderen Baracken hinter Stacheldraht, getrennt von den übrigen ausländischen Arbeitern, unterzubringen. Was die Verpflegung betreffe, so könnten ihnen auch Mahlzeiten aus Küchenabfällen, die es ja in jeder Kantine gäbe, verabreicht werden. Gegen diese Praxis haben in unserer Firma später mehrere Meister protestiert, da sich herausgestellt habe, dass die Männer bei einer solchen Ernährung physisch nicht in der Lage seien, ordentliche Arbeit zu leisten.

In Gesprächen mit einigen dieser Russen erfuhr ich, dass sich mehrere von ihnen in von deutschen Truppen besetzten Gebieten Russlands freiwillig und voller optimistischer Erwartungen zur Arbeit in Deutschland verpflichtet hätten. Niemand hätte ihnen gesagt, dass sie hier ihr Leben hinter Stacheldraht verbringen würden.

5.

Ende 1943 erhielt ich – ziemlich unerwartet, denn ich war ja anfangs als wehrunwürdig registriert gewesen und konnte später dann, auf Antrag der Firma, als u.k. gestellt (unabkömmlich gestellt, weil unsere Firma ein Rüstungsbetrieb war) nur mit Zustimmung der Firmenleitung eingezogen werden – vom

Wehrbezirkskommando Berlin-Kreuzberg eine Vorladung zur Musterung und kurz darauf den Einberufungsbefehl zur Wehrmacht.

Wie ich vom Büro des Personalchefs erfuhr, war meine Freistellung für den Wehrdienst auf direkte Anweisung des Generaldirektors erfolgt. Wahrscheinlich war sie auf einen Vorfall zurückzuführen, der sich kurz davor abgespielt hatte.

In meinem Büro waren eines Vormittags zwei Gestapobeamte erschienen, die mich nach einem kurzen Vorgespräch baten, sie zum Reichssicherheitshauptamt in der Prinz-Albrecht-Straße zu begleiten. Dort wurde ich dann mehrere Stunden über einen Jahre zurückliegenden Vorgang verhört, der sich in Brüssel – im Frühjahr 1940 – abgespielt hätte. Ein junger Deutscher, der wie ich im Sommer 1940 im Internierungslager Saint Cyprien in Südfrankreich inhaftiert gewesen sei, hätte bei einer Vernehmung ausgesagt, dass ich vor Beginn des Krieges mit Belgien in Brüssel Kontakt zum britischen Konsulat gehabt hätte. Man wollte nun wissen, ob dies stimme und welchen Grund dieser Kontakt gehabt hätte. Der Art der Befragung und Andeutungen der beiden Beamten entnahm ich, dass man nichts Konkretes gegen mich besaß und nur versuchte, durch meine Befragung und mein Verhalten vielleicht auf eine Spur einer eventuellen Verwicklung von mir in strafbare Handlungen zu stoßen.

Hierauf versuchte ich mich bei meinen Antworten einzustellen, indem ich nicht einfach alles ableugnete, sondern „gestand“, in der fraglichen Zeit tatsächlich gelegentlich Besuche beim britischen Konsulat in Brüssel gemacht zu haben, allerdings aus rein geschäftlichen Gründen. Ich wäre damals Angestellter einer kleinen belgischen Firma gewesen, die sich unter anderem mit der Fabrikation und dem Export von Taschenlampen und Batterien befasst hätte. Einer der größeren Absatzmärkte wäre England gewesen, wahrscheinlich wegen der seit Kriegsbeginn im Jahre 1939 in den englischen Großstädten vorgeschriebenen Verdunkelungen. Für diesen Export nach England hätten belgische Firmen so genannte navycerts benötigt, das heißt Bestätigungen englischer diplomatischer Vertretungen im neutralen Ausland (Belgien), dass die Erzeugnisse nicht, ganz oder zum Teil aus dem feindlichen Ausland (insbesondere Deutschland) stammten. Zwecks Beschaffung dieser navycerts wäre ich im Auftrage der Firma mehrmals beim britischen Konsulat in Brüssel gewesen. Was die Aussage des jungen Deutschen beträfe, so hätte dieser vermutlich ein Gespräch, das ich mit einem Bekannten von mir über diese Geschichte im Internierungslager geführt hätte, mitangehört, aber nicht mitbekommen, welchen Grund diese Besuche beim Konsulat gehabt hätten.

Ob meine Aussage den beiden Beamten glaubwürdig erschien oder nicht, sagten sie nicht. Sie erklärten zum Schluss nur, dass sie die Sache eventuell durch die Gestapo-Dienststelle im besetzten Brüssel nachprüfen lassen würden. Ob sie das getan haben und mit welchem Ergebnis, weiß ich nicht; jedenfalls wurde ich später über diese Geschichte nicht mehr vernommen. Am Abend dieses Tages konnte ich frei nach Hause gehen. Dem Personalchef sagte ich am nächsten Tag als Grund für meine Abwesenheit, dass mich die Gestapo in einer Angelegenheit angehört hätte, die mich persönlich nicht beträfe.

Für den Generaldirektor, der über die Sache sicher informiert worden war, war dieser Vorfall aber vermutlich ein Grund, mich als nicht mehr tragbar für einen wichtigen Posten in seiner Firma anzusehen.

6.

Nun aber zurück zu der Geschichte mit dem Mantel aus der Winterhilfe.

Mit dem Zuteilungsbescheid, den mir der Betriebsobmann übergeben hatte, fuhr ich ein paar Tage später, begleitet von zwei Hilfsarbeitern, zum Auslieferungslager im Stadtzentrum. Es befand sich in einer Seitenstraße der Friedrichstraße in einem alten Patrizierhaus, das unbewohnt und von außen ziemlich verwahrlost schien. Als wir klingelten, öffnete ein älterer Pförtner, ließ sich von mir den Bescheid der DAF zeigen und sagte dann: „Die Sachen liegen in den oberen Stockwerken; suchen Sie sich die passenden Stücke aus und kommen Sie damit dann wieder runter."

In den oberen Räumen stapelten sich tatsächlich, teils in Regalen liegend, teils auf den Fußböden unsortiert herumliegend, Unmengen von Männerkleidung, ziemlich neue oder nur wenig getragene Anzüge, Mäntel, Pullover, Hosen, Schuhe usw. Wir packten so viel zusammen, wie wir tragen konnten, und schickten uns an, wieder nach unten zu gehen, als mir plötzlich die Idee kam, dass ich eigentlich auch einen Wintermantel gut gebrauchen könnte. Die meisten meiner Kleidungsstücke waren abgetragen; sie waren mir nach meiner Entlassung aus dem Lager Wuhlheide zum großen Teil von Angehörigen und Freunden geschenkt oder geliehen worden. Ich ging also schnell noch einmal in eines der großen Zimmer zurück, suchte und probierte einen der guten Wintermäntel und legte ihn zu den anderen Sachen, die ich auf dem Arm trug.

Als wir im Parterre wieder am Pförtner vorbeikamen, nickte dieser uns nur kurz zu und öffnete die Haustür. Irgendeine Kontrolle fand nicht statt. Es schien, als sei man froh, die Sachen loszuwerden.

7.

Viele Jahre später – der Krieg war längst vorbei, und ich lebte seit meiner Entlassung aus amerikanischer Kriegsgefangenschaft in Wiesbaden, wo ich eine Anstellung als Abteilungsleiter im hessischen Finanzministerium, Abteilung Vermögenskontrolle und Wiedergutmachung, gefunden hatte – fiel mir aus irgendeinem Anlass, den ich vergessen habe, die Geschichte mit dem Mantel plötzlich wieder ein.

Je mehr ich jetzt darüber nachdachte, umso mehr schien es mir, dass die vielen Sachen in der Kleiderkammer der Deutschen Arbeitsfront gar nicht aus einer Winterhilfe-Sammlung stammten, sondern eine Art „Abfall" aus den Vernichtungslagern des nationalsozialistischen Regimes in Polen waren; das heißt Anzüge, Mäntel usw., die die Juden dort vor ihrer Vergasung getragen hatten. Wie man inzwischen auch aus Berichten Überlebender wusste, hatten viele von ihnen anlässlich ihrer Deportation, da sie nur leichtes Handgepäck mitnehmen durften, noch schnell ihre besten Sachen angezogen; denn sie ahnten ja noch nicht, dass sie nicht, wie man ihnen vor ihrem Abtransport gesagt hatte, im Osten neu angesiedelt werden würden, sondern dass die Reise für viele von ihnen direkt in die Gaskammern von Treblinka ging, für die Übrigen teils in Zwangsarbeitslager, teils in Ghettos im besetzten Polen. Indem sie sich vor der Abreise noch schnell gut einkleideten, glaubten sie wahrscheinlich, auf diese Weise etwas von ihrer Habe zu retten und gleichzeitig besser gegen die Unbill von Schlechtwetterzeiten gefeit zu sein. Dies erklärt sicher, warum die Sachen, die wir damals in der Kleiderkammer der Deutschen Arbeitsfront vorfanden, fast alle neu und von guter Qualität waren.

Warum Verteilung so guter Kleider auch an Ausländer?

Angesichts des Arbeitskräftemangels während des Krieges war das Regime bekanntlich auch auf die Mitarbeit von Millionen Ausländern angewiesen, darunter auch qualifizierten Facharbeitern aus Westeuropa, die vorwiegend in der Rüstungsindustrie eingesetzt waren. Diese auch bei der Verteilung von gebrauchter Bekleidung, die in den Vernichtungslagern des Regimes in Unmengen anfiel, mit zu berücksichtigen, war deshalb durchaus plausibel. Hier spielte sicher auch die Erwartung bzw. Hoffnung mit, auf diese billige Art und Weise bei den Begünstigten einen Propagandaeffekt zugunsten des Regimes zu erzielen.

Im totalitären Staat ist bekanntlich alles Politik.

8.

Wir leben in einer Zeit, in der immer mehr Menschen nicht am eigenen Leib erfahren haben, was eine terroristische Diktatur bedeutet, und somit nicht die Bewährungsprobe gegenüber einer solchen Diktatur abzulegen brauchten. In Krisenzeiten wird deshalb die totalitäre Versuchung auch in den Demokratien wieder stärker zunehmen. Es wäre eine gefährliche Illusion, anzunehmen, dass mit dem Untergang des Dritten Reiches und dem Zusammenbruch des Sowjetsystems die Gefahr des Entstehens neuer autoritärer Tyranneien ein für alle Mal gebannt sei. Subversive Minoritäten, deren Protagonisten heute oft als besonders engagierte Kämpfer für Demokratie und Rechtsstaatlichkeit auftreten, halten sich auch in unseren so gefestigt erscheinenden Demokratien bereit. Sie erfreuen sich sogar, worauf der bekannte Schweizer Psychologe C. G. JUNG bereits vor Jahren einmal hingewiesen hat,[1] des Schutzes unserer Humanität und unseres Rechtsbewusstseins sowie auch zunehmend der Unterstützung durch einflussreiche Medien.

[1] C. G. Jung: „Gegenwart und Zukunft".

Ruth Schluckebier

Als mich der Mantel der Geschichte streifte[1]

Wir schreiben das Jahr 2002.

Am Dienstag, den 9. April las ich in der „Westfälischen Rundschau“, Ausgabe für Bönen, vom „Nationalsozialismus“ als Thema der Schreibwerkstatt: Wie erlebte die Generation der heute 50- bis 70-jährigen ihre Kindheit? Welche entscheidenden Erlebnisse und Erfahrungen prägten ihre Kindheit?

Eine lockere Erzählrunde fand sich dazu im Kulturzentrum „Alte Mühle“ zusammen. Mir war es nicht möglich, daran teilzunehmen.

ABER – ich habe auch etwas zu erzählen …

*

Kriegsausbruch, September 1939

Bis zu meinem siebenten Lebensjahr war meine Angst vor Gewitter riesengroß. Sobald es grollte und blitzte, kroch ich unter den Küchentisch, schloss die Augen und hielt mir die Ohren zu. Wenn es vorbei war, rüttelte mich meine Mutter, und ich kam wieder hervor.

„Was bist du für ein Dummchen“, meinte sie einmal, „es kann nichts geschehen, ein Gewitter ist ein schönes Naturschauspiel, und Regen brauchen wir auch!“ Doch was sie auch sagte, meine Angst blieb.

---

[1] Auszüge aus meinem für meine Kinder und Freunde im Eigenverlag herausgegebenen Buch.

Eines Morgens wurde ich von lautem Grollen wach. ‚Gewitter!', war mein erster Gedanke. Ich kroch zitternd vor Angst unter meine Bettdecke.

Da klopfte es an der Schlafzimmertür, und Herr Koreck, unser Mieter, rief: „Frau Matzat, bitte stehen Sie auf, die ersten Bomben sind gefallen!"

Meine Mutter sprang aus dem Bett, ich ebenfalls. Sie nahm mich an die Hand, und gemeinsam liefen wir in den Keller.

Meine Mutter zitterte! Meine starke Mama!

Dieses zu sehen, das Erkennen ihrer Angst, war das Ende meiner Gewitterangst.

Kriegsweihnacht 1943

Es war ein paar Tage vor Weihnachten. Wir hatten schon Ferien. Mutter hatte, wie jedes Jahr, ihre Mürbeteigplätzchen und Pfefferkuchen gebacken. Unser Weihnachtsbraten, ein Wildhase, hing draußen am Küchenfenster an einem Haken und war steif gefroren. Es hatte mehrere Tage dicke Flocken geschneit. Meine Nichte war auch schon bei uns, wie immer zum Weihnachtsfest.

Am Abend steckte meine Mutter noch einmal die Kerzen auf unserem Adventskranz an und legte Bratäpfel in die Röhre. Es herrschte eine vorweihnachtliche Stimmung. Nachdem wir unsere Bratäpfel verzehrt hatten, gingen meine Nichte und ich zu Bett, denn wir wollten am nächsten Tag zum Schlittschuhlaufen auf den Oberteich.

Dazu kam es leider nicht, denn über Nacht war so viel Schnee gefallen, dass meine Mutter nicht, wie geplant, mit dem Fahrrad zum Geschäft Kunter fahren konnte, um den bestellten Mohn abzuholen. Sie bat uns, das für sie zu besorgen.

Bis zu Kunters Laden waren es gut drei Kilometer. So zogen meine Nichte und ich die Gummistiefel an und marschierten los. Die Landschaft war ein Wintermärchen. Der Schnee hing an Bäumen, Hecken und Zäunen. Die Zaunpfähle hatten weiße Häubchen auf. Die Elektromasten und auch die Leitungsdrähte waren weiß. Und der Himmel hing immer noch voller grauer Wolken. Es war etwas wärmer geworden, und wir hatten einen Riesenspaß, durch den frischen Schnee zu stapfen.

Nach etwa einer halben Stunde öffnete der Himmel erneut seine Schleusen, es begann zu regnen. Wie gut, dass wir Gummistiefel anhatten! Von oben waren wir im Nu durchnässt, doch wir wollten den Auftrag ausführen. Denn was wäre ein Weihnachtsfest ohne Mohnkuchen?!

Als wir im Laden ankamen, waren wir nass bis auf die Haut. Frau Kunter schlug die Hände über dem Kopf zusammen, als sie uns sah. Sie verschwand und kam bald mit heißem Tee zurück, den wir schluckweise trinken mussten.

Herr Kunter gab uns nicht nur den gut verpackten Mohn, er schenkte uns auch ein Stückchen Königsberger Marzipan, zum sofortigen Verzehr. Eine Rarität in dieser Zeit!

Für den Rückweg benötigten wir mehr als zwei Stunden. Es wurde glatt! Aus dem Schnee wurde Matsch, wir rutschten des Öfteren und fielen hin.

Zu Hause angekommen, fielen wir vor Müdigkeit fast über unsere eigenen Füße. Mutter hatte schon Wasser heiß gemacht, sodass wir sofort in die Zinkbadewanne steigen konnten. Nach dem Genuss einer Tasse heißer Hühnerbrühe ging es ab ins Bett. Ins Ehebett!

Nach einem erholsamen Schlaf durften wir, noch im Bett sitzend, die ersten Weihnachtsplätzchen probieren. Meine älteste Schwester, die inzwischen auch angekommen war, las aus einem Märchenbuch vor.

Der Abend kam und mit ihm die Dunkelheit. Da hörten wir plötzlich ein Klopfen an der Treppe draußen. Dann polterte jemand durch den Flur in die Küche.

Wir hörten eine bekannte Stimme: „Hallo, Mama, hoffentlich hast du genug eingekauft, ich bleibe bis nach Neujahr. Ich habe Urlaub."

Uns hielt nichts mehr im Bett. Mein Bruder Werner war gekommen. Was für eine Freude!

Mutter machte ihm eine Pfanne voll Bratkartoffeln mit Eiern und holte eingemachte Gurken aus dem Keller. Wir saßen alle in der Küche und schauten ihm zu.

Da wurde es erneut laut im Korridor. Etwas Schweres polterte zu Boden. Erschreckt schauten wir einander an. Dann ging die Küchentür auf, und ein Marinesoldat trat ein. „Na, Mutsch", sagte er, „da bist du platt, was?"

Es war mein Bruder Gerhard. Auch er hatte nach einem Lazarettaufenthalt drei Wochen Heimaturlaub bekommen.

Am nächsten Vormittag brachte der Postbote uns einen Luftpostbrief aus Amerika. Mein Bruder Heinz, der als Fallschirmjäger in Afrika in Gefangenschaft geraten war, hatte geschrieben: „Es geht mir gut. Ich denke viel an euch. Frohe Weihnachten!"

Und die wurden es dann auch. Es war eines der schönsten Weihnachtsfeste, an die ich mich erinnern kann. Voller Liebe, Frohsinn und Lachen.

Ein Stückchen Bauchfleisch

Es war im Winter 1943/44. Ich saß auf meiner Fußbank, die ich auf den Küchenstuhl gestellt hatte, und schaute aus dem Fenster in unseren tief verschneiten Garten. Da polterte es an der Küchentür, und herein kam ein in Lumpen gehüllter, bärtiger Mann, ein russischer Kriegsgefangener.

Er fiel auf die Knie, hob die Hände und bettelte um Essen.

Meine Mutter hob ihn auf und machte ihm zwei dicke Schmalzbrote.

Er aß gierig und schaute sich dabei in der Küche um. Hinten auf dem Kachelherd stand ein Teller mit einer kleinen Scheibe Bauchfleisch, die Fleischration eines ganzen Monats auf Marken. Der Mann sah das Fleisch, und seinem Gesicht und seinen Handbewegungen sah man an, dass er es gern genommen hätte. Er zeigte darauf und hielt dann seine Hand, Daumen und Zeigefinger etwa einen halben Zentimeter auseinander, meiner Mutter entgegen. Er bettelte, bettelte sehr.

Meine Mutter wehrte ab: „Nein, das ist für meinen Mann. Der arbeitet. Das geht nicht! Nein! Nein!"

Er hob bittend beide Hände und stammelte Worte, die ich nicht verstand, aber begriff.

Da nahm meine Mutter ein Messer und schnitt ihm das Gewünschte ab.

Erst ging ein Leuchten über das Gesicht des Mannes, dann liefen Tränen in seinen Bart. Er aß das Stückchen mit schmatzenden Lauten, danach versuchte er, meiner Mutter die Hände zu küssen, was sie abwehrte. Er schaute uns dann beide nacheinander an, als wolle er sich unsere Gesichter einprägen. Er murmelte noch etwas, drehte sich um und schlurfte langsam hinaus.

Meine Mutter ging ihm nach und schloss die Haustür. Ich saß wie gelähmt auf meiner Fußbank.

Nie wieder haben meine Mutter und ich auch nur ein Wort über diese Begegnung verloren.

Diese Menschlichkeit in der Kriegszeit hätte, von einem falschen Auge oder Ohr bemerkt, unser Leben kosten können.

Barfuß durch Königsberg

Es war im Sommer 1944, nach einem Gewitterregen am frühen Nachmittag. Ich lief barfuß durch die Pfützen, dass es nur so spritzte.

Plötzlich hielt ein Fahrrad. Unsere Jungmädelführerin stand vor mir. Sie sprach mich an: „Ruth, ich wollte dich holen. Du musst mit zur Fahnenweihe, den anderen habe ich auch schon Bescheid gesagt. Keiner darf fehlen. Dich nehme ich gleich mit!“

Ich lief ins Haus und informierte meine Mutter. Dann stieg ich so, wie ich war, barfuß, in gelber Polobluse und buntem Trägerrock, auf den Gepäckträger. So ging’s zur Sammelstelle, einem großen Aschenplatz.

Die grobe Asche stach mir in die Fußsohlen. Hätte ich doch bloß Schuhe angezogen!

Um 15 Uhr war Antreten, das hieß, sich der Größe nach in Dreierreihen aufzustellen. Ich stand in der ersten Reihe außen. Alle anderen waren in Uniform, deshalb verwies man mich in die Mitte der zweiten Reihe.

Dann ging’s los. „Im Gleichschritt – marsch!“ Vom Aschenplatz in Marauenhof zur Samitter-Allee, vorbei an der Ottokarschule und dem ausgebrannten Kino „Alhambra“, wo uns noch in großen Buchstaben „Heimat, Deine Sterne“ entgegenleuchtete. Wir bogen in die Wrangelstraße ein, gingen durchs Tor am Oberteich vorbei. Igitt! Pferdeäpfel zwischen den Zehen – doch weiter, immer weiter, im Gleichschritt in die Innenstadt hinein, vorbei am Denkmal von Kant und an der Buchhandlung Gräve & Unzer.

Die Sonne schien warm, der Teer war heiß unter meinen Füßen, sie brannten.

Endlich am Ziel, dem Schlosshof in Königsberg.

Königsberger Schloss und Kirche mit Kaiser-Wilhelm-Denkmal

Einmarschieren, Ausrichten, jeweils eine Armlänge vom Vorder- und Nebenmann. „Stillgestanden! – Blick auf die Rednertribüne und Fahnen!"

Ich stand rechts, fast an der Mauer, gegenüber dem „Blutgericht", einer Weinstube. Es folgten Begrüßung und Ansprachen. Wer alles redete, weiß ich nicht mehr. Ich hörte kaum zu, hatte mit mir selbst genug zu tun! Einige fielen um und wurden weggetragen. Ich musste dringend aufs Klo – unmöglich! Der brennende Schmerz in meinen Füßen wurde fast unerträglich. Sie redeten, redeten und redeten! Deutschland, Deutschland über alles, von der Maas bis an die Memel, von der Etsch bis an den Belt! Deutschland über alles in der Welt!

Es wurde dunkel, ich fror.

Endlich den rechten Arm hoch zum „deutschen Gruß": „Heil Hitler! – Rührt euch!"

Warm lief es mir an den Beinen herunter, meine Freundin Annemarie berührte meinen Arm. „Komm, schnell!", sagte sie.

Wir liefen, soweit es in der Menschenmenge möglich war, zum Kaiser-Wilhelm-Platz, um die letzte Straßenbahn um 23 Uhr zu bekommen. Es war hoffnungslos, sie war total überfüllt, selbst die Trittbretter waren besetzt. Wir blieben stehen und schauten ihr nach. Wir waren nicht die Einzigen, denen nichts anderes übrig blieb. Als sie unseren Blicken entschwunden war, setzten wir uns langsam in Bewegung, Richtung Ballieth, unserem Zuhause, einem Außenbezirk von Königsberg.

Der Rückweg schien unendlich. Es hämmerte in meinem Kopf, und meine Füße schmerzten. Vom Stadtrand an waren wir beide allein, und noch drei lange Kilometer bis nach Hause lagen vor uns. Wir nahmen uns bei der Hand.

Irgendwann waren wir in unserer Straße angekommen. Annemarie ging mit zu mir. Sie hätte jetzt einen anderen Weg nehmen müssen, doch wir wollten uns nicht trennen.

Plötzlich hörten wir Schritte. Angst überfiel uns.

Dann das Erkennen! „Mama? – Mama!“ Wir begannen zu laufen.

Unsere Mütter kamen uns mit Taschenlampen entgegen. „Wir haben uns Sorgen gemacht! Es ist lange Mitternacht vorbei!“

Dann saß ich in der Küche, und meine Mutter begann mir meine wunden, schmerzenden Füße zu waschen.

Die Farben sind mir geblieben …

Vor ein paar Tagen besuchte mich Margarete, eine sehr liebe Bekannte. Im Laufe unseres Gesprächs erwähnte ich, dass ich im nächsten Jahr siebzig werde.

„Mein Gott, so alt bist du schon“, rutschte es ihr heraus, und dann: „Oh, entschuldige bitte!“

Ich musste lachen. „Ich finde es toll, dass du mich für jünger hältst, danke! Aber das ist sicher nicht mein Verdienst.“

„Möchtest du gern noch mal zwanzig oder fünfundzwanzig Jahre jünger sein?“

„Nein! Ein klares Nein!“

In diesen Jahren fuhren meine Gefühle und meine Gesundheit mit mir Achterbahn. Ich musste viele Entscheidungen treffen. Ob sie alle richtig waren? Eine Antwort darauf habe ich nicht, weil ich nicht weiß, was wäre, wenn … Ich habe die Jahre einfach durchlebt: Kummer und Krankheit überwunden, Schwierigkeiten überstanden, wahre Liebe begriffen, Glück, Freude und Schmerz empfunden und mein Leben durch den Beginn mit meiner Malerei in neue Bahnen gelenkt; und etwas ganz Wunderbares ist mir im Rauf und Runter des Lebens erhalten geblieben: die Erinnerung an eine glückliche Kindheit.

Meine sechs Geschwister, der Jüngste war neun, die Älteste zwanzig Jahre älter als ich, waren nicht unbedingt Spielgefährten, eher liebevolle Beschützer und Verteiler von Streicheleinheiten. Unser Garten war mein Spielplatz. In stillen Stunden träume ich gern und hole mir ein Stückchen meiner Kindheit zurück …

Ich öffne unser Gartentor und gehe langsam hinein, ziehe Schuhe und Strümpfe aus und beginne eine zeitlose Wanderung durch den farbigen Garten meiner Kindheit.

Ich gehe über den Kiesweg zu den Rosenbeeten, spüre die Steinchen unter den Fußsohlen, setze mich auf den grünen, weichen Rasen und schließe die Augen. Die Rosen verströmen einen lieblichen Duft, die weißen duften am stärksten.

Ich gehe weiter, setze mich auf den Findling vor unserem Haus und schaue dem roten Mohn in seine schwarz umrandeten Augen. Der Fingerhut hat Dauergäste, Hummeln tummeln sich mit lautem Gesumm in seinen rosa Blütenglocken. Vom Beet der weißen Federnelken weht ein würziger Duft herüber, und Vergissmeinnicht schauen mich mit ihren blauen Sternen an.

Ich gehe in unsere Sitzecke, setze mich auf den Gartentisch und lasse meine Beine baumeln. Ein bunter Schmetterling fliegt taumelnd durch die Luft und landet auf der Tischkante, wunderschön anzuschauen, ein Pfauenauge mit den weiß-blau-violetten Kreisen auf den Flügeln.

Die Sonne scheint warm. Ein leichter Wind weht. Goldregen winkt mir mit seinen gelben Rispen zu. Dunkelrote Pfingstrosen stehen stolz und schön auf ihren langen Stielen davor. Das Tränende Herz hat riesige Ausmaße angenommen und erdrückt fast die zarten Maiglöckchen, welche sich in seinen Schatten schmiegen.

Ich gehe über den Hof – meine nackten Füße berühren den grünen Knöterich, der hier wächst, er fühlt sich kühl an –, dann den Weg zum Brunnen.

Es hängt kein Eimer da, und ich kann den Deckel des Brunnens nicht öffnen. Unser Obstgarten dahinter trägt weder Blätter noch Früchte. Da steht das alte braune Fass, es ist kein Wasser darin, auch keine fleißigen Wasserträger – ich meine die Bienen aus Nachbars farbigen Bienenstöcken. Wie oft habe ich ihrem eifrigen Treiben zugeschaut …

Papa müsste das Fass wieder füllen … Es würde nichts ändern – dieser Teil des Gartens lebt nicht mehr!

Langsam und nachdenklich gehe ich zurück zum Blumengarten. Farbenfroh leuchtet es mir entgegen. ‚Wie lange noch?‘, schießt es mir durch den Kopf, ich verstehe nicht, was hier geschieht.

Ich schaue mich noch einmal um und erstarre: Hinter mir erhebt sich eine graue Nebelwand! Ich fühle Angst und Schmerz – ich muss *zurück*.

Vor mir an der Hauswand ist das Stiefmütterchenbeet, unzählige kleine Gesichter in vielen Farben schauen mich an. Dahinten am Küchenfenster rankt der wilde Wein. Er leuchtet rotgelb im Abendlicht. In ihm wohnt jeden Sommer eine große schwarz-weiße Kreuzspinne, deren Netz ich immer aus respektvoller Entfernung bewundere.

So sehr ich jetzt auch schaue, sie und ihr Netz sind nicht mehr zu sehen!

Sie wohnt wohl nicht mehr hier.

Genau wie ich.

Geblieben sind mir die Farben …

Willy Hagen Schön

Massud-Dreierreport 1

Alternativnobelpreisträger Ken Saro Wiwa ist Mitte der 1990er Jahre einem schwarzafrikanischen Justizmord zum Opfer gefallen; ihm und dem Afghanen Massud ist diese Zusammenstellung gewidmet.

Donnerstag, 13. September 2001: Matejka hat gestern gesagt, daß das Motiv für die WTC-Attacke war, den Kapitalismus im Herzen zu treffen. Ist das charakteristisch für den Saudi?

Am 13. September bin ich um fünf Uhr in der Früh aufgestanden. Teefrühstück mit Marmeladezwieback.

Es ist hinlänglich bekannt, daß die Rengo-Sekigun-Bosse mit arabischen Terroristen zusammenarbeiten. Zum Beispiel: Lod... In Schuldgefühle „verstrickt", hat sich das saudische Königreich bereit erklärt, mehr Erdöl zu fördern. Mir, dem Radikalökologen und Herausgeber des Blattes ANALYTISCHER NATURALISMUS, Willy Hagen Schön, graust.

Zu Mutter sagte ich: „Die Urenkel, Ururenkel, Urururenkel usw. werden die Jetztzeit und Frau Fontaine verfluchen!"

Im MORGENJOURNAL sagte ein ORF-Mann, voll lächerlich: „Die Talibani haben jetzt gebettelt, nicht angegriffen zu werden." Das bezieht sich nicht auf den „Löwen von Pandschir", sondern auf das Militärimperium USA.

Was schreibt GEO über den Militärführer der Nordallianz, Massud? Im April 1992 habe ich begonnen, ein Theaterstück über den antikommunistischen Mudschahed Achmed Massud zu verfassen.

Sebastian Junger schreibt in GEO: „Massud saß im Schneidersitz auf dem Boden, den Oberkörper nach vorn gebeugt, und aß Pistazien. Er hielt den Kopf gesenkt und ließ ihn beim

Sprechen hin und her schwingen. ‚Gebt mir eure besten Männer', sagte er und warf einen Blick in die Runde. ‚Ich will keine Hundertschaften. Ich will 60 eurer besten Leute. 60 von jedem Kommandanten. Morgen greifen wir an.' "[1]

Nun, stellen wir die GEO-Reportage, abenteuerlich oder nicht, zurück. 1992 oder 1993 habe ich den Antrag gestellt, das Dramatikerstipendium der österreichischen Regierung zuerkannt zu bekommen – vergebens. Mein klassisches Drama ACHMED MASSUD: „MIR SCHEINT, ICH HABE DAS MEER GEPFLÜGT" hat die „Gutachter" abgestoßen; da muß ich darauf hinweisen, daß ich Mitte 2001 ein Feature mit dem Titel DER ANALYTIKER WILLI SCHÖN STÖßT AUF BLINDWÜTIGE ABLEHNUNG produziert habe.[2]

Wie habe ich den Einstieg in dieses spätklassische Bühnenstück hingekriegt? Der 1. Aufzug („Hörsaal im Gebäude des Polytechnikums in Kabul") des 1. Akts („Die Königszeit") beginnt wie folgt:

MOHAMMED: Achmed, was liest du?

ACHMED MASSUD: Das ist ein militärisches Handbuch aus dem Besitz meines Vaters. Ich habe es mir gestern oder vorgestern ausgeliehen.

MOHAMMED: Du solltest lieber Architekturhandbücher studieren, wenn du Architekt werden willst. Findest du nicht?

ACHMED MASSUD: Mit der Theorie und Praxis der Architektur werde ich hier am Polytechnikum genügend konfrontiert. Da werde ich meine Freizeit nicht auch noch zur Gänze diesem Wissensbereich opfern. Ich bin für universelle Bildung.

---

[1] In: GEO, 7/2001, S. 59.

[2] Vgl. Hinweis auf Frau Bendt in meinem Beitrag in Frielings Zeitzeugen-Jahrbuch „Damals war's. Ausgabe 2002".

MOHAMMED: Ja, ich weiß, du hältst dich für etwas Besonderes …

Ich, der Urheber des MASSUD-Bühnenstücks, will hier hervorheben, daß es mir bis zu einem gewissen Grad um kryptohumanistische Aspekte des klassischen Islam gegangen ist; dies habe ich in ein Mudschaheddin-Drama verpackt. Insofern enthält es auch Aussage-Elemente, die für moderne Europäer von Bedeutung sind.

Bevor ich jedoch näher auf das MASSUD-Drama eingehe, will ich darlegen, daß dieser 13. September auch für mich ein besonderer Tag war. Ich bin nach Linz geradelt, dann in Keferfeld in den Karlhof-Bus eingestiegen. Auf dem Hauptbahnhof habe ich Zeitungen wie DE VOLKSKRANT (Aufmacher auf Seite 1: „Bush zweert wraak voor aanval“), LE FIGARO und andere gekauft (Kaufsumme: 109 öS). Vor der Donauland-Filiale stach mir „der“ Bergmann-Schaefer in die Augen; ich fragte, was dieses verbilligte Exemplar des Lehrbuchs der Experimentalphysik ELEKTROMAGNETISMUS kostet. Blätterte 298 öS hin. Bei Aigner erwarb ich um 85 öS eine Carboncassette (genau jene, mit der ich jetzt diese „Massud“-Zusammenstellung tippe). Auf der Blumau entwertete ich die Mini-Mehrfahrtenkarte. Schweißgebadet kam ich in der Abensbergstraße an, zog mich sofort um.

Also, das MASSUD-Drama enthält auch Hinweise auf den Malqaf oder Badgir. Der 1. Aufzug des 1. Akts endet nämlich damit, daß Prof. Mohammed Mohsen Formoly (diesen Namen eines afghanischen Wissenschaftlers habe ich in den ai-Jahresberichten gelesen) den Hörsaal betritt und folgende (Kurz-)Vorlesung hält (thematisch abgebrochen):

Professor Mohammed Mohsen Formoly betritt den Hörsaal; die 16 Studenten grüßen ihn respektvoll.

MOHSEN FORMOLY: Guten Tag, meine Herren. Nehmen Sie bitte Platz. Heute werden wir uns über den Badgir unterhalten, eine Kühltechnik, die unter dem arabischen Namen MALQAF bekannter ist als unter dem Namen, den wir verwenden. – Der Badgir ist eine geniale Erfindung der Volksarchitektur, ein kleiner Turm über dem Hausdach, der in heißen Gegenden kuhlen Wind ins Hausinnere leitet. In Mesopotamien, Ägypten, Syrien, am Persischen Golf und im Iran wird der Badgir seit Jahrtausenden gebaut; auf dem Grabmal des Pharao Neb-Amun, geschaffen vor 3400 Jahren, ist ein Haus mit Malqaf abgebildet. Malqaf ist das arabische Wort für „Windfänger".

Der Badgir oder Malqaf funktioniert so: Ein auf der Windseite einige Meter über das Hausdach aufragendes Türmchen fängt Wind ein und lenkt … dessen kühlere Luft ins Innere des Hauses. Hier sind oft noch Wasserbecken aufgestellt, sodaß der Luftzug die Wasseroberfläche bestreicht und die Verdunstung erhöht, was weitere Abkühlung bringt. Durch eine Dacherhöhung auf der Leeseite, wo der Wind Unterdruck produziert, zieht die wärmer gewordene Luft wieder ab. Das Mauerwerk des Hauses speichert im Sommer die Hitze des Tages, wird aber über Nacht durch die vom Badgir eingefangene Luft wieder abgekühlt. Und für all das ist keine Betriebsenergie notwendig, ein Beispiel solarer Kühlung im klimagerechten Bauen der Volksarchitektur.

Auch heute noch ist der Malqaf in Ägypten weit verbreitet und erleichtert den Menschen dort das Ertragen der schlimmen Sommerhitze. Am Persischen Golf und vor allem im Iran wird der Badgir auch zur Kühlung unterirdischer Trinkwasserzisternen verwendet.

So, dies ist ein weiterer edukatorisch-dramaturgisch-kulinarischer Gesichtspunkt meines Bühnenstücks.

Doch kehren wir zum 13. September zurück, zu diesem Donnerstag: Um 13 Uhr hat Sebastian Ming angerufen, um 13.20 Uhr war er im Haus 51. Er wird sich an den Engerauerstraßen-Thujenschnitt machen. Herr Fröschl (Ö 1, 14.30 Uhr) sprach von der Cowboy-Mentalität Bushs und ergänzte karikierend: „Wir sind die Guten! Die US-Actionfilme, dieser pseudoheroische Schutt!“ Und, ebenfalls Kollege Fröschl: „Wie sollen nur unsere Kinder von diesem Kintopp-Größenwahn abstrahieren?“ – Nicht dumm, muß ich sagen!!

Wirkliche „Action“ war das Videokamerabomben-Attentat auf den Rebellen Massud. ITARTASS hatte am Montag gemeldet, daß der Widerstandsheld bei diesem Anschlag ums Leben gekommen sei. Die Diplomaten der Rabbani-Regierung (die Talibanis werden nicht anerkannt, völkerrechtlich ...) haben dementiert; nun, darauf werde ich im MASSUD-Dreierreport 2 (oder 3?) näher eingehen. Habe alles genau protokolliert, am 11. September 2001.

Ich habe weiter oben von kryptohumanistischen Aspekten außereuropäischer Zivilisationen gesprochen (will lobend die Cherokee, die Cree und die Algonkin hervorstreichen). Auf den 2. Aufzug („Massuds Verhör durch die Kabuler Geheimpolizei“) kann hier nicht eingegangen werden, es soll nur betont werden, daß Massuds späterer Gegenspieler Hekmatyar im 4. Aufzug „Karmal-Kontra“ gibt (4. Aufzug: „Im Auditorium maximum“) und im 5. Aufzug („Im Stadtgefängnis von Kabul“) Gemeinkriminelle im Häf’n kennenlernt.

Nun, der 2. Akt ist betitelt „Kommunistische Tyrannis“. Der 1. Aufzug des 2. Akts („März 1978: Mudschaheddin-Lager Bir Hassan im Panschir-Tal“) zeigt 22 Freiheitskämpfer beim Verzehren ihrer kargen Ration. Hier taucht Seyed Hamza auf. Der 2. Aufzug des 2. Akts zeigt einen CIA-Agenten, einen Beamten des militärischen Geheimdienstes von Pakistan und

Gulbuddin Hekmatyar in einem Büro des pakistanischen Nachrichtendienstes.

Ein humanistischer Paukenschlag (Massuds Großherzigkeit) ist im 3. Aufzug des 2. Akts, der noch zur Daud-Zeit spielt, zu „registrieren". Obwohl der gefangene Leutnant der Daud-Armee von „verdammten Verrätern" spricht, schenkt ihm der Rebellenführer Achmed Schah Massud das Leben. Das sieht so aus:

SEYED HAMZA: Das war ein leichter Sieg …

LEUTNANT: Verdammte Verräter! Ihr werdet alle noch gehenkt werden! Ihr habt elf meiner Leute erschossen!

ACHMED MASSUD: So was kommt vor im Krieg. Ihr habt uns angegriffen, wir haben zurückgeschossen. Klarer Fall!

Über die „ressourcenökologische" Diskussion zwischen Leutnant Mohammed Khabir, Hamza und Massud wollen wir nur sagen, daß Seyed Hamza erklärt: „Wir befürchten sogar, daß Afghanistan zur Sowjetkolonie wird."

Der 4. Aufzug ist mit „27. April 1978" datiert. Man hört Panzerkanonen. Oberst Khader verhaftet im Präsidentenpalais den gemäßigten Präsidenten Daud; damit beginnt die „kommunistische Tyrannis" wirklich – auch asienhistoriographisch.

Auf Seite 18 des Originaldrucks des Massud-Theaterstücks „MIR SCHEINT, ICH HABE DAS MEER GEPFLÜGT" (bolivarrelevant) wird der 5. Aufzug überschrieben mit „Felsenlandschaft oberhalb des Panschirtales, 27. April 1978". Massud unterhält sich mit dem japanischen Anarchisten Tokihito Yokoshima. (Ich schwöre, daß im Zusammenhang mit dem WTC-Anschlag von 2001 ursprünglich schwergewichtig von der japanischen Roten Armee die Rede war; nun, lassen wir das.)

Die Mudschaheddin hören über Kofferradio die Stimme von Abdul Khader auf der Welle von Radio Kabul (hier haben mir historische Kabul-Welle-Aufzeichnungen gefehlt).

Abschließend will ich nur sagen: Viel weiter als bis zur Textung des 6. Aufzugs („Gebirgspfad an der pakistanisch-afghanischen Grenze") und des 7. Aufzugs („Mai 1978") bin ich nicht gekommen. – Soviel zu meinem MASSUD-Drama.

Ist Massud jetzt tot? Kurz nach den Attentat-Meldungen (verweise auf ITARTASS) hat die FAZ gemutmaßt, daß die Rabbani-Leute so lang wie möglich über den Tod des Heros hinwegtäuschen wollen. Ich werde die Botschaft anrufen!

Gestern hat der Briefträger das Wissenschaftsmagazin FOUNDATIONS OF CHEMISTRY (mit Artikel über die Belousow-Zhabotinsky-Reaktion) und heute das VCÖ-Blatt MAGAZIN FÜR MOBILITÄT MIT ZUKUNFT gebracht.

Wie verhält sich der Massuddrama-Humanismus zur Bestialitätsdebatte? Man lese Nicolas Abbagnanos HISTORIA DE LA FILOSOFIA: „Las obras publicadas por él, la *Epistola sobre tolerancia*, los *Dos tratados sobre el gobierno civil*, la Razonabilidad del cristianismo son escritos que aseguran a Locke en este terreno un puesto tan importante como el que el Ensayo le ha dado en un campo más estrictamente filosófico."[1]

„Vertritt" Prof. Abbagnano den Briten Locke, wenn er moniert: „... pero el tirano lo subordina todo a su voluntad y a su apetito (Ibid., II, 18, 199). Contra la tirania, como contra cualquier politico que se exceda de sus limites y que instaure la arbitrariedad en el puesto de la ley, el pueblo tiene derecho de recurrir a la resistencia activa y a la fuerza. En este caso, la resistencia no es rebelión sino más bien la resistencia contra la rebelión de los gobernantes a la ley y a la naturaleza misma de la sociedad civil. El pueblo viene a ser juez de los gobernantes y, en cierto modo, se apela al juicio mismo de Dios (Ibid., II, 19, 241)."[2]

---

[1] Nicolas Abbagnano: Historia de la filosofia, Bd. 2, Hora S.A. Barcelona (Reimpresión 2000), S. 299.

[2] Ebenda, S. 302 f.

Septemberdonnerstag: 17 Uhr vorbei! Ich bereitete mir aus zwei Goldland-(Hofer-)Freilandeiern eine schnittlauchversehene Eierspeis. Finis!

In den OÖN vom 16. Oktober 2001 werden zwei Brüder Achmed Schahs, nämlich Achmed Zia und Wali Massud, erwähnt. Ismail Khan war einst Herrscher über das Handelszentrum Herat. Ganz falsch ist die Zeitungsangabe, daß Achmed Schah Massud „am 9. Oktober" ermordet worden sei. Richtig ist, daß das Spezialattentat am 9. September 2001 stattgefunden hat, Massud wenige Tage später seinen schweren Verletzungen erlegen ist. Tragisch!

In einem Leserbrief schreibt Dipl.-Ing. Hildebrand Harand: „So waren zum Beispiel auch im Jahr 58 v. Chr. ‚die Guten' (die Vertreter des Römischen Weltreiches, der damaligen einzigen Supermacht) stets bereit, ihre Staatsgrenzen im Kampf gegen die ‚Barbaren' zu überschreiten. [...] errichten in befreiten und befreundeten Ländern (‚Bundesgenossen') ihre Militärbasen, haben Interesse an den (Boden-)Schätzen dieser Länder und bezeichnen alle als ihre Feinde, die ihr selbstloses Verhalten zum Wohle der Menschheit nicht ganz verstehen wollen."[1]

NACHTRAG: Am Montag, dem 24. März 2003 (Namenstag: Katharina v. S.), habe ich mich mit G. Kniewasser getroffen, bei Papa Joe (d. i. der alte Ursulinenhof, „so genannt"). Konnte etwas Zuversicht schöpfen (vgl. Burkowski, Urfahr!). Um neun Uhr habe ich bei Hartlauer (Zentrale, Landstraße) Infrarotlicht-Kriegsfilmdokumentationen über den Bushkrieg der Bushkrieger gegen Saddam Hussein [und das irakische Volk] gesehen. Hell and damnation!

[1] In: OÖN vom 16. Oktober 2001.

Heimo Steinlechner

Sinn und Bedeutung meiner Schriften
und meines Lebens ist der Triumph
des rein Menschlichen.

JOHANN WOLFGANG VON GOETHE
(28. 8. 1749 – 22. 3. 1832)

Ein dunkles Kapitel

Eine Erinnerung

Vorwort

Man sprach darüber nicht! Und weil in der Öffentlichkeit darüber nicht gesprochen wurde, habe ich mich als ehemaliger Betroffener diesem Thema angenommen.

Im November 2000 erschien mein Roman-Erstling „Ein Außenseiter erlangt Reputation“ im Verlag Frieling & Partner. Das mediale Interesse für diesen Roman war größer, als ich gedacht hatte. Die Lokalzeitung „Obersteirische Nachrichten“, die Tageszeitung „Kleine Zeitung“ und der ORF-Sender „Willkommen Österreich“ haben sich meiner und meines Buches liebevoll angenommen.

1922 wurde in meiner Heimatstadt Knittelfeld die erste Pestalozzi-Hilfsschule eröffnet, heute nur noch unter der Bezeichnung „Allgemeine Sonderschule“ bekannt.

Doch die Sonderschulen haben auch ihre schmerzliche Vergangenheit und ihre Schattenseiten.

In der NS-Zeit wurden die Sonderschulen als „Idioten-Schulen“ bezeichnet und viele ihrer Schüler auf grauenhafte Weise ermordet.

Wir rühmen uns heute, dass diese Kinder unsere uneingeschränkte Aufmerksamkeit haben und dass sie heutzutage mit dem größten Verständnis betreut werden. Doch halt! „Der Teufel steckt im Detail“: Sonderschule, Sonderschüler, Sonderling. Ein Sonderling ist ein Kind mit Behinderung, das die Sonderschule besuchen muss (die Betonung liegt hier auf *muss*). Ein Kind, das durch seine Eigenart von der Alltagsnorm abweicht, gilt eben als ein „Sonderling“, der abgesondert in eine für ihn gekennzeichnete Schule geht oder gehen muss. Für mich eine Diskriminierung dieser Kinder!

MARIA MONTESSORI (1870–1952) hat in diesem Fall einen anderen Weg gewählt: Kinder, die in ihre Schule gingen, waren keine „Sonderlinge“, was das Originelle und Schöne war, und das Konzept ihrer Schule wurde oft kopiert.

Integration darf kein Schlagwort sein, sondern muss für die Zukunft eine Verpflichtung gegenüber unseren körperlich und geistig behinderten wie auch lernschwachen Kindern darstellen.

Heimo Steinlechner *13. März 2003*

Wenn man Mitte der fünfziger Jahre des vorigen Jahrhunderts in der Öffentlichkeit meiner Heimatstadt über diese Kinder sprach, dann sprach man über die „Dodelschule“ und von den „Dodelschülern“.

Für mich war es ein prägender Einschnitt in meinem Leben, als ich erfahren musste, dass ich von der Volksschule in die Pestalozzi-Hilfsschule überstellt werden sollte. Lange Zeit habe ich geschwiegen … Vielleicht habe ich meine Vergangenheit auch verdrängt, aus Scham und Minderwertigkeitsgefühlen heraus. Ich musste erst damit fertig werden, dass die Pestalozzi-Hilfsschule eben ein Stück Leben von mir war, das ich nicht auslöschen oder ungeschehen machen kann. Es musste in mir erst das Bewusstsein reifen, dass ich es als ein Stück Vergangenheit meines Lebens annehmen und es einfach akzeptieren muss.

In die Hilfsschule zu gehen, galt damals in der öffentlichen Meinung beinahe als so etwas wie eine Strafversetzung. Ich war solch ein Hilfsschüler, der die gesellschaftliche Diskriminierung und den beißenden Spott über sich ergehen lassen musste.

Hier – im Gegensatz zu heute – hellte kein Licht das Dunkel auf, in dem ich hilflos gefangen und dem öffentlichen Pranger ausgeliefert war. Meine Eltern und ich, wir mussten mit meinem Schicksal allein fertig werden. Denn es interessierte die breite Öffentlichkeit nicht, wie meine Eltern und besonders ich mit dieser Diskriminierung gelebt haben. Die familiäre Lebensqualität nahm für meine Eltern unter dem Druck der öffentlichen Diskriminierung und dem Makel, einen Hilfsschüler als Sohn zu haben, den Charakter eines Leidensweges an.

Nicht die Pestalozzi-Hilfsschule war etwas Schlechtes – im Gegenteil, wir brauchen solche Einrichtungen. Was schlecht war, waren jene Menschen, für die diese Kinder nichts anderes gewesen sind als „Dodelschüler“ und „Hilfsschuldodel“. Und die „gesunden“ Kinder waren das Echo ihrer Eltern. Aus einem guten Gedanken haben einige dumme Menschen etwas gemacht, was diese Pestalozzi-Hilfsschule und auch diese Kinder ins schlechte Eck gestellt hat.

Für mich war diese Schule immer eine „Isolieranstalt“, in die Kinder mit körperlicher, geistiger oder nur einer Lernschwäche abgeschoben wurden. Diese Benachteiligung wurde oft durch eine schwere Krankheit wie zum Beispiel eine Hirnhautentzündung ausgelöst, wodurch die Betroffenen in dieser mit Vorurteilen belasteten Gesellschaft nicht mehr der „pädagogischen Norm“ eines „wertvollen“ Kindes entsprachen.

Man schickte mich zwar nicht in die Verbannung ... Mir blieb das Los von Elba oder Sankt Helena, Gott sei Dank, erspart.

Meine Eltern mussten sich der „pädagogischen Obrigkeit“ beugen und mich aus der Volksschule nehmen. Und so wechselte ich von der schönen Volksschule in die Hilfsschule ...

Man betrat die Hilfsschulbaracke von der Stirnseite über einige Stufen, die zum Eingang führten. Darüber stand in großer Schrift: PESTALOZZI SCHULE. Nachdem man die Baracke betreten hatte, kam man an den Mädchen- und Knabenklos vorbei, deren Gestank, der sich bis in den Vorraum verbreitete, nicht zu überbieten war. Durch zwei Flügeltüren gelangte man in den Korridor – ein finsterer, miefiger und endlos lang scheinender Schlurf ohne Fenster –, an dem sich beiderseitig die Klassenzimmer reihten. Die Fenster der Unterrichtsräume waren klein und bis zum Fensterkreuz mit weißgrauer Farbe bestrichen, die den Blick nach draußen nahm. Mit den Fingernägel kratzten die Kinder kleine Sehschlitze in die Farbe, um ein bisschen von der Außenwelt zu sehen.

Da mein Vater angesichts seiner beruflichen Stellung kein

Unbekannter in Knittelfeld war, erregte meine Überstellung in die Hilfsschule natürlich große Aufmerksamkeit.

Meine Eltern waren frustriert und niedergeschlagen und empfanden meine Überstellung in die Hilfsschule als eine familiäre Tragödie.

Eines Tages – es war vielleicht die göttliche Erleuchtung – entschloss man sich in den „höheren Regionen der Macht" von Knittelfeld, diesen vom Leben benachteiligten Kindern der Pestalozzi-Hilfsschule ein neues, aus Ziegel und Beton bestehendes, zweistöckiges Schulgebäude hinzustellen. Ich erinnere mich, dass die alte Baracke, die von russischen Besatzungssoldaten gebaut worden war, in Etappen abgetragen wurde und dass an deren Platz die neue, schöne Schule entstand und mit dem neuen Namen „Allgemeine Sonderschule" aus der Taufe gehoben wurde.

Was sich aber leider nicht geändert hatte, damals, war die Rohheit der Umwelt gegenüber diesen vom Schicksal benachteiligten Kindern.

Zum Schluss meiner Erinnerungen möchte ich jenen Lehrpersonen, die zu meiner Zeit zuerst an der Pestalozzi-Hilfsschule und dann an der Allgemeinen Sonderschule in Knittelfeld unterrichtet haben, mein großes Lob für ihre vorbildlich geleistete Arbeit aussprechen.

Johannes Sturm

Schicksalsnacht

Anfang März 1945: Marschbefehl zur Oderfront! Weg vom verträumten sächsischen Städtchen Leisnig an der Mulde. Mit einem Holzgas-Lkw von der Maschinenfabrik Augsburg-Nürnberg (MAN), einem Dreieinhalbtonner. Siebzehn halbwüchsige Kindersoldaten und ein neunzehnjähriger Leutnant. Fahrt auf der Reichsstraße 169. Vor jedem Hügel blieb der Holzgas-Veteran stehen (er hatte uns zuvor zur Fahrausbildung gedient). „Alles absitzen!" Schieben der ächzenden alten Karre.

Am frühen Nachmittag kam mir eine Idee: Da wir an diesem Tag nicht mehr an unser Ziel gelangen würden, könnte ich vielleicht den Ablauf so beeinflussen, dass wir in Mückenberg (heute Lauchhammer/West), an der Route liegend, übernachteten. In der Nähe meiner Freundin Ilse und der Eltern. Ich konnte unseren Chef überzeugen. Mit einbrechender Dunkelheit erreichten wir den Ort. In der Schule befand sich jetzt eine „Kampfkommandantur". Ein mit Stroh ausgelegter Klassenraum reichte für unsere Truppe.

Es folgte Stufe zwei der „Operation". Ich, der Siebzehnjährige, begann auf den fast gleichaltrigen Vorgesetzten einzureden: „Bitte geben Sie mir bis zur Abfahrt morgen früh ‚Urlaub auf Ehrenwort'!"

Nach einigem Kopfwackeln antwortete er: „Ja." Was ich zuvor selbst nicht zu glauben wagte.

Ich stürmte schnurstracks los: zu einem Ladenbesitzer um die Ecke, der meinen Vater kannte. „Bitte leihen Sie mir ein Fahrrad!" Und er gab mir eins, wenn auch ohne Licht. Wie von Furien gepeitscht trampelte ich durch die Nacht. Doch anstatt erst zu meinen Eltern fuhr ich zur Wohnung von Ilse. Seit

1938 hatten wir gemeinsam eine Schulklasse besucht. In den Jahren 1944 bis 1949 schrieb sie mir dann regelmäßig.

An diesem Abend fand ich Ilse mit ihrer Mutter und ihrem Bruder beim Abendessen vor. Ihr Vater war an der Front. Ich träumte schon länger davon, Ilses Nähe spüren zu können. Doch nun wagte ich nicht einmal zu fragen, ob ich vielleicht über Nacht bleiben dürfte. Dabei war es verlockend, doch noch vor dem drohenden „Heldentod" das Wunder der Liebe erleben zu können. Fraglich, ob man mich wirklich dabehalten hätte – in meiner schäbigen, abgetragenen Uniform, mit einem großen Schmutzfleck vom Lkw-Schieben im Gesicht, den ich erst später bemerkte.

Wichtiger jedoch: Ich war zwar Soldat, aber eigentlich noch mehr ein Kind. Anstelle des lieben Mädchens griff ich mir also den Drahtesel und radelte weitere sechs Kilometer zu meinen Eltern. Die ganze Familie saß um mich herum. Da ich im Liegen aß, wäre ich fast noch vor den Augen aller Anwesenden an einer Schinkensehne erstickt.

Am nächsten Morgen holte ich das Mädchen Ilse brav vor seinem Haus ab. Ich begleitete sie zu ihrer Arbeitsstelle, der Brikettfabrik. Abschied für sechs Jahre …

Am Abend dieses Tages meldete ich mich zum „Endkampf" an der Oder. Bei der Panzergrenadier-Division i. A. (in Aufstellung) in Müncheberg, einem Städtchen östlich von Berlin. Dort sollten wir den Stab vor Fliegerangriffen schützen. Mit hochmodernen, nagelneuen Zwei-Zentimeter-Zwillingsgeschützen Marke „Oerlikon" – Präzisionsarbeit aus der „neutralen" Schweiz. Die stählernen Schutzschilde aus dem Ruhrgebiet fehlten jedoch. Dort saßen bereits die Westalliierten. Für den „Rest" des Krieges hatten wir gerade mal vierhundert Granaten. Nach zehn Minuten Dauerfeuer wären sie weg gewesen. Vernünftige Militärs hätten uns als Statisten, die doch nur im Wege standen, nach Hause geschickt …

Am 16. April 1945 begann auch für uns das letzte und schlimmste große Sterben. Von den Seelower Höhen an der Oder bis tief hinein in die Straßen Berlins. Nie wieder sah ich die Stadt so intensiv. Die Erinnerung wurde prägend. Wir gelangten bis in einen absolut menschenleeren Innenhof von Hitlers Reichskanzlei …

Der junge Leutnant hatte zuvor noch einmal mein Schicksal beeinflusst: Für die Halbketten-Lafetten, die wir vorfanden, reichte meine Lkw-Prüfung nicht. Er behielt mich dennoch. Schickte stattdessen einen „Kameraden“ von der „Volksliste 3“ weg, weil dieser besser Polnisch als Deutsch verstand.

So wurde auch ich der unnützen Opferung junger Deutscher ausgesetzt. Diese Tage nehmen in meinem Gedächtnis einen größeren Raum ein als viele Friedensjahre. Sie sind noch immer Gegenstand nächtelanger Alpträume. Obwohl sie, im Vergleich zu meiner Lebenszeit, zeitlich weniger als ein Wimpernschlag sind.

Kurios und bemerkenswert: Es gelang mir in jener Märznacht 1945, einen Vorgesetzten zu manipulieren, meinen Willen durchzusetzen. Urlaub von der Truppe, in dieser Situation! Mir kam es als mehr vor als nur ein Schulstreich – obwohl er nichts Handfestes brachte.

Dem jungen, gutherzigen und wohl auch vertrauensseligen Leutnant riss später am Rande von Berlin eine russische Panzergranate beide Beine ab. Das letzte Bild von ihm? Vielleicht gilt ihm das namenlose Holzkreuz mit einem Stahlhelm darauf, das ich später im Forst von Berlin-Friedrichshagen sah.

Im chaotischen Rückfluten der Wehrmacht vor „Stalinorgeln“, Trommelfeuer und Panzerarmeen wurde der Satz wieder aktuell, den man einst über Napoleons Armee sagte: „Mit Mann und Ross und Wagen hat sie der Herr geschlagen.“

Ich verfehlte zwar den „Heldentod“, doch einer Straflagerhaft von fünf Jahren entging ich nicht. Im „östlichen Gewahrsam“ – wie die „Deutsche Dienststelle“ mitteilte. Denunziert von deutschen Nachbarn als angeblicher „Werwolf“ und wegen „antisowjetischer Propaganda“. Nur weil ich – wie alle anderen damals – nicht in russische Gefangenschaft wollte. Vom Kindersoldaten Hitlers zum Gefangenen Stalins: ein damals nicht seltener Weg.

Zurückblickend verwundert mich meine ungeheure Naivität, die ich heute nicht mehr nachvollziehen kann. Vordergründig beim Mädchen Ilse. Sie schrieb mir zwar getreulich Rote-Kreuz-Postkarten ins Lager. Aber nach meiner Rückkehr wollte sie mit dem ausgehungerten, mittellosen „Spätheimkehrer“ keinen Kontakt mehr. Verabschiedung schon am Gartenzaun. Ohne Wiederkehr. Warum? Ein Rätsel bis heute. 1997 hörte ich, dass sie als Dolmetscherin arbeitete. Zuletzt bei der DDR-Justizministerin Hilde Benjamin, der „roten Hilde“. Das Mädchen Ilse starb früh. Ausgerechnet in Russland.

Gravierender: mein Unvermögen, die damalige Überlebenssituation zu realisieren, obwohl ich doch tief in der Zeitgeschichte drinsteckte: die Agonie des Hitlerreiches. Damals allgegenwärtig. So an der Panzersperre am Ortseingang meines Heimatdorfes, die ich in jener Nacht, bevor ich in den Endkampf für Hitler zog, mit dem Fahrrad passierte.

Nur zwei Monate später hatte die Rote Armee die übereifrigen nazifanatischen Fänger von Wehrdienstverweigerern und Deserteuren für immer weggefegt. Nur noch sechzig Tage galt das unsägliche Motto „Heldentod oder Rübe ab“.

In jener Märznacht wagte ich nicht einmal, meine Eltern nach einem „Versteck mit Verpflegung“ zu fragen. Furchtbar. Das Prinzip der Nazis „Schnelle Tötung eines jeden, der auch nur einen Satz gegen Hitler sagt“ schlug voll durch. Es zerstörte selbst die engsten Familienbande.

Aus sechzig Tagen Angst wurden für mich schließlich fast sechzig Monate elendiger Qualen in Stalins Lagern. Am schlimmsten die Folter zur Erzwingung eines falschen Geständnisses. Die Rückbesinnung auf die Jahre 1944 bis 1949 hat einen realen Grund: Die Erinnerung muss wach gehalten werden, damit sich Ähnliches nicht wiederholt. So bleibt unser Vermächtnis an die Nachfahren: ein immer gutes Gedächtnis!

Bleibt noch zu fragen, wie ich heute entscheiden würde. Würde ich wieder befehlsgemäß in den Krieg ziehen, aus Angst vor den Konsequenzen einer Weigerung? Mit siebzehn Jahren.

Ich weiß es noch immer nicht. Dazu sind mir die Bilder der Ende April 1945 von SS und Feldgendarmerie an Berliner Laternenpfählen strangulierten Gleichaltrigen, angeblichen „Feiglinge“, noch zu deutlich im Gedächtnis. Im März 1945 entschied ich, als gäbe es keine andere Möglichkeit. Ich ließ mich mit der allgemeinen Strömung treiben. Das Grübeln über alternative Varianten bringt mir nun nichts mehr.

Das Mädchen Ilse ging mir lange nicht aus dem Kopf. Auch weil ich sie nie „haben“ konnte. Mich schmerzt meine verlorene Jugend. Viele verheiratete Spätheimkehrer kamen mit einer Enttäuschung, wie ich sie erlebte, überhaupt nicht mehr zurecht. Zum Glück blieb mir das erspart.

Edelgard Thomas

Kriegserinnerungen aus der Kindheit

Es war schon ein seltsames Haus, unser Wohnhaus, dieses vom Baustil her ehrwürdige, um 1903 entstandene Gebäude in der Jahnstraße 13. Von jeder Familie wäre eine Geschichte zu erzählen, denn das Außergewöhnliche, teils Gruselige, musste mit den Bewohnern seinen Einzug gehalten haben.

Noch vor der endgültigen Fertigstellung des Hauses hatte eine seriöse Familie, ein Beamtenehepaar, das Haus bezogen, das anfänglich noch mit Öllampen ausgestattet war. Familie Spieker hatte damals drei erwachsene Kinder. So wurde es meinen Eltern erzählt. Das Ehepaar Spieker war inzwischen verstorben.

Die Kinder der Familie möchte ich einmal vorstellen. Der einzige Sohn, riesengroß und dürr, mit wasserblauen, kalten Augen, hatte sich freiwillig zur Waffen-SS gemeldet. (Ich füge es gleich an: Er ist gesund aus dem Krieg zurückgekommen und hat seine am Arm befindliche SS-Tätowierung später mit einer Zigarette herausgebrannt.) Obwohl er stets korrekt und freundlich auftrat, war ich jedes Mal froh, wenn er vorübergegangen war, ohne mich anzusprechen. Das war nicht immer so, denn manches Mal stellte er mir Fragen wie, ob ich schon im Bund Deutscher Mädel sei und auch eine ordentliche Uniform besäße, oder Ähnliches. Ich war damals elf Jahre alt. Irgendwie flößte er mir angstvollen Respekt ein. Ich ging ihm aus dem Weg, wenn es nur möglich war.

Eine der beiden Töchter machte in dieser Zeit eine so genannte gute Partie, wie man im Haus ehrfurchtsvoll erzählte. Sie heiratete einen vornehmen, reichen Herrn und verließ mit ihm die Stadt, um eine Villa zu beziehen.

Nur Mathilde, die jüngste, burschikos aussehende Tochter, verblieb in der großen Wohnung. Sie wirkte streng, war aber zu uns Kindern recht nett, wenn wir sie respektierten und ihr höflich begegneten. Darauf legte sie großen Wert. Oft traktierte sie uns mit Belehrungen. So sagte sie mir eines Tages mit ihrer sonoren Stimme, dass man die Erwachsenen immer rechts gehen lassen müsse, das gehöre zur guten Sitte. Ich habe es mir gemerkt und denke heute noch des Öfteren daran, wenn ältere Menschen an meiner Seite sind.

Das Wohnzimmer der Mathilde Spieker, in der dritten Etage, lag über dem Schlafzimmer meiner Eltern. Von oben erklang des Öfteren Klaviermusik, wobei Mathilde ihre tiefe, männliche Stimme erklingen ließ.

Um ein wirkliches Bild von ihr zu vermitteln, muss ich sie genauer beschreiben. Mathilde war seinerzeit etwa Mitte vierzig, zirka ein Meter siebzig groß, hatte ein herbes und vom Rauchen gelbgraues Gesicht. Ihr kurzes, welliges, grau meliertes Haar war streng nach hinten gekämmt, ähnlich einem Herrenschnitt, ihre Figur männlich, ohne Taille, wenn sie auch einen ansehnlichen Busen ihr Eigen nannte. Ihre Beine waren stark muskulös. Gänzlich in Männerkleidung gesteckt, hätte man sie, mit ihrer Zigarette im Mund, gut und gerne für einen Mann gehalten. Man munkelte, sie sei ein Zwitter. Ich konnte mir darunter nichts vorstellen. Und meine Mutter zu fragen, das war mir peinlich, denn eine Besonderheit vermutete ich schon dahinter. Doch wie gesagt, Mathilde war freundlich, hatte oft ein lustiges Verschen parat und flötete oft nach Herzenslust.

Eines schönen Tages zog eine feine Dame bei ihr ein – groß, ein wenig korpulent, ein schönes, edles Gesicht, ein Typ Indira Gandhi –, die Mathilde uns als ihre Freundin vorstellte. Sie habe großen Kummer hinter sich, denn ihr Bräutigam sei erst vor kurzer Zeit im Krieg gefallen. Daher habe sie von einem Tag auf den anderen halbseitig weißes Haar bekommen. Sie habe ihr Leid getan, deshalb habe sie Erna aufgenommen, erzählte sie meiner Mutter. Das war zu verstehen. Mathilde stellte sie uns als Fräulein Erna Schröder vor.

Fräulein Schröder war sehr sympathisch und angenehm als Mitbewohnerin. Was mich immer noch sehr an sie erinnert und was mich seinerzeit störte, war ihre Gestik. Wenn sie mit jemandem sprach, nahm sie keinen Augenkontakt mit ihrem Gegenüber auf; stattdessen streckte sie unentwegt eine Hand vor, spreizte die Finger und sah ständig auf ihre leicht fibrierende Hand bzw. auf die Finger. Sie hatte wohlgeformte, aber für eine Frau viel zu große Hände, das war mir aufgefallen. Aber da sie eine stattliche Erscheinung von fast aristokratischem Aussehen war, passten sie zu ihr.

Von nun an sah man Mathilde nie mehr allein. Immer erschienen beide Frauen in unserer Straße. Jeder kannte sie, und jeder grüßte sie. Oft standen sie neben mir in dem kleinen Lebensmittelgeschäft, das sich in unserer Straße befand. Es war Treffpunkt für alle Leute in der Straße. Das kinderlose Ehepaar Rosendahl, die Besitzer des Geschäftes, war sehr freundlich und sympathisch. Hier bei den Rosendahls gab es immer etwas zu plauschen und zu erfahren.

Auch Mathilde und Erna standen des Öfteren in dem kleinen, engen Laden. Es waren angenehme Menschen, über die es nichts Negatives zu berichten gab. Allenfalls störend war für mich, dass sie ständig mit „Heil Hitler!“ grüßten und eine der größten Hakenkreuzfahnen in der Straße besaßen, die sie bei nationalsozialistischen Festen aus ihrem Fenster flattern ließen. Die Fahne hat mich weniger gestört, aber dieses „Heil Hitler!“ mutete mich als Kind fremd an, obwohl der Gruß zur Gewohnheit vieler geworden war. Doch gute Bekannte oder Nachbarn begrüßte man immer noch mit der Tageszeit. Dieses „Heil Hitler!", ich empfand es als unpersönlich. Aber man machte mit diesem Gruß wohl Eindruck auf die vielen Mitmacher, die Parteigenossen und andere, die sich aus Angst einen guten Namen machen wollten. Der Gruß signalisierte Solidarität mit dem Regime und seinen Anhängern.

Mathilde und Erna waren gemütliche und kommunikative Leute. Nicht selten luden sie die Nachbarn zum Kaffeestündchen ein, bei dem auch meine Mutter des Öfteren zugegen war. Auch mein Dabeisein wurde akzeptiert, wenn ich „den Mund hielt", wie Mathilde in militärischem Ton verfügte, was für mich nicht immer leicht war. Es ging oft fröhlich zu, wenngleich die Politik immer zum Thema Nummer eins gemacht wurde. Man darf nicht vergessen, dass in dieser Zeit tagtäglich Bomben auf deutsche Städte fielen, also die Zivilbevölkerung größte Not hatte und furchtbare Ängste ausstand. Wir befanden uns im dritten Kriegsjahr, und die Chance auf einen Kriegsgewinn schien für die meisten immer unwahrscheinlicher geworden zu sein, auch wenn die Propaganda immer noch den baldigen Endsieg prophezeite. Die beiden Damen standen dem nationalsozialistischen Regime positiv gegenüber und einige andere Hausbewohner wohl auch. Die „Halbjuden" hielten verständlicherweise aufgrund ihrer traurigen Erlebnisse oppositionell dagegen. Das war recht mutig. Aber da sich Spiekers und Herr Groß, der Hausbesitzer, von klein auf kannten, schwieg man darüber. Das allein war schon ungewöhnlich.

Die Besuche bei Spiekers waren stets eine willkommene Abwechslung in dieser angstvollen und von Hunger geprägten Zeit. Mitunter kam ein jeder mit einer Kleinigkeit in der Hand zu den Spiekers. Einer hatte ein paar süße Plätzchen in Rapsöl gebacken, das er auf dem Schwarzmarkt erstanden hatte, und ein anderer hatte ein Lot Kaffeebohnen in seiner Jackentasche versteckt. Das war eine Rarität! Man war nicht wählerisch in dieser Zeit. Hatte man Fett, ein paar Kartoffeln oder ein wenig Mehl, war man ein König. Jeder brachte meist sein „Ergattertes", wie man es seinerzeit nannte, mit zu den Spiekers, bei denen immer ein gutes und gemütliches Milieu und Klima herrschte, soweit ich das als Kind beurteilen konnte.

Beide Damen hatten die höhere Schule besucht und besaßen Bildung. Wenn Mathilde sich dann trotz der schlechten Lage, in der wir uns befanden, ans Klavier setzte und Opernarien trällerte, wie „... die Liebe vom Zigeunerstamm" aus der Oper „Carmen" oder „... in diesen heiligen Hallen" aus Mozarts „Zauberflöte", wobei Letztere sehr gut zu ihrer tiefen Stimme passte, wurde der Nachmittag für alle zu einer willkommenen Kurzweil und ließ oft für Stunden die traurige Situation des Krieges vergessen. Ein wenig erleichtert ging später jeder in seine Wohnung zurück. Vielleicht würde es ja gleich wieder Fliegeralarm geben, und die Angst, die Todesangst, trat wieder an die erste Stelle. Der Luftschutzkeller war zu einem allgemeinen Treffpunkt geworden. In dieser Zeit gab es kaum persönliche Auseinandersetzungen. Alle saßen im gleichen Boot, und das ließ die Menschen zusammenrücken.

Viel Trauriges gibt es aus dieser Zeit zu berichten, so auch, dass Frau Rosendahl, die Besitzerin des kleinen Lebensmittelladens, Bescheid bekam, dass ihr Mann in Russland gefallen war. Das Geschäft war von nun an geschlossen. Frau Rosendahl war nicht mehr zu sehen und hatte sich in ihrer Trauer vergraben. Erst nach langer Zeit sah man sie wieder. Bald besuchte sie des Öfteren Mathilde und Erna. Die drei Frauen waren ungefähr im gleichen Alter. Vielleicht war Frau Rosendahl ein wenig jünger. Sie war eine schlanke, ausgesprochen hübsche Frau. Wie bedauernswert, dass ihr Mann gefallen war! Die Rosendahls waren ein schönes Paar gewesen. Nun hatte der Krieg ihr ganzes Glück zerstört.

Gerda Rosendahl kam jetzt immer öfter zu uns ins Haus. Die Freundschaft zwischen den drei Frauen schien enger geworden zu sein. Frau Rosendahl war jetzt wieder aufgeschlossener, das hatte gewiss auch die Zerstreuung bei Mathilde und Erna bewirkt. Sie kam jetzt fast jeden Tag, und die Hausbewohner wunderten sich nicht wenig, dass sie nicht mehr so oft eingeladen wurden. Aber sie hatten Verständnis. Frau Rosendahl stand allein, und sie brauchte Trost.

Eines Nachmittags sah ich, als ich aus unserer Etagentür trat, dass Frau Rosendahl wieder den Weg zur zweiten Etage nahm. Ich weiß nicht, wer sie empfing. Ich weiß nur, dass etwa eine Stunde nach ihrem Eintreffen ein fürchterlicher Hilfeschrei durchs Haus gellte: „Erich, komm schnell, Erni …!"

Erich Groß, der Hausherr, hatte trotz verschlossener Etagentür den entsetzlichen Schrei vernommen. „Mathilde, was ist denn?", rief er.

„Erich, komm sofort, die Erni …!"

Erich Groß sprang mit großen Schritten die Treppe zur zweiten Etage hinauf. Die Tür knallte ins Schloss. Dann war es erst einmal still.

Nach einiger Zeit hörten wir von weitem ein Martinshorn. Das Geräusch kam näher. Alle öffneten verstohlen die Fenster, auch meine Mutter. Ein Krankenwagen bog in unsere Straße ein, hielt vor unserem Haus, drei Männer stiegen aus, zwei nahmen eine Trage, während der dritte, wir nahmen an, der Arzt, schnellen Schrittes zu Spiekers ging.

Was war passiert? Ein Nachbar klingelte vorsichtig beim anderen. Aber keiner wusste etwas. Es war aufregend und spannend zugleich.

Nach etwa dreißig Minuten öffnete sich Spiekers Etagentür, schwere Schritte waren zu vernehmen, viele Menschen mussten es sein. Sie verließen das Haus. Erst jetzt hatten die neugierigen Hausbewohner aus ihren Fenstern ein wenig Einblick: Auf der Trage lag eine mit einem Tuch bedeckte Person. „Eine Tote“, mutmaßten wir.

Mathilde war es nicht. Sie kam weinend aus dem Haus und stieg in den Krankenwagen. Erich Groß und Frau Rosendahl standen fassungslos beieinander, bis Herr Groß sie unterhakte und nach Hause begleitete. Frau Rosendahl wohnte nur ein paar Minuten von uns entfernt. Was war Schreckliches geschehen?

Als es nach einer Weile bei meinen Eltern klingelte, stand Herr Groß mit bleichem Gesicht vor der Tür und sagte: „Schrecklich! Erni ist tot!“

„Wie – tot?“, fragte meine Mutter ungläubig und schlug die Hände vors Gesicht.

Sichtlich berührt erzählte Erich nun – meine Eltern duzten sich mit dem Hausherrn –, was geschehen war. Er hatte den Hilferuf gehört und war nach oben geeilt. Dort hatte Mathilde nur geschrien: „Ins Schlafzimmer!“ Dort habe er dann gesehen, was passiert war: Erna Schröder hatte sich an den aufgesetzten, kugelgroßen Knöpfen des schweren Eichenholzkleiderschrankes erhängt. Er habe sie sofort angehoben, damit Mathilde sie abschneiden konnte, aber alle Hilfe sei zu spät gewesen. Auch der herbeigerufene Arzt habe nur noch den Tod feststellen können.

„Was war denn passiert?“, wollte meine Mutter erregt und neugierig zugleich wissen.

Erich Groß erzählte weiter: „Erna wollte Kaffee kochen. Nachdem sie schon längere Zeit fort war, meinte Mathilde zu Frau Rosendahl: ‚Wo bleibt denn Erni mit dem Kaffee?‘ Auf das Zurufen Mathildes antwortete sie nicht. Daraufhin ging sie in die Küche, dann rufend durch die Wohnung, bis sie im Schlafzimmer das Entsetzliche sah. Erna muss auf einen Stuhl gestiegen sein, sich den Strick um den Hals gebunden haben, ihn dann am Aufsatz des Kleiderschranks befestigt haben und anschließend ins Leere gesprungen sein. – Ein grauenvoller Anblick!"

Lange wurde über das Motiv von Erna Schröders Selbstmord spekuliert. Doch nie hat jemand erfahren, was der eigentliche Grund für ihren Suizid war. Hatte sich Mathilde in Gerda Rosendahl, die einstmals verheiratete Frau, verliebt? Dies war eine Variante. Oder wollte Erna – die doch früher verlobt gewesen sein soll! – das Leben mit der lesbischen Mathilde nicht weiter fortführen? Alles blieb für die Nachbarn im Dunkeln. Das ließ sie nur noch mehr rätseln.

Was erstaunte, war, dass Frau Rosendahl nie wieder in unser Haus kam. Sie musste einen Schock erlitten haben – oder ahnte sie oder nahm an, dass sie der Grund für Ernas Tod gewesen sein könnte?

Mathilde trauerte lange Zeit. Immer wenn einer von Fräulein Schröder sprach, traten Tränen in ihre Augen. Nach langer Zeit fand sie schließlich wieder eine neue, junge Freundin, mit der sie ihre Wohnung teilte. Die Neue war rein äußerlich nicht als gut aussehend zu bezeichnen, wenn man jedoch mit ihr sprach, gewann sie sehr, und sie schien sehr intelligent zu sein. Sie wohnte viele Jahre mit Mathilde zusammen, bis sie, kaum vierzig, einen feinen alten Herrn heiratete. Wieder eine andere Variante in Mathildes Leben, was die Leute der damaligen Zeit kaum verstanden.

Später hatte Mathilde noch einmal ein heimliches Verhältnis mit einer schönen, verheirateten Frau. Dass deren Mann irgendwann davon erfuhr, ist anzunehmen, denn die ganze Gegend sprach darüber. Wenn ihr Mann außer Haus war, hängte Frau Faber helle Küchentücher auf den Balkon, für Mathilde gut sichtbar. Wenig später machte sich diese dann auf den kurzen Weg zu ihrer neuen Freundin, die nur eine Straße entfernt wohnte (daher war die Sicht von Balkon zu Balkon möglich).

Einige Nachbarn wollten es mit Bestimmtheit wissen. Ob es der Wahrheit entsprach, sei dahingestellt. Möglicherweise war es nur üble Nachrede. Mathildes Besuche bei Frau Faber waren allerdings Realität.

Auf jeden Fall zog Mathilde eines Tages fast überstürzt, ohne eine besondere Erklärung, die die Mitbewohner erwartet hatten, zu ihrer verwitweten Schwester nach Bad Bertrich. Ob sie einem Skandal aus dem Weg gegangen war? Wir haben es nie erfahren.

Viele Jahre später erfuhr ich, dass Mathilde noch lebte. Sie muss sehr alt geworden sein, „Tante Mathilde“, wie ich sie nennen durfte.

Ich bedaure, dass ich sie nicht mehr wiedergesehen habe. Doch ich denke, dass sie in der nationalsozialistischen Zeit mit ihrer Andersartigkeit große Ängste und Nöte ausgestanden haben muss, über die sie nie sprechen konnte, und dass sie vielleicht auch aus diesem Grund mit allen gut Freund sein wollte. Vielleicht war sie auch von Natur aus ein freundlicher Mensch, möchte ich zu ihren Gunsten sagen. Leider galt es damals als inakzeptabel, gar anrüchig, wenn jemand lesbisch bzw. homosexuell war. Und selbst heute werden diese Menschen mitunter noch als Außenseiter abgestempelt und lässt sie ihr Anderssein im Abseits stehen, wenngleich sich in den letzten Jahren vieles zu ihren Gunsten geändert hat.

Es wäre zynisch und nicht fair, wenn ich mein Gefühl von damals zu „Tante Mathilde“ heute anders beschreiben würde: Für mich war sie eine ungewöhnliche Frau, der gegenüber ich einen gewissen Respekt hegte, sie, die mir als Kind manche „Benimmregel“ beigebracht hat und die mich lehrte, älteren Menschen stets den Vortritt zu lassen. Manche ihrer Lehren beherzige ich noch heute.

Eberhard Vogel

Inferno Dresden[1]

Mein Vater war in den ersten Kriegsjahren zur Spezialausbildung „Nachrichtendienst" (Sondereinsatz Partisanenbekämpfung) in Meißen, nahe Dresden, kaserniert. Eine Bombe ist dort nie gefallen.

Von ihm wusste ich, dass Dresden nicht nur ein zunehmend bevorzugter Ort (noch gute ärztliche Versorgung und Verpflegung, kulturelle Angebote) zur Wiederherstellung (Frontverwendungsfähigkeit) verwundeter Frontsoldaten war, sondern auch der Einbunkerung von Verwaltungs- und Geschäftsakten, Melderegistern, Vorratsdrucken von Lebensmittel- und Kleiderkarten und vielem anderen mehr aus den bebombten Städten des ganzen Reichsgebietes diente.

Doch galt die Sorge meines Vaters eher der Überlegung, dass in Dresden und Umgebung überwiegend rein deutsche Industriebesitzungen angesiedelt waren, deren Schonung nicht unbedingt im Interesse alliierter Bomber liegen könnte (in Unterschied etwa zu den Thyssenwerken im Rheinland).

Den 13. Februar 1945 hat er nicht mehr erlebt; er war, mit vielen anderen, den zügig vorstoßenden sowjetischen Truppen im Altvatergebirge im Wege. Kurz zuvor war Warschau gefallen (17. Januar 1945), und am 11. Februar 1945 wurde Budapest besetzt. Auf der Konferenz von Jalta (4. bis 11. Februar 1945) wurden die Vorstellungen der Londoner Konferenz vom 12. September 1944 über die Aufteilung Deutschlands in Besatzungszonen abschließend geregelt.

---

[1] Dieser Beitrag entstand im Februar 1995 ursprünglich als Leserbrief für das Nachrichtenmagazin DER SPIEGEL, wurde von diesem aber nicht veröffentlicht.

Bezüglich der Ende 1943 in Teheran versprochenen Entlastung durch die Errichtung einer zweiten Front im Westen waren die Sowjets Ende 1944 offenbar etwas enttäuscht: Die Westalliierten waren am Rhein zum Stehen gekommen, nachdem die deutsche Ardennenoffensive im Dezember 1944 und die missglückte britische Luftlandung bei Nimwegen zu hohen Verlusten geführt hatten. Die Fronten mussten umgruppiert, der Nachschub neu organisiert werden, sodass US-Truppen erst am 7. März 1945, die Rheinbrücke bei Remagen nehmend, ins reichsdeutsche Kernland eindrangen.

Die ursprüngliche alliierte Konzeption eines gemeinsamen zeitnahen Überschreitens von Oder und Rhein und des großen Finales vor Berlin ging nicht auf. Im Übrigen ist es nicht nur spekulativ, dass es angesichts des nahen Endes Hitlerdeutschlands vor allem in London (dort samt Exilregierungen) und Washington politische Stimmen gab, die den mörderischen Endkampf im Sinne einer möglichst weitgehenden Abnutzung den Deutschen und Sowjets allein überlassen mochten.

Aber die nicht unberechtigten Sorgen der Sowjets, zwischenzeitlich könnten die letzten Werkstätten und Abschussrampen der deutschen V-2-Raketenwaffen noch unvorhersehbares Unheil anrichten, veranlassten die Westalliierten, mit schnellen Voraus-Kampfverbänden (überall weiße Fahnen) Lübkes Zwangsarbeiterlager im Harz und den gefürchteten SS-General Wernher von Braun in Süddeutschland zu befreien (um Letzteren samt Wissenschaftlercrew unter falschem Namen und samt Familien und Klavier in die USA einzuschmuggeln – zum späteren Ruhme der nordamerikanischen Raumfahrt).

Allein dank ihrer absoluten Lufthoheit waren die britisch-amerikanischen Generalstäbe (und damit deren Regierungen) bilderbuchmäßig über den Zustand aller Verkehrswege und die deutsche wie sowjetische Frontentwicklung informiert (auf die meisten Bewegungen auf Straßen und Schienen veranstalteten die „Spitfires“ tagsüber ein regelrechtes Scheibenschießen; ich musste zum Beispiel viele Kilometer im Straßengraben, zeitweilig von Baumschatten zu Baumschatten huschend, zurücklegen).

Alle Eisenbahnlinien in Mitteldeutschland waren im April 1945 durch zerbombte Züge, Munitionsfahrzeuge und Flakzüge absolut „verkehrsberuhigt“. Das galt ebenso für alle Flugplätze. Außer einigen Straßensperren gab es keinen geordneten militärischen Widerstand mehr.

Warum also noch das INFERNO DRESDEN?

Man stelle sich doch vor: Die Sowjets rücken seit Monaten planmäßig und unaufhaltsam aus dem Südosten gegen Sachsen vor. Die Sieger von Warschau stellen schon die ersten Pontonbrücken für den Oderübergang zusammen, während sich gleichzeitig riesige Geschützkolonnen und Panzerarmeen zwischen Küstrin und Görlitz auf dem östlichen Oderufer aufreihen. Nur noch wenige Wochen bis zum letzten Aufbruch der Roten Armee – und die westalliierten Kampfverbände stehen zu dieser Zeit noch an der „Siegfriedlinie“, allein räumlich weit abgeschlagen.

Also wird Dresden – mit all jenen besonderen Schätzen, seiner Verwaltungs- und Verkehrsinfrastruktur – sehr bald unversehrt in die Hände der Sowjets fallen, ihnen neben einem nicht hoch genug einzuschätzenden Herrschaftswissensvorrat eine intakte Landesverwaltung bescheren … Es hieße, Winston Churchill völlig zu verkennen, wenn ihn diese Situation kalt gelassen hätte …

Um das strategisch wie politisch erbarmungslose Kalkül an einem noch eindeutigeren Vorgang zu demonstrieren, hier das Schicksal des kleinen sächsischen Städtchens Falkenberg an der Elster (5000 Einwohner): Es ist neben Leipzig der größte Güterverschiebe- und Umschlagplatz Mitteldeutschlands, Verkehrsdrehscheibe der Eisenbahnlinien Berlin–Potsdam–Dresden–Prag, Wittenberg–Dessau–Magedeburg und Cottbus–Torgau–Leipzig. Nach scheinbar zufälligen Bomben(markierungs)-angriffen am 16. und 18. April 1945 verkündet Radio London am Abend (gerade hatte die sowjetische Offensive an der Oder begonnen, teils schon die Neiße erreicht, und die ersten Panzer rollten bereits aus einer Entfernung von etwa 120 Kilometern heran), „dass am Donnerstag, den 19. April die völlige Zerstörung des Eisenbahnknotenpunktes Falkenberg erfolgen wird"!

An jenem 19. April, bei herrlichem klaren Frühlingswetter, huschte ich (siehe oben) im Straßengraben auf dieses Falkenberg zu, als sich gegen Mittag der Himmel dröhnend bewölkte und sich vor meinen entsetzten Augen dort ein Bombenregen ergoss. Das gesamte riesige technische Bahnareal wurde maßgerecht und nahezu vollständig zerstört, natürlich auch zivile Bauten, und es gab unzählige zivile Tote. Da auch alle Vorratsscheunen, Bunker, Silos und Zeughäuser vernichtet wurden, war damit fast die gesamte Versorgung für viele Monate weithin unmöglich geworden, von den Verkehrsproblemen ganz zu schweigen (und es gehört zur objektiven Berichterstattung, dass die Rote Armee die so gestrafte deutsche Bevölkerung nicht etwa zynisch ihrem Schicksal überließ, sondern unter eigenen Opfern buchstäblich erste Hilfe leistete).

Zuvor hatte ich, von Berlin kommend, auf einem kurz danach von Tieffliegern in Brand geschossenen Militärfahrzeug das brandenburgische Städtchen Zossen passiert und konnte die panikartige Auflösung und Flucht des im dortigen Wald angesiedelten Oberkommandos des Heeres erleben; man hatte Glück, denn wenige Stunden später blockierte eine Panzerkolonne der 3. Schützendivision der Ersten Ukrainischen Front, von Finsterwalde kommend, die Fluchtwege.

Einer der davongekommenen Rothosen verdanke ich manches des hier Geschilderten.

Übrigens: Amerikanische Truppen erreichten am selben Tag Leipzig und trafen sich dann bekanntlich am 25. April 1945 mit ihren sowjetischen Kollegen bei Torgau an der Elbe – ganze 24 Kilometer von dem noch brennenden Falkenberg entfernt …

Mit anderen Worten: Der Kalte Krieg begann schon heiß, ehe der letzte beendet war.

Und deshalb hätte es der Königin von Großbritannien und Nordirland durchaus angestanden, sich anlässlich ihres Dresden-Besuches der schlichten, auch von deutschen Repräsentanten geübten Geste menschlicher Trauer zu entledigen – vor den imposanten Trümmern der Frauenkirche etwa. Aber diese herzlose Unperson hielt es noch nicht einmal für nötig, dort einen Kranz abzulegen! Es hat wohl seinen Grund, dass sie und eine gewisse britische Spezies mit einer unsäglichen Familie lebenslänglich gestraft ist …

Angesichts eines sich überstürzenden Zeitgeschehens und dessen zeitsynchroner medialer Bewältigung kann es Tätern durchaus recht sein, auch in sich ruhende historische monumentale Zeitzeugen beseitigt zu wissen (was sollen die Schliemanns nach uns eigentlich davon halten?): Die Trümmer der weltberühmten Dresdner Frauenkirche – eine verwundete Königin in der Nacht menschlichen Versagens – können nur so, wie ich sie im Juni 1989 unwiederholbar noch im Bild einfangen konnte (siehe nachfolgende Seite), der moralischen und christlichen Mahnung dienen; über diesen anhaltenden Bedarf lässt sich gewiss nicht streiten oder gar rechten – dafür steht (im Vordergrund) der unversehrte trutzige Bruder Martin.

Aber es ist zu fürchten, dass Heinrich Heine bald abermals um seinen Schlaf gebracht wird – von der Trompete eines ein-

Martin-Luther-Denkmal vor der Ruine der Dresdner Frauenkirche (Juni 1989)

fältigen Mannes (Ludwig G.), dessen gefällige Anpassung an die jeweils Herrschenden offenbar ein Privileg vieler Kultur- und Geistesschaffender ist: Das Talent, die besondere Begabung wird nicht verstanden als (göttliche, moralische, soziale!?) Verpflichtung, sondern vielmehr als Gelegenheit zur mehr oder weniger scham- und hemmungslosen Bereicherung, zur so genannten Selbstverwirklichung. Der überlieferte unvergleichliche Wohlklang der riesigen Kuppel der Frauenkirche, so ließ der begnadete Trompeter früh wissen, würde endlich der Fülle und Kraft seines Atems gerecht (koste es die anderen, was es wolle; letztlich wird dieser barbarische Wiederaufbau eine runde halbe Milliarde D-Mark verschlingen, während die Dresdner „Unterwelt" mangels Geld weithin noch eine baufällige Kloake bleiben wird).

Als in Dresden schon in den frühen achtziger Jahren verschämte gesundheitsamtliche Empfehlungen (die Herren Berghofer und Modrow lassen grüßen, beim Umtrunk mit dem raren Elbe- und Saale-Wein) umgingen, die Werktätigen mögen unbedingt vom Gebrauch ihres Elbwassers, bei Gefahr für Leib und Gesundheit, absehen und sich ausschließlich des extra angelieferten staatlichen Mineralwassers bedienen, da wichen jene Angepassten mit internationalem DDR-Reisepass noch immer in die Welt des schönen Scheins (und der schönen DM- und Dollarscheine) aus.

Es schmerzt, dass der an sich kluge und tatkräftige, von seinen Sachsen hoch geschätzte Kurt Biedenkopf sich in dieser so elementaren Frage von einer west-östlichen Kultur- und Finanzmafia hat linken lassen.

Dresden und die Königsstädter haben neben allgegenwärtigem Luxus mehr zu bieten als eine jedem gefällige Kultur und Historie: eine Vergangenheit, aus der allein sich ihre Gegenwart verstehen und gestalten lässt. Und deshalb haben Dresden und seine Bürger auch Anspruch auf geschichtliche Gerechtigkeit, Wahrhaftigkeit – da sei Bruder Martin vor!

Otto Volz

Schnaps und Whiskey

Lautes Poltern und Klopfen am Hoftor weckte mich auf. Ich erschrak und hatte plötzlich unheimliche Angst. Dann hörte ich die schlurfenden Schritte des dicken Bäckermeisters auf dem Hof. Quietschend öffnete sich das große hölzerne Tor.

In meiner kleinen Schlafkammer über der Einfahrt war es stockdunkel. Von der Straße drangen Gemurmel und Lachen zu mir herauf. Dann dröhnte die mächtige Stimme des Hausherrn durch die Nacht: „Otto, komm runter, du kannst doch Englisch!"

Ich zuckte zusammen und zog mich schnell an. Ich wusste gleich, das konnten nur die Amis sein.

Sie waren am Tag zuvor ins Dorf gekommen. Mit fünf schweren Panzern waren sie unter ohrenbetäubendem Lärm plötzlich vor dem Rathaus aufgetaucht, knapp zwei Stunden nachdem die so genannte deutsche Front, oder was davon noch übrig war, sich durch die Hauptstraße geschleppt hatte. Als ich diese deutschen Soldaten sah, wurde mir klar, dass der Krieg verloren war. Es waren höchstens einhundert Mann ohne schwere Waffen. Sie humpelten über die Dorfstraße oder saßen und lagen auf den vier Pferdewagen, die von müden Kleppern gezogen wurden.

Wie alle meine Klassenkameraden hatte ich bis zu diesem Zeitpunkt an den Endsieg geglaubt. Das war nun vorbei.

Beim Großangriff auf Frankfurt im März 1944, als unser Gymnasium in Schutt und Asche fiel und wir Zwölfjährigen aus der Quinta uns erst Stunden später mithilfe unserer Lehrer aus den Trümmern befreien konnten, irrten wir orientierungslos durch das brennende Frankfurt. Doch damals konnte uns das

Grauen noch nicht erschüttern. Wir glaubten trotz des Elends an Deutschland, denn an was sollte ein Zwölfjähriger nach fünf Jahren Krieg glauben? Sein Leben war der Krieg.

Doch die Schulleitung in Frankfurt zeigte Erbarmen. Die Klassen wurden in bombenfreie Gegenden Hessens evakuiert. Natürlich ohne die Eltern. Denn die Väter „verteidigten" Deutschland irgendwo in der Ukraine oder in Nordafrika, und die Mütter hatten die so genannte Heimatfront „fest im Griff".

So wurden die Sexta und die Quinta mit zwei Lehrern in ein Dorf in Oberhessen verlegt. Jedem Bauern wurde auf staatliche Anordnung ein Schüler zugeteilt.

Hierbei hatte ich Riesenglück. Ich kam zum einzigen Bäcker im Ort, das war viel besser als bei einem Bauern, denn die verlangten Mithilfe bei der Stallarbeit und auf dem Feld. Ich musste oder durfte in der Backstube mithelfen, was mir riesigen Spaß bereitete. Ich lernte, wie Brot und Brötchen gebacken werden. Der Geruch frisch gebackenen Brotes war wunderbar.

Samstags, wenn wir keinen Unterricht hatten, herrschte in der Bäckerei viel Betrieb. An diesem Tag brachten die Bauern ihre selbst gemachten Kuchen zum Backen. Und da in der Backstube für die vielen Kuchenbleche wenig Platz war, wurden die meisten so lange auf dem Hof abgestellt, bis der Ofen wieder frei war. Da auch eine Bäckerei nicht ohne Haustiere und Stalltiere lebte, hatte ich die ehrenvolle Aufgabe, mit einem großen Besen Hühner und Ferkel zu verscheuchen, wenn sie an die Kuchen wollten.

Immer klappte das jedoch nicht. Wenn ich mit meinen Freunden während der „Kuchenwache" in der Scheune Skat spielte, kam es hin und wieder vor, dass einige Hühner über die von mir aus Brettern und Stangen provisorisch errichtete Absperrung flogen und die Butterstreusel vom Kuchen fraßen. Aber das merkte ich immer rechtzeitig, bevor es Ärger gab. Ich ergänzte die abgefressenen Streusel, indem ich von anderen Kuchen Ersatz holte. Die Fußspuren der Hühner im Teig ließen sich von Hand leicht glatt drücken.

Nur einmal wäre beinahe alles schief gegangen. Acht Ferkel hatten die Bretterwand zum Einsturz gebracht, sich blitzschnell auf einem großen Pflaumenkuchen breit gemacht und angefangen, die Pflaumen zu fressen.

Dieser Kuchen war unrettbar verloren. Aber noch hatte es sonst niemand bemerkt. Meine Freunde und ich scheuchten die Ferkel schnell in den Stall, kratzten den angefressenen Teig vom Blech und schütteten ihn auf den Misthaufen, wo er irgendwie in der Jauche versank. Das Kuchenblech versteckten wir in der Scheune.

Aber wie sollten wir das Fehlen des Pflaumenkuchens erklären? Wir beschlossen, zunächst gar nichts zu erklären, sondern so zu tun, als sei nichts passiert. Und wir hatten gut daran getan. Denn wie unglaublich es auch klingen mag: Auch an diesem Samstag blieben mehrere Kuchen nach dem Backen unabgeholt liegen. Die Bauern hatten sie einfach vergessen. Unser Pflaumenkuchen wurde auch nicht vermisst.

Während die Städter doch mit den paar Lebensmittelmarken haushalten mussten, lebten die Einheimischen wie die Made im Speck. Beim Brotkauf gaben sie keine Brotmarken ab. Sie lieferten dem Bäcker Mehl in Säcken ab und bekamen dafür ohne Marken ihr Brot und ihre Brötchen. Auf einer Strichliste wurde vermerkt, für wie viele Brote das Mehl noch reichte. Richtig kapiert habe ich das nie, ich fand das alles nur sehr ungerecht den Städtern gegenüber.

Einmal pro Woche half ich beim Brotausfahren in die Nachbardörfer. Ich durfte dann den Brotwagen lenken, der von Nimrod, einem zwanzig Jahre alten Wallach, gezogen wurde.

Auf dem Bock musste ich warten, bis der Meister in den

einzelnen Häusern sein Brot abgeliefert hatte, was manchmal endlos lange dauerte. Damals wusste ich noch nicht, warum; erst Jahre später erfuhr ich, dass der Bäcker bei dieser Gelegenheit einige Frauen beglückte, deren Männer gerade „das Vaterland verteidigten“. Mein Anwesenheit auf dem Wagen war deshalb wichtig, weil Nimrod, wenn der Meister allein losgefahren war, nicht immer auf seinen Herrn gewartet, sondern sich ab und zu allein mit dem Wagen auf den Heimweg gemacht hatte.

Ansonsten war der Bäckermeister wirklich ein herzensguter Mensch. Er war auch im Laden zu jedem freundlich und nett.

Nur einmal, im Februar 1945, schrie er wie ein wildes Tier. Er riss das Führerbild von der Wand über dem Schreibtisch und warf es aus dem Fenster auf die Straße. Dann rannte er hinaus und trampelte mit seinen schweren Stiefeln so lange auf der Glasscheibe des großen Bildes herum, bis die Fotografie Adolf Hitlers nur noch aus Papierschnitzeln und zersplittertem Glas bestand.

Erschrocken klammerte ich mich an die Ehefrau des Hausherrn. Mit tränenerstickter Stimme sagte sie dann leise zu mir: „Wir haben soeben ein Telegramm bekommen: Karl, unser einziger Sohn, ist mit seinem U-Boot im Golf von Biscaya vor der Küste Frankreichs untergegangen. Er sollte doch die Bäckerei übernehmen!“

Aber dieser Vorfall mit dem Führerbild blieb ohne Folgen. Niemand hat ihn angezeigt, denn sonst wären auch mehrere Dörfer ohne Bäcker gewesen …

Doch zurück zu der Nacht im April 1945.

Es war zehn Minuten vor Mitternacht, als ich die Treppe zum Hof hinunterstolperte und zum Hoftor lief. Aufgeregt diskutierte der Bäckermeister mit zwei Gestalten in Uniform.

Das abgedunkelte Licht der Hofeinfahrt fiel voll auf das Gesicht des einen nächtlichen Besuchers. Ich erschrak. So ein schwarzes Gesicht hatte ich noch nie gesehen. Die schwarzen Augen leuchteten in weißem Feld. Über das ganze Gesicht zog sich ein breites Grinsen.

„Hello boy, wonderful, you speak English?"

Ich hauchte ein „Yes, a little bit!" und wurde von seinem Kameraden, einem blassen, rothaarigen Typ, am Arm ergriffen und auf die Straße gezerrt.

„We want Schnaps and Whiskey, come on boy, come on!"

Ich erschrak schon wieder. Wie sollte ich wissen, wer in diesem Dorf noch Schnaps und Whiskey hatte? Doch da fiel mir ein, dass es hier ja zwei Gasthäuser gab, die vielleicht irgendetwas zu trinken hatten.

Ich entschied, dass wir zuerst zum „Gasthof zur Deutschen Eiche" gingen, das war nur fünfhundert Meter entfernt.

Natürlich war dort alles dunkel und verschlossen. Die beiden Amis kapierten gleich, dass es sich hier um eine Kneipe handeln musste. Sie rüttelten an der Tür und fingen an zu singen.

Es dauerte ein paar Minuten, dann öffnete sich die Tür. Dahinter stand Veronika, die Wirtin. Ihr Blick fiel zuerst auf mich. „Mein Gott, Otto, was machst du denn hier mitten in der Nacht?"

Ich erklärte ihr die Situation, und sie zeigte sofort Verständnis. Sie führte uns in die Wirtsstube und sah mich fragend an. „Ich habe keinen Schnaps und erst recht keinen Whiskey, nur das dünne ‚Fliegerbier' und etwas selbst gemachten Holunderwein!"

Ich sah sie flehend an. „Bringen Sie bitte irgendetwas zu trinken, ich weiß nicht, was sonst passiert!"

Die Wirtin nickte und holte einige Flaschen „Fliegerbier".

In wenigen Minuten hatten es sich die beiden Soldaten auf dem alten Sofa gemütlich gemacht, das in der Ecke der Gaststube stand. Sie rauchten „Chesterfield" und tranken das dünne deutsche Kriegsbier. Sie waren mit der Situation anscheinend sehr zufrieden.

Nach einer Stunde hatte Veronika kein Bier mehr. Da brachte die Wirtin den Holunderwein, der mit lautem Singen begrüßt wurde.

Meine Blicke fielen immer wieder auf die Schachtel „Chesterfield". Was konnte man alles dafür eintauschen!

Mein Gedanken wurden unterbrochen, als der Dunkelhäutige mir ein Glas Holunderwein hinhielt und lallte: „Come on boy, let's drink!"

Ich nahm das Glas, nippte daran und verlangt ganz frech eine Zigarette.

Die beiden lachten und warfen mir die ganze Packung zu. Als ich sie schnell einstecken wollte, bestanden sie darauf, dass ich mir eine ansteckte.

Ich hatte noch nie geraucht und fing auch gleich an zu husten. Daraufhin sagte ich, dass mir Schokolade eigentlich lieber sei.

„Okay!", meinte der Rothaarige und reichte mir eine ganze Tafel „Cadbury" rüber.

Ich konnte es kaum glauben. Ich hatte Schokolade, die erste seit vier Jahren! Schnell steckte ich sie ein.

Das also waren die gefürchteten Amerikaner, die hier so fröhlich tranken und lachten. Es war zwar nicht das erste Mal, dass ich richtige Amerikaner gesehen hatte, aber es waren die ersten lebenden, mit denen ich in Berührung kam.

Im Januar 1945 hatte ich die erste Begegnung, als über unserem Dorf ein viermotoriger Bomber von einer Me 109 abgeschossen wurde. Der deutsche Jagdflieger kam aus einer einsamen Wolke und stieß in den Verband, der aus mindestens einhundert Flugzeugen bestand. Ein Bomber wurde von zwei Feuerstößen getroffen und brach sofort auseinander. Vom Schulhof aus konnten wir alles genau verfolgen. Tragflächen und Rumpf trudelten in Kreisbewegungen zur Erde. Ein Mann der Besatzung konnte sich mit dem Fallschirm retten. Zirka dreihundert Meter vom Dorf entfernt stürzten die Flugzeugteile auf einen Rübenacker.

Unser Englischlehrer und ein Dorfpolizist nahmen den abgesprungenen Amerikaner in Gewahrsam. Er ließ sich ohne Widerstand festnehmen.

Wir aber waren vom Schulhof gerannt und zur Absturzstelle gelaufen. Wir wühlten in den qualmenden Trümmern und suchten nach brauchbaren Dingen und Beutestücken. Hohen Sammlerwert hatte für uns die Bordmunition, die haufenweise unbeschädigt herumlag. Wir stopfen uns die Taschen voll und gerieten erst in Panik, als wir Überreste der Flugzeugbesatzung erblickten. Dieser Anblick war zu viel für uns. Einige fingen an zu heulen und mussten sich übergeben.

Wir beruhigten uns erst, als wir wieder im Klassenzimmer saßen. Hier präsentierten wir voller Stolz unsere Beute, indem wir die einzelnen Patronen und Geschosse der Größe nach auf unseren Schulbänken aufstellten.

Unser Lehrer wurde beim Anblick dieser gefährlichen Objekte leichenblass und schrie uns mit heiserer Stimme an: „Nichts mehr anfassen! Alle raus auf den Schulhof, schnell, schnell!"

Zu diesem Zeitpunkt konnten wir die Ängste des Lehrers nicht nachvollziehen, erst später begriffen wir, dass wir uns in tödlicher Gefahr befunden hatten.

Aber jetzt war der Krieg für uns vorbei. Ich saß mit den ehemaligen „Feinden Deutschlands" nachts am Biertisch. Die Angst, die ich zu Beginn meiner nächtlichen Entführung gehabt hatte, war verflogen. Ich fühlte mich einfach nur hundeelend und todmüde. Ich wollte endlich nach Hause.

Die alte Pendeluhr an der Wand des Gastraums schlug viermal. Veronika erklärte den beiden Gästen meinen körperlichen Zustand.

Sie erhoben sich von der Couch und klopften mir fröhlich auf die Schulter. „Good night, boy, good night, and thank you for the Schnaps!“

Als ich in die dunkle Nacht hinaustrat, war mir kalt. Doch die „Cadbury“ und die „Chesterfield“ in meiner Tasche vermittelten mir ein großes Glücksgefühl. So schlenderte ich unbekümmert über die Hauptstraße Richtung Bäckerei.

Doch ich kam nicht weit. An der Straßenkreuzung blendete mich plötzlich der grelle Lichtstrahl einer Taschenlampe, und eine laute Stimme klang durch die Nacht: „Stop! Where are you? What are you doing here?“

Da fiel mir siedend heiß ein, dass die Amerikaner Ausgangssperre verhängt hatten. Niemand durfte bis sieben Uhr morgens das Haus verlassen. Ich war zwar sofort hellwach, konnte aber vor lauter Aufregung kein Wort Englisch mehr.

Die Streife erkannte, dass ich sehr aufgeregt war, und sprach mich plötzlich auf Deutsch an.

Ich erklärte den beiden, dass ich unterwegs gewesen war, um ihren Kameraden zu zeigen, wo es „Schnaps und Whiskey“ gab.

Und das wollten sie nun auch wissen. Doch dazu war ich nicht mehr in der Lage. Ich schüttelte den Kopf und machte darauf aufmerksam, dass es doch schon spät in der Nacht war und ein Junge in meinem Alter endlich ins Bett müsste. Aber morgen könnte ich ihnen gern zur Verfügung stehen.

Wir verabredeten uns für den nächsten Tag, abends um neun Uhr vor meiner Haustür, um dann die „Schnaps- und Whiskey-Tour“ zu machen.

Als ich zusammen mit der nächtlichen Streife die dunkle

Hauptstraße entlangging, überlegte ich, wie ich dem allem entgehen könnte. Und ich fand die Lösung meines Problems wenige Meter vor der Haustür. Ich blieb vor einem Haus stehen, dessen Giebel ebenso in die dunkle Nacht ragte wie bei den anschließenden Häusern. Und dort sah ich, dass eine kleine Seitentür zur Scheune offen stand. Ich hauchte ein leises „See you tomorrow!“ und verschwand.

Über den großen Hof und die hinteren Scheunen gelangte ich auf das Bäckereigrundstück. Ich meldete mich beim Bäckermeister zurück, der im Wohnzimmer saß und sich große Sorgen gemacht hatte, dass er mich den Amerikanern ausgeliefert hatte. Er wirkte nun sehr erleichtert, dass alles gut ausgegangen war.

Ich ging auf mein Zimmer und fiel ermattet ins Bett.

Als ich am Morgen aufwachte, dachte ich zunächst, mein nächtliches Abenteuer sei nur ein verrückter Traum gewesen. Doch dann fiel mein Blick auf das kleine Nachttischchen. Und dort lagen die Tafel „Cadbury“ und die Schachtel „Chesterfield“.

Adolf Wischnath

Der Schuldturm[1]

Nach dem am 1. April 1938 bestandenen Assessor-Examen hatte ich beim Amtsgericht Essen einen Richter zu vertreten, der für einige Zeit an ein anderes Gericht im Ruhrgebiet abgeordnet war. In dieser Funktion hatte ich auch mal an einem Wochenende den sogenannten Eildienst wahrzunehmen.

Während eines solchen Eildienstes kam einmal ein Rechtsanwalt mit seinem Klienten, einem Zahnarzt, und beantragte den sofortigen Erlaß eines persönlichen Arrestes, weil ein Patient des Zahnarztes auszuwandern beabsichtige und schon im Begriffe sei, noch heute Essen zu verlassen.

Persönlicher Arrest hieß damals sofortige Festnahme und Abführung durch den anwesenden Gerichtsdiener (Wachtmeister) in das gerichtliche Arrestlokal.

Schon von meinem Vater, Richter am Amtsgericht Gütersloh, hatte ich gelernt, daß ein Richter bei zwei oder mehreren Lösungsmöglichkeiten immer die mildeste anzuwenden hat. Also wies ich den Arrestantrag ab und beschloß, daß der Paß beschlagnahmt und dem Gerichtsvollzieher auszuhändigen sei.

Erfolg: Der Klient (Patient) bezahlte die Rechnung des Zahnarztes und bekam seinen Reisepaß gleich wieder frei. (Streitwert: 500 Reichsmark.)

Als nach Kriegsende viele Flüchtlings- und Vertriebenenströme auch in die Landgebiete zwischen Bielefeld und Güters-

---

1 „Schuldturm = ein in älteren Rechtsordnungen gesetzlich eingeräumtes Mittel des Gläubigers, einen säumigen Schuldner mit staatlicher Hilfe zu inhaftieren." (Das Große DUDEN LEXIKON in acht Bänden, Bibliographisches Institut Mannheim, Bd. 7, S. 253, Stichwort „Schuldhaft").

loh gelenkt wurden, lernte ich einen Kammergerichtsrat[1] aus Berlin kennen, der in unserer Nähe einquartiert war, kam mit ihm ins Gespräch und erzählte ihm auch von meiner Tätigkeit am Essener Amtsgericht. „Donnerwetter, das sind *Sie* gewesen!“ entfuhr es ihm, und er erzählte mir, daß sich dieser Fall der Rettung eines Juden bis nach Berlin herumgesprochen hatte.

Ich war schockiert, weil ich es nicht für möglich hielt, daß ein deutscher Richter im Dritten Reich (1938) seine heimlichen Aufpasser hatte. Wer der Denunziant war, weiß ich natürlich nicht.

Ansonsten habe ich während der Hitlerzeit keine Unregelmäßigkeiten gegenüber der ordentlichen Gerichtsbarkeit erfahren. Und gehört habe ich davon auch nichts; ich war als Soldat am Westwall und in Frankreich dabei, lag dann mit einer schweren Rippen- und Bauchfellentzündung im Reserve-Lazarett Bethel bei Bielefeld und schied als nicht mehr k.v. (kriegsverwendungsfähig) aus der Wehrmacht aus, um wieder meinem juristischen Beruf nachzugehen.

---

1 „Kammergericht ist das für Berlin zuständige Oberlandesgericht, die abweichende Bezeichnung ist historisch zu erklären.“ (Creifels Rechts-Wörterbuch, 17. Aufl., Neuaufl. 2002, Verlag C. H. Beck München, S. 752).
Daß es sich bei dem Zahnarztpatienten um einen Juden handelte, habe ich erst durch diesen Kammergerichtsrat aus Berlin erfahren. Von den unter Hitler eingerichteten Konzentrations- und Vernichtungslagern habe ich erst nach dem Kriege 1945 gehört und zirka zwei Jahre gebraucht, um mich von der Wahrheit der Geschehnisse dort zu überzeugen. („Auschwitz, polnisch Oświęcim, nahe der Weichsel, südöstlich von Kattowitz, Oberschlesien, 29 000 Einwohner. Während des 2. Weltkriegs befand sich hier ein berüchtigtes Konzentrations- und Vernichtungslager der Nationalsozialisten“, so das Große DUDEN LEXIKON, Bd. 1, S. 389.)
Ich darf mir vielleicht einbilden, dem jüdischen Zahnarztpatienten aus Essen durch meine Entscheidung über die Paßfreigabe (unbewußt) geholfen zu haben, der weiteren Verfolgung und einem gewaltsamen Tod zu entkommen.

Ich kann also gar nicht mitreden, wenn sich andere Veteranen über ihre Erlebnisse in Ostdeutschland, Polen oder Rußland unterhalten, und winke bei der Aufforderung „Mensch, du warst doch dabei!" gleich ab. Meine Kriegserlebnisse vollzogen sich im Luftschutzkeller des „Heimatkriegsgebietes", und dazu gehörte die vorsorgliche Evakuierung mit vier Kindern (Mädchen, zwei Söhne wurden erst später geboren) in eine Behelfsheimsiedlung[1] draußen vor dem Teutoburger Wald (Sennelandschaft).

Ich habe also nur verhältnismäßig harmlose Kriegserlebnisse aufzuweisen und hatte als „Studierter" Positionen ohne die Verpflichtung, auf andere Menschen, außer bei Notwehr, schießen zu müssen (Ordonnanzoffizier, Adjutant).

---

1 Vgl. mein Gedicht „Die Windflöte. Der Krieg in den Hütten der Zuflucht und Verbannung" in: Damals war's. Zeitzeugen erzählen aus ihrem Leben. Ausgabe 2001, Frieling-Verlag, Berlin 2001, S. 507–511.

Die Reichskristallnacht

Im Winter 1938 war ich als Richter am Landgericht Münster tätig. Ich war Beisitzer in einer Zivilkammer, vor der Schadensersatzklagen gegen das Deutsche Reich, vertreten durch das Generalkommando VI in Münster (Wehrmacht), verhandelt wurden; dabei ging es um Ansprüche von Lkw-Eigentümern, die im Auftrag der Wehrmacht Material zum Bau von Befestigungsanlagen an der Westgrenze (Westwall) transportierten und dabei unterwegs Verkehrsunfälle erlitten.

Ich bewohnte ein möbliertes Zimmer und fuhr am Wochenende zu meiner Familie in Bielefeld, mit der Eisenbahn natürlich, wer konnte sich damals schon ein eigenes Auto leisten?

Als ich am 9. November 1938 abends in Münster vom Landgericht auf meine „Bude" kam, erzählte mir meine Zimmerwirtin, daß ihr Neffe – etwa zwölf bis dreizehn Jahre alt – eben heimgekehrt war und eine Menge Spielsachen mitgebracht hatte, die sie mir zeigte. Auf meine Frage, woher der Junge das Spielzeug habe, erklärte sie mir, daß die große Schaufensterscheibe eines Spielwarengeschäftes in der Stadt zertrümmert und die gesamte Auslage auf die Straße geworfen worden sei. Ich: „Das ist ja Plünderung, so was wird schwer bestraft." Der Junge mußte die Sachen wieder zurückbringen.

Am Juristen-Mittagstisch tags darauf war dieser Vorfall natürlich unser Tischgespräch. Der Polizeioffizier verurteilte den Jungen als Täter und lobte die Zivilcourage seiner Tante, meiner Zimmerwirtin. Der Reichswehroffizier lobte die unbekannten Täter, welche die Schaufensterscheibe eingeschlagen hatten.

Was die Presse und der Rundfunk (Fernsehen gab es damals noch nicht) dazu meinten, weiß ich nicht; in Münster las ich keine Zeitung und hatte auch kein Radiogerät.

Die *Moral von der Geschicht'*: Der oder die Inhaber des

Spielwarengeschäftes war(en) Juden, was ich aber damals nicht wußte. Allgemein nahmen wir an unserem Mittagstisch an, daß es sich bei den Tätern um Nazis aus Münster handelte.[1]

Als nach dem Krieg ein Stillstand der deutschen Rechtspflege ausgebrochen war und wir von der Britischen Militärregierung beherrscht wurden, richtete die Besatzungsmacht besondere „Spruchgerichte" zur Aburteilung von Nazi-Prominenten ein, die im Lager Staumühle beim Truppenübungsplatz Sennelager bei Paderborn einsaßen, das heißt interniert waren.

Der Schuldvorwurf ging dahin, von dem, was durch die Hitlermacht den Juden, Polen und sonstigen im NS-Jargon „Untermenschen" genannten Leuten angetan worden war, *gewußt zu haben*. Straftatbestand war somit schon das bloße *Wissen* um die Untaten und Geschehnisse.

Diese Spruchgerichte tagten in Fremdenheimen und Hotels des Kurortes Hiddesen bei Detmold.

Ich machte zu der Zeit ein sogenanntes Anwaltsprobejahr bei einem älteren Rechtsanwalt und Notar in Bielefeld, das Voraussetzung für eine spätere eigene Anwaltszulassung war. Dieser Anwalt bekam aus dem erwähnten Internierungslager laufend Verteidigungsaufträge, deren Ausführung er mit entsprechender Vollmacht mir übertrug, damit er sich wieder seiner alten Klientel aus der Land- und Forstwirtschaft widmen konnte. Und so fuhr ich denn oftmals mit der Eisenbahn von Bielefeld über Bad Salzuflen nach Detmold und vom Bahnhof Detmold mit der Straßenbahn zur Endstation Hiddesen, wo die Spruchkammern in den schönen Häusern dieses Kurortes am Aufstieg zum Hermannsdenkmal residierten. Die Internierten wurden meist zu Freiheitsstrafen verurteilt, die durch die Zeit im Internierungslager Staumühle als abgebüßt galten, so daß sie freigelassen wurden.

1 Tatsächlich war dies, historisch erklärt, die sogenannte Reichskristallnacht.

In einem Fall aber, bei dem ehemaligen NSDAP-Ortsgruppenleiter von Göttingen, gelang mir ein Freispruch wegen erwiesener Unschuld, weil der Mann beweisen konnte, daß die Synagoge in Göttingen von auswärtigen, sich rüpelhaft benehmenden Schlägertrupps zerstört worden sei. Keinesfalls seien Juden aus Göttingen dabei gewesen, sie hätte er alle gekannt; sie hätten genauso ihre Gottesdienste in der Synagoge gefeiert wie ihre christlichen Mitbürger in ihren evangelischen und katholischen Kirchen. Irgendwelche rassischen oder rassistischen Vorurteile gegen die Juden gab es nicht. Begriffe wie Antisemitismus waren im Volk noch unbekannt, die Juden genossen seit Anfang des 19. Jahrhunderts im Verhältnis zu ihren deutschen Mitbürgern volle Gleichberechtigung.

In der Literatur kann man sich über die Hintergründe der sogenannten Reichskristallnacht informieren. So ist im „Großen Ploetz" zu lesen:

„9./10. November 1938: *Reichskristallnacht*: Goebbels organisierte ‚spontane' Ausschreitungen gegen die Juden. 91 Morde, Zerstörung bzw. schwere Beschädigung von jüdischen Wohnungen und über 7000 Geschäften sowie fast allen Synagogen im Reich, insbesondere durch SA und aufgehetzte Jugendliche. Kurz darauf Beschlagnahme alles jüdischen Eigentums, den deutschen Juden auferlegte Sondersteuer (1 Mrd. Reichsmark), etwa 30 000 Verhaftungen von Juden. Endgültige Ausschaltung der Juden aus dem deutschen Wirtschaftsleben."[1]

„9. November: Die nationalsozialistischen Ausschreitungen gegen Juden in Deutschland, von Reichspropaganda-Minister Joseph Goebbels inszeniert als vorschützende Antwort auf die Ermordung eines Mitgliedes der Deutschen Botschaft in Paris, Ernst vom Rath, durch den Juden Heinrich Grünspan, wirken

[1] DER GROSSE PLOETZ. Die Daten-Ezyklopädie der Weltgeschichte, 32. Aufl., Verlag Herder, Freiburg im Breisgau, S. 897.

aufs Neue international alarmierend, insbesondere in den USA (‚Reichskristallnacht').“[1]

In der „Brockhaus Enzyklopädie“ heißt es:

„*Kristallnacht*, auch *Reichskristallnacht*, das von den Nationalsozialisten in der Nacht vom 9. zum 10. 11. 1938 organisierte *Pogrom* gegen die jüdischen Bürger in Deutschland. Am 7. 11. 1938 erschoß HEINRICH GRÜNSPAN in Paris den deutschen Botschaftssekretär E. vom Rath. Auf Initiative von J. GOEBBELS hin wurde dieses Attentat von den Nationalsozialisten benutzt, unter dem Deckmantel spontaner Kundgebungen in der Nacht vom 9. zum 10. November 1938 im gesamten Reichsgebiet Ausschreitungen gegen jüdische Kultstätten, Friedhöfe, Wohn- und Geschäftshäuser zu organisieren. Es wurden fast alle Synagogen und mehr als 7000 Geschäfte, darunter 29 Warenhäuser, zerstört. Im Verlauf des Pogroms fanden 91 Personen den Tod. Den angerichteten Schaden mußten die deutschen Juden selbst tragen. Außerdem wurde ihnen eine kollektive Sondersteuer in Höhe von 1 Mrd. RM auferlegt. Mehr als 30 000 Juden wurden verhaftet und zeitweilig in ein Konzentrationslager eingeliefert, um sie zur Auswanderung zu drängen.

Mit diesen organisierten Pogromen und den nachfolgenden Maßnahmen trat der Antisemitismus des nationalsozialistischen Staates in eine neue Phase ein, in der unter gänzlichem Verzicht auf rechtsförmige Begründung direkte Aktionen zur Verdrängung und schließlich zur Vernichtung des jüdischen Bevölkerungsteils eingeleitet wurden.“[2]

---

1 Ebenda, S. 750.

2 BROCKHAUS ENZYKLOPÄDIE in 20 Bänden, Bd. 10, 1970, 17. Aufl., S. 678. – Hier folgen bei Brockhaus noch weitere Literaturangaben: H. Graml: Der 9. November 1938 (1958); L. Kochnan: Pogrom 10. November 1938 (1957); Die Reichskristallnacht. Der Antisemitismus in der deutschen Geschichte, hg. v. d. Friedrich-

Soweit der tatsächliche Geschehensablauf, wie er sich aus den zitierten Fundstellen bei Ploetz und Brockhaus ergibt.

Nun aber zu der Frage: Wo warst du denn am 9. November 1938?

Hier die Antwort:

Am 1. April 1938 bestand ich das zweite Juristische Staatsexamen und wurde „Assessor" (heute „Richter auf Probe" genannt). Ich bekam auch gleich in Essen den Auftrag zur Vertretung eines Amtsgerichtsrats, der an ein anderes, auswärtiges Gericht abgeordnet war. Ich bewohnte ein möbliertes Zimmer und fuhr am Wochenende zur Familie in Bielefeld.

Nach einem ersten Auftrag zur Vertretung eines an ein auswärtiges Gericht abgeordneten Amtsgerichtsrats war ich im Herbst 1938 am Landgericht Münster tätig. Ich bewohnte ein möbliertes Zimmer und fuhr am Wochenende mit der Bahn zur Familie in Bielefeld.

Dazu jetzt noch eine kleine Geschichte, bei der ich damals nicht gewußt habe, daß auch sie zum Thema „Judenverfolgung" gehört. Sie spielt im Frühjahr 1938, also etwa ein halbes Jahr vor dem 9. November 1938.

Nachdem ich im April in Düsseldorf das Assessor-Examen bestanden hatte, bekam ich zur Vertretung eines an ein auswärtiges Gericht abgeordneten Amtsgerichtsrats ein „Kommissorium" beim Amtsgericht in Essen. In dieser Funktion wurde ich auch einmal zum Eildienst am Wochenende eingeteilt.

Da kam während eines solchen Eildienstes ein Rechtsanwalt mit einem Zahnarzt und beantragte in dessen Auftrag den Erlaß eines persönlichen Arrestes gegen einen Patienten, der ihm 500 RM schuldete und im Begriff war auszuwandern.

Persönlicher Arrest hieß damals sofortige Festnahme durch

Ebert-Stiftung (1960).

den anwesenden Gerichtswachtmeister und Verbringung in das gerichtliche Arrestlokal.

Schon von meinem Vater, Richter am Amtsgericht Gütersloh, hatte ich gelernt, daß ein Richter bei zwei oder mehreren Lösungsmöglichkeiten immer nur die mildeste anwenden darf. Also lehnte ich den Arrestantrag ab und beschlagnahmte lediglich den Reisepaß des Patienten, der dann bei Gericht hinterlegt werden mußte und nur gegen Zahlung der 500 RM wieder ausgelöst werden konnte. Daraufhin zahlte der Patient die 500 RM und bekam auf diese Weise seinen Reisepaß gleich wieder frei.

Wohlgemerkt, das war viele Monate vor dem 9. November 1938, und von Hitlers Judenverfolgung wußte ich damals nichts. Die im Kino von der „Wochenschau“ gezeigten Bilder eines Schaufensters mit der Aufschrift „Kauft nicht beim Juden!“ habe ich erst nach dem Krieg gesehen (Fernsehen gab es damals noch nicht).

Als nach dem Krieg große Massen von Flüchtlingen und Vertriebenen aus Berlin und Schlesien in Bielefeld sowie in den umliegenden Dörfern und Landgemeinden Unterkunft fanden, lernte ich unter anderem einen Kammergerichtsrat[1] kennen, mit dem ich öfter zusammenkam. Natürlich berichtete ich ihm auch von meiner Eildienstentscheidung beim Amtsgericht Essen im Jahre 1938. „Donnerwetter noch mal! Das sind *Sie* gewesen!“ Es hatte sich also bis Berlin herumgesprochen.

Ich aber war schockiert und fand es unerhört, daß auch ich „kleines Würstchen“ im Dritten Reich meine(n) *Aufpasser* gehabt habe.

Fazit: Es gab also doch Zeugen – zumindest den, den ich beim Detmolder Spruchgericht zu verteidigen hatte –, die einen „Tatort“ der Kristallnacht unbehelligt beobachten konnten.

---

1 „Kammergericht“ heißt aus historischen Gründen das für Berlin zuständige Oberlandesgericht.

Christel Zakl

Die Macht der Bomben

Ich sah wie im Traum
ein buntes Licht[1]
und wußte kaum
was man zerbricht

Schwankende Wand
bebende Erde
des Teufels Hand
die Bombenherde

Es war kein Traum
ein Trümmerfeld
zerrissener Baum
zerstückelte Welt

Schreie der Not
lodernde Flammen
Menschen waren tot
lagen zusammen

Niemand wußte wohin
man atmete schwer
Das war des Teufels Gewinn:
Des Menschen Herz wurde leer

[1] Angriffsmarkierung am Himmel.

Weihnachten im Schatten der Zeit (1945)

Ein Lager aus Holzbaracken – viel Hunger – aber wenigstens warm durch dicke Rohre, die von beiden Längsseiten gut heizten. Ein großer Raum, den man fast schon als Saal bezeichnen konnte. Vor den Rohren aufgeschüttet goldgelbes Stroh und auf ihm zwei Reihen Menschen – lauter Unbekannte, dicht an dicht.

Heiligabend auf Stroh. Jeder hatte nur noch ein paar Wäschestückchen. Ich aber war „reich“. Ich hatte sie immer vor den Russen versteckt: meine chromatische Mundharmonika. Sollte ich oder sollte ich nicht? Ich entschied: Du sollst spielen, aber nur leise, damit man die Russen von nebenan nicht störe oder sie gar anlocke.

Ich öffnete die knarrende Holztür, schloß sie aber schnell wieder, denn draußen war es eisig kalt, zumal noch ein starker Wind pfiff. Doch in unserer Baracke war es in dieser Hinsicht erträglich. So kamen dann und wann einige Leute von nebenan, um sich aufzuwärmen. Heute war es ein älteres Ehepaar: er in einem alten, abgeschabten Mantel; sie trug eine einstmals schöne Lederjacke, einen weiten bunten Rock und ein Kopftuch. Fragend blickten sie mich an. Ich nickte ihnen zu, und sie blieben. Auch die meisten „Mitbewohner“ setzten sich an die rohen Holzlatten des Tisches auf Hocker, die mehr alten Melkschemeln glichen.

Ich klopfte mein Instrument ein wenig und begann zu spielen: „Stille Nacht, Heilige Nacht“. Einige sangen ganz leise mit. Andere summten nur die Melodie. Manche unter ihnen lächelten schwach, wohl mehr wehmütig, andere weinten verstohlen in ihr Taschentuch. „Weihnachten“, flüsterte es neben mir, „bitte spielen Sie weiter, aber nicht ‚O du fröhliche‘.“ Ich nickte und spielte noch einige Lieder, die man summend begleitete. Da ich chromatisch und auf nur einem Ton spielte, hatte es etwas Feierliches.

Allmählich gingen einige wieder. „Danke! Das war ein Stück Heimat“, sagte sie; und er nickte: „Ja, Heimat für die Heimatlosen“, und wischte sich über die Augen. Dann ging auch das alte Ehepaar langsam – denn das Gehen fiel ihnen schwer – durch unsere knarrende Holztür zu ihrer knarrenden Holztür.

Die Russen vom Lager nebenan hatten wohl nichts gehört – oder hatten sie aus Ehrfurcht vor dem religiösen Inhalt der Lieder geschwiegen? Einige von ihnen sprachen, wie wir schon bemerkt hatten, ganz gut Deutsch. Vielleicht hatten sie den Text übersetzt. Vielleicht kannten sie auch die Melodie von „Stille Nacht, Heilige Nacht“. Wie dem auch gewesen sei: sie hatten uns nicht behelligt.

Ein Mann brachte ein paar Tannenzweige. Woher er sie hatte, das blieb sein Geheimnis. Ein anderer schnitt zerbrochene Zweigchen auf gleiche Länge und fertigte eine primitive kleine Holzkrippe aus ihnen. Aber weiter nichts Weihnachtliches. Die kleine Krippe blieb leer.

„Das muß so sein: Er ist doch im Himmel und schaut uns zu und freut sich, daß wir an ihn denken. Und im Himmel sind Mama und Papa auch“, flüsterte ein kleines blondgelocktes Mädchen.

„Ja, mein Vater ist auch da oben – von Stalingrad aus“, sagte ein Junge.

„Man muß brav sein“, sagte die Kleine, „dann kommt man auch dahin.“ Sie kramte aus ihrem Täschchen eine Schere hervor, schnitt sich eine große Locke ab und legte sie in die kleine Krippe. „Für das Jesuskind, wenn es kommt. Es soll nicht so weinen, wie meine Mama geweint hat.“

Es gibt einen Weg

Damals war's. Ja – und es war furchtbar!

Will man Zustände ändern, sollte man nach den Ursachen suchen, um die Wurzeln des Übels zu beseitigen.

Warum erhebt sich ein Volk gegen das andere? Mordet, wirft Bomben, vernichtet, vergast, verbrennt andere Menschen und freut sich noch, wenn es ihm gelungen ist, und feiert sogar Siege. Da stimmt doch etwas nicht in der menschlichen Gesellschaft, in der Völkergemeinschaft. Man scheut sich fast, das Wort zu gebrauchen, denn an vielen Orten triumphiert die Feindschaft.

Sind es die niederen Instinkte im Menschen, als etwas, das dem Tier zu eigen ist? Wuchern da noch Reste aus dem angeblichen Ursprung? Das glaube ich nicht, denn dem Menschen wurde der Geist gegeben, zu erkennen, und die Kraft, das Böse zu überwinden.

Ist der Geist im Laufe der Zeit verkümmert? Wohl kaum, und wenn, dann nur auf bestimmten Gebieten und bei bestimmten Gruppen.

War es die Technik, die den Geist verflachen ließ? Gab sie doch oft die Mittel zur Vernichtung an die Hand und noch dazu Gebrauchsanweisungen.

Anders sieht es schon aus, wenn wir das Tempo des Zeitablaufs in der Praxis betrachten: diese Hetze, dieses Jagen, diese Gier, zu bekommen und zu haben, um damit die Forderung nach einem bequemen und lustvollen Leben zu erfüllen!

Und wenn das nicht gelang? Wir kommen der Sache schon näher: Neid ist die Wurzel allen Übels, und die Gier, den anderen zu übertrumpfen, ist es auch. Was steckt dahinter? Meistenteils der Stolz: Sich mich an, ich bin mehr als du und überflügele dich. Ich habe ganz andere, bessere Leistungen. Ich bin dir weit überlegen – ich, der Herrliche. Mit mir kommst du nicht mit. Und schon macht sich der Stolz auf das eigene Ich breit. Man tut alles nur für sich, für das eigene Image. Das ist ein Egoismus, der die anderen geringschätzt, beiseite schiebt, um sich selbst zu erhöhen.

Oft glaubt man auch, auf diese Weise Macht zu gewinnen, die vielfach auch zur Selbstberäucherung eingesetzt wird. Und schon blüht das Unrecht den Mitmenschen gegenüber auf. Wie im Kleinen, so im Großen. Der falsch eingesetzte Geist sucht Materie und Macht und verflacht ethisch immer mehr, weil er sich über sein Tun keine Gedanken macht, sich selbst keine Rechenschaft gibt. Selbstkritik? Das ist und bleibt ein Fremdwort. Welche Selbstgerechtigkeit, wenn dann auch noch behauptet wird, der Geist sei ursprünglich falsch erschaffen worden! Der Mensch könne sich eben nicht mehr gegen falsche Einflüsse wehren. Vielleicht sei sein Geist auch müde geworden.

Man sucht nach Entschuldigungen für das eigene Verhalten. Der Mensch könne sich eben nicht mehr gegen schlechte Einflüsse wehren, denn sein Geist sei überstrapaziert. Überall sucht man nach Gründen, um das eigene Gewissen, das sich immer wieder meldet, zu beruhigen. Oft wird die angebliche Unkenntnis vorgeschoben. Man findet schon etwas, um sich selbst reinzuwaschen.

Weltweit lassen sich viele Menschen betäuben durch stundenlange Berieselung mit unmöglichen Melodien. Die gestellten Szenen werden immer lauter, immer brutaler. Kultur? Immer verpönter, verlacht. Hauptsache, nicht überlegen müssen – nur nicht denken!

Ja, wie sollte das Leben des einzelnen in einer Gemeinschaft denn sein, um die falsche Haltung – auch der Völker anderen Völkern gegenüber – zu überwinden?

Es gibt einen Weg, der uns gezeigt wurde: Eigene Rechte

mild üben, fremde Rechte streng achten, sagen die einen. Sich selbst und die eigenen Forderungen zurücknehmen, meinen die anderen. Die Lage des anderen, seine Situation besser zu verstehen suchen, indem man sie hinterfragt, indem man sich in die Lage des anderen zu versetzen sucht. Das gilt auch für ganze Völker und ganze Nationen. Wie würde ich mich verhalten, wenn ich an deren Stelle wäre?

Helfen – nun, das geht vielleicht noch – aber dienen? Warum denn? Dann müßte ich von meinen eigenen Wünschen etwas abschneiden, müßte mich selbst zurücknehmen und anderen Menschen den Raum geben, der ihnen zusteht. Das gilt nicht nur für einzelne, sondern genauso für die Völker. Diese Erkenntnis wäre schon ein Fortschritt.

Es gibt einen Weg, daß es nicht mehr so wird, wie es damals war. Man sollte auch die Folgen für andere Menschen sehen, ihr Leid bedenken. Erlittenes Unrecht verhärtet, läßt Haß wachsen. Nichts muß heute so sein, wie es damals, im Krieg, gewesen ist. Nicht: Ich habe die Macht, darum kann ich tun, was ich will. Alles für mich. Und sollte noch ein kleiner Rest bleiben, der ist dann für die anderen, für den Rest der Welt. Das vergrößert die eigene Schuld und die Schuld ganzer Staaten.

Einer hat den Weg zum Überwinden des Bösen nicht nur ausgesprochen, sondern vorgelebt: *Liebe deinen Nächsten.* Er offenbarte der Welt den Willen des Göttlichen, damit wir unseren Geist daran orientieren, um immer wieder unseren Willen am Guten auszurichten zu suchen. Nicht den anderen beherrschen, sondern ihm dienen wollen.

Damals war's – daran läßt sich nichts mehr ändern. Aber heute soll es nicht mehr so sein wie damals. Wir wollen dem Geist der Wahrheit, dem Gebot Gottes folgen.

Wie sähe es dann im Zusammenleben der Menschen und in dieser Welt aus!

Der Sieg des Untergangs

Blitze und Krachen
Wer lacht denn da
Des Teufels Rachen
Die Höll' ist nah

Brüllendes Schrein
jeder ist allein
wie zugerichtet:
Menschen vernichtet

Wo sind die Toten
die ihr verbrannt
Des Teufels Boten
seid ihr genannt

Leben zerrissen
was Gott geschenkt
Des Satans Wissen
hat euch gelenkt

Autorenspiegel
&
Seitennachweis

Bartsch-Rodtnick, Ingeborg Seite 5–13

Die am 8. Juni 1923 in Berlin geborene Autorin arbeitete nach dem Besuch einer Fachschule für Damenschneiderei u. a. als Büroangestellte im Reichspostzentralamt Berlin. Nach 1945 war sie in verschiedenen Berufen tätig, darunter als Modezeichnerin und -beraterin, als fremdsprachliche Stenotypistin, Chefsekretärin und Disponentin sowie als Fachlehrerin für Kurzschrift und Maschinenschreiben. Seit 1983 lebt sie in Bad Bevensen in der Lüneburger Heide.

Ingeborg Bartsch-Rodtnick stellte zusammen mit ihrem Ehemann Kurt Bartsch in der Freien Berliner Kunstausstellung regelmäßig Werke der naiven Kunst aus. Des Weiteren erschienen von ihr Bilder mit Texten in drei Büchern sowie Beiträge in verschiedenen Zeitungen und in einer Broschüre der Stadt Lauenburg/Elbe.

In vorliegender Anthologie präsentiert die Autorin aus ihrer noch in Arbeit befindlichen Autobiografie Erinnerungen an dramatische Tage gegen Ende des Zweiten Weltkrieges.

Boenke, Dieter Seite 14–18

Der Autor, Jahrgang 1928, wuchs im ostpreußischen Ebenrode unweit der litauischen Grenze auf. Während des Krieges geriet er in sowjetische Kriegsgefangenschaft, aus der er 1949 entlassen wurde. Er fand in Schleswig ein neues Zuhause, wurde Diplom-Verwaltungswirt und war dann bis zu seiner Pensionierung im Jahre 1990 bei der Post tätig, zuletzt als Personalstellenleiter.

Im Verlag Frieling & Partner erschienen von Dieter Boenke bisher das Buch „Verlorene Heimat – gefangene Träume. Ein Ostpreuße erinnert sich an Kindheit, Kriegsjahre und Gefangenschaft“ (1999, ISBN 3 8280 1075 X) sowie Beiträge in drei Ausgaben der Anthologie „Damals war's“ (2000, 2001 und 2003).

In vorliegendem Band präsentiert der Autor eine Weihnachtsepisode, in der sein damals dreijähriger Enkelsohn im Mittelpunkt steht.

Bretz, Winfried Seite 19–28

Der Autor wurde am 18. August 1936 in Mühlbach, Siebenbürgen, als sechstes Kind einer Schneiderfamilie geboren. In Klausenburg erlernte er an der Seite seines älteren Bruders zunächst das Druckerhandwerk. Nach dem Militärdienst holte er das Abitur nach, nahm sich ein Jahr Auszeit als Hilfslehrer im Gebirge und besuchte anschließend in Temeschburg (Temesvar) das Lehrerinstitut. Seit 1983 lebt er in Deutschland.

Bereits in seiner Lehrzeit unternahm Winfried Bretz erste literarische Versuche. Während seines Studiums kam es dann zu den ersten Gedichtveröffentlichungen in der „Banater Zeitung“ und in der Zeitschrift „Volk und Kultur“.

In vorliegender Anthologie präsentiert der Autor zwei Kindheitsgeschichten aus seinem noch unveröffentlichten autobiografischen Erzählband „Die Quergasse".

Bühler, Gerda Maria **Seite 29–34**

Die Autorin wurde in Dillingen an der Donau geboren und lebt heute in München.
Die großen Leidenschaften von Gerda Maria Bühler waren von jeher das Lesen, das Schreiben und das Reisen. Nachdem bereits einige ihrer Kurzgeschichten in Illustrierten veröffentlicht worden waren, erschien im Jahre 2000 im Verlag Frieling & Partner ihr Science-Fiction-Liebesroman „Der Stern vom Mond" (2000, ISBN 3-8280-1205-1). Des Weiteren wurde von ihr im Frieling-Jahrbuch „Reise, reise! Ausgabe 2002" eine Kurzgeschichte publiziert.
In vorliegender Anthologie präsentiert die Autorin zwei autobiografische Kurzgeschichten. In der ersten erinnert sie sich an ihr erstes Fahrrad, das ihr in schweren Zeiten wertvolle Dienste leistete; in der zweiten geht es um einen – durch eine kurze heftige Liebe ausgelösten – Gefühlsstrudel.

Eichentopf, Ellen und Klaus **Seite 35–40**

Ellen Eichentopf wurde am 14. August 1939 in Kiel geboren. Sie studierte von 1957 bis 1960 am Pädagogischen Institut Leipzig die Fachrichtungen Deutsch und Russisch. Danach unterrichtete sie an Schulen und Gymnasien, anfangs in Dossow bei Wittstock, später in Zwickau.
Klaus Eichentopf wurde am 27. Juni 1936 in Dresden geboren. Er studierte von 1954 bis 1959 an der Universität Leipzig Slawistik und Anglistik. Er wirkte im Lehramt für Russisch und Englisch an Schulen in Pritzwalk und im Raum Zwickau sowie 25 Jahre an der Zwickauer Pädagogischen Hochschule. Unter dem Pseudonym Klaus Eichent sind von ihm im Frieling-Verlag seit 1994 Beiträge in bislang sechs Anthologien und Jahrbüchern erschienen.
In vorliegender Anthologie veröffentlichen Ellen und Klaus Eichentopf, die heute beide in Zwickau im Ruhestand leben, Auszüge aus Briefen, die sie einander bald nach ihrer ersten Begegnung 1961 in den Wochen um den Mauerbau herum schrieben.

Elise **Seite 41–55**

Die unter diesem Pseudonym schreibende Autorin wurde 1937 in einem Dorf in Norddeutschland geboren. Nach Abschluss ihrer Fachschulausbildung arbeitete sie bis zu ihrer Heirat im elterlichen Betrieb.
Nachdem ihre Kinder erwachsen waren, widmete sie sich dem Schreiben, unter anderem als freie Mitarbeiterin einer Fachzeit-

schrift. Außerdem arbeitete sie unermüdlich an der Heimatgeschichte und an ihrer Familienchronik.
In vorliegendem Band erzählt die Autorin aus ihrem nicht immer leichten Leben, das unerwartet eine positive Wendung nahm und eine neue Dimension gewann, die sie täglich mit großer Dankbarkeit erfüllt.

Göddertz, Katharina **Seite 56–60**
Die Autorin wurde 1909 im thüringischen Kaltennordheim geboren. Sie lebte bis 1945 in Berlin und anschließend bis 1963 in Niedersachsen. Seither ist sie in Landau in der Pfalz zu Hause.
In ihrem Beitrag in vorliegender Anthologie schildert Katharina Göddertz ihre aufregende Reise vom Oktober 1945, die von der britischen in die sowjetische Besatzungszone und durch diese bis nach Berlin führte. Ins Reine geschrieben wurden diese Erinnerungen von ihrer Tochter, der Frieling-Autorin Katharina Zilles.

Gritsch, Gisela **Seite 61–72**
Die Autorin wurde am 7. Mai 1934 in Ostpreußen geboren und lebt heute in Achim (Niedersachsen).
Im Jahre 2000 erschien von ihr im Verlag Frieling & Partner das Buch „Ulli und Otti – Hitlerjugend und Gefangenschaft. Schicksale in Ostpreußen und Fünfeichen“ (ISBN 3-8280-1177-2). Darin erzählt Gisela Gritsch die Geschichte einer Freundschaft und berichtet von dem ergreifenden Schicksal ihres Bruders sowie dem wechselvollen Weg ihrer Familie, die trotz Kriegswirren und mancher Zerreißproben fest zusammenhielt.
In vorliegender Anthologie präsentiert die Autorin Erinnerungen an die Nachkriegszeit sowie ein Gedicht über eine Wiederbegegnung mit dem Land ihrer Kindheit.

Hauthal-Stegner, Hildrun **Seite 73–78**
Die am 1. Mai 1931 in Naumburg/Saale geborene Autorin wurde durch den frühen Tod des Vaters sowie Kriegs- und Nachkriegserlebnisse zeitig zur Selbständigkeit erzogen. Zu DDR-Zeiten erhielt sie als Beamtentochter keine Zulassung zu einem Germanistik- oder Journalistikstudium, konnte dann aber ein Fachschulstudium für Bibliothekare absolvieren. Von 1953 bis 1991 arbeitete die heute im südöstlichen Harzvorland lebende Autorin als Bibliothekarin.
Von Hildrun Hauthal-Stegner, die seit über fünf Jahrzehnten Gedichte schreibt, erschienen im Verlag Frieling & Partner der Lyrikband „Laub vom Lebensbaum“ (1996), die „Erinnerungen eines Mädchens aus einem verkauften Land“ (1997) sowie weitere literarische Texte in 13 Anthologien und Jahrbüchern.
In vorliegendem Band präsentiert die Autorin Auszüge aus den Er-

innerungen ihrer Mutter, die sie eigens für diese Veröffentlichung neu erzählt.

Hofmann, Jürgen **Seite 79–85**
Der Autor wurde am 28. August 1949 in Zittau (Sachsen) geboren. Das Studium an der Technischen Universität Dresden schloss er 1972 als Diplomingenieur für Technische Gebäudeausrüstung ab. Es folgten Tätigkeiten als Ingenieur in Forst (Lausitz), Berlin und Zittau.
Interessen von Jürgen Hofmann, der Vater von zwei inzwischen erwachsenen Söhnen ist, sind neben dem Lesen und Schreiben sinfonische Musik und Technikgeschichte. Im Jahre 2001 absolvierte er die „Große Schule des Schreibens" der Axel Andersson Akademie, Hamburg. Bislang verfasste er vor allem Geschichten und Erzählungen. – In vorliegender Anthologie präsentiert der Autor eine autobiografische Geschichte, die von einer Urlaubsreise Anfang der siebziger Jahre erzählt.

Kansy, Sigrid **Seite 86–93**
Die Autorin wurde am 6. März 1939 in Nordhausen am Harz geboren und ist von Beruf Krankenschwester. 1956 übersiedelte sie aus der DDR nach Köln, wo sie im erlernten Beruf tätig war. Heute lebt sie mit ihrem Mann in einem kleinen holländischen Städtchen.
Sigrid Kansy, die bereits als Kind kleine Geschichten und Kinderlieder schrieb und die sich auch mit der Seidenmalerei befasst, hatte erst im reiferen Alter wieder die Zeit, ihrem literarischen Hobby nachzugehen und Geschichten zu schreiben, die in verschiedenen Zeitungen veröffentlicht werden. Darüber hinaus wurde sie Pressesprecherin in mehreren Vereinen wie auch in einem großen Pensionistenclub in Spanien, wo sie sich im Winter aufhält. In einem Schreibwettbewerb wurde ihr ein Preis verliehen.
In vorliegender Anthologie präsentiert die Autorin Erinnerungen an ihre Kindheit und speziell an das erstes Weihnachtsfest nach dem Krieg.

Kleinert, Heinz **Seite 94–109**
Der Autor wurde am 6. Mai 1924 in Breslau (Schlesien) geboren. Nach Abschluss der Mittelschule wurde er Student an der Staatsbauschule in Reichenberg (Sudeten). Nach dem Krieg musste er mit den Eltern die Heimat verlassen und kam über Ülzen nach Bad Münstereifel (NRW), wo er heute noch lebt. Er heiratete, wurde Vater von zwei Kindern und war sieben Jahre bei einem Architekten angestellt, ehe er sich mit eigenem Architekturbüro selbständig machte. Später war er bei der Kreisverwaltung Euskirchen bis zu seiner krankheitsbedingten Pensionierung als Sachbearbeiter tätig.

Heinz Kleinert begann Kurzgeschichten nach wahren Begebenheiten zu schreiben, die auch in Zeitungen veröffentlicht wurden. Seine Erlebnisse bis zur Vertreibung 1946 hat er in seinem im Frieling-Verlag erschienenen Buch „Neudorf bei Breslau. Erinnerungen eines Schlesiers“ (2000, ISBN 3-8280-1261-2) zusammengefasst. In vorliegender Anthologie erinnert sich der Autor an die Jahre der Kindheit und Jugend, als er „vom Knirps zum Mann“ wurde.

Kössler, Franz **Seite 110–120**
Der Autor wurde 1931 in Ketzelsdorf im östlichen Sudetenland geboren. Durch die Vertreibung aus der Heimat im Sommer 1945 verlor er die Mutter und gelangte in die Mark Brandenburg, wo er zunächst fünf Jahre in der Landwirtschaft arbeitete. Später absolvierte er ein Biologie-Studium, das er 1958 mit dem Diplom abschloss, wurde in einem Forschungsinstitut in Berlin-Lichtenberg tätig, promovierte 1963 und habilitierte 1969. Im Jahre 1997 trat der verheiratete Vater von drei Söhnen in den Ruhestand.
Franz Kössler, der neben der Forschung auch Vorlesungen an der Humboldt-Universität zu Berlin hielt und auf nationalen und internationalen Kongressen auftrat, verfasste ein Lehrbuch zur Umweltbiophysik, publizierte in vielen Fachzeitschriften und gab 1999 mit einem Koautor einen Sammelband zur Geschichte der Botanik in Berlin und Potsdam heraus. In seinem Beitrag des vorliegenden Bandes zeichnet er wichtige Stationen seines Lebensweges nach.

Mahn, Gerda-Maria **Seite 121–139**
Die Autorin wurde am 21. November 1923 in Berlin geboren, wo sie auch heute lebt. Da der Zweite Weltkrieg ihre Träume von einer künstlerischen Karriere zunichte machte, wurde sie Modezeichnerin und Kartografin. In den 50er Jahren verließ sie den für sie politisch beklemmenden Ostteil Berlins, um sich fortan in wirklicher Freiheit mit Mode und Malerei befassen zu können.
Im Verlag Frieling & Partner erschienen von Gerda-Maria Mahn bisher das Buch „Die Rose von der Spree. Eine Berliner Jugend im Dritten Reich“ (2002, ISBN 3-8280-1821-1) sowie ein Auszug daraus in der Anthologie „Damals war’s. Ausgabe 2003“.
In vorliegendem Band präsentiert die Autorin eine im November 1990 handelnde Berlin-Erzählung, die zugleich eine Hommage für ihre Heimatstadt ist.

Melchert, Günther **Seite 140–162**
Der Autor wurde am 19. April 1936 geboren und lebt in Köln. Er war als Beamter, Industrieangestellter, Personalleiter, Arbeitnehmerberater und Mitarbeiter der Gewerkschaft Erziehung und Wissenschaft (GEW) tätig.

Günther Melchert ist Mitglied des Verbandes deutscher Schriftsteller (VS) und Gründungsmitglied der Kölner Literaturgruppe 78; er war Mitarbeiter des Werkkreises Literatur der Arbeitswelt und Vorstandsmitglied des Förderkreises „Jugend schreibt“. Sein schriftstellerisches Schaffen umfasst u.a. Romane, Erzählungen sowie Hör- und Fernsehspiele. 1987 erschien sein Erzählband „Die Uhr mit dem Tick“. Weitere Texte aus seiner Feder wurden in Zeitschriften und Anthologien des In- und Auslandes veröffentlicht. Darüber hinaus betätigte er sich als Mitherausgeber, Übersetzer und Lektor.
In vorliegender Anthologie präsentiert der Autor eine Erzählung mit autobiografischem Hintergrund.

Nolte, Margarete **Seite 163–166**
Die Autorin wurde 1914 in Stettin geboren und lebt seit 1939 in Bayern. Sie ergriff den Lehrerberuf und war später als Rektorin einer Hauptschule tätig.
Margarete Nolte, die 1979 mit dem Rosenthal-Lyrik-Preis und 1995 mit der Johann-Christian-Reinhart-Medaille für Verdienste um die Kultur geehrt wurde, verfasste unter anderem den Roman „Pan. Die Einsamkeit eines jungen Mannes“ (1982, R. G. Fischer, Frankfurt/M.), die Erzählung „Der Magnetberg“ (1984, Windrad-Verlag, Weiden) und den Gedichtband „In der Nähe der Träume“ (Windrad). 1983 sendete der Bayerische Rundfunk ihr Hörbild „Der Freiheitskämpfer Dr. Johann Georg August Wirth“. Im Verlag Frieling & Partner erschienen von ihr bislang die Buchtitel „Der Fenstersprung“ (1991), „Mordgeschichten“ (1993), „Ein Kopf wird bestellt“ (1995), „Lautlos sah'n wir dich stürzen“ (1996, ISBN 3-8280-0215-3) und „Ein Ort im Sein“ (2001, ISBN 3-8280-1486-0) sowie Texte in vier Anthologien.
In ihrem Beitrag des vorliegenden Bandes berichtet die Autorin, wie sie das Ende des letzten Weltkrieges erlebte.

Otto, Helga **Seite 167–183**
Die Autorin wurde 1928 in Torgelow/Vorpommern geboren, wuchs in Halle/Saale auf und zog Anfang 1943 mit ihrer Familie nach Posen. Mit Mutter und Schwester floh sie im Januar 1945 zu den Großeltern nach Reetz/Neumark, wo sie von den Russen eingeholt und Mitte 1945 von den Polen vertrieben wurden. Nach Vorpommern gelangt, holte sie der Vater von dort in den Westen, zuerst nach Lauenförde/Weser, dann nach Wuppertal, wo die Autorin 1955 heiratete. Seit 1958 wohnt sie in Remscheid.
Als ihre beiden Söhne erwachsen waren, begann Helga Otto zu schreiben. So entstanden unter anderem ihre Lebenserinnerungen „Maikäfer, flieg ins Heimatland!“, aus denen in drei Ausgaben der Frieling-Anthologie „Damals war's“ (2001, 2002, 2003) mehrere

Kapitel veröffentlicht wurden. – In vorliegendem Band präsentiert die Autorin aus dem Manuskript „Liebe Schulfreundinnen hüben und drüben“ sieben Rundbriefe aus den Jahren 1958 und 1959.

Patzelt, Marta **Seite 184–188**

Die Autorin wurde am 20. Dezember 1923 in Kornfelde (Schlesien) geboren. Nach einem Pädagogikstudium, das sie mit dem Staatsexamen abschloss, war sie 35 Jahre als Lehrerin tätig und wurde als Oberstudienrätin ausgezeichnet. Heute lebt sie in der Senioren-Residenz in Teltow (Brandenburg).
Von Marta Patzelt, die schon in jungen Jahren Gedichte schrieb, sind im Verlag Frieling & Partner literarische Texte bislang in den Anthologien „Welt der Poesie. Musenalmanach für das Jahr 2002“, „Damals war's. Ausgabe 2003“ und „Ly-La-Lyrik. Edition 2003“ erschienen.
In ihrem Beitrag des vorliegenden Bandes erinnert sich die Autorin an die erste Begegnung mit den Russen im April 1945.

Raabe, Monika **Seite 189–195**

Die in Rostock lebende Autorin wurde am 2. Oktober 1941 geboren. Sie ist von Beruf Lehrerin und unterrichtete 37 Jahre lang die Klassen 1 bis 4, ehe sie mit sechzig in Rente ging.
Mit dem Schreiben von kleinen Geschichten und Versen begann Monika Raabe vor einigen Jahre, als sie wegen Parkinson in einer Kasseler Klinik lag. Ihr Anliegen ist dabei, „meine Träume und meine Ängste aufzuschreiben und mir damit immer wieder Mut zu machen, trotz dieser Krankheit nicht aufzugeben. Erreichen möchte ich aber auch, dass andere erkennen: Wir haben zwar eine Krankheit, die uns sehr viel Lebensqualität nimmt, aber wir leben!“
In vorliegender Anthologie präsentiert die Autorin eine autobiografische Geschichte, in der sie sich an jene Zeit vor über vier Jahrzehnten zurückerinnert, als sie an einem Institut für Lehrerbildung studierte.

Reinke, Waltraud **Seite 196–204**

Die am 26. Juni 1918 geborene Autorin wuchs unweit von Rügenwalde in Pommern auf. 1945 schloss sie sich einem Flüchtlingstreck an und gelangte in den Westen. Nachdem sich das Leben wieder normalisiert hatte, war sie in einem Kranken- und Mutterhaus des Deutschen Roten Kreuzes als Wirtschaftsleiterin tätig. Später arbeitete sie in Kiel im Architektenbüro ihres Ehemannes.
Waltraud Reinke kann bereits auf mehrere Presse- und Buchveröffentlichungen verweisen. Im Verlag Frieling & Partner erschienen von ihr die Romane „Ein Firmenboss steigt aus“ (2003, ISBN 3-8280-1909-9) und „Verträumte und fragende Augen“ (2003, ISBN

3-8280-1977-3) sowie der Erzählband „Ludwigs Oase und andere Einblicke. Geschichten von Menschen, Tieren und Pflanzen“ (2003, ISBN 3-8280-1926-9).
In vorliegender Anthologie präsentiert die Autorin eine Geschichte mit autobiografischem Hintergrund, die in der Zeit ihrer Kindheit in Pommern handelt.

Reuvers, Franz **Seite 205–214**
Der am 21. Juli 1924 geborene Autor wuchs in einem kleinen Dorf im westlichen Emsland auf. Er absolvierte eine Lehre als Huf- und Wagenschmied, bevor er sich als Kriegsfreiwilliger zur Marine meldete. Nach Krieg und Gefangenschaft gründete er eine eigene Familie und machte sich 1958 selbständig. Im Jahre 1990 übergab er den Familienbetrieb an seinen ältesten Sohn.
Von Franz Reuvers erschien im Verlag Frieling & Partner im Jahre 2003 das Buch „Der Knabe vom Moor. Erinnerungen an Kindheit und Jugend im Emsland“ (ISBN 3-8280-1910-2). Darin gedenkt der Autor voller Liebe der unbeschwerten Kindheit und Jugend, die ihm bis heute Kraftquell geblieben ist.
In vorliegender Anthologie erinnert sich Franz Reuvers auf der Grundlage von Tagebuchaufzeichnungen an jene Zeit, als er als blutjunger Matrose bei der Kriegsmarine diente.

Ristau, Hildegard **Seite 215–225**
Die Autorin wurde 1922 in der Eifel geboren. Nach einer schweren Jugend ging sie im Alter von 30 Jahren als Büßerin ins Aachener Kloster, wo sie sechs Jahre als Nonne lebte. Zwei Jahre nach Austritt aus dem mönchischen Leben aus gesundheitlichen Gründen ging sie eine „Vernunftehe“ ein, der zwei Kinder entstammen, die jedoch nach 15 Jahren geschieden wurde. Trotz langer und schwerer Krankheiten fand sie als überzeugte Christin in einer Baptistengemeinde wieder zu einem erfüllten Leben.
Neben dem Schreiben widmet sich Hildegard Ristau der Malerei sowie der Anfertigung und dem Verkauf von Handarbeiten. Ihre Bilder und selbst entworfenen Damenhüte stellte sie in vielen Ausstellungen vor. Texte von ihr erschienen in fünf Frieling-Anthologien.
In vorliegender Anthologie erzählt die Autorin von einer Wiederbegegnung mit ihrer Heimat in der Eifel, die Erinnerungen an früher wachruft, aber auch das seither entstandene Neue offenbart.

Rühe-Müller, Gerhard **Seite 226–236**
Der 1929 geborene Autor lebt in Salzgitter. Wegen Kriegsfolgen konnte er das nach seinem Abitur vorgesehene Studium der Germanistik nicht aufnehmen. So absolvierte er eine landwirtschaftliche Lehre und übernahm den Hof eines Onkels. Er ist Agrar-Ingenieur.

Interessenschwerpunkte sind für Gerhard Rühe-Müller Deutsch und Geschichte. Bereits als Zehnjähriger wurde er bei einem regionalen Leistungsvergleich für den besten Aufsatz ausgezeichnet. 1953 erhielt er bei einem Zeitungswettbewerb in Hannover als ersten Preis einen Mähdrescher. Auch in einem Lyrikwettbewerb der Nationalbibliothek in München im Jahre 1998 wurde er auf Anhieb Preisträger. Bei Frieling erschienen von ihm im Sammelband „Autoren im Dialog 2003" zwei Gedichte. Gern erfüllt der vielseitige Autor auch Wünsche von Bestellern sehr persönlicher Gedichte etwa aus Anlass eines Festes sowie von Biografien. – In vorliegendem Band schildert er entscheidende Jahre aus seiner eigenen Biografie.

Schild, Gerhard **Seite 237–249**
Der Autor wurde 1913 in Berlin geboren und lebt seit 1989 in Aachen. Nach Abschluss der Realschule arbeitete er in einer Berliner Anwalts- und Notariatskanzlei. 1936 flüchtete er wegen drohender Verhaftung in die Tschechoslowakei und von dort nach Frankreich und Belgien. Bei Kriegsausbruch in Südfrankreich interniert, geriet er in die Hände der Gestapo und war bis 1941 in einem Zwangsarbeitslager bei Berlin inhaftiert. Später arbeitete er in einem Rüstungsbetrieb, wurde zum Kriegsdienst eingezogen, desertierte zu den Amerikanern und war zwei Jahre in Kriegsgefangenschaft. 1946 wurde er in die amerikanische Besatzungszone entlassen, wo er zunächst mehrere Jahre im hessischen Finanzministerium arbeitete und anschließend bis zur Pensionierung Geschäftsführer der Niederlassung eines deutschen Unternehmens in Brüssel war.
In vorliegender Anthologie ist Gerhard Schild mit einer autobiografischen Geschichte aus der Zeit der Nazi-Herrschaft vertreten.

Schluckebier, Ruth **Seite 250–261**
Die Autorin wurde am 16. Januar 1932 im ostpreußischen Königsberg geboren und lebt heute in Kamen (NRW). 1981 begann sie zu malen, zunächst als Autodidaktin. 1989 schloss sie sich der Arbeitsgemeinschaft Kamener Künstler an und belegte Kurse in verschiedenen künstlerischen Techniken. Sie nahm an Studienreisen und Seminaren im In- und Ausland teil und präsentierte ihre Arbeiten in einer Vielzahl von Ausstellungen.
Ruth Schluckebier ist Mitglied der Kamener Erzählstube für Seniorinnen. Ihre Lyrik- und Prosatexte, die sie auch illustrierte, erschienen in mehreren Publikationen des Kulturamtes der Stadt Kamen. Im Verlag Frieling & Partner wurden Werke ihres Schaffens bisher in sechs Anthologien und Jahrbüchern veröffentlicht.
In vorliegender Anthologie präsentiert die Autorin Auszüge aus ihrem für ihre Kinder und Freunde im Eigenverlag herausgegebenen Buch „Als mich der Mantel der Geschichte streifte".

Schön, Willy Hagen **Seite 262–269**
Der 1951 in Linz geborene Hobbypublizist, Avantgardedramatiker und Umweltschützer maturierte Anfang der 1970er Jahre und studierte von 1972 bis 1976 an der Universität Wien.
Nach John-Peacock- (1999) und Unbehauen-Studien (2000) beschäftigte sich der linksintellektuelle Globetrotter mit Audretsch/Mainzer („... Schrödingers Katze"), Janich (Operationalismus), K. Amereller („Koevolutionäre Informationstheorie"), Antoniou/Prigogine/Sadovnichi/Shkarin, Utsumi/Aizawa, Hogan, Dymnikow/Kazantsew/Kazantsew (vgl. „Mathematikplatonismus"-Broschüre!), Upadhyay/Iyengar/Rai, Bischi/Mammana/Gardini, Okada/Nobuta/Shimojo, Cerbelli/Giona/Adrover/Alvarez/Muzzio und anderen sowie mit Röthlein.
Bei Frieling publizierte Willy Hagen Schön Beiträge in bislang 14 Anthologien. In seinem Beitrag in vorliegendem Band setzt er sich neuerlich mit dem Rebellen Massud auseinander.

Steinlechner, Heimo **Seite 270–274**
Der Autor, Jahrgang 1951, lebt in Knittelfeld/Steiermark. Nach Abschluss der Schulausbildung arbeitete er bei der Lokalzeitung „Obersteirische Nachrichten" und als Verwaltungsangestellter einer Gebietskörperschaft. Seit 2003 ist er im Ruhestand.
Heimo Steinlechner schreibt vorwiegend kleine Erzählungen, Kurzgeschichten und Romane. Im Verlag Frieling & Partner erschienen sein Erstlingsroman „Ein Außenseiter erlangt Reputation – Vom Hilfsschüler zum Erfinder" (2000, ISBN 3-8280-1354-6), seine Erzählung „Sage immer: Ich will – Die schmerzhafte Metamorphose der Monika Engelsreiter" (2002, ISBN 3-8280-1703-7) und der Roman „Der Narziss und seine Frauen. Liebe und Mode der Superlative" (2003, ISBN 3-8280-2019-4). Weitere Texte des Autors wurden in bislang 20 Frieling-Anthologien veröffentlicht.
In vorliegendem Band präsentiert Heimo Steinlechner eine Erinnerung an seine Sonderschulzeit.

Sturm, Johannes **Seite 275–279**
Der Autor wurde am 26. Juni 1927 in Lauchhammer (Niederlausitz) geboren. Mit sechzehn Jahren wurde er Kindersoldat Hitlers; mit dreiundzwanzig kehrte er aus Stalins Lagern heim. Danach war er als Eisengießer, Bergmann, Neulehrer, Jugendbetreuer, Journalist und Archivar tätig. Ein Hochschulstudium schloss er mit dem akademischen Grad Dipl. rer. pol. ab. Seit 1983 ist der heute in Berlin lebende Autor Invalidenrentner.
In vorliegender Anthologie präsentiert Johannes Sturm eine autobiografische Geschichte, die in jene Zeit zurückführt, als er als Siebzehnjähriger die Schrecken des Krieges kennen lernen musste.

Thomas, Edelgard **Seite 280–288**
Edelgard Thomas wurde 1931 in Wuppertal geboren, wo sie auch heute lebt. Sie erlernte den Beruf der Kauffrau und studierte später Philosophie, Sprachwissenschaften und Literatur.
Die weit gereiste Autorin nahm erfolgreich an diversen Literaturwettbewerben teil. Bei Frieling erschienen von ihr der Erzählband „Wo ist Silvia Adames? Drei Frauenschicksale" (2000, ISBN 3-8280-1273-6), der Roman „Ihr Schrei übers Meer verhallte" (2003, ISBN 3-8280-1905-6) sowie weitere literarische Texte in acht Anthologien und Jahrbüchern. – In vorliegendem Band ist Edelgard Thomas mit Kriegserinnerungen aus ihrer Kindheit vertreten.

Vogel, Eberhard **Seite 289–295**
Der Autor wurde am 27. Oktober 1930 in Riesa (Sachsen) geboren. Nach Abschluss der Oberschulausbildung in Torgau ging er 1948 in den Westen Deutschlands, wo er zunächst eine journalistische Laufbahn einzuschlagen versuchte und dann als Bergarbeiter, Hochofenarbeiter und Traktorenmonteuer tätig war. 1953 nahm er eine Fachausbildung für wirtschaftsprüfende/steuerberatende Berufe auf und gelangte über die selbständigen Tätigkeiten als Betriebsberater, Helfer in Steuersachen und letztlich Steuerberater in die Wirtschaft. Letztgenannten Beruf übt er seit 1958 bis heute aus.
Eberhard Vogel veröffentlichte wiederholt Fach- und Politbeiträge sowie Reiseberichte in Verbandszeitungen und im Fernsehen. Bei Frieling erschienen von ihm Beiträge in den Jahrbüchern „Reise, reise! Ausgabe 2003" und „Auslese zum Jahreswechsel 2003/04".
In seinem Beitrag des vorliegenden Bandes erinnert sich der Autor an das Inferno von Dresden gegen Ende des Zweiten Weltkrieges.

Volz, Otto **Seite 296–304**
Der Autor wurde am 5. Februar 1932 in Offenbach am Main geboren und lebt heute im hessischen Wehrheim. Nach Abschluss des Gymnasiums absolvierte er eine kaufmännische Ausbildung und wurde Verkaufsleiter eines Industrieunternehmens. Im Weiteren erforschte er für seine Branche die Rohstoffmärkte in Polen, der UdSSR, China und Indien und war Geschäftsführer der deutschen Niederlassung eines schweizerischen Großunternehmens. Heute ist er als freier Berater im deutsch-chinesischen Handelsverkehr tätig.
Von Otto Volz, der nebenberuflich als freier Journalist für die Tageszeitung „Offenbach-Post" arbeitete, erschien bisher das Buch „Wir kommen und schlagen in Scherben … Die Bildpostkarte als Dokumentation eines Zeitgeistes (1939–1945)"; weitere dokumentarische Publikationen sind in Vorbereitung. In vorliegender Anthologie schildert der Autor, wie er gegen Ende des Zweiten Weltkrieges als 13-jähriger den amerikanischen Befreiern begegnete.

Wischnath, Adolf **Seite 305–313**

Der Autor wurde am 13. April 1911 in Gütersloh geboren. Er studierte an den Universitäten Bonn, Göttingen und Königsberg Rechts- und Staatswissenschaften. Nach Aushilfstätigkeiten, justitiarischer Tätigkeit in der freien Wirtschaft und späterer Pensionierung war er von 1971 bis 2003 als Rechtsanwalt tätig. Daneben war er von 1975 bis 1985 Lehrbeauftragter im Fachgebiet Sozialpädagogik der Fachhochschule Dortmund.
Von 1949 an veröffentlichte Adolf Wischnath in Zeitschriften sprach- und zeitkritische Beiträge und Aufsätze zur Rechtsprechung sowie seit Anfang der siebziger Jahre auch Artikel zur Nichtraucherschutz-Rechtsprechung. Im Frieling-Verlag erschienen Beiträge aus seiner Feder in sieben Anthologien und Jahrbüchern.
In seinen Beiträgen des vorliegenden Bandes schreibt der Autor über persönliche Erinnerungen an die Gerichtsbarkeit in der Hitlerzeit und darüber, wie er als Richter die Reichskristallnacht erlebte.

Zakl, Christel **Seite 314–320**

Christel Zakl, geb. Winnacker, wurde 1926 in Solingen geboren. Nach dem Studium der Wirtschaftswissenschaften an der Universität Frankfurt am Main, der Referendarzeit in Freiburg i. Br. und dem 2. Staatsexamen beim Kultusministerium in Stuttgart leistete sie rund dreißig Jahre Lehrtätigkeit im Schuldienst.
Von Christel Zakl, die heute in Titisee-Neustadt im Schwarzwald lebt, wurden zahlreiche Erzählungen und Gedichte in Zeitschriften und Anthologien veröffentlicht. Im Frieling-Verlag erschienen Texte aus ihrer Feder in neun Anthologien und Jahrbüchern.
In vorliegendem Band präsentiert die Autorin zwei Gedichte, die an die Schrecken des Krieges gemahnen, Erinnerungen an das erste Nachkriegsweihnachten 1945 sowie einen Essay, in dem sie über den Weg zur Überwindung des Bösen reflektiert.

Bildnachweis

Dieter Boenke, Schleswig (S. 15, 18); Klaus Eichentopf, Zwickau (S. 35); Elise (S. 50); Helga Otto, Remscheid (S. 169, 172, 176, 182); Hildegard Ristau, Wolfsburg (S. 216, 220, 223, 225); Ruth Schluckebier, Kamen (S. 256, 259, 261); Eberhard Vogel, Essen (S. 294)